LA BÊTE NOIRE

L'AUTEURE

Ilaria Tuti, née en 1976, vit à Gemona del Friuli, dans les montagnes de la province d'Udine, dans le nord-est de l'Italie. Best-seller depuis sa sortie en Italie, sa série policière mettant en scène le commissaire Teresa Battaglia, dont le premier volet s'intitule *Sur le toit de l'enfer*, lui a valu d'être surnommée la « Donato Carrisi au féminin » par la presse italienne.

ILARIA TUTI

LE BAL DES VAUTOURS

Traduit de l'italien
par Johan-Frédérik Hel Guedj

LA BÊTE NOIRE
Robert Laffont

Titre original : MADRE D'OSSA
Longanesi & C. © 2023 – Milano
Gruppo editoriale Mauri Spagnol
Traduction française : © Éditions Robert Laffont, S.A.S., Paris, 2025

ISSN 2431-6385
ISBN 978-2-221-27573-3
(éd. originale : ISBN 978-88-304-4876-6)
Dépôt légal : août 2025
Éditions Robert Laffont – 92, avenue de France, 75013 Paris
info@lisez.com

À Francesca, que je ne connais pas et qui,
un jour de novembre à Milan
a mis une lettre entre mes mains.
À ceux qui, comme elle, ont craint au moins une fois
de ne plus jamais y arriver, de ne plus en pouvoir,
mais qui, pourtant, sont toujours là et vont de l'avant.

1

Le lac de Cornino avait la forme d'un iris, sombre au centre et limpide le long de la rive. Cerné de bois rougis par l'automne, il s'ouvrait dans la terre comme un œil très ancien, celui d'une bête primitive. Une aube humide s'y levait, une brume d'octobre âpre et sucrée, transportant l'odeur de raisins laissés à pourrir sur les sarments et de braises attisées dans les poêles.

Massimo inspira à fond. Si ce que lui avait dit l'inconnu au téléphone était vrai, alors ce paradis fumant était devenu un enfer pour quelqu'un.

Des rapaces décrivaient des cercles au-dessus de lui. Leur envergure était impressionnante, leurs tournoiements bas et concentriques. Ils visaient les roches calcaires plongeant dans le miroir d'eau, entre les bancs de brume qui s'estompaient. Il finit par comprendre qu'ils avaient flairé de la viande.

Il se pencha à la balustrade du point de vue panoramique, une terrasse aménagée le long de la route qui bordait le plan d'eau d'à peine cent cinquante mètres de diamètre, et chercha à porter le regard au-delà des glacis. Il avait le souffle court, alors qu'il n'avait fait que quelques pas. Dans le silence, il écoutait, les sens en alerte, se fiant à son instinct, même si cela ne lui réussissait jamais (et pourtant, l'une de ses proches ne cessait de lui répéter de se faire confiance).

Le vent se leva. La brume s'effilocha et le brouillard s'estompa peu à peu, révélant l'autre rive.

Massimo resserra fermement les doigts sur le parapet. Il y avait quelqu'un, là-bas, sur les rochers. Il ne parvenait pas à distinguer ses contours, mais les ruisseaux sombres qui s'écoulaient jusqu'à l'étendue d'eau lui nouèrent le ventre.

Il s'élança sur le chemin de terre qui menait au rivage. Il posa plusieurs fois la main sur l'arme à son côté, pour se convaincre qu'il n'était pas complètement irréfléchi de se précipiter ainsi, seul, loin de tout, par suite d'un appel anonyme annonçant une mort tragique. Un appel reçu sur son portable.

Il atteignit l'autre rive. Le sentier se resserrait, serpentait entre des branches squelettiques et des rochers épars qui donnaient l'illusion d'un tunnel. Il lui fallait avancer, un pas après l'autre, en prenant garde de ne pas trébucher sur les pierres acérées au sol.

Il déboucha dans une trouée. Le lac était ceint d'une clôture en bois. Derrière, les rochers semblaient suinter du sang. Un sang noir, désormais figé.

Il sortit son pistolet de son étui, le pointa sur la silhouette sombre et s'avança. C'était peut-être une précaution inutile, excessive, mais, ici, la nature chantait une mélodie sinistre qui déteignait sur lui.

Il n'y avait pas un corps, mais deux. L'un allongé, vêtu d'un tee-shirt, le visage tourné vers le ciel. Un de ses bras gisait sur le côté, traversé par une profonde entaille, les veines maintenant vides.

Le second corps était penché sur le premier.

Un oiseau imposant les observait depuis le rocher voisin, braquant de temps en temps ses yeux dorés et avides vers

Marini. Il ressemblait à un vautour, songea-t-il, une pensée absurde en pareil instant. L'oiseau ne manifestait aucune peur de l'être humain, rien que de la méfiance. Il avait encore le bec propre.

Massimo agita un bras pour le forcer à s'envoler, mais le rapace ne fut pas le seul à réagir.

L'inspecteur sursauta lorsque le second corps se redressa.

— Police ! cria-t-il en braquant son arme sur lui.

Il la baissa aussitôt, effrayé à l'idée qu'un coup de feu puisse partir.

Massimo connaissait ce manteau bleu, tendu sur un dos large, tout comme ces incomparables cheveux roux, ébouriffés par une nuit qui avait dû être difficile.

Teresa Battaglia tourna lentement la tête dans sa direction. Elle avait les joues maculées de sang. À genoux, elle tenait le corps du garçon mort dans ses bras. Elle semblait vouloir le lui confier.

— Vous pouvez m'aider à le déplacer ? lui demanda-t-elle, l'air perdu. Les vautours fauves veulent le dévorer.

2

Massimo se sentit défaillir. Teresa s'était relevée et demeurait en équilibre précaire sur le rocher. Elle tenait sa tête entre ses mains, et ses yeux erraient d'un point à un autre. À l'évidence, elle n'avait aucune idée de ce qui se passait.

D'instinct, il enjamba la clôture, mais, dès qu'il la vit tressaillir et retomber en position assise, il regretta son geste.

Il se mordit la langue pour ne pas crier et aggraver la situation. Teresa ne le reconnaissait pas et elle était épouvantée. En cet instant, elle ne voyait en Massimo qu'un inconnu qui essayait de l'attraper.

Il prit son téléphone portable et appela Parisi. Dès que son collègue répondit, d'une voix encore endormie, il ne perdit pas de temps en explications. Il chuchotait à peine.

— Je t'envoie la localisation. Rejoins-moi tout de suite, c'est urgent. N'appelle personne d'autre.

Il ne mentionna pas le nom de Battaglia. C'était à l'équipe de décider. Pour sa part, il passait déjà en revue les moyens de la tenir à l'écart de toute implication, et aucun n'était légal. Il n'aurait jamais cru pouvoir franchir les limites de son éthique professionnelle aussi facilement qu'il avait enjambé la clôture.

Il retira son imperméable, glissa son téléphone portable, ses clés et son portefeuille à l'intérieur et le suspendit à la clôture. Devait-il se préparer à une empoignade ? Dieu seul le savait.

Il gardait à l'esprit ce que lui avait dit un médecin, en larmes, à propos de la maladie d'Alzheimer dont souffrait Teresa : essayer de la ramener à la réalité, de rationaliser ses comportements ou ses paroles n'aurait fait qu'exacerber son désarroi, puis le transformer en colère et en terreur d'enfant esseulée. Au lieu de cela, il devait apprendre à simplement l'accompagner sur ce chemin douloureux. Apprendre l'art de ne jamais lui faire sentir qu'elle se trompait. Ce médecin, c'était Parri, le meilleur ami de Teresa.

— Madame, avez-vous besoin d'aide ? lui demanda-t-il.

Elle le toisa, mais ne répondit pas. Il désigna les rochers.

— Ils sont glissants. Vous ne voulez pas que je vous prête main-forte pour descendre ? Si vous m'assurez que tout va bien, je vous dis au revoir et je continue ma promenade.

Elle contempla ses chaussures sales, puis examina ses paumes égratignées.

— Je veux descendre, mais je ne sais pas comment.

— À deux, c'est certainement plus facile. Vous permettez ?

Après une brève hésitation, elle acquiesça, et, cette fois, Massimo exécuta chaque geste avec calme. Rien ne pressait, il avait tout le temps de la ramener sur la rive : il lui attrapa la main, lui indiqua où poser les pieds. De la même manière, ils franchirent la clôture. Il la fit s'asseoir et, avant de revenir auprès d'elle, alla humecter un mouchoir.

— Je peux vous nettoyer le visage ?

Il l'essuya doucement, sans négliger la moindre tache, conscient d'effacer une preuve. Une parmi les nombreuses qui devaient être éparpillées autour d'eux et que d'autres trouveraient sûrement. Mais des preuves de quoi ?

Elle porta le regard loin derrière Marini, l'air épuisée.

— Je ne sais pas comment j'ai fini là-haut.

— Ça va ?

— On doit le couvrir, sinon les oiseaux vont revenir.

Elle regardait le corps.

— Qui est-ce ? Vous le connaissez ? l'interrogea Massimo.

— Qui ?

— Ce garçon.

Teresa se passa une main sur le front. Ses lèvres tremblaient.

— Je ne sais pas. Il faut le couvrir.

Massimo en était incapable : c'était un premier problème. Il s'aperçut que le manteau de Teresa était taché de sang. Deuxième problème.

— Vous vous êtes salie. Je vous prête volontiers ma veste.

Elle le laissa la dévêtir en regardant fixement les taches, comme si elle les voyait pour la première fois. Elle était sur le point de les toucher quand Massimo lui retint la main.

— Non. Je m'en charge.

Il mit le manteau en boule sans trop savoir quoi en faire, puis lui plaça son imper sur les épaules.

— Attendez ici.

Il sortit des gants en latex de la poche de son jean et les enfila. Il n'avait pas l'intention de toucher le cadavre avant que Parri n'ait procédé à l'inspection, mais on ne prenait jamais trop de précautions.

Tu ne l'as pas encore appelé, se souvint-il. *Tu n'as pas passé un coup de fil au commissariat, tu n'as pas alerté le préfet. Tu tergiverses.*

« Tergiverser » : c'était là un euphémisme ridicule. Il manipulait l'enquête.

Il se retourna pour vérifier l'état de Teresa. Elle n'était plus là. Il lâcha un juron et partit à sa recherche. Il la trouva un peu plus loin sur le chemin et la prit doucement par les épaules pour la ramener.

— Ne bougez pas. S'il vous plaît.

— Je ne veux pas rester ici.

— Nous allons bientôt partir.

Il se rendit compte, trop tard, qu'il avait menti. Il espéra que cette fausse promesse ne se retournerait pas rapidement contre lui.

— Ne bougez pas. Ce n'est pas prudent. Je reviens tout de suite.

Elle lui saisit la main.

— Nous ne sommes pas seuls. Tu le sens ?

Le sang de Massimo se glaça.

Il s'accroupit devant elle.

— Il y a quelqu'un par ici ? dans les bois ?

Il se rendit compte qu'il scrutait des yeux complètement perdus, mais il sentait toujours en elle de la vivacité.

Teresa leva le visage vers le ciel.

— Ils vont le dévorer.

Les vautours fauves, comme elle les avait appelés, continuaient à évoluer en cercles concentriques. De temps en temps, l'un d'eux venait planer plus bas, et l'on entendait alors son cri.

Massimo souffla afin d'évacuer son angoisse. Il envoya un message vocal à Parisi.

« Bon, on fait la fête ici et j'ai hâte que tu arrives. »

Il était presque six heures du matin. Dans peu de temps, le monde se réveillerait et le cadavre s'offrirait à la vue de tous ceux qui voudraient l'observer depuis le point de vue panoramique, sur l'autre rive. Troisième problème.

À contrecœur, il abandonna Teresa et grimpa sur le rocher. Le corps qui gisait là était bel et bien un cadavre. Le premier coup d'œil furtif qu'il y avait jeté ne lui avait pas permis d'espérer le contraire. La couleur cireuse de la peau, les yeux voilés et la chair des avant-bras, entamée des poignets jusqu'aux coudes par deux entailles longitudinales, affirmaient que la vie s'était échappée en même temps que le sang imprégnant la roche.

Il se retourna pour chercher Teresa du regard : elle était restée assise et l'observait.

Il se concentra de nouveau sur le cadavre.

Le mort devait avoir eu une vingtaine d'années. Ses yeux ouverts contemplaient le ciel. Une mèche de ses cheveux bruns effleurait des cils immobiles. Il y avait eu une éclipse de lune cette nuit-là : Massimo se demanda si la dernière image imprimée sur la rétine du mort n'avait pas été cet assombrissement du monde. Ses pieds étaient nus, son tee-shirt trop léger pour la fin de l'automne. Il faudrait chercher les chaussures et les vêtements. Il portait plusieurs colliers superposés, presque enchevêtrés, qui lui donnaient une allure tribale.

Teresa s'était levée et regardait Massimo depuis la clôture. Il semblait impossible qu'avant son arrivée elle ait réussi à l'escalader seule, sans aide, mais il avait été témoin de ses dernières crises. Il avait connu son langage grossier, la force violente qui pouvait l'animer et sa résistance à toute tentative pour la contenir.

— Comment va-t-il ? demanda-t-elle en parlant du jeune homme.

Il regarda le cadavre qui ressemblait à un mannequin.

— Euh…

Il fut incapable d'en dire plus.

Il se mit à genoux, le visage effleurant la pierre, et vérifia chaque centimètre carré du corps et du pantalon que portait le garçon, veillant à ne rien altérer, pas même une goutte de sang. Il s'attarda sur le portefeuille qui dépassait d'une poche, sans y toucher. Il devait attendre la police scientifique. Cette pensée le fit grincer des dents, mais il était sûr que Teresa Battaglia n'avait rien à craindre, et surtout rien à voir avec la mort du garçon.

Alors pourquoi suis-je en train de me compromettre ?

Il devait retrouver l'arme. Il jeta un coup d'œil à la route déserte et se risqua à allumer sa lampe-torche. *Juste un instant*, se dit-il en évitant de pointer le faisceau vers le haut.

Il fut frappé par l'extraordinaire transparence de l'eau du lac. Les feuilles tombées des arbres semblaient suspendues dans le néant. Le fond était d'un turquoise intense.

Il se pencha. Dans l'eau brillait la lame d'un poignard en métal d'une vingtaine de centimètres, objet du problème numéro quatre : il ne pouvait pas récupérer l'arme, mais les empreintes digitales de Teresa se trouvaient possiblement sur le manche ciselé. Peut-être avait-elle essayé de dissuader le garçon, ou bien même tenté de lui arracher le poignard des mains.

Un meurtrier l'aurait emporté avec lui, caché, ou jeté. À moins qu'il ne l'ait fait tomber accidentellement.

Massimo n'avait pas de preuves certaines, mais la scène l'incitait à soupçonner un suicide. Soit le jeune homme avait été rendu inconscient puis mis à mort, soit il s'était lui-même taillé les veines, car il n'y avait pas plus de traces de violence ou de lutte. Les ongles étaient propres, les paumes intactes. Pas d'égratignures, pas d'hématomes, même sous les colliers en argent. La quantité de sang répandue sur la roche était impressionnante : il était difficile d'imaginer que le jeune homme était mort ailleurs et que son corps avait été déplacé par la suite. Massimo avait assisté à tant de constats médico-légaux qu'à en juger par les éclaboussures il pouvait affirmer que l'écoulement du sang avait été ininterrompu. Il n'y avait personne à côté de lui à l'instant de sa mort.

Le garçon semblait s'être simplement déshabillé, couché là, puis ôté la vie. Il avait écarté les bras, les paumes tournées vers le haut, ses doigts bagués enfin relâchés, et il avait attendu la mort sous un ciel étoilé, sous une lune rougie par l'éclipse.

Massimo contempla ces traits d'une jeunesse superbe et se demanda si au moins une larme les avait parcourus. Qu'est-ce qui liait cette existence désespérée à Teresa Battaglia ?

Il regarda l'heure : où était passé Parisi ? Les ombres se retiraient et le brouillard s'était dissipé. Le lac et son sanglant secret étaient bien trop exposés aux regards.

Il soupira. Agissant à l'encontre de ses réflexions et de tout scrupule, il dénuda son bras et tenta d'atteindre le poignard. La clarté de l'eau était trompeuse, faisant paraître proche ce qui était hors de portée. Il ne pouvait attraper l'arme sans plonger.

Un bruit le fit se lever d'un bond, si brusquement qu'il manqua tomber. C'était un cri d'enfant, mais la petite voix pleine de détresse avait des accents peu naturels, tour à tour métalliques et flous. Un enregistrement. Peu après, le silence retomba.

La main déjà posée sur son étui dégrafé, Marini plissa les yeux pour se concentrer sur chaque détail. Il ne déclina pas son identité de policier, car celui qui se cachait savait sans doute qui se tenait devant lui. Ce devait être le même homme qui l'avait appelé pour lui conseiller de se précipiter ici.

« Nous ne sommes pas seuls », avait affirmé Teresa. Le voilà, le cinquième problème, probablement le plus épineux de tous. Un problème qui refusait de se laisser masquer par la brume et qui insistait pour être reconnu.

Massimo devait mettre Teresa à l'abri. Il se retourna et un cri lui échappa. Elle se tenait là, devant lui, et le regardait avec colère. Puis elle le poussa avec force vers l'eau, en contrebas.

3

Ils l'avaient aidée à se rasseoir, et elle ne bougeait pas. Ils lui avaient demandé de ne pas prononcer un mot, et elle ne parlait pas. Comme si elle était prisonnière.

Était-ce le cas ?

En attendant, elle contemplait la scène du crime, plus agacée qu'effrayée, et ne manquait aucun détail de ce qui se passait autour d'elle.

Le lac avait livré son secret à une horde d'hommes occupés à en fouiller le moindre recoin. Elle avait l'impression de connaître ces gestes, ces ordres lancés comme des avertissements au milieu des arbres. Ils faisaient partie d'elle. Ils habitaient depuis longtemps son quotidien. Ces hommes étaient des policiers, comme elle.

Comme elle ?

Elle regarda ses chaussures, colorées et sans lacets. Elle les portait avec une paire de chaussettes dépareillées, le genre de chaussettes avec lesquelles on dort, pas de celles qu'on enfile pour partir en mission. Une tache rouge, pas plus grosse qu'une larme, rompait la géométrie du motif. Elle aurait pu sentir le sang comme un animal dans les bois tant il s'était mêlé à sa vie.

Une policière. Peut-être, qui sait ? Elle voulait simplement rentrer chez elle et reposer son dos douloureux.

Plus le temps passait, plus l'immobilité forcée la mettait en colère. Elle jeta un œil à sa montre, mais ne put lire l'heure. Pourtant, le mouvement de l'aiguille attira son attention. L'heure. Quel jour était-on ?

Elle leva les yeux vers le ciel. Un coup de vent arracha quelques feuilles dorées aux branches pendantes d'un bouleau. Elles tombèrent dans un bruissement mélancolique, en effleurant ses cheveux, son visage, et elle redevint une enfant. Elle se perdit dans la contemplation de la danse des nuages, du chant des moineaux et du vol des vautours fauves. Elle imagina leurs becs remplis répandant une pluie rouge sur le lac, et son attention revint sur le corps allongé contre la pierre, comme déposé sur un autel.

Quelqu'un avait modifié la scène. Elle ne savait ni quand ni quoi, ni même qui avait fait ça, mais cela s'était produit, comme le confirmait l'agacement de Teresa : l'ordre tel que son esprit l'avait photographié avait été bouleversé.

Elle se releva, un juron dans la gorge, qui s'étouffa lorsque trois personnages vêtus de blanc de la tête aux pieds défilèrent devant elle. Ils avaient le visage recouvert d'un masque en plastique, ils tenaient dans leurs mains des mallettes en métal. Qu'est-ce que c'était que ce cirque ? Elle sentit grandir la confusion, et avec elle la frustration. Ils la fixaient et elle n'aimait pas cela.

— Espèces de clowns ! les apostropha-t-elle.

Elle les vit échanger un regard ambigu. Du genre que les hommes se lançaient habituellement lorsqu'elle, la seule femme de l'équipe, rompait un silence qui s'était installé.

Maintenant, elle se souvenait. Son travail, le train-train du commissariat, les problèmes avec ses collègues. Mais elle ne savait pas de qui il s'agissait. Peut-être d'une autre équipe.

À quelques pas des gens en combinaison blanche, un jeune homme muni d'un appareil photo et vêtu d'un blouson de la police l'accueillit avec un sourire.

— Commissaire !

Cela la mit hors d'elle, et elle lui cria dessus.

— Va te faire foutre !

Elle deviendrait commissaire, tôt ou tard, et ils cesseraient de se moquer continuellement d'elle uniquement parce qu'elle était une femme. Elle était compétente et s'efforcerait, avec toute son énergie, de grimper les échelons. Si seulement Albert ne cherchait pas à la ridiculiser à chaque occasion, si seulement…

— Battaglia !

Une femme, qui portait aussi un blouson de la police, s'adressait à elle en la fixant droit dans les yeux. Elle aurait voulu lui demander ce qu'une autre femme faisait là, mais le mot qu'elle venait de prononcer l'avait déconcertée. Elle regarda autour d'elle.

— *Battailla ?* Quelle bataille ? demanda-t-elle, mais personne ne faisait plus attention à elle, pas même le type qui avait levé les yeux au ciel quand elle l'avait envoyé paître.

Il y avait bien un cadavre sur les rochers, mais, à part cela, elle ne voyait aucun signe de lutte, ancienne ou récente.

Elle retourna s'asseoir, méfiante. Elle ne se sentait pas en sécurité. Son cœur s'emballait. Elle aurait dû s'enfuir à la première occasion.

Au lieu de cela, son attention se porta sur les cailloux du chemin. Il fallait rétablir l'ordre des événements, reconstituer l'histoire en remontant le temps. L'ordre, c'était bien ce qui la rassurait.

Elle choisit soigneusement les pierres, commença à les déplacer, à recréer l'image du souvenir. *Les souvenirs sont comme les feuilles d'automne*, songea-t-elle. *Fugaces, légers et morts.*

De nouveaux arrivants passèrent devant elle et piétinèrent sa mémoire. Ils ne la saluèrent pas, ne s'intéressèrent pas à cette femme penchée, occupée à survivre au passage du temps. Elle les maudit. Ces derniers temps, sa bouche était plus que jamais reliée à son cœur, à son ventre et aux émotions les plus indomptées.

Elle n'avait rien à faire ici. L'idée de s'échapper lui revint à l'esprit. Elle se leva et courut vite, mais quelqu'un la ceintura.

— Faites comme si de rien n'était. Faites comme si de rien n'était.

Le jeune homme semblait plus déconcerté qu'elle par la situation. Teresa tenta en vain de se dégager.

— Mais qui es-tu ? Que me veux-tu ?

— Je suis Parisi, lui répondit-il, avec la voix patiente mais chantante de celui qui avait dû le répéter souvent.

— Ne me touche pas.

— Pour l'instant, asseyons-nous tranquillement, tous les deux.

— Avec toi, je ne vais nulle part.

Il s'immobilisa, mais ne la laissa pas partir.

— Regardez-moi. Regardez-moi, s'il vous plaît. Je sais que vous avez peur, mais vous devez me faire confiance. (Il désigna l'homme qu'elle avait poussé dans le lac et qui, non loin de là, était occupé à parler aux combinaisons blanches.) Il faut vous fier à nous.

Elle observa son visage. Ses yeux semblaient pleins de bonté et sa voix était adoucie par une préoccupation sincère, mais cela ne signifiait rien. D'expérience, elle savait quelle brutalité pouvait se dissimuler derrière une apparence aimable.

— Tu t'appelles Parisi ?

— Oui.

— Va te faire foutre, Parisi !

Il baissa la tête, comme si elle était soudain trop lourde, et sourit.

— Très bien. Faisons quelques pas, éloignons-nous des autres.

— Va te faire foutre, toi, la police, et le mort aussi.

— Le mort ? Quel rapport ?

— Et merde, qu'est-ce que j'en sais, moi ?

Elle se démena pour se libérer, mais il ne lâcha pas prise. Il ne la serrait pas : il la guidait. Il laissa échapper un petit rire, pas du tout joyeux, puis il alluma une cigarette.

— Parfois, je me demande où vous partez, chef, quand vous agissez ainsi. Dans quel monde vous vous trouvez.

Elle fut frappée par la douleur qui émanait du jeune homme. Il parlait comme s'il la connaissait et se souciait d'elle. Elle eut envie de pleurer, mais, à la place, elle lui demanda une bouffée. Un peu surpris, il lui tendit la cigarette.

Elle inhala et recracha la fumée sans éprouver le soulagement qu'elle en attendait. Elle contempla son ventre, sans savoir pourquoi.

— Peut-être que je ne devrais pas.

Il lui retira doucement la cigarette des doigts, l'éteignit sur une pierre et la glissa dans sa poche.

— Nous allons devoir rester ici, mais je vous promets que personne ne viendra vous déranger.

— À part toi ?

Il rit de nouveau, cette fois de bon cœur.

— Quand Teresa refait subitement son apparition, c'est un plaisir. Et je me sens mieux.

Il avait quand même encore l'air abattu.

— Teresa qui ?

— Pourquoi ne le découvrez-vous pas par vous-même ? Vous êtes une enquêtrice exceptionnelle.

Elle suivit son regard. À son cou pendait une petite pochette en soie irisée. Cette fantaisie orientale figurait un dragon contorsionné aux mâchoires flamboyantes. Elle se souvint de la personne qui la lui avait offerte : son amie Mei Gao. C'était la psychothérapeute qui travaillait en tant qu'experte pour le tribunal et qui s'occupait si besoin de certains de ses collègues du commissariat. Elle y comprise.

Elle défit le cordon qui la maintenait fermée. À l'intérieur, elle trouva une paire de lunettes, une télécommande, un stylo et un bout de papier. Elle le déplia.

Ton nom est Teresa Battaglia. Prends le téléphone et appelle Massimo Marini.

Elle leva les yeux vers l'homme qui l'avait conduite jusqu'ici. Il l'encouragea à poursuivre son investigation.

Alors elle prit le stylo et traça un petit trait sur la note.

Apparemment, c'était la même encre que celle du message. Saisie d'une agitation qu'elle ne s'expliquait pas, elle traça les mêmes mots, un peu plus bas.

— Merde.

— En effet.

C'était elle, Teresa Battaglia.

— Le téléphone.

Il lui tendit ce qui lui avait semblé être une télécommande. Il appuya sur un bouton et le lui mit dans la main.

Teresa (puisque c'était son nom, ou du moins voulait-on le lui faire croire) approcha l'appareil de son oreille. Elle regarda ce Parisi du coin de l'œil : il souriait toujours d'un air encourageant. L'appel était lancé. Non loin de là, une sonnerie retentit. Le jeune homme qu'elle avait poussé dans le lac sortit un objet similaire de la poche de son jean mouillé et il la chercha des yeux. Il avait l'air soulagé. Il fit signe aux combinaisons blanches d'attendre et la rejoignit.

Elle laissa tomber le portable.

D'autres personnes arrivaient. Parmi elles, elle reconnut l'homme élégant qui s'avançait en fronçant les sourcils. Teresa s'élança vers lui avec un apaisement qu'elle n'aurait jamais cru pouvoir ressentir et se jeta dans ses bras.

Pourtant, lorsqu'elle leva les yeux vers son visage, la peur la saisit. Le préfet Lona était soudain devenu blême, comme si, dans la nuit, la mort avait étendu sur lui un linceul.

— Albert, que t'est-il arrivé ?

4

MASSIMO AURAIT VOULU DISPARAÎTRE et emmener Teresa avec lui. Il aurait voulu la défendre au risque de mettre en péril les perspectives professionnelles, la crédibilité et la dignité qu'il estimait encore posséder. C'est ce qu'il aurait voulu, mais la maudite maladie qui dévorait trop rapidement l'esprit de Teresa semblait toujours conserver un peu d'avance sur lui. Elle savait se cacher dans les plis de la normalité, avant de réapparaître au moment où Massimo s'y attendait le moins et d'occuper le devant de la scène pour jouer une tragédie qui, si elle avait été autre, aurait pu épouser les contours d'une comédie.

L'homme que Teresa embrassait impétueusement était Albert Lona. Le préfet. Son ennemi juré.

Massimo n'avait pas pu la retenir à temps ni trouver un moyen de s'interposer. Il restait inerte, figé, conscient de la présence de Parisi à ses côtés.

— On s'enfonce dans la merde jusqu'où ? l'entendit-il demander.

Albert Lona saisit Teresa par les poignets et la repoussa.

— Tu es folle ? (Puis, après avoir remarqué son regard, il pâlit en fronçant les sourcils). La situation est-elle si grave ?

Ça ne lui ressemblait pas d'avoir peur.

Massimo tenta de détourner l'attention.

— Il s'agit du cadavre d'un garçon, préfet Lona. Il semble s'être ouvert les veines, pas d'autres signes de violence. L'arme potentielle a été retrouvée au fond du lac.

Le préfet continua à scruter Teresa, en la maintenant à distance mais sans vraiment la lâcher, comme il le faisait depuis vingt-sept ans.

— Rien dont vous ne m'ayez déjà informé au téléphone, murmura-t-il, pensif.

Elle semblait hypnotisée par Lona. Qui sait dans quel passé son esprit était bloqué ? Massimo n'avait jamais réussi à déchiffrer sa relation au préfet. L'homme n'était pétri que d'ombres, et pourtant elle semblait entrevoir autre chose, une lumière lointaine, peut-être, qui refusait de se rendre à la nuit complète.

Massimo en eut assez. Il l'attira à lui doucement, mais sans hésitation. Bien que les crises soient devenues plus fréquentes, il n'avait encore jamais vu ça. Même si l'Alzheimer progressait, les bouleversements des dernières heures avaient dû exacerber ses symptômes.

Il la confia à Parisi, qui la connaissait et qui lui était fidèle – un geste aussi discret que décisif pour signifier à Lona que Teresa faisait partie de leur cercle et qu'elle y resterait. Puis Massimo continua son rapport. Et il mentit.

— J'étais avec Battaglia quand j'ai reçu l'appel anonyme.

Lona fronça les sourcils.

— Avec elle, à l'aube ?

— Ce que nous faisons de notre temps libre vous regarde ?

— Attention, inspecteur.

Le commissaire Dalla les rejoignit. Il avait la cinquantaine, soit une dizaine d'années de moins que Teresa et Lona. C'était lui qui remplaçait sa collègue depuis qu'elle avait été rétrogradée, quelques semaines plus tôt, après une période de congé extraordinaire, et avait refusé une mutation dans l'administration du ministère. Cela s'était passé quelques mois avant sa retraite, après qu'elle eut clos une enquête qui l'avait profondément touchée, et le bruit courait qu'elle ne reprendrait jamais du service.

Sa maladie était un mystère, mais pas pour l'équipe qu'elle avait dirigée jusqu'alors. Un groupe trop étriqué aux yeux du préfet, et désormais privé de chef.

Dans les conversations de couloir, le commissaire Dalla passait déjà pour un simple garçon de courses du préfet, mais Massimo n'était pas convaincu qu'il soit si inoffensif. C'était un type vulgaire et bavard, qui semblait vouloir éviter tout conflit, mais qui, en réalité, se montrait trop attentif à chaque initiative de Massimo. Heureusement, il n'était pas le genre d'enquêteur à apprécier de se salir les mains : il déléguait et laissait à l'équipe beaucoup d'autonomie.

Dalla, un cigare non encore allumé entre les dents et coiffé d'un feutre à larges bords, serra la main de Lona, et réserva à Teresa, quelques pas en arrière, un signe de tête qu'elle ignora.

— Quel personnage, marmonna-t-il du bout des lèvres, mais d'un ton enjoué.

Lona haussa les épaules.

— Avec l'âge, elle ne s'est pas améliorée.

Dalla éclata de rire.

— Après la ménopause, elles se déchaînent pour un rien !

Le préfet prit le temps d'écouter encore quelques autres considérations déplaisantes de la part du nouveau commissaire avant de se diriger vers Gardini, le substitut du procureur, fraîchement arrivé. En passant devant Teresa, il sembla hésiter un instant.

— Il faut qu'on se parle, toi et moi, mais pas maintenant.

Jusqu'à présent, Teresa Battaglia était restée silencieuse, scrutant le lac, la forêt, le vol des oiseaux, comme si elle était capable d'y entrevoir on ne sait quel présage. Le vent ébouriffait ses cheveux, les mèches effleurant son profil anguleux. La nature autour de l'étendue d'eau était sombre et sauvage, comme le silence qui précède un claquement de mâchoires dans le feuillage ou le bruit de griffes qui se referment pour déchirer.

Teresa parut répondre à l'appel de ses pensées. Elle chercha Massimo des yeux, d'un air si triste qu'il comprit : elle l'avait reconnu.

— Inspecteur ? Inspecteur Marini ? Êtes-vous avec nous ?

Dalla attira de nouveau son attention, le visage fastidieusement près de son menton.

— Oui, je vous écoute.

Le commissaire eut un geste vague des doigts, qui tenaient maintenant le cigare.

— Il va falloir clarifier l'origine de l'appel que vous avez reçu.

— Certainement.

Cela était trop évident pour que Massimo s'attende à trouver quoi que ce soit par ce biais.

Dalla se moucha avec un mouchoir en papier qui devait traîner dans sa poche depuis des jours.

— Teresa Battaglia doit se tenir à disposition pour les questions de routine. (Il se moucha encore, puis vérifia l'état de ses doigts.) Tout désigne un acte volontaire, mais le constat doit encore être rédigé.

Massimo fut surpris par cette nouvelle : le commissaire se montrait d'une diligence inhabituelle.

— « Semble » ? Une vidéo le confirme.

— Apparemment, mais nous voulons nous appuyer sur des certitudes, n'est-ce pas ? Le substitut du procureur veut ouvrir un dossier d'enquête pour incitation au suicide. Cela s'impose. (Il cracha un bout de cigare.) Ratchis… quel nom.

C'était le nom du garçon : Ratchis Evaldi. Il n'avait pas vingt ans et, vers une heure du matin, il avait posté sur TikTok une vidéo de cinquante-huit secondes par laquelle il prenait congé du monde. Un message d'adieu laconique, sans véritable explication quant aux raisons pour lesquelles il ne voyait plus d'autre perspective que la mort. Immédiatement après, Ratchis avait enfourché sa moto et il était allé se suicider. La vidéo n'avait pas encore été retirée du site et l'algorithme continuait à la diffuser parmi les chorégraphies d'adolescents, les tutos maquillage et les perroquets chanteurs. Elle avait récolté des centaines de milliers de vues.

Massimo, frigorifié jusqu'aux os par l'humidité, désigna la scène de crime et remit aussitôt sa main dans sa poche.

— Les relevés sont presque terminés. Le médecin légiste a fini et rédige son rapport. D'ici peu de temps, le cadavre va être enlevé.

Dalla alluma son briquet.

— Et après ?

— Le commissaire Battaglia est malade. Je la ramène chez elle. Nous aurons tout le temps de prendre sa déposition.

Il relâcha deux trois volutes de fumée.

— Pour résumer, inspecteur, vous m'annoncez que votre priorité n'est pas d'être sur la scène de crime, mais de jouer les soignants.

Massimo pencha la tête. Il jaugeait le degré de connerie du commissaire.

— Précisément, répondit-il.

Dalla s'esclaffa.

— Ça me va, tant que vous vous présentez à l'heure à l'institut de médecine légale. De mon côté, j'ai une obligation.

Les morts ne lui plaisaient pas. Massimo l'avait remarqué : depuis son arrivée, il avait scrupuleusement évité de poser les yeux sur la dépouille du garçon. Ce n'était pas un mince défaut, pour un commissaire de police. Il était plus impressionnable qu'il ne voulait le laisser croire. Mais quand on ne sait pas rester en compagnie des morts, quand on n'est pas prêt à écouter le cri emprisonné dans leur cage thoracique immobile, on ne peut parvenir à comprendre avec certitude une histoire aussi noire que celle-ci. C'était ce que Teresa lui avait appris.

Il l'observa en train de tirer une nouvelle bouffée de son cigare et de s'essuyer le nez sur sa manche.

— Marini, vous avez vraiment fini par vous convaincre qu'il y avait quelqu'un ici avec vous ? lui demanda-t-il à l'improviste, au lieu de suivre le préfet.

— Je ne m'en suis pas convaincu. Je l'ai entendu.

Dalla opina, l'air pensif.

— Mais nous n'avons rien trouvé qui permette de le soupçonner. De plus, vous prétendez n'avoir rien entendu d'autre et vous n'avez repéré aucune empreinte de pas, affirma-t-il en haussant les épaules. C'était peut-être juste le vent.

— Ou peut-être quelqu'un.

Le commissaire Dalla tenta de retirer un brin de tabac de sa langue.

— Battaglia l'a entendu ?

Mentir.

— Bien sûr.

Dalla se décala pour mieux la voir.

— Pourquoi elle ne nous le dit pas elle-même ?

Teresa, le nez en l'air, observait le vol des vautours fauves. Non loin d'où ils se trouvaient, sur la colline, la réserve naturelle abritait un centre d'observation des rapaces réintroduits dans la région. Il y avait également un point de nourrissage dans les rochers et un musée thématique.

Massimo s'inséra dans le champ de vision du commissaire.

— Elle est bouleversée.

— Qui, Battaglia ? Elle en a vu des quantités, de cadavres, et pas tous aussi beaux et bien arrangés que celui-ci.

— *Celui-ci* est un tout jeune homme.

— Ah, oui. L'instinct maternel, et cætera, et cætera. (Il haussa encore les épaules et ajouta :) À bientôt, Marini – avant de s'en aller.

Massimo se rappela la fois où Teresa Battaglia lui avait balancé une chaussure. Ce jour-là, il était défoncé (mais pas de son propre fait) et avait été brûlé ; elle, par miracle, était vivante. Il avait envie de mettre le nouveau commissaire dans le même état, mais avec le poignard qu'il avait repêché.

Il se précipita vers Teresa et Parisi. Parri, le médecin légiste, les rejoignit aussitôt. Il avait dû feindre l'impassibilité, préserver une attitude de façade tout au long de l'examen préliminaire du cadavre et de la scène de crime. Toutefois, un simple coup d'œil à son amie lui avait permis de comprendre l'état dans lequel elle se trouvait, et que sa présence en ces lieux n'avait rien d'accidentel ou de négligeable.

Teresa ne les laissa pas s'exprimer.

— Elle est grosse comment ? demanda-t-elle, les bras croisés sur la poitrine.

Elle tremblait.

Parri la serra contre lui, comme pour la réchauffer.

— De quoi ?

Son regard dériva un peu plus loin, vers le corps du garçon. Le cercueil d'acier venait à peine d'être posé sur le sol.

— La connerie que j'ai faite.

5

Teresa ne savait pas si elle devait être plus bouleversée de ce qu'elle avait fait ou de ce que Marini n'avait pas dit. L'inspecteur avait en effet menti à ses supérieurs et au substitut du procureur Gardini.

Ils avaient laissé Parisi en compagnie du commissaire Dalla, afin qu'il soit leurs yeux et leurs oreilles. Ils se retrouveraient plus tard chez Teresa avec le dernier membre de l'équipe, l'agent De Carli.

Massimo conduisait sans se soucier de ses vêtements humides et froissés, tandis que Teresa restait tournée vers la vitre de la voiture, le regard perdu à l'extérieur. Comme s'il n'y avait pas un sac contenant son pardessus taché de sang sur la banquette arrière. Ce calme apparent l'exaspérait.

— Tu es un crétin.

Elle éprouvait le besoin de rester stoïque, mais cela ne convainquait personne, même pas elle. Elle l'entendit rire.

— Seulement un crétin, commissaire ?

— Un idiot, si tu préfères.

— Allons, vous pouvez mieux faire. Un peu de cette grossièreté qui vous est si chère.

Elle se tourna vers lui.

— Tu te fous de la gueule du monde ?

Il lâcha le volant et l'applaudit.

— Des gros mots, enfin !

Elle lui donna une tape sur le bras.

— Tu veux gâcher ta vie, c'est ça ? Alors que tu es sur le point de devenir père ?

— Quel est le rapport avec la paternité ?

— Tu endosses la responsabilité d'une vie, mais c'est la mauvaise ! La mienne !

Elle replaça derrière son oreille une mèche de cheveux entortillée et se perdit de nouveau dans la contemplation du paysage. Les bois avaient cédé la place au ruban d'asphalte de l'autoroute qui les mènerait à Udine en une demi-heure. Les particularités de la campagne environnante lui échappaient et ces bribes d'images lui rappelaient des souvenirs qu'elle ne parvenait plus à garder à l'esprit.

— Et supprime ce mot de ton vocabulaire… Commissaire…

Elle se passa la main sur les lèvres.

Massimo lui effleura l'épaule et la serra un instant. Était-ce un encouragement, une injonction à ne pas tout lâcher avant que son heure soit venue ou bien un geste d'affection spontané qui échappait à tout formalisme… Qui pouvait le dire ?

À ce contact, à la chaleur humaine qu'il s'obstinait à lui témoigner, Teresa ferma les yeux un moment. Quelques mois plus tôt, le garçon peu sûr de lui qu'était Massimo n'aurait jamais osé agir ainsi, mais, de jour en jour, Teresa l'avait vu se transformer en homme. Elle l'avait vu se heurter à elle, flancher la plupart du temps, se relever, s'entêter et se battre pour conquérir la place qu'il avait décidé d'occuper dans sa vie. Elle était fière. Elle le regarda de travers.

— Je t'ai accepté parce que je n'en pouvais plus de ton insistance. Que ce soit bien clair, Marini.

— De quoi parlez-vous ?

— Allez, conduis.

— Vous piquez encore une crise ?

— Abruti.

Ils restèrent silencieux pendant presque tout le trajet, puis elle ajouta à voix basse : « Est-ce que j'aurais vraiment pu tuer ce garçon ? »

Il se redressa sur son siège.

— Mais non, vous plaisantez ou quoi ? Non !

— Pourtant, j'étais là, et toi, tu n'as rien dit à Lona.

— Évidemment ! Dieu seul sait comment il aurait retourné la chose. La victime a publié une vidéo d'adieux. Vous êtes probablement tombée dessus et vous vous êtes précipitée pour essayer de la sauver.

— Je ne fréquente pas les réseaux sociaux, et, même si c'était le cas, comment l'aurais-je dénichée ? Comment suis-je arrivée là-bas ?

Pas toute seule. Teresa ne conduisait plus depuis un certain temps, depuis qu'elle perdait des pans entiers de sa mémoire et qu'elle ne se faisait plus confiance. Ils avaient dû tous deux envisager cette hypothèse, mais sans la formuler. C'était une pensée trop dérangeante.

Ils arrivèrent et Massimo se gara.

— Nous verrons bien. (Il se tourna vers elle.) En attendant, gardons tout ce que nous avons découvert pour nous.

Elle fouilla dans ses poches, l'air perdu.

— Mon téléphone ? Vérifions l'historique des appels…

— C'est moi qui l'ai.

— Ah, oui, c'est vrai.

— Ça, vous vous en souvenez ?

— Je pense que oui. Mon état s'aggrave, au cas où tu ne l'aurais pas remarqué.

Il lâcha un profond soupir.

— Votre état ? Après ce qui s'est passé aujourd'hui, je ne l'aurais jamais deviné.

— Un vrai comique, ce Marini. Félicitations. Sous peu, quand tu auras perdu ton emploi, tu pourras te lancer dans une nouvelle carrière prometteuse.

Il sourit.

— Pour le moment, je suis policier. Sur votre téléphone, il y a deux appels d'un numéro masqué. Vous avez répondu et les conversations ont duré à peine une minute chacune.

— Quand ?

— Hier soir. Le premier à 23 h 05 et le second une minute avant minuit. Nous allons localiser votre position à ce moment-là pour tout reconstituer.

Elle acquiesça. Elle aurait aimé avoir la même confiance.

Ils se trouvaient au pied d'un immeuble ancien. Les fenêtres à meneaux abritaient des pots de cyclamens aux couleurs vives, éclatantes en cette pâle journée d'automne. Quand elle était petite, Teresa voulait avoir ces couleurs sur les lèvres. À présent, elle espérait simplement ne jamais oublier leur beauté. Cela l'émouvait, car ces fleurs étaient éphémères, comme elle.

Elle posa la main sur la poignée de la porte.

— Nous devons nous fixer un délai limite pour comprendre ce que j'ai fabriqué. Puis nous parlerons à Lona. J'endosserai toutes les responsabilités.

Il retira la clé du contact.

— Et qu'allez-vous lui raconter ? Que j'ai menti sous la contrainte ? Très crédible.

— Écoute, inspecteur, tu ferais bien de te calmer. C'est moi qui t'ai formé.

— Et comment…

Ils descendirent de la voiture. Teresa désigna l'immeuble de la tête.

— Ça, je m'en charge seule.

Il s'adossa à sa portière.

— Je vous attends, affirma-t-il en levant les mains en l'air. Il ne faudrait pas que vous ressortiez errer dans la ville pour polluer une autre scène de crime.

Teresa lui tourna le dos.

— Je t'ai déjà dit que tu étais…

— Un crétin ? Oui.

Elle ouvrit grand les bras.

— Ah, je ne m'en souvenais pas. Mais je confirme.

6

TERESA PLAISANTAIT, mais, à la vérité, elle avait l'impression de s'effondrer. S'amuser lui permettait d'exorciser la peur de disparaître. Elle n'avait jamais sous-estimé la gravité de la maladie qui l'avait frappée. Elle en avait été terrifiée, mais la déceler à temps, avant l'oubli total, lui avait permis de dépasser la douleur. Elle essayait de sauver la seule chose qui lui restait et sur laquelle elle conservait du pouvoir : le présent.

Marini l'avait suivie sans délai dans ce ballet enfantin, fait d'explosions de joie et de colère, de rires et de pleurs, de plaisanteries et de moments, aussi soudains que sérieux, dignes des grands penseurs. Il avait compris que c'était tout ce qui leur restait en partage.

Elle s'allongea sur le canapé, parmi des coussins houssés de soie chinoise qui étaient une caresse pour ses os douloureux. Elle croisa les mains sur le ventre, puis elle posa les pieds l'un sur l'autre. Enfin débarrassés de ses chaussures, ils étaient un peu potelés dans ses chaussettes dépareillées. Elle n'avait jamais manqué d'humour noir, mais, à ce stade, l'Alzheimer la rendait peut-être imprudente. Elle se trouvait dans le cabinet d'une psychothérapeute, quelques heures après s'être tachée du sang d'un inconnu, alors qu'elle aurait dû être assise à une table d'interrogatoire, accompagnée par un très bon avocat.

Je n'ai pas tué ce garçon. J'étais là pour le sauver.

Il fallait qu'il en soit ainsi, sinon cela signifiait qu'elle avait déjà gagné l'enfer. Elle était confrontée à l'énigme la plus épineuse de sa carrière : une enquête sur elle-même.

Lorsque Marini lui avait demandé où elle voulait qu'on l'emmène, Teresa n'avait pas hésité un seul instant : chez la doctoresse Mei Gao. Mei l'avait déjà sauvée une fois du gouffre dans lequel elle était tombée. Elle avait donc pensé qu'elle en serait encore capable. Ou, du moins, qu'elle pourrait ralentir la descente, à défaut de l'éviter.

Vingt-sept ans plus tôt, Mei avait prononcé une phrase que Teresa avait gravée dans son cœur : « Ne baisse plus jamais la tête, devant rien ni personne. Pas même devant toi-même. »

Elle se référait alors à d'autres situations, à d'autres monstres et fantômes, mais, chose incroyable, ces mots se révélaient pour Teresa plus précieux que jamais : elle ne devait pas céder à la Teresa malade.

Mei travaillait pour la police criminelle et le tribunal, mais c'était aussi une amie. Pour Teresa, il avait été naturel de se tourner vers elle lorsque la maladie l'avait obligée à abandonner le travail, qui était une vocation avant d'être une profession. À tous ceux qui remarquaient que leur lien était trop intime pour qu'elle suive une psychanalyse avec Mei, Teresa répondait que les apparences étaient sauves : elles ne se livraient à leur amitié qu'entre les murs du cabinet. En trente ans, elles ne s'étaient jamais rencontrées hors de cette enceinte qu'elles estimaient toutes deux sûre.

— De quoi veux-tu parler, Teresa ? Pourquoi t'es-tu précipitée ici ?

Mei était une voix derrière elle, aux accents lointains. Teresa leva le menton et la vit allumer de l'encens, en silence, dans une robe moirée qui enveloppait son corps svelte. Un dragon brodé y crachait des volutes de fumée de ses mâchoires béantes. Ces derniers temps, Mei s'habillait toujours avec des dragons. Leurs rencontres étaient devenues hebdomadaires depuis que Teresa lui avait avoué sa maladie.

— Hier, je me suis réveillée, je suis allée dans la salle de bains et j'ai hurlé devant le miroir, lui répondit-elle.

Mei souffla sur l'allumette qu'elle tenait entre ses doigts.

— Tu ne t'es pas reconnue.

Teresa se remit à contempler le plafond.

— Sur le moment, j'ai pensé : « Qui est cette vieille femme ? Que fait-elle dans ma maison ? » Ça n'a duré que quelques secondes, mais elles m'ont suffi pour entrevoir l'avenir. J'avais oublié les trente, quarante dernières années. J'étais convaincue d'être jeune.

Elle entendit son amie s'asseoir dans le fauteuil. Elle l'imagina ramenant ses pieds nus sous sa robe.

— Tes troubles obsessionnels compulsifs ?

— Ils s'aggravent.

— Peux-tu me donner un exemple ?

Teresa en avait des dizaines.

— Depuis que je suis entrée ici, les mains me démangent de redresser ce tableau. C'est comme si je ressentais le besoin de constamment remettre de l'ordre ; mais lequel, je me le demande bien. Tout dans ma vie n'est plus que chaos.

Sur le mur en face d'elle, un cadre renfermait une étoffe de soie représentant, il était presque inutile de le préciser, un dragon tenant une écaille d'or entre ses griffes. Mei lui avait expliqué qu'en Chine les dragons étaient des personnages récurrents de l'art et du folklore, des créatures bienveillantes ou perfides, des habitants des cieux ou des profondeurs de la mer ; en tout cas, des symboles de sagesse.

— Quel chaos, Teresa ? Je ne dirais pas cela. Ta prise de conscience, la lucidité avec laquelle tu analyses ce qui t'arrive est hors du commun.

— Je ne dirais pas que je suis lucide.

— Des fragments de plus en plus importants se perdent, oui, mais, au regard de la situation, ta capacité d'analyse, de réflexion, reste surprenante.

— Peut-être suis-je simplement habituée à reconnaître des indices et à leur donner un sens. Je dois me raccrocher à cette logique, sinon je suis condamnée avant l'heure, Mei.

Il y eut un temps de silence.

— Tout à l'heure, au téléphone, tu étais bouleversée. Veux-tu m'expliquer pourquoi ?

Teresa ne pouvait pas. Non pour elle-même, mais pour Massimo.

— Dernièrement, je fais des cauchemars qui tournent autour de visions fantastiques religieuses, lui confia-t-elle à la place.

Elle entendit un bruissement et imagina Mei se penchant vers elle.

— C'est la première fois que tu en parles. Depuis quand cela se produit-il ?

Teresa haussa les épaules. Elle n'en avait aucune idée.

— Je rêve du diable.

— Un diable de la tradition catholique ?

— Un diable-vampire, avec des ailes de chauve-souris. Qui succombe, du moins je le pense. Et il est habité par une souffrance rageuse.

— Il succombe à quoi ?

— À la lumière.

— Cela t'effraie ?

Teresa réfléchit. Ses mains étaient remontées sur sa poitrine. Elle sentait son cœur battre sous ses doigts. Il lui vint l'idée de les déplacer comme sur les touches d'un piano, de jouer les notes de la vie incandescente qui continuait de se déverser dans ses veines.

— Non. J'éprouve de la compassion.

C'était peut-être le *leitmotiv* de son existence : *cum patior*, souffrir avec l'autre, quel qu'il soit, même s'il s'agit du diable. Les chutes désastreuses réveillaient son empathie. Elle ne pouvait s'empêcher d'en éprouver. Sans doute parce qu'elle avait elle-même chuté plusieurs fois, et qu'elle ne se relèverait jamais de cette ultime dégringolade.

Froissement de papier. Mei avait tourné une page du carnet dans lequel elle prenait des notes. Elle ne lui avait jamais permis de les lire.

— Teresa, je crois que le diable qui te rend visite dans tes rêves est plus un concept philosophique que religieux, un démon qui t'habite. Il représente ta crise et, en contrepartie, ton élévation possible. Toute créature confrontée à son propre abîme doit faire un saut pour le surmonter. Un saut qui l'amènera plus loin, et finalement sur un tout autre plan. Quoi qu'il en soit, l'interprétation est marquée par l'espoir, la présence de la lumière.

Quelque chose dans cette réflexion dérangeait Teresa. Elle se redressa en position assise. Le dragon sur la poitrine de Mei brillait à la lumière des bougies. L'air de la pièce était chargé d'encens. Elle sentit son ventre se rebeller.

Elle observa ses mains. Un instant, à la lumière des flammes vacillantes, elle les vit tachées de sang. Elle ouvrit la bouche pour se débarrasser instinctivement du terrible secret et confier à Mei le caractère pressant de cette visite, mais elle repensa à Massimo et serra les lèvres. Elle se leva.

— Je ferais mieux de rentrer, souffla-t-elle, plus à elle-même qu'à son amie.

Mei fut immédiatement à ses côtés.

— Quelque chose ne va pas ?

Teresa laissa échapper un rire, qui mourut aussitôt. Elle remit ses chaussures.

— C'est peu dire.

— Je t'écoute, Teresa. En tant qu'amie, si cela ne te convient pas en tant que psychothérapeute. Je vais préparer un thé et tu me raconteras ce qui te préoccupe.

Teresa lui prit la main, mais la lâcha presque immédiatement.

— Je ne peux pas, pas cette fois. Peut-être un autre jour.

— C'est à propos de Marini ? Lui as-tu dit au revoir comme tu te l'étais promis ?

— Il m'attend en bas, dans la rue, stoïque et prêt à l'ultime sacrifice comme un chevalier de jadis. Tu sais quelle galère cela peut être de me tenir lieu d'aide-soignant.

Mei lui caressa le dos.

— Prends tout ton temps, mais pas une minute de plus. Ne remets pas les choses à plus tard. Tu sais…

— Qu'un jour je pourrais me réveiller et ne plus être présente. Je le sais.

— Je suis désolée.

Teresa l'étreignit brièvement.

— Mais de quoi ? Tu es la voix de ma conscience. Je te passerai un coup de téléphone.

Mei la raccompagna à la porte.

— Alice, comment va-t-elle ?

C'était une question simple au sous-entendu complexe. La mention de sa nouvelle colocataire était une façon de sonder la réaction de Teresa au partage d'un espace qui n'était auparavant que le sien. De sonder la résistance d'une amitié à peine ébauchée face à des sautes d'humeur soudaines et violentes, aux aléas de la maladie d'Alzheimer et à des peurs terrifiantes. Alice avait une vingtaine d'années, serait-elle capable de le supporter ? Voudrait-elle le supporter ?

À la pensée de la jeune fille, Teresa sentit sa poitrine se serrer. La promesse qu'elle lui avait faite, et qu'elle n'honorerait probablement jamais, la tirait vers le bas comme une ancre.

— Alice s'en sort mieux que nous tous réunis.

Sur le palier, Mei l'arrêta pour lui faire un aveu à voix basse, les yeux baissés. Teresa se demanda de qui ou de quoi elle se sentait responsable.

— Hier, j'étais au tribunal pour une expertise et j'ai croisé Albert Lona. (Elle hésita.) Il parlait au juge Crespi.

Le nom du préfet n'annonçait jamais rien de bon ; c'était un miroir qui se brisait, de l'huile répandue sur le sol, une aurore rouge. C'était la malchance et le malheur.

— Et alors ? demanda Teresa comme on attend une sentence.

— Ils sont au courant de nos séances. Je ne sais pas comment ils l'ont découvert, mais bien sûr je n'ai rien dit, même si Lona a essayé de me tirer les vers du nez.

Teresa commença à descendre l'escalier en se tenant à la rampe.

— De vieux médisants, d'ailleurs prévisibles. Ils ne savent pas pourquoi je suis partie et ça les rend fous. Au lieu de s'occuper de leurs affaires, ils épient la vie des autres.

— Teresa ?

— Oui ?

— Je ne sais pas pourquoi je te mets en garde, mais sois prudente. Quand il parle de toi, Albert a toujours un regard qui me fait frémir. Cela ne me plaît pas.

Teresa leva la main en guise de salut avant de se diriger vers le hall d'entrée.

— Il ne plaît à personne, même pas à sa mère. Et ce n'est pas une blague.

Dans la rue, Massimo lui avait ouvert la portière de la voiture. Teresa ne monta pas tout de suite.

Une enquête sur moi-même, songea-t-elle. Elle frissonna et reconnut l'excitation de la chasse. Mais, pour cette chasse, elle ne pouvait pas être seule.

Elle dévisagea Massimo.

— Toujours volontaire pour t'engager sur la voie de l'illégalité, inspecteur ?

Il ne cilla pas.

— Choisir de ne pas respecter les règles ne signifie pas nécessairement renoncer à son intégrité morale, vous savez ?

— Ah, magnifique. À quel philosophe as-tu dérobé cette perle ?

— À vous.

— Le mentor que tu as choisi est excellent.

— Vous avez croisé ma route, qu'est-ce que j'y peux ?

Teresa se laissa tomber sur le siège. Ses muscles lui faisaient mal, ses articulations craquaient. En outre, elle avait un genou un peu gonflé : elle avait sûrement dû glisser sur les rochers la nuit passée.

Marini démarra le moteur.

— Ceinture, lui rappela-t-il.

Teresa effleura son pantalon de la main. L'auréole crayeuse refusait de s'effacer. Cette tache la gênait, c'était une perturbation dans l'ordre des choses. Elle frotta plus fort.

— Teresa, votre ceinture.

Le signal d'alarme automatique était insistant. Elle se ressaisit. Elle tendit le ruban de nylon noir, mais, soudain, elle ne comprit plus ce qu'elle devait faire de la boucle métallique. Elle ne se souvenait ni de l'usage auquel elle était destinée ni de son nom.

Marini l'aida à insérer la boucle dans l'attache. L'alarme cessa de résonner.

L'inspecteur s'engagea sur la chaussée et, pendant quelques instants, aucun d'eux ne dit mot. Elle s'efforça de ne plus penser à la tache sur son pantalon, de maîtriser sa pulsion, mais c'était comme ignorer une démangeaison qui devenait de plus en plus forte. Elle commença par la gratter avec un ongle.

— Que dois-je dire à Alice maintenant ? Elle va prendre peur.

— De Carli lui a déjà tout raconté. Je lui ai parlé aussi, à l'instant. Elle va bien. C'est une jeune fille intelligente, elle avait envisagé le pire.

— Il n'y a pas pire que ce qui vient de se passer, Marini, à part me présenter nue devant le pape. (Elle se tordit les mains.) Tu ne serais pas en train de me raconter des conneries, inspecteur ?

Il la regarda une seconde.

— Pas là-dessus, non.

— J'aimerais avoir plus de temps.

Elle le vit déglutir.

— Nous en aurons, d'une manière ou d'une autre.

Elle ne répondit pas, elle ne voulait pas ajouter à la douleur.

— Où allons-nous ? Suis-je devenue sénile ou ce n'est pas le chemin de ma maison ?

— Il y a du nouveau. J'ai appelé le commissaire Dalla. Je lui ai signalé que j'allais apprendre moi-même la mort de Ratchis aux parents. Nous allons à Cividale.

Teresa s'agita sur son siège.

— C'est toi qui as perdu la tête ! Je ne peux pas venir avec toi.

— Pourquoi ?

— Parce que, d'une part, je ne suis plus policière et, d'autre part, je peux à tout moment péter les plombs en public.

Il s'engagea dans la rocade et accéléra.

— D'abord, il n'y a toujours pas d'enquête en cours. Dalla est plus que convaincu qu'il s'agit d'un suicide. Lona et le substitut du procureur Gardini sont d'accord. Nous nous rendons sur place uniquement pour informer les parents du décès et des instructions sur les procédures à suivre.

— Ce n'est pas normal. Ce n'est pas normal.

Elle gratta la tache plus fort avec son ongle. De la main droite, Massimo l'arrêta.

— Les parents pourraient vous reconnaître, vous n'y avez pas pensé ? Ils pourraient nous expliquer quel lien existe entre vous et leur fils, nous fournir un indice pour comprendre ce qui s'est passé ce soir-là.

7

La famille Evaldi vivait dans une demeure historique qui donnait sur l'une des places principales de Cividale. Le centre très ancien de la ville conservait un cœur de marbre et des trésors inestimables de son histoire millénaire. Les façades étaient décorées de fresques médiévales. Une plaque renseignait sur l'époque de sa construction : le XIIIe siècle.

La domestique qui les accueillit ne leur accorda pas un regard, même lorsque Marini se présenta en montrant sa carte professionnelle et demanda à parler aux parents de Ratchis.

On les fit entrer dans un salon qui respirait le passé. Les tapisseries aux murs, le bois des poutres au plafond, massif et pourtant estompé par les siècles, les meubles exhalant un parfum de cire, les céramiques, les lambris tapissés de lampas… Teresa caressa chaque détail du regard. Il n'était pas fréquent de visiter de telles demeures. Chaque objet occupait sa place à la perfection. Sa nouvelle obsession de rétablir l'ordre idéal était enfin apaisée. Une mélodie angélique émanait de l'étage supérieur. Des cordes pincées, une harpe.

Lorsque Battaglia aperçut l'homme à l'allure sinistre assis tel un despote dans son fauteuil de brocart, elle resta un moment immobile. Il était si pâle qu'il ressemblait à un fantôme, même si la chair l'ancrait encore dans ce monde. Il ne fit pas mine de se lever.

— Il est donc mort, lâcha-t-il.

Marini s'approcha de Teresa et lui effleura le bras, une façon de lui montrer qu'il prenait les choses en main.

— Monsieur Enrico Evaldi ? Je suis l'inspecteur de police Massimo Marini. Je sais que vous avez appelé tôt ce matin pour signaler une vidéo publiée par votre fils Ratchis sur les réseaux sociaux. Je suis désolé…

— Il est mort, répéta l'homme. Il est vraiment passé à l'acte.

Tout en écoutant la voix de Marini dérouler l'indicible, Teresa continua son exploration. Le père restait impassible face à la violence de l'annonce.

— Pour l'instant, tout indique qu'il s'agissait d'un acte volontaire.

— J'ai vu la vidéo. Cela m'a suffi pour le penser.

Plus haut, la musique s'interrompit. Teresa pouvait maintenant entendre la respiration chargée de l'homme. Marini poursuivit.

— Il n'a pas été fait usage d'une arme conventionnelle. Le poignard retrouvé non loin du corps de votre fils semble presque être un objet artisanal. Apparemment, il est incrusté d'argent.

— C'est plus qu'une apparence : il l'est, si c'est l'objet auquel je pense.

Marini s'approcha pour lui montrer une photo sur son téléphone.

L'homme n'eut besoin que d'un bref coup d'œil.

— C'est le poignard personnel de Ratchis.

— Pardonnez-moi, le poignard *personnel* ? Votre fils avait-il l'habitude de se promener armé ?

L'homme leva la main, comme pour éconduire un intrus. Teresa remarqua alors les marques violettes laissées par une perfusion intraveineuse.

— Bien sûr que non. Mon père lui en a fait don à la naissance. Chacun de nous en a un. Sa sœur Tassia en a reçu un identique. Une tradition familiale. Un attachement pathétique à des coutumes poussiéreuses, si vous voulez.

Il se leva et se dirigea vers une vitrine qu'il ouvrit avec une clé.

Lorsqu'il revint vers eux, il tenait dans sa paume un poignard très similaire à celui de la photo, si ce n'était que l'incrustation différait légèrement.

— C'est le mien. Cela s'appelle un scramasaxe. Dans la bonne société lombarde, tous possédaient une dague de ce genre, même les jeunes filles et les enfants. Et chacun l'emportait dans la tombe. Celui-ci est de facture récente. Rien d'ancien, si ce n'est la tradition familiale qui en perpétue l'usage.

Massimo sembla chercher ses mots.

— Un usage rituel ?

Evaldi referma la main.

— Certainement pas. Considérez-le comme un talisman, si vous ne parvenez pas à en percevoir l'héritage moral.

— Votre famille est très ancienne, ai-je cru comprendre.

— Une longue lignée, dont certains disent qu'elle remonte à l'époque d'Alboïn. Savez-vous de qui il s'agit ?

Massimo jeta un rapide coup d'œil à Teresa, comme pour lui signifier : ce type n'est pas normal.

— Non.

— N'ayez pas honte. Plus personne ne le sait. Du moins, personne parmi ceux que je rencontre. Ce n'était qu'un roi arrivé de Pannonie dans la *Forum Iulii* romaine. Il l'a rebaptisée *Civitas Fori Iulii* et en a fait le premier duché lombard d'Italie. Cividale.

Il jeta le poignard, qui alla se fracasser sur la table dans un tintement inquiétant. Teresa imagina la lame griffant le bois précieux.

L'homme ne parut pas s'en soucier.

— Ma famille existait à l'époque et elle existe toujours.

— Je suis impressionné.

Face à l'ironie de Marini, Teresa remarqua qu'un éclair de contrariété traversait le visage de l'homme. Il aurait dû se présenter comme un père éploré, mais il ne se montrait à eux que sous les traits du patriarche, fier et mélancolique.

— Votre fils est mort.

Teresa se rendit compte qu'elle avait prononcé ces mots à voix haute seulement quand Evaldi planta ses yeux dans les siens. Pour la première fois depuis leur rencontre, il ne semblait plus maîtriser la situation.

— Je sais ce que mon fils a fait.

Teresa s'éloigna. Elle effleura les murs inégaux qui semblaient vivants sous ses doigts. Comme la chair d'une créature si vieille qu'elle a été le témoin d'on ne sait combien d'autres tristes vies et en a absorbé la douleur, la colère et même le sang.

— Il m'a paru bon de vous le rappeler, ajouta-t-elle.

— S'il y a une chose dont je ne me souviens pas, c'est votre titre. Ou peut-être ne me l'avez-vous pas donné.

Marini intervint avec une tournure de phrase que Teresa aurait qualifiée de spécieuse. Au moins, le ton était assez péremptoire et expéditif, et rendait la réponse crédible.

— Mme Battaglia est consultante externe de la section de police criminelle, spécialisée dans les crimes à caractère psychologique.

L'homme le dévisagea longuement, en haussant le sourcil.

— Et elle serait ici pour quel motif ? Le seul crime que Ratchis a commis, c'est contre son père et contre Dieu, pour ceux qui y croient. Vous n'avez pas vu la vidéo ? Il n'y a aucun doute là-dessus.

Teresa ne réussit pas à garder le silence.

— Un crime contre vous ? C'est ce que vous pensez ?

— À sa naissance, je lui ai donné le nom d'un roi. Et il s'est donné la mort comme le plus vil des hommes. Il a livré toute la famille en pâture à la curiosité malsaine du public.

Teresa s'assit sans attendre une invitation qui, désormais, ne viendrait plus. Elle était épuisée.

— Pourquoi pensez-vous qu'il ait agi ainsi ?

— Qu'il se soit tué ? Je n'en sais rien. Il possédait tout. Ou c'est peut-être justement dû à cela : il possédait tout. De nos jours, les fils luttent constamment contre les pères.

— Les mères existent, elles aussi, je crois.

— Dora est morte quand Ratchis était encore petit. (Il désigna une photo dans la bibliothèque. Une très belle femme aux cheveux noirs ondulés tenait sur ses genoux un enfant aux cheveux châtains et aux traits fins. Ils étaient tout sourire, vêtus du vert de l'espérance, pourtant ils avaient l'air tristes.) Cette photo est leur dernière image ensemble. Onze années se sont écoulées.

Marini s'approcha, sembla vouloir prendre le cadre, mais il se tourna vers Teresa. Il avait eu la même impression : la mère et le fils n'étaient pas heureux, du moins pas sur cette photo.

L'homme poursuivit son monologue sans se laisser perturber.

— Maintenant, libre à vous de penser que le deuil l'a marqué au point qu'il ne s'en est jamais remis, et qu'un père peu affectueux n'a nullement servi la cause d'un garçon introverti. C'est bien ainsi que vous procédez, vous, les psychologues, n'est-ce pas ? Vous apportez des réponses banales à des questions qui n'ont rien de pertinent. Il s'est suicidé et lui seul sait pourquoi. S'il ne voulait pas nous en parler, c'est qu'il avait ses raisons.

Sa voix se brisa et Teresa songea : *Enfin.*

Evaldi s'assit à son tour, face à elle.

— Notre nom vient du germanique Ewald, « celui qui gouverne par la loi ». C'est également la devise de notre famille. Si vous êtes ici pour chercher des scandales, vous n'en trouverez pas.

Teresa commençait à se sentir attachée à lui. Elle comprenait peu à peu comment fonctionnait son esprit.

— Je n'ai jamais cherché que la vérité, répondit-elle.

— Qui peut dire ce qu'est la vérité, maintenant que Ratchis est mort ? Nous sommes parfois bouleversés par le regard que les autres portent sur nous. J'aurais préféré que Ratchis me crie sa souffrance au visage plutôt que d'avoir à recueillir les vestiges de ce qu'il a brisé, mais cela ne s'est pas passé ainsi. Vous me considérez comme un père méprisable et un homme froid. Je peux seulement vous affirmer que je n'ai jamais eu envie de voir mon fils de vingt ans dans un cercueil, tout comme je n'ai aucun désir de laisser deux étrangers comme vous entrevoir ce que je ressens.

— Monsieur Evaldi, à l'heure actuelle, les relevés sur les lieux où son corps a été retrouvé sont sur le point de se conclure. Si vous le souhaitez, rien n'empêche que vous vous rendiez auprès de votre fils. Je peux appeler une patrouille pour vous y accompagner.

— Mon fils n'est plus là. Maintenant, si vous le voulez bien, j'aimerais rester avec ce qui subsiste de ma famille.

Il tourna la paume vers le plafond, le coude planté sur l'accoudoir en velours. Une silhouette se déplaça à la périphérie du champ de vision de Teresa et tendit sa main à leur hôte. La lumière qui entrait par la fenêtre éclairait une jeune fille mince et pâle dans l'ombre de la pièce, comme dans un tableau de la Renaissance.

— Tassia, ma fille. C'est elle qui jouait de la harpe.

Elle avait seize ou dix-sept ans. Son visage démaquillé était un masque de sang-froid, de douleur asséchée. Elle glissa sa main dans celle de son père, qui la porta à son cœur.

— Désirez-vous savoir autre chose ? Sinon…

Marini se racla la gorge.

— Tassia, puis-je vous demander si votre frère a jamais évoqué devant vous un malaise ? Peut-être une rencontre qui l'aurait affecté ?

La jeune fille fronça les sourcils et fit signe que non.

— En êtes-vous sûre ?

Tassia regarda son père, puis Marini.

— J'ai seize ans. Pensez-vous que mon frère m'aurait prévenue qu'il voulait se suicider ?

La question demeura sans réponse. La jeune fille raccompagna Teresa et Massimo jusqu'à la porte. Avant de s'emmurer de nouveau dans le silence, elle leur fit une dernière confidence.

— Vous me dégoûtez, mon père est malade.

8

Massimo profita de son retour vers la voiture pour appeler Elena. La grossesse touchait à sa fin et l'attente angoissante, tout comme un ventre arrondi, pesait à sa compagne. Être réveillée en pleine nuit par un appel anonyme, qui avait poussé Massimo à se précipiter sur la scène d'un crime, ne faisait franchement pas partie des recommandations médicales quelques jours avant un accouchement. Toutefois, son esprit d'aventure avait eu raison de toutes les craintes.

Il ne restait désormais plus que le découragement et le chagrin face à l'état de Teresa.

— Embrasse-la pour moi, lui dit-elle.

— Je vais essayer, répondit-il.

Ils éclatèrent de rire, car ils savaient que Massimo n'en aurait jamais le courage.

Il mit fin à l'appel et rejoignit Teresa. Il ne l'avait pas quittée des yeux tandis qu'elle restait figée, les mains dans les poches, devant la façade d'un immeuble, sur la Piazza Duomo. Ces quelques minutes représentaient pour elle un temps infini.

Le bâtiment était le siège du musée archéologique national de Cividale. Sur des panneaux à l'entrée se détachaient des croix en or ciselé devant un fond noir. Teresa semblait enchantée par cette vision. Le vent d'octobre charriait le parfum des bois qui couvraient les collines et agitait les mèches de cheveux autour de son visage. Elle ne semblait pas s'en soucier. Qui sait si l'odeur de l'automne n'avait pas réveillé en elle la mélancolie qui avait rendu ses yeux plus liquides, ces derniers temps ? Une feuille effleura sa joue, avant de tomber au sol, aussi rouge qu'un cœur. Il la ramassa.

— À quoi pensez-vous ?

Elle continua à contempler les croix.

— Tu sens comme l'atmosphère est chargée, ici ? Nous marchons sur des couches et des couches de morts.

— Moi non plus, je n'ai pas apprécié cette rencontre. Enrico Evaldi le « Lombard » est plus glacial que le vent qui souffle de vos montagnes en février. Mais, au moins, nous avons pu nous ôter cette crainte de l'esprit. Même s'ils ne vous ont pas reconnue, je ne sais pas si je dois être soulagé. Nous sommes de nouveau à la case départ.

Teresa fixait toujours les panneaux. Massimo se pencha et envahit son champ de vision, mais c'était comme si elle ne le voyait pas. Elle continuait à débiter ses pensées.

— Il y a quelque temps, sous l'esplanade d'un couvent, une fosse commune avec les restes d'enfants de différentes époques a été retrouvée. Ici même, à Cividale. Ce n'était pas un cimetière, ni même un ancien lieu de culte. Les archéologues n'ont toujours pas compris ce qui était advenu à ces pauvres petits.

— De mieux en mieux. Que diriez-vous de rentrer à la maison ?

— Ils sont convaincus que sous la chaussée de Cividale se trouvent encore plusieurs tombes à exhumer, mais ils ont décidé de laisser les morts tranquilles.

— J'en ferais tout autant, dans la mesure du possible. Je vais appeler Parisi et lui demander de nous rejoindre chez vous. Nous devons discuter de la situation.

Massimo consulta la liste de ses derniers appels et jeta un coup d'œil à l'horloge.

— Vous avez faim ? On peut s'arrêter prendre un plat à emporter.

Mais Teresa avait disparu. Massimo était seul, la feuille qu'il avait ramassée toujours à la main.

— Teresa !

Quand elle le voulait, elle ne ressentait ni troubles physiques ni fatigue. Il la retrouva à la billetterie du musée. Elle essayait de payer son entrée, mais n'arrivait pas à compter l'argent. Elle mélangeait les pièces dans son sac à main en marmonnant des mots incompréhensibles.

Il l'arrêta.

— Qu'est-ce que vous fabriquez ? lui demanda-t-il à voix basse.

— Je veux comprendre qui nous avons rencontré tout à l'heure. Dans quel genre de famille ce jeune homme a grandi et quel héritage psychologique il portait sur ses épaules. Alors peut-être saurai-je pourquoi j'étais avec lui lorsqu'il est mort.

De nouveau, elle essaya de compter les pièces, mais, dans un geste de frustration, elle jeta son porte-monnaie, qui alla s'écraser contre une poubelle.

L'employée de la billetterie se leva d'un bond de sa chaise, une main sur le téléphone. Massimo l'apaisa d'un signe de tête.

— Personne fragile, murmura-t-il.

— Je t'ai entendu, l'avertit Teresa.

Cependant, il était soulagé. Elle n'était pas tombée dans l'un de ses « trous noirs », comme elle les appelait. Il adressa un sourire rassurant à la femme derrière le comptoir, qui les dévisageait à présent avec méfiance. Puis il ramassa calmement les pièces, les remit dans le porte-monnaie et le rendit à Teresa.

— Voulez-vous visiter le musée tout de suite ? Nous pouvons revenir. Rentrons à la maison.

Elle gardait les yeux baissés. Elle n'avait pas pu se retenir.

— Écoute, inspecteur, je n'ai pas de temps à perdre. Alors j'espère ne pas avoir oublié que je te l'ai déjà demandé, mais je le fais maintenant : s'il te plaît, ne m'empêche pas d'agir. Aide-moi.

Massimo prit son portefeuille.

— Bien sûr que je vais vous aider, je ne faisais que poser la question.

— Mais qu'est-ce que tu fiches ?

Massimo avait sorti son badge pour se présenter.

— Si c'est pour les besoins de l'enquête…

Elle le lui retira des mains.

— Les musées ont besoin d'argent. Tu vas les payer, ces tickets.

Il obtempéra. Avant de lui remettre les deux coupons, la personne de l'accueil voulut s'assurer que la dame était sous contrôle.

— Je vous rappelle que je suis là, marmonna Teresa, sans animosité. J'ai la maladie d'Alzheimer, mais j'entends encore très bien.

L'employée ne répondit pas, mais au moins ne leur refusa-t-elle pas l'entrée. Massimo songea que les gens devenaient de plus en plus indifférents aux difficultés des autres. *Nous n'avons plus l'habitude de vraiment rencontrer l'autre*, pensa-t-il.

Il passa le bras autour des épaules de Teresa.

— Pourquoi nous retrouvons-nous toujours tous les deux dans des endroits à l'histoire très ancienne ?

Elle chassa sa main.

— Parce que ce sont des pages d'un livre ouvert, celui de l'humanité, et parce que nous voulons apprendre.

Les salles, disposées sur plusieurs étages, n'étaient pas nombreuses, mais les collections qu'elles abritaient étaient grandioses et laissaient imaginer tout ce qui pouvait se cacher sous des mètres et des mètres de terre, comme les ossements sur lesquels Teresa avait imaginé marcher.

Au premier étage, des panneaux retraçaient les voyages d'un peuple équestre fièrement païen, apatride, habile dans l'art de la guerre, qui vivait de rapines, mais qui ignorait tout de l'agriculture. Teresa suivit le parcours séculaire des guerriers lombards, de la Scandinavie à la mer Morte, jusqu'à la Hongrie actuelle et, de là, au Frioul. Le premier jour d'avril 568, Cividale fut conquise et devint le premier duché lombard d'Italie.

— Il est arrivé par le col du Predil une horde de trois cent mille hommes, entendit Massimo expliquer Teresa.

Pourtant il ne trouva pas cette information sur le panneau qu'il avait sous les yeux. Elle l'avait puisée dans ses souvenirs (plus ils étaient lointains, plus ils semblaient nets) ; ce qui n'était pas dénué d'ironie, car elle ne se souvenait parfois même pas de son propre nom.

Il la vit s'arrêter devant le contenu des sépultures exposées dans des vitrines horizontales. Des femmes, des hommes et des enfants trouvés au cœur des nécropoles qui entouraient la ville. Dans chacune des tombes, un scramasaxe. L'archéologie funéraire racontait une histoire fidèle à celle du père de Ratchis.

La longue dague les accueillait à la naissance et les accompagnait dans l'au-delà. Nés guerriers, entraînés dès l'enfance à l'art de tuer, ils continuaient de manier leur arme dans la mort. Certains étaient enterrés avec des chevaux harnachés afin qu'ils puissent galoper dans l'outre-tombe, les phalères de leur harnais illuminées par la lumière éternelle.

Massimo ne pouvait détacher son regard des enfants.

— Qu'est-ce qu'on cherche ? demanda-t-il, mal à l'aise.

Elle ne semblait habitée par aucun doute.

— Un sentiment. Celui que j'ai senti vibrer dans la voix du père. (Elle désigna un bijou à côté d'une dépouille d'enfant.) C'est une pratique inhabituelle de doter les sépultures puériles de trousseaux de valeur.

— Pourquoi ont-ils fait cela, à votre avis ?

Elle laissa errer son regard, comme pour saisir une intuition.

— Peut-être considéraient-ils que la lignée elle-même avait de la valeur. Les enfants étaient importants pour eux, ce qui n'allait pas de soi à l'époque. (Elle désigna un cartel.) Peut-être étaient-ils considérés comme de petits adultes, une partie intégrante de la *farae*, une sorte de clan. Pense au nom de la victime, Ratchis. Qui appellerait son fils ainsi, aujourd'hui ?

— Certainement pas moi, et j'espère qu'Elena non plus.

Ils lurent ensemble le cartel.

— Il était duc de Cividale et seigneur d'Italie. Sa femme s'appelait Tassia.

— Ratchis et Tassia. Quelle imagination !

Teresa se déplaça devant une série de pointes de lances en fer.

— Il ne s'agit pas de fantaisie, mais de descendance. Enrico Evaldi s'attache à maintenir le passé en vie. Pour lui, la famille est une *farae*.

— Ce n'est pas un crime.

— Sauf si cela rend ton fils fou.

— Et qu'est-ce que vous en pensez ?

— Je ne pense rien. Je ne suis même plus capable de lacer mes chaussures. Pourtant, je me souviens de l'histoire comme si j'étais à l'école. Ça m'énerve.

— Il me rend fumasse, cet homme. Il se prend pour un descendant d'Alboïn. Vous l'avez entendu : « Ma famille existait à l'époque et elle existe toujours. »

— C'est peut-être vrai.

— Bien sûr !

Ils marchèrent lentement parmi les vestiges de ces siècles sombres, mais qui brillaient à travers des artefacts d'un tel raffinement qu'ils racontaient une histoire quelque peu différente.

— Je me souviens d'une chose à propos d'Alboïn, fit Teresa. Il a épousé la fille d'un roi ennemi, après l'avoir tué. Rosamonde, c'est son nom, n'a pas bien pris la chose. Pour la soumettre, Alboïn l'obligeait à boire lors de chaque banquet à même une coupe taillée dans le crâne de son père.

— Seigneur Dieu. Et… ?

— Elle a attendu plus de trois ans pour se venger. Elle l'a fait tuer avec sa propre épée, dans le lit conjugal.

— Une histoire qui finit bien !

Une pièce plus petite abritait des croix d'or. La surface de certains des bijoux était ornée de motifs animaliers de tradition germanique, tandis que d'autres portaient la marque de l'*Imago Christi*. Dans le *clipeus* central réunissant les croix les plus précieuses brillaient des aigues-marines et des lapis-lazulis. Massimo apprit que ces croix représentaient le lien entre le passé païen des Lombards et le passé chrétien, hérité des deux siècles de domination de la péninsule italique.

Ce n'étaient pas des ornements et elles ne répondaient pas aux besoins humains de pouvoir et de séduction. Elles étaient cousues sur les linceuls à la hauteur du front du défunt, comme symboles de protection et de salut, mais aussi comme matérialisation de messages bien plus mystérieux.

— Elles me flanquent la chair de poule, avoua Massimo.

Elle acquiesça, absorbée.

— C'est comme si on touchait la partie la plus intime d'un être humain. Lui, seul, face au plus grand mystère. (Dans la pénombre, une lueur d'or baignait le profil de Teresa.) Les Lombards sont venus en Aryens, ils se sont convertis, mais, dans leur cœur, ils sont toujours restés païens. On dit que, dans l'ombre, ils pratiquaient d'obscurs rituels ancestraux. La culture latine enseignée dans les cours régnantes éleva leur art, mais ils moururent en tant que guerriers du Nord.

Un peu plus loin, leurs yeux furent attirés par des productions sophistiquées : des fibules en forme de « S » constellées de grenats et d'améthystes, des colliers d'ambre et de calcédoine, des cornes de verre coloré, des bracelets de bronze et des amulettes de cristal, des fermoirs en os raffinés et, enfin, des clés de l'éternité en argent, qu'ils portaient sur eux et dans la tombe afin d'ouvrir toutes les portes et de franchir toutes les barrières.

Massimo demanda à Teresa ce qu'étaient devenus ces hommes et ces femmes, des guerriers, certes, mais pas seulement.

— Ils savaient très bien faire la guerre, mais pas la paix. Querelles, complots, luttes intestines : ils se condamnaient eux-mêmes. Charlemagne est arrivé et les a anéantis.

Ils s'étaient retrouvés face à face. Marini ouvrit grand les bras.

— Alors, qu'avons-nous découvert ?

Elle posa la main sur une vitrine, y appuya le front. Derrière le verre brillait une croix, la plus belle de toutes. Elle s'exprima comme si elle portait le poids de toutes les croix du monde sur ses épaules.

— Un sentiment. Pour ce peuple, le seul héritage qui comptait, c'était la mémoire de ses ancêtres. (Elle le regarda.) Vous vous souviendrez de moi ?

Massimo sentit les larmes lui monter aux yeux.

— Toujours. Chaque jour.

Les doigts de Teresa se détachèrent de la vitrine.

— Il n'y avait rien à trouver, Marini, seulement du temps à saisir. Pardonne mon égoïsme si j'ai voulu en profiter.

Elle n'ajouta rien d'autre, et Massimo ne réussit pas à répondre. Elle lui faisait ses adieux, un pas après l'autre.

9

Sur le chemin du retour, Teresa insista pour regarder la vidéo. Elle la relança plusieurs fois sur le téléphone de Massimo. Ratchis semblait s'adresser à elle depuis l'écran. Sa peau était bleutée dans l'obscurité d'une pièce, ses yeux et ses cheveux, noirs, ses lèvres, charnues. Sa beauté était celle d'une nuit d'été, de la jeunesse, d'un baiser, d'un jeune homme du Caravage. Elle eut envie de caresser son visage, au lieu de quoi elle lâcha un juron.

— Qu'est-ce que tu as fait, bordel ? s'écria-t-elle en agitant le téléphone, comme si le garçon était là et qu'elle le secouât par les épaules.

Marini quitta la route des yeux.

— Vous attendez qu'il vous réponde ?

Ce n'était pas une blague : il lui demandait vraiment si elle parlait à un mort ou à un téléphone. Massimo avait commencé à évacuer sa douleur en lui posant des questions absurdes de ce genre, par lesquelles il sondait son état mental. Il faisait un pied de nez à la situation. Teresa avait toujours pensé que l'inspecteur avait un côté masochiste, mais elle devait admettre que la méthode fonctionnait. Ainsi, il privait le mal de son pouvoir, il s'en moquait. Tel un bouffon, il pointait du doigt le roi nu et le tournait en ridicule.

— Non, pour l'instant, je suis là, avec toute ma tête. Je suis simplement énervée. Comment peut-on laisser derrière soi un message qui ne dit rien ?

— Il en dit assez.

— Il est hermétique.

— Et moi qui vous croyais pleine d'empathie.

— J'ai d'abord l'esprit pratique, puis empathique.

— Il souffrait, voilà ce qu'il a raconté au monde. « Je me sens mal. Je m'arrête là. On se reverra de l'autre côté. »

Je m'arrête là, les gars.
[Il passe une main dans ses cheveux.]
La vérité, c'est que j'en ai assez. Pour moi, l'éclipse est totale.
[Son rire s'éteint, il jette un regard vers l'objectif.]
Personne ne me ramassera en morceaux.
On se reverra de l'autre côté.

Teresa déballa un bonbon et le fourra dans sa bouche. Elle n'avait aucune envie de le manger, elle faisait ce qu'elle pouvait pour masquer le tremblement qui l'avait saisie.

— Évidemment qu'il souffrait, commenta-t-elle, mais va raconter à son père ou à sa sœur qu'ils devront se contenter de ce message pour le reste de leur vie. Ou à moi, qui n'y comprends rien, mais qui, d'une manière ou d'une autre, dois avoir un lien avec cette histoire.

— Nous sommes en train de retracer toutes les interactions qui ont eu lieu avec la publication. Nous trouverons les personnes qui lui étaient le plus proches et les entendrons, si cela s'avère nécessaire.

— Vous retracez toutes les interactions ? Le commissaire Dalla le sait ?

Marini ne répondit pas.

— Il le sait ?

— Bien sûr que non !

Teresa respira à fond.

— Ça va mal finir, Marini.

— Bon, n'exagérons rien.

— Moi, je vais vite oublier, mais toi…

— Comme d'habitude.

Massimo reçut un appel de Parisi, qu'il prit sur sa montre connectée. Son collègue ne demanda rien concernant la visite à la maison des Evaldi. Il resta laconique.

— Parri s'est libéré pour la partie de briscola.

— À l'endroit habituel ?

— Dès que possible.

Massimo raccrocha.

— Vous vous sentez d'attaque pour un détour ? s'enquit-il auprès de Teresa.

Elle était perdue.

— Depuis quand joues-tu aux cartes avec Parri ?

— Ce n'est jamais arrivé.

10

VINGT MINUTES PLUS TARD, ils se trouvaient à l'institut de médecine légale, retranchés comme des voleurs dans les toilettes réservées au personnel.

Le dos appuyé contre le mur carrelé, Teresa observa Massimo qui jetait un coup d'œil par la porte entrouverte.

— Tu es pathétique.

— Ne mentez pas, c'est palpitant.

— Au contraire, la situation est tragique.

— Je vous mets au défi de m'en citer une qui aurait été plus difficile, parmi toutes celles que vous avez vécues.

Teresa n'eut même pas besoin d'y réfléchir.

— Ici, dans ces toilettes, j'ai rencontré le premier tueur en série de ma vie. Je vomissais, il m'a essuyé le visage.

Le sourire de Massimo se figea.

— Giacomo ?

— Exactement. Je suis contente que tu l'appelles désormais toi aussi par son prénom. Je me sens moins bête.

L'affaire Giacomo Mainardi était la première qui impliquait un tueur en série sur laquelle Teresa avait travaillé, vingt-sept ans plus tôt. C'était également la dernière qui s'était close sur un échec, moins d'un mois auparavant. Giacomo était resté près de trente ans dans la prison où elle l'avait envoyé. Puis il avait trouvé le moyen de s'évader. Il avait traqué et tué quelqu'un de très proche de Teresa, dont elle ne voulait même plus prononcer le nom, puis avait disparu. Il y avait beaucoup de trous dans cette histoire, mais ce n'était pas Teresa qui allait les combler.

— Vous avez des nouvelles de lui ? lui demanda Marini.

— Bien sûr, nous nous appelons pour nous raconter nos infirmités respectives.

— Je voulais dire : vous arrive-t-il de sentir sa présence à vos côtés ? Pensez-vous qu'il continue à vous surveiller ?

Pour ce que Teresa en savait, Giacomo pouvait aussi bien être très loin ou incroyablement proche.

— Tu as quelque chose à confesser, Marini ?

Massimo lui fit signe de se taire : quelqu'un passait dans le couloir près d'eux et se dirigeait vers la sortie. Teresa entrevit le père de Ratchis qui entourait sa fille d'un bras protecteur, les yeux masqués par des lunettes noires. À deux pas derrière eux, le commissaire Dalla était en pleine conversation téléphonique. Il s'arrêta le temps de vérifier sa braguette, qui était baissée. Il prit le temps de la remonter et reprit sa marche en sautillant. Teresa éprouvait des sentiments contradictoires à son égard. Elle le détestait, mais en même temps le trouvait génial dans sa façon d'affronter la vie avec des airs de pirate. Ou de bouffon.

Après quelques minutes, Parisi les fit sortir. Ils rejoignirent ensemble l'une des salles réservées aux autopsies. Le corps du garçon y avait été placé pour que son père puisse l'identifier, mais, très vite, si rien ne s'y opposait, il serait restitué à la famille.

Pour Teresa, c'était la dernière occasion de l'examiner. Elle n'arrivait pas à comprendre si l'énigme à résoudre l'avait attirée ici, ou s'il s'agissait d'un élan affectif envers cette créature désormais sans vie. Mouvements et pensées se pourchassaient en elle tels des chiens sans laisse, qui trébuchaient et se chamaillaient en aboyant. Difficile d'estimer lesquels prendraient le dessus. La maladie alimentait le chaos, et pas seulement dans son esprit.

Antonio Parri était un ami fidèle. Il vint vers elle avec un sourire où elle décela de l'indulgence. Peut-être voyait-il en Teresa l'enfant maladroite qu'elle devenait. Elle apprenait peu à peu à éprouver la même tendresse envers elle-même. Antonio garda les mains dans les poches de sa blouse et ne pressa pas le pas. Il savait comment lui communiquer son calme.

— Un beau coup de théâtre, Teresa. Félicitations.

Elle retira le petit sac qu'elle portait autour du cou ; ses cervicales lui brûlaient.

— N'est-ce pas ? Je ne me suis pas retenue au moment de faire mes adieux !

Il lui effleura le bras.

— Ne dis pas des choses pareilles, même en plaisantant. Comment vas-tu ?

— Tout me fait mal, Dieu seul sait ce que j'ai fabriqué hier soir.

— Après, si tu veux, je jette un œil.

— Eh bien, merci, docteur des morts. Mon heure n'est pas encore venue.

Il rit, lui prit le sac des mains et le posa sur un petit fauteuil.

— Sinon, comment te sens-tu ?

— Plus abrutie que jamais et maintenant, en plus, un peu effrayée.

— À cause de ce que tu aurais pu faire ? Je n'ai aucun doute à ce sujet : rien de mal.

— À cause de ce que vous faites, vous tous, Antonio.

— Bah ! on s'ennuyait.

— J'espère me souvenir de cette phrase et vous la renvoyer à la figure quand vous finirez tous au tribunal.

Il posa ses mains sur les épaules de Teresa.

— Il n'y a que toi qui pourrais nous tirer de là.

— Vous vous êtes fourrés dans un sacré pétrin, tu t'en rends compte ?

Le sourire de Teresa s'effaça. Elle venait d'apercevoir Ratchis par-dessus l'épaule de son ami. Il l'attendait.

— Je peux ? murmura-t-elle.

Parri s'écarta.

— C'est pour ça que je t'ai demandé de venir.

Les jambes flageolantes, elle s'approcha de la paillasse en acier. À cet instant, elle découvrit qu'elle était émue. Son existence et celle du jeune homme devaient s'être effleurées, d'une manière qui restait peut-être mystérieuse aux yeux de tous, mais qui avait dû laisser des traces.

Lorsqu'elle se pencha pour l'observer, elle eut l'impression de s'incliner au-dessus d'un berceau. D'instinct, sa main vint retenir son ventre, comme s'il allait se contracter tel un cœur en fibrillation.

Antonio avait redonné au cadavre son unité. Il s'en était occupé lui-même, sans le confier aux assistants. Teresa s'en rendit compte grâce au drap au double pli que l'anatomopathologiste avait remonté sous le menton du garçon. Il l'avait presque bordé, comme pour un long sommeil. Ce pli, c'était sa lubie.

Les morts précoces ont des mains pesantes qui pressent ta poitrine, songea-t-elle.

— Je confirme tout d'abord l'hypothèse concernant le processus mortel formulée sur le lieu de la découverte du cadavre. Il s'agit d'un suicide, entendit-elle affirmer Antonio, qui s'était également approché. Il n'y a pas de signes de contrainte ou de lutte, pas d'ecchymoses ou d'égratignures qui pourraient indiquer qu'on a déplacé le cadavre, en le traînant sur le sol, par exemple. Les blessures sont compatibles avec le poignard à un seul tranchant qui a été retrouvé. La pointe a pénétré de haut en bas, si l'on prend pour axe de référence le torse du garçon. Ce sont des blessures qu'il s'est infligées. D'abord au bras gauche puis, avec plus de difficulté, au bras droit.

Teresa sentit la présence de Marini derrière elle. Parisi, qui se tenait à l'écart, prit la parole.

— La police scientifique prépare le relevé des traces de sang, mais cela ne semble pas réserver de surprises.

Hormis ma présence à côté de lui, rectifia-t-elle mentalement.

Parri enfila ses gants en latex.

— Le père a donné son accord pour la prise de sang. Nous allons vérifier qu'il ne contient aucune substance qui aurait pu altérer son état de conscience. Et je vais également jeter un coup d'œil à ton manteau.

Teresa se demanda de quelle maladie souffrait Enrico Evaldi, si la mort de son fils serait un fardeau qu'il porterait durant des années, ou s'il lui restait peu de temps à vivre. Entre malades, on se reconnaissait, elle en était convaincue ; on flairait la peur chez l'autre. Peut-être en cet instant l'homme souffrait-il de deux chagrins : l'un déjà accompli, l'autre en cours d'accomplissement.

Elle toucha le cadavre. Elle perçut à peine le tressaillement de Marini et le geste discret qu'eut Antonio pour le tranquilliser.

Teresa caressa le visage de Ratchis.

Des années auparavant, une affaire de disparition de mineur avait été résolue, longtemps après les faits, à la suite de la découverte des restes du petit, tombé dans un puits désaffecté. Teresa avait assisté au moment où l'on avait appelé la mère pour l'identifier. Il ne restait de l'enfant que des os et des bouts de tissu, mais la femme avait demandé si elle pouvait le prendre dans ses bras : dans cette poussière, face à cette décomposition, elle continuait de voir son petit. Ce fut l'un des instants les plus émouvants de sa vie ; Teresa était convaincue qu'elle ne l'oublierait jamais. Elle s'aperçut qu'elle pleurait, mais elle s'en moquait. Elle avait donné de plus mauvaises images d'elle-même et, en cet instant, elle ne voulait pas étouffer la tendresse qui l'animait. Elle ne se demanda pas si cela venait d'un instinct primitif ou de souvenirs enfouis.

— Je ne crois pas que ton père soit si insensible que ça, murmura-t-elle à Ratchis. Ne le crois pas, toi non plus, en dépit de tout ce qui a pu t'amener à penser le contraire.

Son regard tomba sur son propre cardigan. Il avait l'air d'avoir été boutonné n'importe comment, ses pans n'étaient pas alignés, et pourtant il lui avait fallu un effort minutieux pour réussir à enfiler ces *trucs* dans ces *trous* – elle n'essaya même pas de trouver les termes exacts.

Et je devrais découvrir, moi, ce qui s'est passé ? Moi, qui ne réussis même plus à lacer mes chaussures ou à fermer un gilet ?

Personne ne le lui avait fait remarquer, ou ne lui avait boutonné correctement son cardigan ; peut-être parce que la poitrine de Teresa, qu'elle soit observée ou effleurée, était un territoire tacitement interdit.

— Il y a un détail que je voudrais vous montrer, fit Parri. Mais je vous préviens d'emblée, il ne change rien à ce que je vous ai déjà signalé. Au contraire, cela renforcera peut-être notre hypothèse, mais ça, c'est le domaine de Teresa.

Antonio souleva le drap et le rabattit au niveau des hanches du cadavre.

Sur le pubis de Ratchis se déployaient en éventail des cicatrices récentes et anciennes, traînées rouges et blanches qui se chevauchaient tels des épis de tissu cicatriciel.

Antonio n'avait aucun doute.

— Automutilation. Et il y a plus encore.

Il bascula le corps sur le côté, juste assez pour dévoiler les omoplates et une partie du torse. Le dessin d'une aile, également fait de tissu cicatriciel, mais cette fois-ci ancien, couvrait la moitié gauche du dos et s'élargissait vers le flanc et l'extérieur des côtes.

— Il s'agit d'un type particulier de tatouage réalisé par scarification. Il s'obtient en incisant la partie profonde du derme et en attendant que la cicatrisation crée le motif en surface. Toutefois, le travail est si irrégulier que cela n'a pas l'air d'être celui d'un professionnel. Il se peut qu'il ait agi seul. Il devait être mineur quand il a commencé.

Ratchis abritait en lui une douleur ancienne qu'il avait imaginé pouvoir étouffer en abîmant son corps. La guérison de la couche extérieure n'atteignait pas l'âme. Elle laissait des traces impossibles à effacer.

Marini soupira, extériorisant son malaise devant ce ravage.

— Qu'est-ce qui peut réduire un individu à cela ?

Teresa répondit d'instinct.

— À un moment donné, quelque chose en lui s'est brisé. Un mal latent s'est réveillé et lui a ouvert les yeux.

11

LA MÈRE DES OSSEMENTS ouvrit les yeux, les écarquilla dans la lumière qui se taillait un chemin parmi les ombres. Elle étira ses membres et une douleur lui traversa les vertèbres. On lui avait appris que la douleur était la vie. Elle étendit ses bras et ses jambes couleur de craie. Elle arqua le dos jusqu'à rejeter la tête en arrière. Son abdomen gonflé se tendit. Son corps gémissait tels des roseaux dans le vent. La musique de ses tendons.

Lui revinrent en mémoire des lieux reculés, des souvenirs lointains. Elle leva une main, puis l'autre, et tira une flèche imaginaire qui, un jour, avait sifflé dans le ciel clair. Ses mains fortes exerçaient le commandement, qui portaient la bannière.

La Mère des ossements rampa sur la pierre, goûta l'air du bout de la langue, flaira le changement à venir : il vibrait, caché dans le mouvement de la planète, mais ses sens parvenaient à le saisir.

Elle s'accroupit prudemment, excitée.

Bientôt commenceraient les litanies, les récits de tout ce qui avait été.

Elle trempa son pinceau dans l'encre et écrivit.

Je suis née pour vivre pour l'éternité je suis née pour vivre pour l'éternité je suis née pour vivre pour l'éternité

12

Teresa était allongée entre les coussins du canapé, les bras écartés. Elle se débarrassa de ses chaussures en soupirant.

— J'y suis peut-être allée à pied, jusqu'à ce maudit lac.

Alice s'était blottie contre elle et semblait ne pas vouloir la quitter. Le réveil avait été tumultueux aussi pour la jeune fille. Ne pas retrouver son amie, ne pas savoir où elle était passée l'avait effrayée. Massimo pensa qu'elle se sentait peut-être coupable de ne pas l'avoir protégée. Teresa avait dû aussi le percevoir. Peu avant, il l'avait entendue lui murmurer à l'oreille : « Ce n'est pas ta faute. »

Alice était malvoyante, et son état s'aggravait. Le seul spectre de couleurs qu'elle réussissait à voir était celui du bleu-violet. Elle disait le sentir sur elle, le respirer, à tel point qu'elle s'accrochait à cette unique lueur parvenant à pénétrer ses ténèbres. Le bleu couvrait ses cheveux, son vernis à ongles, les écouteurs qu'elle portait toujours autour du cou, son plafond et les rideaux de sa chambre. « Blu » était aussi le surnom que Teresa lui donnait.

D'entrée de jeu, elles avaient tissé une relation particulière. Massimo en avait pris ombrage et Alice l'avait remarqué.

— Toujours jaloux ? lui avait-elle lancé un jour.

— Mais enfin !

— Tu sais que son cœur est assez grand pour nous deux.

Elle avait raison.

Teresa perdait la mémoire et Alice, la vue. Elles se comprenaient. D'ici à quelques années, Alice non plus ne se souviendrait plus de l'aspect du monde. Elle ne parlait jamais de sa mère, mais Massimo était convaincu qu'elle se rappelait tous les détails la concernant. Ce n'était pas un hasard si Teresa avait rencontré Alice et Smoky, mais c'était une histoire dont ni l'une ni l'autre n'aimait à parler.

Il mit de côté le sac contenant le manteau ensanglanté. Parri n'avait gardé que la ceinture, beaucoup plus discrète aux yeux d'éventuels curieux. Il trouverait un moyen de prélever des échantillons de sang et de les analyser sans mettre en œuvre les procédures habituelles, même si personne ne doutait du résultat. Il lui rendit son téléphone. Ils avaient pris les empreintes digitales et passé de nouveau au crible, plus attentivement cette fois-ci, les derniers appels : aucun indice.

Lorsqu'il marcha près de la niche où dormait le chien d'Alice, Smoky lui aboya dessus dans son sommeil. Il adorait Teresa autant qu'il se méfiait de Massimo.

— C'est incroyable, ricana Teresa. Il remarque ta présence même quand il dort. Tu lui casses vraiment les couilles.

Plus que l'aversion que « la Bête », comme l'appelait Massimo, manifestait envers lui, ce qui était notable chez Smoky, c'était son nez, qui avait un atout spécial. C'était un chien spécialisé dans la DRH, la « détection de restes humains » : il était capable, par pur plaisir, de renifler et de suivre la moindre trace olfactive de sang ou d'ossements humains, qu'ils soient à la surface ou enterrés.

Massimo repassa devant lui en faisant attention à ses chevilles.

— Tu ne peux pas l'emmener à un cours de dressage ? interpella-t-il Alice.

Elle haussa les épaules.

— Peut-être qu'il est simplement gêné par ton parfum.

— Non, c'est ma personne qui le gêne.

Parisi prit une chaise et s'installa dessus à califourchon.

— Pauvre petit, quel amour !

— Tu éprouves de l'empathie pour la Bête ?

— Je parlais de toi.

Teresa demanda l'heure.

— Celle du déjeuner est passée depuis longtemps, répondit Parisi.

— Allez, sortez un peu d'ici. Vous n'avez pas de maison où rentrer ?

Depuis qu'elle leur avait avoué sa maladie, la petite maison style Art nouveau était devenue un vrai moulin. Il y avait toujours quelqu'un pour le déjeuner ou le dîner, pour le film du soir ainsi que pour celui du dimanche après-midi. L'un restait dormir, l'autre passait tôt le matin pour le petit déjeuner.

Au début, ils s'efforçaient de remplir l'existence de Teresa de stimuli, d'obligations qui l'ancreraient dans le monde – ce monde où elle avait toujours calqué son pas sur celui des chefs de file et des guides. Ils ne se rendaient pas compte qu'ils finissaient par l'épuiser.

Au bout de la énième invitation que Massimo lui avait imposée, Teresa l'avait pris à part et s'était montrée lapidaire.

— Je ne suis plus celle que tu as connue à ton arrivée. Je ne peux pas redevenir cette femme. Reconnais-moi le droit d'être malade.

Depuis lors, Massimo et les autres avaient respecté sa volonté et, pour compenser, s'étaient installés dans sa maison.

De Carli surgit de la cuisine.

— Je prépare des pâtes pour tout le monde, hein ?

Teresa leva les bras et les laissa retomber lourdement sur les coussins.

— De Carli, tu es en vacances, toi aussi. Trouve-toi une copine ou un copain, pars en voyage. Fous le camp d'ici.

Le policier lui répondit la bouche pleine.

— Je vous manquerais. Maintenant, dites-moi comment vous trouvez la sauce.

Parisi saisit la balle au bond.

— Tu manquerais aussi à Valeria, la greffière ? Tu cuisines pour elle ?

De Carli lui jeta un regard noir, mais Teresa l'avait entendu.

— Tu sors avec Valeria ?

Elle ne se souvenait pas de son nom de famille, mais elle connaissait bien la jeune femme chargée du secrétariat de Crespi. Elle était compétente et sous-estimée, comme de trop nombreuses femmes.

— Il ne sort avec personne, répondit Parisi. Il s'est pris un râteau.

De Carli lui tendit son majeur.

— Et celui-là, tu le veux, pour ton dîner ?

Teresa essaya de se lever, mais dut s'y prendre à deux fois.

— Laisse-le tranquille. (Elle chercha sa canne sous les coussins, puis l'empoigna avec l'envie de la jeter.) Le corps est en plus mauvais état que l'esprit. Bordel.

Parisi se pencha vers elle et la fit se rasseoir.

— Restez un peu tranquille.

— Je dois chercher des indices.

— Des indices sur quoi exactement ?

— Sur moi. Il faut que je mette cette maison sens dessus dessous.

— Nous l'avons déjà fait à peine arrivés.

— Nous l'avons mal fait. C'est impossible qu'on ne trouve rien.

— Une montagne de livres, à dire vrai. Dispersés dans toutes les pièces. Difficile de dire quels sont vos centres d'intérêt ces derniers temps.

Ils avaient trouvé quelques notes sur Cividale et le journal dans lequel Teresa écrivait toujours tout, jusqu'à il y a quelques mois.

Elle avait choisi de ne plus l'ouvrir : « Je n'y aurais lu que la déchéance de la signataire. » La dernière phrase avait été raturée d'un trait rageur. Aucun d'entre eux n'avait été en mesure de comprendre ce qu'il y avait d'écrit.

— C'est vous qui l'avez raturée ? l'interrogea Marini.

— Peut-être, oui, mais il était clair qu'elle ne s'en souvenait pas.

Massimo devina ce qu'elle pensait : qu'il était de sa responsabilité de le savoir, et se sentir en faute la mettait sur les nerfs. Elle pointa la canne dans sa direction.

— Marini, tu devrais être avec Elena en ce moment et la protéger. Elle et le bébé qui est sur le point d'arriver.

Cette phrase résonna de façon si macabre qu'elle en sembla elle-même surprise. Marini la regarda, les yeux écarquillés.

— Je ne sais pas pourquoi j'ai dit ça. Désolée.

Alice la serra dans ses bras.

De Carli posa la louche et s'empressa de venir à son aide.

— Je vais voir si nous pouvons déchiffrer l'écriture qui a été recouverte. Je sais peut-être à qui m'adresser. Puis-je prendre cette page ?

Teresa acquiesça avec raideur.

Massimo était mal à l'aise, lui aussi. Pas tant à cause des mots qu'elle avait choisis, mais du ton sur lequel elle venait de les prononcer, comme si elle savait quelque chose qu'il ne leur était pas encore donné de découvrir. Et cela n'augurait rien de bon.

Il échangea avec Parisi un regard entendu, puis fit semblant de rire de la situation.

— Vous venez de me rappeler que je devais lui téléphoner. Je reviens tout de suite.

Il se réfugia dans le bureau de Teresa. Il se traita d'idiot, mais il appela quand même Elena, pour découvrir qu'elle et le bébé allaient bien et qu'il venait de les tirer d'une sieste. Il ne réussit pas tout de suite à dissimuler son inquiétude et sa femme s'en aperçut.

— Massimo, tu es étrange.

— Je suis simplement désolé de ne pas pouvoir rentrer plus tôt.

— Fais ce que tu as à faire et ne t'inquiète pas. Nous n'avons besoin de rien. Ah ! il… ou elle vient de donner un coup de pied.

— Fais-lui une caresse de ma part.

Il restait inquiet lorsqu'il raccrocha. Il posa ses mains sur le bureau, un modèle ancien du genre massif, si lourd qu'il était impossible de le déplacer une fois installé. Elle était bien ordonnée, la nouvelle lubie de Teresa, même si elle était encombrante : des livres, des stylos et des crayons, des notes, des Post-it, le tout méticuleusement agencé. Teresa y avait consacré du temps, récemment. Elle menait des recherches historiques sur la chute de l'Empire romain, les invasions barbares et le Frioul médiéval. Il lui avait semblé étrange qu'elle se souvînt de tous ces détails, au musée. C'était une bûcheuse, mais il y avait des limites.

Parisi arriva et referma la porte derrière lui.

— Tout va bien ?

— Pour l'instant, oui.

— Comment ça : « pour l'instant » ?

Massimo se mordit la lèvre.

— J'ai un mauvais pressentiment.

— Je dois toucher du bois ou quoi ?

Massimo lui fit signe que non.

— Tu as entendu ?

— Quoi ?

— Chut.

Il accourut à la fenêtre et l'ouvrit en grand.

— Des pleurs d'enfant. Ça venait de l'extérieur.

Parisi le rejoignit.

— Les mêmes que ceux du lac, d'après toi ? Je n'ai rien entendu.

Il ne s'était agi que d'un souffle, mais cela avait suffi à éveiller immédiatement les sens de Massimo. Depuis le jour où ils avaient retrouvé le corps de Ratchis, il n'avait cessé d'y penser.

Parisi se pencha par la fenêtre. La rue était déserte.

— Peut-être que, cette fois-ci, c'était un véritable enfant.

Massimo lui montra son bras.

— Tu vois ? J'ai la chair de poule.

Parisi désigna la porte.

— Si quelqu'un est venu par ici exprès, il doit encore se trouver dans les parages. Allons le débusquer.

Massimo réfléchit. Ç'avait également été son premier réflexe, et seule la peur de laisser Teresa le retenait.

— Elle a déjà disparu dans les bois. Elle est capable de disparaître en ville aussi, dit-il en regardant son collègue. Ce soir, nous monterons la garde ici, à tour de rôle.

Ils retournèrent dans le salon en discutant. Entre-temps, Teresa avait rejoint De Carli dans la cuisine et insistait pour lui donner un coup de main. Toutefois, la plaque électrique la rendait folle. Tous ces symboles sur l'écran, ces chiffres qui clignotaient et ces indicateurs sonores la rendaient fébrile.

Massimo essaya de l'en décourager.

— La dernière fois que vous avez aidé, vous avez agrémenté les pâtes avec une sauce à base de détergent, lui rappela-t-il.

— Parce que le produit était rouge, comme de la sauce tomate.

Son téléphone sonna. Elle chaussa les lunettes qui pendaient sur sa poitrine.

— C'est mon médecin. Bizarre.

Elle décrocha et le portable de Massimo se mit à vibrer à son tour. C'était le commissaire Dalla. Il ne manquait plus que lui. Massimo, déjà prêt à une énième perte de temps, répondit à contrecœur ; mais lorsque son supérieur lui expliqua pourquoi il le cherchait, il se sentit défaillir. Il vit Teresa contempler son poignet, orphelin du bracelet dont elle ne se séparait jamais. Ce bracelet en argent sur lequel elle avait fait graver son nom et le numéro de téléphone à appeler au cas où on la trouverait dans un état de confusion : celui de son médecin traitant.

Leurs regards s'accrochèrent.

— Où l'ont-ils trouvé ? l'entendit-elle demander à son interlocuteur.

Il répondit lui-même en répétant les mots de Dalla.

— Dans un hypogée, à Cividale.

13

L'escalier qui descendait dans l'hypogée était caché dans un immeuble du centre de Cividale, derrière une porte en bois des plus communes qui s'ouvrait grâce à une clé tout aussi banale. Sans la plaque apposée au-dessus du montant en bois décoloré, rien n'aurait laissé supposer qu'au-delà de cette porte ordinaire et usée s'ouvrait une catacombe que l'on avait creusée trois siècles avant la naissance du Christ.

Teresa descendit les marches glissantes en s'accrochant à la rampe. Ses jambes étaient instables non à cause de la descente raide, mais en raison de l'humidité qui semblait remonter du fond. L'hypogée était une bouche qui l'engloutissait, un lieu empli de mystères à percer. Aujourd'hui, l'endroit en contenait un de plus, qui cette fois la concernait.

Derrière Teresa, la directrice de la recherche archéologique expliquait à Massimo qu'il s'agissait d'un site préromain, peut-être une chambre funéraire celtique qui avait servi de prison. Le professeur Belleri avait l'air d'une femme pragmatique, mais Teresa ne pouvait s'empêcher de penser qu'elle avait l'air contrariée. Ils n'étaient pas passés loin d'assister à la destruction d'un trésor unique et inégalable.

Lorsqu'elle arriva au fond, dans une chambre centrale d'environ six mètres sur trois d'où partaient trois couloirs, Teresa posa sa main sur la pierre. Elle n'était pas aussi froide qu'elle l'avait imaginé. La cavité était un ventre : elle avait été creusée le long de la rive rocheuse de la rivière qui traversait le village et sculptait ainsi le paysage. Au-delà de quelques empans de rochers coulait le Natisone, émaillé de plages de gravier blanc et de rochers épars. Il frôlait le centre historique de Cividale, enjambé par le pont du Diable. Teresa aurait aimé demander à tout le monde de se taire ; peut-être aurait-on alors entendu son chant.

Le courant électrique était amené de la rue par de gros câbles tendus tout le long du périmètre. La directrice passa devant Teresa et s'écarta.

— Chaque couloir se termine par une salle dotée de niches, d'étagères et de piliers ornementaux. Jusqu'à présent, il y avait trois salles, mais après l'effondrement du mur une quatrième est devenue visible. Mettez vos casques, s'il vous plaît.

Ils poursuivirent leur chemin dans le couloir soutenu par des étais. L'hypogée était fermé depuis plusieurs semaines pour entretien mais, quelques heures plus tôt, quelqu'un avait provoqué l'effondrement d'une partie de la dernière chambre en créant une fissure à l'aide d'un marteau-piqueur qu'il avait abandonné sur place. L'acte même était lâche et inquiétant, mais ce que l'effondrement avait révélé était encore plus inexplicable.

— Nous y voilà.

Le professeur Belleri désigna le masque sculpté au-dessus de l'entrée de la chambre. Chaque entrée en possédait un : une tête, d'homme ou de bête, difficile à dire, saillait du mur et contemplait la chambre. Les formes étaient grossièrement esquissées, à peine reconnaissables, ou peut-être était-ce le temps qui les avait émoussées. Teresa trouvait qu'elles ressemblaient aux *têtes coupées**[1] celtiques. Le masque de la chambre effondrée avait la bouche grande ouverte et semblait pousser un éternel cri muet. Il fut un temps où il faisait face à la roche, mais, maintenant qu'une partie du mur s'était effondrée, son regard se posait sur une tombe. Depuis on ne savait combien de siècles, il avait été le gardien inconscient d'une jeune Lombarde.

Teresa retira la main de la directrice de son bras et s'avança.

Les restes étaient misérables, un tas d'os. Qui sait sur quelles bases ils avaient déduit qu'elle n'était guère plus qu'une gamine. Quiconque avait été enterré là était retourné à la poussière.

Elle s'était dissoute, mais ses bijoux demeuraient. Des anneaux de bronze pour rassembler ses cheveux, des fils d'or autrefois tissés dans ses robes, un médaillon en forme de spirale à hauteur du sternum, un poignard dans la main gauche et le bracelet de Teresa à son poignet droit.

---

1. Les termes en italiques suivis d'un astérisque sont en français dans le texte. *(Toutes les notes sont de l'éditeur.)*

14

À contrecœur, Massimo fit sortir Teresa de l'hypogée et la confia à Parisi et De Carli qui les attendaient dans la rue. Lui non plus n'avait pas le droit d'être là, l'affaire était du ressort de ses collègues de Cividale. C'étaient eux qui avaient remonté la piste du médecin de Teresa lorsqu'ils avaient trouvé le numéro gravé sur le bracelet. Sans manquer d'alerter le commissariat d'Udine, car le nom qui figurait sur le reste de la gravure (« Tu t'appelles Teresa Battaglia ») était plus que connu au siège de la police et à l'extérieur.

Un nom respecté, qui ouvrait des portes. Il avait épargné à Massimo une médiation délicate et la nécessité d'avoir à trop s'expliquer. Quoi qu'il en soit, il devait faire preuve de toute la diplomatie possible pour que personne ne se sente court-circuité, mais il réfléchissait déjà aux moyens de se saisir de l'enquête. Il avait l'impression de marcher sur des tessons de verre brisé.

Il examinait le site avec ses collègues et le professeur Belleri. Rien n'avait encore été prélevé, ils attendaient la police scientifique.

Les bijoux qui composaient le mobilier funéraire lui semblaient maintenant presque menaçants : les présages d'un malheur, les éléments d'une énigme qui, au lieu de s'éclaircir, se refermait autour de Teresa.

La directrice expliquait qu'avec ce bracelet la mystérieuse Lombarde semblait avoir traversé le temps sans quitter ce tombeau, comme si elle n'avait pas d'âge.

Une vision romantique de la mort. Les faits étaient beaucoup plus prosaïques et dressaient un tableau inquiétant : la personne qui avait placé le bracelet dans la niche voulait impliquer Teresa Battaglia dans une histoire aux contours encore flous et ne se privait pas de recourir à la destruction pour y parvenir, quitte à prendre d'énormes risques.

Il s'éloigna du groupe. L'espace était exigu, quelques pas suffisaient. Il inspecta du mieux qu'il put la pièce, elle aussi garnie d'étais pour empêcher de nouveaux effondrements. L'éboulement avait déposé beaucoup de matériaux rocheux sur le pourtour. La directrice le remarqua.

— C'est dangereux, il faut des techniciens pour nettoyer et sécuriser le site.

Massimo lui montra qu'il avait les mains dans les poches.

— Je ne touche à rien.

Il n'avait pas l'intention de se laisser mettre à la porte, même aimablement. Il lui fallait dérober chaque détail avec les yeux. La directrice se désintéressa de lui pour répondre à la question de ses collègues.

— Il a agi sans être dérangé. Il savait que les visites étaient suspendues. En entendant le bruit, les voisins ont cru qu'il s'agissait de travaux d'entretien en dehors des horaires habituels. Celui qui est entré ici possédait un double de la clé, précisa-t-elle pendant qu'un de ses collègues prenait des notes pour rédiger le rapport d'enquête.

— Qui a accès aux clés ? l'interrogea-t-il.

— Toute personne qui en fait la demande à la billetterie du Temple lombard. Il suffit de laisser une pièce d'identité, qui est restituée à la fin de la visite.

— Les visiteurs viennent-ils seuls ou avec un guide ?

— Seuls.

Il était inutile de consulter les données personnelles collectées le jour de l'effondrement, ou les images de la caméra de la billetterie. La copie de la clé avait pu être réalisée bien avant. Massimo chercha un emplacement où il y avait du réseau et téléphona à Parisi, en s'assurant de parler à voix basse.

— Comment va-t-elle ?

— Elle est tranquille, du moins en apparence.

— Écoute, il faut qu'on sache s'il y a des caméras de surveillance qui donnent sur la rue juste devant.

— Je m'en occupe tout de suite.

Il mit fin à l'appel et retourna à ses observations. Le mystérieux vandale n'avait pas touché au bracelet, mais les restes de la Lombarde avaient été déposés dans une cavité naturelle qui n'avait jusqu'alors aucune autre entrée que celle créée par le marteau-piqueur.

Soudain, un frisson lui parcourut l'échine. Cette fois, ce n'était pas à cause d'une sensation désagréable, mais d'une bouffée d'air. Il sentit un courant qui remontait du sol. Il remua nonchalamment du bout de sa chaussure un peu de terre et de cailloux, puis vainquit son hésitation et se pencha pour creuser avec les mains.

— Mais que faites-vous ?

Il se retourna et ses yeux tombèrent sur la directrice.

— Il y a une ouverture, très étroite. Vous le saviez ?

— Non. Les anciens plans cadastraux et les analyses les plus récentes ne la mentionnent pas.

— Qu'y a-t-il de l'autre côté ?

— La cavité donne sur la rivière.

Massimo contempla le plafond.

— Et au-dessus de nous ?

— Un édifice de l'époque médiévale, propriété de la municipalité. Mais presque tout ici est construit sur des vestiges plus anciens.

Massimo regarda son collègue et attendit. Il le vit hocher la tête.

— Il faut qu'on voie ça.

Le professeur Belleri sembla décontenancée par cette demande, peut-être parce qu'elle n'avait pas été formulée comme telle.

— Le bâtiment est vide, il n'y a rien.

— Tant mieux, ça ira plus vite.

— Je croyais qu'il fallait une autorisation pour procéder à des perquisitions.

Massimo se releva.

— Ce n'est pas une perquisition, professeur, et cela se déroule dans un esprit coopératif.

Il était évident que l'idée ne lui plaisait pas, mais la directrice finit par accepter. Sans doute les jugeait-elle partiellement responsables de ce qui s'était passé. Elle n'avait pas apprécié que le bracelet, si moderne et si peu en accord avec les bijoux anciens, se retrouve sur le squelette de la jeune fille.

Massimo remonta l'escalier avant tout le monde, chercha De Carli et l'informa de la nouvelle inspection à mener.

— Et où est-elle ? lui demanda-t-il.

— Avec Parisi, à la recherche des caméras de surveillance. Pas moyen de la retenir.

— Des nouvelles du commissaire Dalla ?

— Il a appelé pour être tenu informé. C'est tout.

— C'est mieux ainsi.

De Carli désigna d'un signe de tête ses collègues qui sortaient de l'hypogée.

— Vont-ils interroger Teresa en tant que témoin ?

— C'est probable, mais elle ne peut que dire la vérité : elle ne s'était même pas rendu compte qu'elle avait perdu son bracelet.

De Carli, qui faisait tourner ses clés de voiture entre les doigts, s'arrêta net.

— Elle l'a perdu, non ?

Massimo comprit ce qu'il voulait dire.

— Qu'est-ce que j'en sais, de ce qu'elle a fabriqué hier soir ? Elle a peut-être dîné avec Satan en personne.

Parisi arriva en courant.

— Il y a une caméra au carrefour. Elle appartient à un bureau de tabac. Même si elle pointe en direction du distributeur automatique de billets, elle filme aussi une partie de la rue. S'il est passé par là, on le saura.

Massimo jeta un regard alentour.

— Où est-elle ?

— Qui ?

— *Qui ?* Teresa.

Parisi se tourna vers De Carli.

— Je l'ai laissée avec toi.

— Non, elle t'a tout de suite suivi. Je pensais que tu aurais remarqué.

— Si c'était le cas, je l'aurais attendue, non ?

Massimo se prit la tête entre les mains.

— Vous avez perdu Teresa Battaglia ?

15

Sur le pont du Diable, Teresa se laissait aller au vent qui soufflait avec brutalité. Elle le sentait la pousser dans le dos, comme s'il voulait la jeter du parapet de pierre, un point d'observation surplombant le vide.

Cet endroit lui avait toujours procuré des sentiments qui n'étaient pas seulement liés à la beauté du paysage, de l'art sculpté et de ce qui brillait dans les vitrines. C'était un lieu ancien et, comme tous les berceaux de l'humanité, il portait solennellement en lui un héritage de douleur.

Le soleil resplendissait et la brume s'était tapie dans l'ombre, attendant de bondir sur le monde au moment voulu. Vingt mètres plus bas, la gorge émeraude formée par la rivière étincelait de reflets éblouissants.

Elle voulut prendre une photo. Elle fouilla dans son sac en bandoulière et dans ses poches, mais ne trouva qu'un paquet de mouchoirs et un trousseau de clés. Elle n'avait aucune idée de ce qu'elle cherchait et elle ne réussissait même pas à nommer l'objet. Elle avait agi instinctivement.

Les clés attirèrent son attention. Qui savait quelles portes elles ouvraient ? Elle n'en avait aucune idée. Elles lui échappèrent des mains et tombèrent dans la rivière. Elle se pencha pour tenter de les rattraper et sauta vers l'avant, mais quelqu'un l'en empêcha. Elle repoussa cette main inconnue avec agacement.

L'homme était grand et il avait les cheveux rasés. Il était vêtu de noir, la même couleur que ses yeux, qui rappelaient ceux d'un rapace.

Il lui tendit le bras, précisément au moment où les nuages vinrent masquer le soleil. Quelque chose de familier dans son visage incita Teresa à accepter son aide ; ou peut-être était-ce simplement l'épuisement.

Ils marchèrent ensemble lentement, à son rythme. Il l'entraîna loin du pont, jusqu'à un banc où il la fit asseoir. Il resta debout à l'observer.

— Tu te souviens de moi, Teresa ?

Elle se sentit étouffer.

— Sebastiano ? Dieu ne doit pas exister, sinon tu brûlerais en enfer.

Il se baissa vers elle et lui noua la ceinture de son manteau.

— L'enfer est un lieu humain.

Teresa se toucha le ventre.

— L'enfer, tu l'as gravé en moi.

L'homme semblait avoir lui aussi des langues incandescentes incrustées dans la chair, au niveau de son cou.

Il se redressa.

— Je reviendrai bientôt.

— Va au diable.

Il lui sourit, mais Teresa le trouva triste, comme Satan avait dû l'être peu après sa chute, quand la colère n'avait pas encore éclaté.

L'homme s'éloigna dans le vent, la tête enfoncée dans les épaules, le pas rapide.

Elle entendit appeler son nom du côté opposé. Elle se retourna et vit Marini accourir. Il dérapa en évitant une voiture, se remit sur ses pieds et la rattrapa, essoufflé.

— Vous allez bien ?

Il lui tâta les bras comme si c'était elle qui avait risqué d'être écrasée.

Teresa chercha de nouveau l'homme du regard, mais il avait disparu dans une ruelle.

— Sebastiano était là. Il était ici avec moi.

Marini fit signe que non.

— Votre ex-mari est mort, Teresa.

Elle sembla se souvenir. Cet homme ne ressemblait pas du tout à Sebastiano.

— Tu as raison. Je me demande pourquoi j'ai pensé à lui.

Marini referma l'attache Velcro d'une de ses chaussures. Ses mains tremblaient.

— Quel choc !

Il l'aida à se relever et la serra dans ses bras.

Teresa le laissa faire, puis l'éloigna. Elle observa le pont.

— L'enfer est un endroit humain, répéta-t-elle.

Marini sembla vouloir la caresser avant de laisser retomber sa main.

— Je sais, mais je ne vous lâcherai pas.

16

Il était loin d'avoir fini. Massimo n'avait eu le temps ni de reconstituer ce qui s'était passé ni de mettre Teresa à l'abri de la curiosité que commençait à susciter son implication dans l'enquête.

Les collègues de Cividale lui avaient proposé de rester pendant l'inspection du bâtiment attenant à l'hypogée : l'infaillible commissaire, qui s'était retirée de la vie publique pour des raisons encore obscures, n'était-elle pas curieuse de savoir comment son bracelet s'était retrouvé dans une tombe lombarde ?

Peut-être pressentaient-ils un petit scandale dont ils pourraient parler pendant quelques semaines, ou peut-être l'idée de la soumettre à l'épreuve était-elle tentante. Ou encore peut-être pensaient-ils lui rendre service.

En réalité, la confusion, les visages inconnus, les questions (qui restaient des interrogations irrésolues), le sentiment d'être jugée, le dos au mur, minaient l'équilibre de Teresa. Massimo avait remarqué ses emportements, l'impatience qui risquait de vite se transformer en intempérance.

Il la prit à part. De petits groupes de curieux s'étaient déjà rassemblés dans la rue.

— Vous n'êtes pas obligée de rester. Je vais demander à Parisi de vous ramener chez vous.

Elle se dégagea.

— Et qu'est-ce que je vais faire, à la maison ? Attendre d'être impliquée dans une autre histoire ?

Elle avait raison : quelqu'un la traquait, mais le plus grand ennemi de Teresa pouvait être elle-même.

— Je dois insister. Je dirai que vous n'allez pas bien. Ce n'est pas un secret, nous ne révélons rien.

Elle ne tenait déjà plus compte de sa présence. Une voiture était arrivée et franchissait les barrières de sécurité. Albert Lona en sortit, plus maussade que jamais. Le préfet les remarqua immédiatement et sembla ruminer un mot qu'il avait au bord des lèvres.

Parisi s'approcha de Massimo.

— Il nous a dit d'aller nous faire foutre. Comme ça, par mesure préventive.

— Pas tant que ça. C'est la deuxième fois qu'il nous trouve là où on ne devrait pas être.

Ils se dirigèrent vers lui pour le contenir. Leur supérieur s'était arrêté afin de parler à leurs collègues. Massimo attendit qu'il se libère.

Lona congédia les autres, sortit un étui à cigarettes de la poche de sa veste et s'en alluma une.

— Qu'est-ce que tu fous, Marini ? murmura-t-il.

— Battaglia est incapable d'expliquer comment son bracelet s'est retrouvé dans la tombe. Elle l'a perdu ou on le lui a volé. Elle ne s'en est même pas rendu compte.

Lona inspira.

— Je suis censé me contenter de conneries pareilles ?

— C'est la vérité.

— Bien sûr, comme le fait de recevoir un appel anonyme alors que tu es avec elle, au milieu de la nuit. Je pourrais y croire si Teresa n'avait pas le double de ton âge.

Albert Lona ne réservait jamais de surprise, il était toujours aussi élégamment dégoûtant, mais Massimo ne pouvait risquer de l'exaspérer encore.

— Mes notes sont à votre disposition. Teresa ne se sent pas bien, je vais la faire raccompagner.

— La police n'offre pas de service de taxi. Teresa Battaglia n'ira nulle part.

— Elle va mal.

— Pourtant, il me semble qu'elle était bien occupée, ces dernières heures. (Lona daigna enfin le regarder dans les yeux.) Je te préviens, inspecteur. Si tu essaies de m'embobiner, c'est fini. Et je ne parle pas seulement de toi et de Teresa, mais de toute l'équipe. Je vais réduire vos carrières à néant.

Il ne se préoccupait que de cela : ne pas tomber dans un piège et voir sa position menacée.

Massimo acquiesça.

— La voie est libre, Monsieur le préfet.

Celui-ci se dirigea vers le bâtiment à inspecter. Il s'attarda devant Teresa le temps de lui transmettre le message : « Toi, tu restes là. »

17

Les fondations du bâtiment reposaient sur les vestiges d'un *castrum* romain, mais le tracé actuel était le résultat de modifications ultérieures, qui s'étendaient du haut Moyen Âge au XVIIIe siècle. Les stratifications, presque imperceptibles à un œil non averti, résidaient dans une robuste architrave, dans les carreaux de faïence qui ornaient une partie du sol et dans la corniche en marbre d'une cheminée. Il s'agissait de traces minuscules laissées par des mains habiles.

Massimo accompagna Teresa dans ce voyage à travers un dédale de couloirs et d'histoire, la gardant près de lui.

— Ne vous sentez jamais obligée d'intervenir, pour aucune raison et d'aucune manière, la prévint-il.

Elle eut un rictus, comme pour lui signifier qu'il était impossible à Teresa Battaglia de s'effacer et de se taire. Cet éclair d'ironie le réconforta et lui brisa le cœur à la fois. C'était toujours elle, mais si lointaine, si éphémère.

Le professeur Belleri ouvrit la marche avec l'employé de la municipalité. Tous deux discutaient en étudiant un dessin technique muni de cotes récupéré au registre du cadastre. La femme chercha du regard les policiers.

— Nous devrions y être. La chambre funéraire secrète se trouve sous nos pieds.

La pièce dans laquelle ils débouchèrent était exiguë, avec un plafond voûté et un sol en ardoise. Ses murs étaient si épais que les téléphones portables ne captaient plus. L'endroit était vide, à l'exception d'un puits fermé par un couvercle en bois. Massimo n'en avait encore jamais vu à l'intérieur d'une maison. Il fit signe à Teresa de ne pas bouger et s'approcha.

— Qu'est-ce que c'est ?

La directrice lui répondit sans se retourner.

— Un puits de rejet. Nous sommes dans les anciennes cuisines. À l'époque médiévale, les restes de repas et la vaisselle cassée étaient déversés dans ces puits. Celui-ci a été restauré il y a quelques années et il est fermé depuis.

Massimo sentit qu'on le tirait par une manche. Teresa.

— Nous devons regarder à l'intérieur.

Il lui fit signe de patienter. De l'autre côté de la pièce, Lona les observait. Massimo se racla la gorge.

— Les matériaux qui le remplissaient, qu'en a-t-on fait ?

— Tout a été éliminé, les os d'animaux, la terre et les pierres. Les trouvailles intéressantes, des poteries du XIIe siècle, sont exposées au musée archéologique. Il n'y a plus rien là-dedans.

Massimo se fit remettre le plan des lieux et le vérifia sommairement avec son collègue de la centrale de Cividale.

— Nous sommes au-dessus de la cavité que j'ai inspectée depuis la chambre funéraire.

Il sentait Teresa derrière lui, qui l'encourageait à oser. Il essaya de repousser discrètement sa main.

— Ouvre-le, l'entendit-il ordonner.

Ignorant les protestations du professeur Belleri, Massimo souleva le couvercle.

— Ce puits n'est pas ancien, constata-t-il sèchement.

La situation était déjà assez difficile à gérer sans que la directrice s'en mêle. Les parois du puits étaient inégales, enduites de chaux vive.

Derrière lui, Teresa le poussait de plus en plus fort, presque comme si elle voulait le faire basculer. La directrice s'en aperçut.

— On peut savoir ce que vous vous attendez à trouver ? Le vandale a agi dans l'hypogée, pas ici.

Le collègue de Massimo le fixa, la détermination visiblement vacillante. Lona se détacha alors du mur où il avait attendu ; il semblait par ce geste vouloir ramener Massimo à la raison. Entre-temps, le commissaire Dalla était arrivé. Il s'était posté à hauteur du préfet, épaule contre épaule, et tous deux semblaient former une cloison.

Massimo hésita.

Comment aurait agi Teresa Battaglia ? Cette Teresa qui le pressait physiquement, émotionnellement, de toutes ses forces, mais qui se tenait maintenant un pas derrière lui ? Elle lui avait appris à suivre rigoureusement la logique, mais aussi à ne jamais ignorer son instinct, qui était une sorte de communication souterraine avec le monde.

Il scruta encore le cône d'obscurité. Il parla comme elle l'aurait fait.

— Le criminel a communiqué par le biais de symboles quelques heures après qu'un garçon de la région s'est suicidé en se servant d'un poignard. La tombe, l'histoire ancienne, les os, le bracelet. Le lieu de la découverte ne peut pas être accidentel et si vous pensez que l'affaire se résoudra avec une plainte contre X pour vandalisme, vous vous trompez. En déposant une telle plainte, l'intention est clairement celle d'impliquer une ex-collègue estimée. (Il leva les yeux vers le préfet.) C'est ce que nous devons chercher : le chaînon manquant de cette histoire, et je suis sûr qu'il se trouve à l'intérieur de ce puits.

18

Lona n'autorisa pas l'inspection du puits. Il renvoya l'équipe au siège de la police et mit Teresa dans un taxi en direction de son domicile. Massimo insista pour l'accompagner, mais le préfet fut lapidaire.

— Il est peut-être temps que vous fassiez votre travail, vous, le magicien des indices.

Massimo éprouva une humiliation cuisante. Avant de fermer sa portière, il voulut rassurer Teresa avec un sourire pincé.

— Tout va bien se passer. À tout à l'heure.

— Je ne trouve pas les clés.

— Vous les chercherez tranquillement à la maison, Alice vous attend. Nous l'avons prévenue.

Teresa lui donna une tape sur la main. Pour elle, c'était comme une caresse ; elle ne se permettait jamais rien de plus avec lui.

— Je suis désolée, Marini. Je t'ai forcé à aller plus loin. J'aurais dû…

— Veiller sur moi ?

— Te garder en sécurité, mais maintenant, même ça, je n'y arrive plus. Je ressens le besoin de tout ordonner et je me retrouve à gâcher la vie des autres.

Ils se séparèrent sur ces mots mélancoliques, et une sensation de menace imminente impossible à ignorer saisit Massimo. Il regarda le taxi s'éloigner sans réussir à quitter cet endroit, comme s'il était plein de promesses et non de lugubres avertissements. Dans ses poches, ses mains tourmentaient son portable. Il le sortit et fit défiler les photos prises dans l'hypogée. C'était à lui de mettre de l'ordre dans cette affaire, à la place de Teresa, mais il se demandait s'il n'était pas présomptueux même d'y songer.

L'ordre. C'était sans doute la seule voie à suivre. Il se remit à examiner les images, à la recherche d'un détail incongru, de quelque chose suggérant un récit différent de celui qui s'étalait sous ses yeux.

Le commissaire Dalla, qui était resté seul à l'entrée de l'hypogée, le rejoignit.

— C'est une femme intéressante.

Massimo l'ignora.

— Intéressante et dangereuse.

Cette fois, il se tourna dans sa direction. L'autre poursuivit.

— Les personnalités comme Teresa Battaglia ont tendance à engloutir ceux qui les entourent. Entre éprouver de l'admiration et être, comment dire, un peu *conditionné*, il n'y a qu'un très petit pas. Soyez prudent, inspecteur.

— Qu'est-ce que vous racontez ?

Dalla leva les mains en un geste de défense.

— C'était juste une suggestion. Nous faisons partie de la même équipe.

Il s'éloigna en sifflotant. Le crépuscule était presque tombé ; le ciel était en feu et les ombres, plus noires.

Massimo avait gardé le pouce sur l'écran du téléphone portable, prêt à détailler la photo suivante. À la place, il agrandit celle qu'il venait d'observer.

Il appela Parisi, lui exposa son projet et sa destination.

Il ne pouvait pas rentrer chez lui. Pas encore.

19

Il retourna près du lac où Ratchis s'était suicidé et y attendit Parisi, en retrait de la route, sur le sentier qui conduisait à la rive. Le plan d'eau était lugubre et l'obscurité soufflait à Massimo des suggestions qu'il s'efforçait d'ignorer. La forêt bruissait de mouvements furtifs et d'autres plus lents, plus réfléchis. Il s'imaginait les animaux le scrutant de leurs yeux irisés, lui tournant autour, le reniflant.

Teresa lui aurait dit : « Ils défendent leur tanière, imbécile ! »

Même si c'était le cas, cette pensée ne l'aidait en rien à se détendre.

Parisi était en retard.

Un claquement sec dans son dos le fit sursauter. Il se sentit ridicule, mais attrapa son téléphone pour appeler son collègue. Il n'avait plus de batterie.

Du calme, s'intima-t-il. Il n'était plus un enfant effrayé par le noir.

Il ne savait pas exactement ce qu'il espérait trouver : après tout, on avait confirmé l'acte volontaire. Ce qui l'avait conduit ici était une note discordante dans une symphonie limpide.

La directrice avait expliqué que la jeune Lombarde inhumée dans l'hypogée n'appartenait pas à la première génération arrivée de Pannonie. Elle le déduisait du trousseau funéraire. Pourtant, parmi les bijoux, Massimo n'avait vu ni les fibules en forme de « S » ni les clés d'argent et encore moins les nœuds de Salomon grâce auxquels il avait appris à reconnaître ce peuple lors de sa visite au musée municipal avec Teresa. Au contraire, il avait reconnu un symbole qu'il avait rencontré lors d'une autre enquête et qui racontait une histoire différente, plus lointaine. La spirale représentée sur le pendentif était un symbole primitif, aussi ancien que les premières expressions artistico-religieuses de l'humanité, et c'était le même que Teresa Battaglia avait essayé de composer (ou de *recomposer* ?) avec des pierres, là, sur la rive du lac, dans une aurore sanglante.

Il releva les revers de son imper et parcouru de nouveau le chemin jusqu'aux rochers où Ratchis avait fait ses adieux au monde.

Les rubalises jaunes que la police avait utilisées pour délimiter le périmètre avaient été enlevées ; la zone était de nouveau accessible. Ce qui intéressait Massimo se situait non loin de l'endroit où le cadavre avait été découvert, précisément là où il avait fait asseoir Teresa et l'avait priée d'attendre.

Il l'avait vue « jouer » avec les pierres, avait entendu des collègues de l'équipe médico-légale se moquer d'elle, à voix basse, en ricanant comme des enfants. Il les avait sermonnés, sans vraiment observer ses gestes.

Il alluma sa lampe-torche et trouva la confirmation qu'il cherchait : Teresa avait recréé une spirale, qu'ils avaient probablement dispersée dans la fièvre du moment.

Reformer, réarranger, restaurer un souvenir dans son état originel : telle était son obsession.

Massimo se pencha pour examiner le dessin. Il en connaissait le sens profond, Teresa le lui avait appris : le continuum de la vie, la nature cyclique de toute existence. L'eau sacrée, celle du giron maternel. La spirale appartenait aux proto-écritures paléolithiques qui avaient précédé de plusieurs millénaires l'écriture sumérienne : tourbillons, vagues et filets.

Le signe qu'il examinait avait été réalisé à la lisière de la forêt, comme un repère, pour éloigner les mauvais esprits de la nature.

Il se demanda qui avait dessiné cette spirale et pourquoi. La réponse à la première question lui vint naturellement : Ratchis.

Aucun argument particulier ne l'avait mené à cette conclusion. Seulement son instinct.

Peut-être Massimo était-il influencé par l'affaire de la *Nymphe endormie*[1].

Peut-être cette spirale ne signifiait-elle rien. Ou peut-être signifiait-elle tout.

Tout à coup, parmi les pierres, il trouva autre chose.

---

1. Voir Ilaria Tuti, *La Nymphe endormie*, Robert Laffont, 2019.

20

LA MÈRE SOUFFRAIT. Parfois, elle avait l'impression d'être transpercée par ses propres os, des pointes qui tourmentaient sa chair. Ils l'ancraient dans la matière, elle qui était un esprit ancien.

Les litanies la soulageaient. Elles lui transmettaient son histoire, lui murmuraient à l'oreille des souvenirs distants dans des landes lointaines, mais qui restaient proches de son cœur.

Le manque d'espace était compensé par ces réminiscences aventureuses, où elle était chef, guide, déesse.

Les litanies chantaient sa magnificence, l'émerveillement d'un temps que l'on croyait perdu, pourtant seulement caché, où le ciel rejoignait la terre.

La Mère s'arqua pour trouver du réconfort dans la douleur qui la brisait, à la manière du corps de la déesse Nout déployé sur le monde des hommes.

Son abdomen était maintenant une demi-lune, comme le ventre d'une araignée plein de sa progéniture.

La Mère des ossements n'était pas seule. À l'intérieur d'elle, c'était elle-même qui grandissait, qui formait le fruit.

Cette enfant aurait son visage et son savoir.

La Mère des ossements était née pour vivre éternellement en elle.

21

Teresa se tenait sur le pas de la porte avec Parisi quand la voiture de Massimo s'arrêta dans l'allée. Elle le vit en sortir et put deviner aux mouvements nerveux de l'inspecteur que quelque chose n'allait pas.

Il les rattrapa et agressa presque son collègue.

— Tu m'as fait attendre comme un idiot ! Tu aurais pu me prévenir que tu ne te pointerais pas.

Marini portait encore ses vêtements du matin. Face à lui, Parisi ne perdit pas son calme.

— Je t'ai prévenu. J'ai laissé un message sur ton répondeur.

— Tu savais où j'étais. Si je n'ai pas répondu, cela méritait peut-être de se bouger et de venir vérifier.

— Ou peut-être simplement que ton téléphone portable était déchargé.

Marini hésita. Les lumières du porche sculptaient son visage aux traits tirés, assombri par des pensées obscures.

— Ce n'est pas une excuse.

Son collègue lui caressa la tête.

— Tu as eu peur ?

Il le repoussa d'un geste irrité.

Teresa s'interposa entre les deux.

— C'est moi qui lui ai demandé de venir.

Marini la regarda comme si elle venait d'avouer une trahison.

— Pourquoi lui ?

Parisi étouffa un rire et prit congé de Marini d'une petite tape dans le dos.

— À demain. D'ici à une demi-heure, De Carli arrive pour la nuit.

Teresa le salua en le remerciant et fit signe à l'autre de la suivre.

— Allez, entre, Roméo.

— Roméo ?

— Parfois, ta façon de te comporter me donne l'impression d'être ta petite amie dans la soixantaine. Si tu continues comme ça, ils vont se foutre de notre gueule.

Dès le début, il avait vu en elle une mère. Teresa en était consciente, mais elle s'amusait à le tourmenter. Elle avait tenté en vain de le tenir à distance. En fin de compte, ils s'étaient retrouvés.

Elle le conduisit dans son bureau, où la lampe éclairait la table de travail encombrée de papiers et de notes. Elle essaya de remettre un peu d'ordre, mais elle vivait désormais au milieu de ces mots qui lui rappelaient qui elle était, comment s'appelaient les choses, à quoi elles servaient. Elle soupira, agacée.

— Alors, qu'est-ce qui t'amène ?

Il s'assit. Il avait l'air fatigué. Elle le vit s'attarder sur les photos scotchées aux murs, sans cadres. Il y en avait des dizaines, peut-être même une centaine. Elles représentaient Teresa avec Alice et Smoky, avec lui, avec Parisi et De Carli, avec Parri. Tous ensemble, chacun d'eux immortalisé, seul, en duo, dans la maison ou à l'extérieur, lors d'une fête d'anniversaire ou simplement regardant un film. En dessous de chaque cliché, les noms étaient inscrits au feutre indélébile, directement sur le mur. Teresa était consciente que cela ne servirait pas à grand-chose, certainement pas à gagner du temps, mais l'idée d'oublier leurs visages la faisait souffrir.

Marini se passa une main devant les yeux et fit semblant de les masser.

— Pourquoi avez-vous appelé Parisi ?

S'il ne lui avait pas posé la question, il n'aurait pu trouver le sommeil.

— Je n'arrive pas à savoir où sont mes clés, je crois que je les ai perdues. Nous allons devoir changer la serrure. Je ne veux plus les garder sur moi, ces clés.

— C'est tout ?

— Et je lui ai demandé un service.

— À lui ?

— Ne fais pas le jaloux, inspecteur. Toi, tu ne dois penser qu'à Elena et au bébé qui va naître. Profite de ce moment. Je t'embête déjà assez comme ça.

— Quel genre de service ?

Teresa céda. Elle n'était plus capable de résister à l'insistance. Elle fit glisser un dossier sur la table.

— Je lui ai confié un travail de recherche. Sur notre Blu.

— Sur Alice ?

— *Chut*. Elle est à l'étage, elle se repose.

Il ouvrit la pochette.

— Elle dort déjà ?

— Ici, la nuit, on ne dort pas beaucoup, il faut profiter de chaque instant.

— Qu'entendez-vous par là ?

— Que mes cauchemars la réveillent, elle aussi.

Il la contempla.

— Ils continuent de vous tourmenter ?

— Toujours. Le vampire Satan et l'ange de lumière qui l'écrase.

Marini se replongea dans l'étude des documents.

— Il me semble que cela a un sens positif.

— La doctoresse Gao le croit aussi, mais pendant ce temps, je me réveille en hurlant. J'en ai assez de ces rêves pseudo-religieux... J'ai été agnostique toute ma vie, imagine si je commence à rêver de scènes bibliques !

Il souleva une feuille.

— C'est une vieille enquête. *Cette* enquête-là.

— La seule affaire que je n'ai pas pu résoudre.

Marini leva les yeux au plafond, comme si Alice, depuis sa chambre, pouvait percevoir les quelques mots qu'ils échangeaient presque de façon codée. Il baissa encore la voix.

— La mère de cette fille a disparu il y a plus de dix ans. Qu'est-ce qui vous fait croire que...

Il s'interrompit. Teresa comprit aisément où il voulait en venir.

— Qu'est-ce qui me fait croire que je vais réussir à comprendre ce qui lui est arrivé avant de devenir complètement sénile ?

— Oui.

— Rien, mais je lui ai fait une promesse. (Teresa reprit le dossier.) L'avalanche a frappé le village, recouvert de boue les rues et plusieurs maisons. Un témoin a raconté avoir aperçu la mère d'Alice marchant sur le chemin longeant le torrent en crue avant le drame. Le corps n'a jamais été retrouvé.

— On ne retrouve pas tous les corps.

Teresa lui montra des photos prises au moment des faits. Elles révélaient le contenu inventorié de deux valises.

— Elle avait minutieusement préparé le nécessaire pour partir. Des vêtements, de l'argent, une paire de chaussures de rechange. Nous avons retrouvé les bagages dans l'armoire.

Le mari a déclaré qu'ils n'avaient prévu aucun voyage et que l'argent ne provenait pas du compte bancaire commun. Il était le seul à travailler.

Marini se pencha sur le bureau, fit pivoter quelques clichés vers lui.

— Elle économisait sur les courses, peut-être un euro à la fois. Elle se préparait à le quitter.

— À les quitter. Nous n'avons même pas trouvé de sac à dos pour Alice.

Teresa resta silencieuse un instant, tant il lui était douloureux d'évoquer de nouveau un abandon.

Marini était sans pitié, ou peut-être simplement plus lucide qu'elle sur le plan émotionnel.

— L'affaire est tout ce qu'il y a de plus simple. Elle a profité de l'avalanche pour disparaître. Ou bien elle est morte. Dans tous les cas, si j'étais Alice, je ne m'acharnerais pas.

Teresa se prit la tête entre les mains. Elle sentait venir une migraine.

— Mais tu n'es pas elle, et tu n'es pas persuadée que ta mère te suit toujours.

— Ah, l'histoire de la présence mystérieuse.

Alice était convaincue de sentir sa mère à ses côtés. Pas un fantôme, pas une manifestation éthérée : une personne en chair et en os, qui veillait sur elle. Son père avait nourri son imagination en lui affirmant que la même silhouette féminine était présente sur toutes les photos qu'il prenait d'elle, lointaine et insaisissable, mais toujours reconnaissable. Il le lui répétait depuis des années. Teresa avait vu ces photos. Ce n'était pas vrai.

Marini n'avait aucun doute sur le processus qui avait donné naissance à ces mensonges.

— Le père croyait la protéger de la vérité, mais il l'a rendue esclave d'une obsession.

Teresa referma le dossier.

— Comme tu le sais, j'ai cessé de me soucier de ce que je peux faire. Je préfère penser à ce qui est juste. Je t'écoute, si tu le veux, dis-moi que je ne devrais pas.

Il sourit.

— Ce serait une *Battaglia* perdue d'avance.

— Ha ha ! Tu ne m'as toujours pas donné les raisons de ta venue.

— Je suis retourné au lac.

— Ah, c'est là que tu avais rendez-vous avec Parisi. Il l'a gardé pour lui. Vous devez cesser de me protéger.

— Je vais rendre dès que possible à Parisi la politesse d'une interminable attente dans le froid.

— Ce n'est pas sa faute. Je continue de donner des ordres, comme si c'était encore en mon pouvoir. Allez, raconte-moi. Qu'est-ce qui t'a mené là-bas ?

— C'est à vous de me le dire.

Marini posa sur la table un sac de preuves en plastique transparent. À l'intérieur se trouvait un objet qui, aux yeux de Teresa, ressemblait à un caillou. Elle prit la pochette et l'examina longuement.

— Où était-il exactement ?

— Au milieu d'une spirale de pierres.

Elle sentit sa gorge se serrer.

— Un os, à l'intérieur d'un tourbillon.

Il acquiesça.

— La police scientifique ne l'a pas trouvé parce qu'il n'était pas dans la zone de recherche. Il se situait à l'endroit où vous attendiez. Vous souvenez-vous de ce que vous faisiez avec ces pierres ?

— Non.

— À mon avis, vous étiez en train de les remettre en ordre.

— Comment peux-tu le savoir ?

— Je vous vois vous comporter ainsi depuis des semaines, avec toute chose. Un fil qui traîne, une tache, un pli, un objet que l'on déplace par inadvertance. Même avec le chien, lorsqu'il s'endort là où il ne devrait pas. Combien de fois n'avez-vous pas pu vous endormir parce que Smoky roupillait hors de sa niche ?

— Je ne me souviens pas.

— Plein. Je sais reconnaître l'agacement que vous cause un objet déplacé et l'expression qui va de pair.

Teresa réfléchit.

L'os était blanc. S'il avait été récent, la teinte aurait viré au jaunâtre. Il semblait y avoir des traces de couleur : un bleu délavé et une marque plus foncée.

— Il n'est pas si rare de trouver des restes d'animaux dans une forêt, remarqua-t-elle.

Marini se leva et posa les mains à plat sur le bureau.

— C'est un artefact.

— Hmm.

— Alors, qu'en pensez-vous ?

Elle se mit debout à son tour, s'approcha de la fenêtre et ferma les rideaux.

— Que tu n'aurais pas dû l'apporter ici.

— Qu'est-ce que cet objet signifie, selon vous ?

— Je n'en ai aucune idée.

— Et la spirale ? Ce n'est pas un hasard si j'ai découvert l'os à l'intérieur de ce symbole.

Teresa observa l'os, mais évita de le toucher. Elle éprouvait des sentiments mitigés : fascination, suspicion. Peur. Elle remarqua pour la première fois le petit trou qui le traversait.

— C'est un pendentif.

Le téléphone de Teresa vibra. C'était Parri. Elle demanda à Massimo de le mettre en haut-parleur.

— Nous avons des nouvelles, Antonio.

L'anatomopathologiste l'écouta à peine.

— J'en ai une, moi aussi. Le juge Crespi a ordonné l'autopsie du garçon. C'est prévu pour demain matin.

Il expliqua que quelqu'un avait laissé un commentaire sur le compte TikTok de Ratchis. L'auteur venait de créer son profil et c'était sa seule et unique activité. Sous une fausse identité, il avait écrit quelques mots, qui avaient été ensuite republiés par d'autres utilisateurs, à l'infini. Lona venait de donner l'ordre au commissaire Dalla d'accélérer l'enquête préliminaire. Pourquoi Massimo n'était-il pas au courant ?

Marini s'approcha du micro.

— Mon téléphone est à plat, je ne suis pas encore rentré à la maison. Quel est exactement le commentaire ?

— « Ils l'ont tué. » Ensuite il a ajouté un autre commentaire : « Ils lui ont mis le poignard dans la main. » Le substitut du procureur n'est pas disposé à demander le classement du dossier d'enquête pour incitation au suicide. Au moment où ce commentaire a été écrit, personne ne pouvait encore savoir comment Ratchis s'était donné la mort.

22

MASSIMO ÉTAIT DÉJÀ PRÊT à éteindre son réveil lorsque l'alarme retentit. Il venait de passer une nuit blanche : des cauchemars, sous la forme d'une ombre qui étendait les mains sur son fils, l'avaient pourchassé.

Il roula sur le côté, prit une Elena encore endormie dans ses bras et chercha son ventre sous les couvertures. Il sentit le bébé bouger, une douce caresse à fleur de peau qui l'apaisa. Tout allait bien. Pourtant, son cœur battait à tout rompre.

Sa compagne insistait pour rencontrer Teresa, mais il hésitait. Au fond de lui, Massimo savait, plus ou moins consciemment, qu'il voulait la garder loin du danger.

Il se leva tranquillement et s'habilla dans la salle de bains tout en pensant que Parri devait déjà être à l'œuvre sur le corps de Ratchis. L'idée lui coupa l'appétit. Il sauta le petit déjeuner et écrivit un mot à l'intention d'Elena avant de sortir.

C'était son jour de congé et Massimo se préparait à entamer une enquête parallèle.

Dans la voiture, il appela Parisi pour être mis au courant de la situation au commissariat.

— Lona est arrivé fumasse et Dalla lit le journal comme si de rien n'était. Tout est normal.

Massimo ne croyait pas que ce calme relatif durerait encore longtemps. Il guettait d'un moment à l'autre l'ordre qui le rappellerait au bureau.

— Ils attendent les résultats de l'autopsie avant de se mettre en alerte, constata-t-il.

— Pendant ce temps, nous sommes en contact avec la cyberpolice pour savoir qui a laissé le commentaire sur la vidéo de Ratchis.

— Quelqu'un va-t-il se rendre à l'institut médico-légal ?

— Tu parles. Dalla n'y songe même pas, et je pense que Lona se limitera simplement à décrocher le téléphone pour se tenir informé des nouvelles.

— Parfait. Alors j'y vais.

Il passa chercher Teresa. La veille au soir, il avait été difficile de décider d'attendre le matin pour agir. Si cette enquête avait été la sienne, elle aurait tiré le préfet du lit sur la seule base d'un soupçon. Au lieu de cela, ils avaient dû calmer leurs ardeurs et se souhaiter bonne nuit.

— Je m'ennuie à jouer les retraitées, s'était plainte Teresa.

— Mais vous n'êtes pas encore à la retraite.

— Putain, Marini. Toujours à pinailler.

Et elle lui avait claqué la porte au nez.

Lorsqu'il arriva devant la maison et sonna, Massimo se demanda dans quel état il la trouverait. Désormais, c'était une partie de roulette russe.

Teresa et Alice l'attendaient. La jeune fille l'aidait à boutonner son gilet. Ses doigts savaient lire les textures et les surfaces. Ils ne devinaient pas la correspondance entre les boutons et les boutonnières, ils la connaissaient.

Teresa leva le visage vers Massimo et il y vit une capitulation face à la nécessité, ainsi qu'une certaine gêne à se montrer si perdue. Il tenta de dédramatiser.

— Comment allons-nous aujourd'hui ? On se souvient de son prénom ?

Elle le toisa avec cet air indigné que Massimo avait appris à aimer. Ce rictus à la commissure des lèvres qu'il garderait dans son cœur l'avait d'abord effrayé, puis, à mesure qu'il se familiarisait avec elle, s'était mis à l'amuser (mais ça, il ne le lui dirait jamais).

Teresa regarda autour d'elle.

— Tu as encore d'autres bêtises à sortir ou on peut y aller ? Où est mon…

Smoky arriva en courant, puis s'arrêta juste devant Massimo en aboyant. Alice réussit à le rappeler avant qu'il ne lui saute dans les bras. Elle le retint difficilement par son collier, mais le bâtard continuait à aboyer. Il avait les crocs tellement de travers qu'ils lui avaient valu ce surnom : Tordu.

— Smoky, qu'est-ce que tu es mal élevé, arrête !

Massimo tendit son manteau à Teresa.

— Tenez, vous l'avez oublié dans la voiture hier.

— Désolée, Massimo, dit Alice.

— J'ai perdu tout espoir de lui plaire.

En fait, Massimo craignait que le comportement du chien n'ait empiré. Ce n'était plus un sujet de plaisanterie, même si c'était parfois frustrant. C'était de l'excitation agressive.

23

POUR TERESA, S'OBSTINER À ENQUÊTER sur le mystère qui la concernait signifiait éviter de couper le dernier fil qui la reliait encore à sa nature. Celui qui la rattachait à la passion de l'investigation qui avait imprégné toute son existence et qui, à un moment donné, l'avait sauvée des décombres d'un mariage piégeux. Elle s'était accrochée à ce travail, à sa signification la plus profonde : la nécessité de croire en la rédemption de l'être humain, au-delà de toute espérance. Maintenant, elle s'y accrochait pour ne pas se perdre.

Revenir en douce à l'institut médico-légal, c'était enfreindre de nouveau les règles, persévérer dans l'erreur, garder foi en un avenir qui, pour elle, n'allait pas au-delà du jour suivant.

— Comment vous sentez-vous ? s'enquit Marini en parcourant les couloirs silencieux à l'odeur de désinfectant.

— Comme quelqu'un qui regarde un film sur sa vie et qui ne comprend rien à l'intrigue.

— La fin, c'est nous qui l'écrirons. Je vous le promets.

Teresa appréciait l'effort qu'il faisait pour la rassurer, mais au vu du contexte cela l'amusait qu'il lui demande d'avoir confiance.

— Nous sommes dans une morgue. C'est un début prometteur.

Parri les accueillit dans son bureau. Il venait de terminer l'examen du cadavre de Ratchis. Il ferma la porte et prit Teresa dans ses bras.

— Courage, lui chuchota-t-il. (Elle répondit à son étreinte et se retourna pour chercher où s'asseoir. Son ami lui offrit son fauteuil.) Je n'ai jamais eu à mener un examen dans une telle urgence, commença-t-il. Le juge Crespi n'était pas enthousiaste, mais c'était une étape obligatoire.

Teresa n'avait aucun mal à l'imaginer.

— Après qu'une autorisation pour les funérailles a déjà été délivrée à la famille, c'est comme si on pinçait des nerfs à vif.

— La pression des réseaux sociaux est encore pire que celle de la presse.

Teresa ne réussit pas à réprimer son besoin de savoir.

— Alors, pouvez-vous nous dire si cela en valait la peine ?

Parri s'appuya sur le bureau. Ses mains s'agrippaient aux bords et se relâchaient en rythme.

— Rien que vous ne sachiez déjà, et je suis convaincu que c'est un aspect positif. Je confirme la première impression : il s'agit d'un suicide. J'ai vérifié centimètre carré par centimètre carré et je n'ai trouvé aucun signe de violence ni de résistance. Encore moins de contrainte : il n'a pas été retenu contre son gré. Quel qu'ait été le déroulement des événements, il est arrivé à ces rochers seul et il s'est tranché volontairement les veines.

— Pas même une égratignure ? demanda Marini.

— Pas une seule, à l'exception des lacérations qu'il s'est infligées, mais elles datent d'avant cette nuit-là. Les plus récentes ont au moins deux semaines, peut-être même un mois.

Teresa n'en éprouva aucun soulagement.

— Tu l'as dit à Albert ?

— Oui. Je viens de lui envoyer un e-mail, ainsi qu'au substitut du procureur Gardini, mais je les avais déjà prévenus par téléphone. Je pense qu'ils se sont sentis libérés d'un poids. Comme tu le devrais.

Teresa réfléchit.

— Ce que tu as établi n'explique en rien ma présence sur les lieux du décès. Si quelqu'un l'avait tué, j'aurais pu commencer à imaginer la raison de mon implication, mais là…

Parri leur lut les résultats des analyses de sang du garçon.

— Il était sain. Avant sa mort, il n'avait consommé ni alcool ni drogue.

Il se pencha sur le bureau, ouvrit un tiroir et tendit à Teresa le sac contenant la ceinture de son manteau.

— Le sang est celui de Ratchis. Tu peux la laver. En fait, brûle-la. Brûle tout.

Elle prit le sac qui renfermait son tourment.

— Au moins, je peux espérer qu'il n'y a qu'un seul mort dans cette histoire.

Parri tourna l'écran de l'ordinateur.

— Maintenant, venons-en aux détails.

Teresa entendit Marini émettre un son horrifié. Il était toujours mal à l'aise devant un corps ouvert.

Le pathologiste l'ignora.

— Ratchis était en parfaite santé, mais il lui manquait un morceau d'os : l'extrémité de la douzième côte gauche. Je ne me suis pas encore fait une idée précise à cet égard, mais, en tout cas, il ne s'agit pas d'une malformation congénitale : la tête de cette côte était présente et elle a disparu, comme si on l'avait retirée chirurgicalement. Le problème, c'est que je n'ai pas trouvé d'adhérences, comme si le traumatisme ou l'intervention n'avait jamais eu lieu.

Teresa chaussa les lunettes qui pendaient sur sa poitrine et rapprocha son visage.

— Et où est passée la tête de la côte ?

— Elle n'était pas à l'intérieur de la cage thoracique.

— Vraiment ?

— Vraiment.

— N'aurait-elle pas pu, je ne sais pas, s'enfouir dans un repli ?

Parri croisa les bras.

— Quel repli ?

— Comment le saurais-je ? C'est toi le médecin.

— Exactement. Je t'affirme qu'il n'y a pas de repli.

Marini se leva.

— On peut afficher autre chose à l'écran ?

Teresa le regarda par-dessus la monture de ses lunettes.

— Tu te sens mal ?

Il désigna son ventre.

— Je n'ai pas pris de petit déjeuner, mais je pense que je ne mangerai rien avant demain.

— Tu exagères.

Parri ferma la photo.

— Et vous, que m'avez-vous apporté ?

Marini lui tendit le sachet contenant l'os. Parri fixa l'objet, puis eux deux et de nouveau l'objet. Il enfila ses gants et saisit l'os, qu'il approcha de la lumière de la lampe. Il rappelait la forme d'un papillon.

— Où l'avez-vous trouvé ?

Teresa sentit poindre l'étonnement dans sa voix.

— Près du lieu du décès, dans un… tas de pierres. Sais-tu ce que c'est ?

— C'est évident. Un os sphénoïde. (Il l'observa de nouveau.) Un os humain.

Teresa se leva d'un bond. Une douleur soudaine lui traversa le dos, mais ce fut à peine si elle y réagit.

— Peut-on survivre sans ? Je veux dire : la personne à qui il a été retiré peut-elle…

— On en meurt. Mais il est possible qu'on l'ait prélevé sur un cadavre. Rassure-toi, d'après ce que je vois, c'est un os très, très vieux.

Il alluma le microscope et plaça l'os sous la lentille.

— C'est un os impair à la structure complexe, en forme d'aile. Il se situe dans la fosse crânienne et constitue ce que l'on peut appeler le plancher du cerveau. D'après ce que me montrent les coupes, il semble avoir été scié. Jusqu'à l'âge de vingt-cinq ans, l'os sphénoïde et l'os occipital sont complètement soudés. Attendez, attendez, attendez…

Parri essuya ses lunettes avec une lingette et se pencha sur l'oculaire du microscope.

— Je vois quelque chose, une ombre intéressante. Jette un coup d'œil.

Teresa s'approcha.

— Oui, l'os semble avoir été sali par une sorte de substance colorée.

— Pas seulement.

Le médecin sortit le kit d'empreintes digitales et l'utilisa sur le vestige. À deux trois reprises. Il préleva également la substance sombre.

— L'un d'entre vous l'a-t-il touché à mains nues ?

— Pas moi, répondit Marini.

Teresa haussa les épaules.

— Qu'est-ce que j'en sais ?

— Eh bien, ma chère, fit Parri. Je dois aussi prélever les tiennes, parce que nous en avons ici une partielle, mais qui reste assez claire et je dirais assez récente.

C'était une excellente nouvelle.

Parri plaça le ruban transparent portant l'empreinte sous une lamelle et éteignit le microscope.

— Ce n'est pas mon domaine, mais d'après la porosité et les couches osseuses plus superficielles, je pense pouvoir établir qu'il s'agit d'une découverte d'intérêt historique. (Il remit l'os dans le sachet.) Vous devez consulter un expert, un archéologue. Ah, et pour une étude plus approfondie, faites aussi appel à un anthropologue forensique, si vous voulez inclure cette pièce dans le dossier d'enquête officiel. Dans la mesure de mes capacités, j'analyserai la substance.

Marini lui prit le sachet des mains.

— Nous avons déjà l'archéologue.

Teresa n'arrivait pas à croire qu'il ait dit cela, ou qu'il l'ait même pensé.

— Ah oui ?

Il continua à regarder droit devant lui.

— Oui.

— J'espère que tu ne parles pas d'une connaissance commune enceinte de neuf mois.

Il resta silencieux. Teresa le frappa avec son sac.

— Mais qu'est-ce que tu as dans la tête ?

— Une dernière chose, les interrompit Parri. Ce sont les affaires personnelles de Ratchis. Étant donné le résultat de l'examen, la famille va venir les chercher.

La boîte contenait les vêtements, le portefeuille, le téléphone portable et les bijoux du garçon.

Une vague de tristesse envahit la poitrine de Teresa. C'était tout ce qui demeurait de lui. Le reste gisait dans une chambre froide.

Elle sentit ses genoux flancher.

— Marini, tu as vu ça ?

— Quoi ?

Une clé en argent d'une facture particulière pendait à l'un des colliers.

— Les clés de l'éternité, inspecteur. *Deux* clés, l'une inextricablement liée à l'autre pour traverser la vie terrestre et l'au-delà. Si tu avais vingt ans, à qui donnerais-tu la clé manquante ?

Il se mordit la lèvre.

— Il était amoureux.

24

TERESA SORTIT DU BUREAU de Parri avec l'impression d'avoir la poitrine nouée. Non seulement dans son esprit, où se mêlaient les raisonnements les plus banals, mais également dans son cœur, où ses émotions n'était qu'une pelote sans queue ni tête. Elle avait l'impression de fuir loin du garçon allongé dans la chambre froide. La jeunesse qu'il avait lui-même tranchée de deux coups de lame était un espoir mort, indécent, blanc parce que privé du sang vital du désir. Le désir de rire, d'embrasser, de serrer quelqu'un dans ses bras jusqu'à ce qu'il fasse partie de soi, le désir de découvrir, de se tromper, de gagner et de perdre, d'arriver puis de repartir. Qu'est-ce qui lui avait fait croire que cela n'en valait plus la peine ?

Teresa avait toujours su que l'empathie était une arme à double tranchant, qu'elle supposait d'ouvrir la porte de sa vie à une douleur qui ne l'affectait pas directement. Mais à présent, ce fardeau lui semblait insupportable. Elle se trouvait sur un seuil qu'elle allait bientôt franchir sans possibilité de retour.

Elle sentit la main de Marini dans son dos.

— C'est mieux comme ça, non ? Il a décidé pour lui-même, personne d'autre ne l'a privé de son avenir.

Teresa sortit un mouchoir, se tamponna le visage. Sous l'effet d'une bouffée de chaleur, elle était brûlante.

— Sommes-nous sûrs que c'était vraiment un choix ? murmura-t-elle. Souvent, nous ne sommes pas vraiment maîtres de nos actes. À cet âge-là comme à d'autres.

À une période de sa vie, elle ne l'avait pas été non plus. La liberté était un acquis que Teresa avait payé cher.

Marini jeta un œil à son téléphone.

— En attendant, toujours rien du côté de la préfecture.

Teresa passa la bandoulière de son sac.

— Tu t'en plains ?

— Non, mais la manière dont le commissaire Dalla gère la situation est pathétique. Parfois, il a l'air de ne pas être à sa place. Au moins, il a fait appel à quelques collègues et il s'occupe de recueillir les dépositions d'amis et de connaissances de Ratchis. Je vous ferai parvenir les transcriptions des entretiens dès que possible.

— Écoute, au lieu de critiquer, pourquoi ne te décides-tu pas à devenir commissaire ?

— C'est dans mes projets.

Teresa éclata d'un rire qui avait un goût acide.

— Des projets… Et tu attends quoi ? J'ai laissé le champ libre, je ne me vexerai pas.

— Il ne manquerait plus que ça !

Elle se fourra un bonbon dans la bouche et le regarda de travers.

— Tu devras te mesurer à un héritage professionnel non négligeable, inspecteur.

Il fronça les sourcils.

— Depuis quand Alzheimer provoque-t-il une hypertrophie de l'*ego* ?

— Tu ne le savais pas ? C'est un effet secondaire plutôt agréable. Maintenant, je dis tout ce que je pense ; de toute manière vous m'excuserez, je suis devenue débile.

— Comme si cela vous avait posé un problème, avant…

En voyant qui venait vers eux, ils se turent.

Le père et la sœur de Ratchis, élégamment vêtus, s'avançaient le long du couloir de l'institut, longilignes et sombres. Le vieil homme était agrippé au bras de sa fille. Il tentait de se maintenir bien droit, mais ne pouvait pas masquer sa démarche douloureuse.

Marini se pencha vers Teresa.

— Il n'a pas apporté son trône avec lui.

Elle le frappa du coude.

— M'enfin, il ne te fait pas de la peine ?

— Non.

Teresa ne pouvait pas lui donner tort, mais elle pensait que la rancœur de Massimo allait au-delà d'une première impression déplorable. Elle était convaincue que cet homme raide et en apparence sans cœur lui rappelait son père.

Enrico Evaldi ignora leurs salutations et poursuivit son chemin, avant de se raviser. Il se retourna.

— Vous êtes contents ? Maintenant que vous l'avez ouvert pour scruter ses entrailles ? Désormais, vous pouvez vous considérer comme déchargés de toute responsabilité et vous consacrer à autre chose.

Teresa ne se laissa pas impressionner. Au contraire, sa façon de s'exprimer lui plaisait. Elle vous scrutait les entrailles, au sens propre comme au figuré.

Marini réagit un peu trop vite, trahissant son agacement.

— Étiez-vous au courant des pratiques automutilatrices de votre fils ? demanda-t-il à l'homme.

— Pourquoi cette question ? Voulez-vous inculper son cadavre ?

— Bonne réplique, celle-là, je vais la noter.

Teresa posa une main sur le bras de Massimo et sourit avec sincérité au père.

— Nous essayons de comprendre, monsieur Evaldi. Pas de blesser et encore moins de raviver votre douleur. Seulement comprendre.

Evaldi soupira, leur laissant un soupçon de répit.

— Je suis le premier à ne pas me faire une raison, madame. Si je pouvais me raccrocher à une explication, je la partagerais avec vous pour vous offrir le même soulagement. Mais il n'y a pas d'explication. Ratchis l'a emportée dans l'au-delà. Maintenant, je veux seulement savoir quand je pourrai récupérer son corps, ou ce qu'il en reste, grâce à la curiosité folle et macabre qui vous a poussés à le ravager.

Il reprit son chemin de douleur et d'orgueil, tandis que sa fille continuait à fixer Teresa et Massimo. Elle les dévisagea longuement, sans aucune gêne, avec une expression que Teresa ne parvint pas à définir. Cela ressemblait à du dégoût.

— Ces entailles aux poignets l'ont libéré, finit-elle par dire, à l'instant où Teresa ouvrait la bouche pour rompre le silence. Ratchis a tranché ce qui l'emprisonnait, quoi que ç'ait été.

Tassia ne leur laissa pas le temps de réagir. Les épaules droites, d'un pas rapide, elle rejoignit son père.

Marini la désigna du doigt, presque comme s'il n'en revenait pas.

— Qu'est-ce que… Vous l'avez entendue ? Quelle gamine de seize ans parle comme ça ?

Teresa sortit sur la place. La brume était tombée : elle la respira jusqu'à s'en emplir les poumons. Elle dégageait une odeur d'asphalte et de béton, ainsi que de fleur d'osmanthus. Un parfum complexe, doux et sauvage, qu'elle associa à la jeune créature qu'elle venait de rencontrer.

— Marini, tu es déjà vieux.

Celui-ci l'avait suivie dehors.

— Moi ?

— Ne sous-estime pas les adolescents. Dans quelques années, tu en auras un ou une à la maison. Prépare-toi.

25

Massimo avait donné rendez-vous à Elena dans un parc du centre historique d'Udine. Le canal traversait des parterres de fleurs encore verdoyants, tachetés du pourpre et de l'or des feuilles tombées d'arbres centenaires. Ces couleurs surgissaient du voile laiteux du brouillard. Une couple de cygnes se laissait porter paresseusement par le courant, puis, d'un coup de patte, faisait demi-tour, frôlait la rive et s'abandonnait de nouveau au flot.

Elena apparut entre les feuillages d'un cèdre pleureur et se réfugia dans les bras de Teresa. Massimo savait quelle affection elle lui portait, mais il restait tout de même sur ses gardes. Il n'avait pas été facile de décider d'impliquer sa compagne, et il n'avait jamais été facile de séparer son affection pour Teresa de son devoir professionnel. Et, ces derniers temps, c'était devenu franchement impossible.

Il suivit les deux femmes les mains dans les poches tandis que, bras dessus, bras dessous, elles murmuraient des mots que Massimo n'essayait même pas de saisir. La main de Teresa se posait parfois sur le ventre d'Elena, un acte de protection, une bénédiction laïque. Cela lui apportait tout le bien du monde. Récemment, elle était devenue plus instinctive, se maîtrisait moins, et cela pouvait se traduire par des colères soudaines comme par de doux gestes d'amour.

Ils s'assirent sur un banc. Massimo proposa de chercher un bar pour y boire quelque chose de chaud, mais Elena répliqua qu'elle en avait assez d'être enfermée entre quatre murs, qu'elle voulait respirer l'air frais et baigner ses cheveux de brouillard.

— Je n'en peux plus, Teresa. Je ne pensais pas m'ennuyer autant. Je ne fais rien d'autre que manger. On me gronde à chaque visite médicale.

Teresa rit.

— Il ne reste plus que quelques jours avant l'accouchement, ensuite tu regretteras ton oisiveté.

Elena lui attrapa aussitôt la main et la pressa contre son ventre rond.

— Tu sens les coups de pied ?

Massimo se tendit. Il ne savait pas comment Teresa allait réagir. Peut-être en riant, peut-être en pleurant, ou en hurlant à cause de l'enfant qu'elle avait perdu, qu'elle ne trouvait plus, qu'un jour peut-être pas si lointain elle reconnaîtrait dans le sien.

Teresa sourit en faisant glisser ses doigts sur cette demi-lune qu'elle aussi avait imaginé porter, une fois, deux fois. Elena sursauta.

— Il a répondu. Massimo, viens écouter.

Il s'approcha à son tour. Ils partagèrent leur étonnement devant cette petite vie inconnue, mais déjà présente au milieu d'eux. Teresa faisait partie de la famille. Si elle n'avait pas été là, Massimo aurait tout perdu.

Elena lui fit voir ses derniers achats pour la chambre du petit ou de la petite qui était sur le point d'arriver. C'étaient des pochoirs qu'Elena et Massimo utiliseraient pour décorer les murs.

— Ils te plaisent ?

Massimo plissa le nez, une réaction involontaire qu'il n'avait pas su arrêter à temps.

Elena sentit sa gêne.

— Ils ne te plaisent pas ?

Les pochoirs figuraient des papillons stylisés.

Massimo remarqua que le brouillard était plus épais à l'instant où il s'apprêtait à inviter sa compagne à descendre des marches menant à un mystère.

— Ils me rappellent plein de petits os sphénoïdes, lâcha-t-il.

Teresa le regarda comme pour lui demander s'il était sûr de vouloir franchir ce pas. Massimo en doutait, mais peut-être était-il exempté de ce choix. « Il n'y avait d'autre moyen que de traverser la nuit pour atteindre l'aube », avait écrit quelqu'un de plus doué que lui avec les mots.

Elena se leva et prit son visage entre les mains.

— Ça va ?

— Non.

Massimo sortit de sa poche le sachet contenant l'os.

— C'est ancien. Peux-tu nous aider à comprendre son histoire ?

Ce fut à ce moment, tandis qu'elle le dévisageait les yeux écarquillés et qu'elle imaginait déjà la grande aventure qui la ramènerait dans son cher passé en mettant à l'épreuve ses connaissances d'archéologue, que les pleurs enregistrés d'un enfant s'élevèrent dans la brume.

Massimo fut incapable de réagir. Son instinct lui soufflait de rester auprès d'Elena et Teresa. La personne qui le tourmentait avec ce son voulait lui faire perdre la tête, lui insuffler de la peur, le désorienter.

Il ne poursuivit pas dans le brouillard celui qui ne se laisserait pas retrouver. Avec un bras, il attira Elena à lui ; de l'autre, il accompagna les mouvements de Teresa vers la sortie du parc.

Elles n'avaient rien remarqué. Elles ne pouvaient ressentir l'agitation qui régnait dans sa poitrine.

Elena était convaincue qu'il fallait renouer les fils de sang des événements actuels à un passé lointain. Elle utilisa exactement cette expression, « les fils de sang ». Massimo gelait, le brouillard imprégnait son col et lui descendait dans les entrailles. Il avait l'impression d'être observé.

Lorsqu'ils furent à la voiture, il étudia les alentours en faisant mine de chercher les clés dans ses poches, mais aucun des passants ne lui inspira de danger.

— Massimo, tu m'écoutes ? (Elena était irritée.) C'est la deuxième fois que je te le demande.

— Quoi ?

— Tu es d'accord ? On y va ?

Une voiture passa en trombe. Massimo saisit Elena et l'éloigna du bord du trottoir. Cette secousse soudaine, et inutile, l'effraya.

— Eh ! mais tu es fou ?

Le véhicule ne l'aurait même pas effleurée, mais Massimo continuait à observer ses feux arrière en train de disparaître dans la brume, deux yeux rouges qui s'effaçaient dans le lointain.

Teresa le tira par la manche, les sourcils froncés.

— Ça va ?

Massimo acquiesça, puis ouvrit la portière.

— Alors, quelle est la destination ?

— Cividale.

Elena lui expliqua que la ville n'avait peut-être pas de lien direct avec l'os sphénoïde trouvé dans le lac de Cornino, mais que c'était le cas de la victime, et que la découverte de l'os sur le lieu du décès ne pouvait pas être accidentelle.

— À combien de coïncidences es-tu prêt à croire, Massimo ?

Combien ? Même une seule, c'était trop. Il ne s'en remettrait jamais à un acte de foi. Teresa Battaglia le lui avait enseigné.

26

L'ENFANT DONNAIT DES COUPS DE PIED. La Mère avait l'impression d'être traversée par une vague de la créature que son corps nourrissait. Dans l'eau sacrée de son ventre, elle la berçait. Elle lui chantait les odes du passé, pour se faire reconnaître.

Telle une chrysalide, la Mère allait bientôt se déployer et se dépouiller de sa propre vie pour renaître avec elle, en elle. Ses os étaient déjà en rotation dans l'obscurité de ses cavités afin de lui ménager de la place en suivant les trajectoires elliptiques des grands corps célestes. Ses organes se déplaçaient et s'adaptaient. La douleur la déchirait, elle sentait son être craquer. Parfois, la souffrance lui coupait le souffle, emplissait ses yeux de larmes.

Les litanies s'enchaînaient, relatant l'histoire du monde, ses guerres et ses merveilles. Mais comment pouvait-on aimer quelque chose qui est là depuis toujours et qui sera toujours là ?

La malédiction de l'immortalité, c'était le silence de tout désir, de tout souffle.

La lune était décroissante. La Mère procédait à des fumigations, elle jetait des feuilles et des gouttes de résine dans la coupe de bronze. Elle brûlait du laurier, pour voir avec clarté.

Et elle la vit.

Elle avançait entre les spirales de fumée, annoncée par les litanies.

Une femme aux cheveux roux. Qui la cherchait.

Elle hurla – un cri de peur et de combat.

27

À Cividale, ils retrouvèrent le professeur Belleri là où ils l'avaient vue la première fois : elle surveillait les travaux d'étayage de l'hypogée.

Massimo, qui l'avait jugée parfois peu coopérative, se demanda comment il osait se présenter de nouveau devant elle, accompagné de quelqu'un qui était impliqué dans la violation d'une sépulture ancienne et d'une femme dont la grossesse était si avancée qu'elle pouvait à peine marcher, et qui n'avait aucun droit d'être là.

Elena contourna le problème en tendant la main pour se présenter avant qu'il s'en charge.

— Je suis le professeur Giordano, archéologue.

La directrice se montra intéressée et ne les laissa pas passer sans avoir d'abord entendu ce qu'ils avaient à dire.

— À quoi dois-je cette nouvelle visite ?

Elena lui montra l'os qu'elle avait refusé de rendre à Massimo.

— Nous sommes curieux de savoir si des découvertes similaires ont été faites sur les sites archéologiques de la région.

L'experte demanda à observer la chose de plus près. Une fois le sachet dans les mains, elle essaya de s'asseoir sur un escabeau de l'entreprise de construction, comme si elle cherchait un appui. Elle manqua la marche et faillit tomber.

— Où avez-vous trouvé cela ? murmura-t-elle.

Massimo reprit le sachet.

— Vous avez déjà vu quelque chose de semblable, n'est-ce pas ?

Le professeur Belleri se remit debout et épousseta son pantalon. Elle paraissait encore mal assurée sur ses jambes.

— Pas quelque chose de semblable, mais une réplique en miroir parfaite, un chiasme : un squelette *sans* os sphénoïde.

Massimo et Teresa se regardèrent. Ils comprirent que sa réponse ouvrirait d'autres portes, ferait émerger d'autres hypothèses.

— Ici, à Cividale ? demanda Teresa.

La femme commença à jouer avec la croix en or qui pendait à son cou. Les lobes de ses oreilles avaient rougi.

— Avez-vous déjà entendu parler des « morts sans repos » ?

28

Le professeur Belleri les escorta jusqu'aux réserves du musée archéologique, creusées dans le sous-sol du bâtiment. Elle endossa la responsabilité de cette visite inopinée auprès des directeurs.

Elle passa devant des caisses en bois contenant des vestiges de temps reculés et des centaines de fragments de chapiteaux avant de s'arrêter devant une vitrine. Teresa y jeta un coup d'œil. La directrice alluma les LED qui l'encadraient.

— Voici les morts sans repos de la tombe numéro 59, ainsi que nous les appelons.

Les restes de deux personnes, l'une au-dessus de l'autre, se trouvaient séparés par une feuille de plexiglas.

Teresa n'avait jamais rien vu de tel. Elle s'accroupit pour comprendre. Les squelettes semblaient se frôler, mais ne se faisaient pas face. Elle sentit la main d'Elena sur son épaule, qui trahissait tout son étonnement.

— Ils datent du début du haut Moyen Âge, plus ou moins vers l'an mille, expliqua le professeur Belleri. Il s'agit d'une des rares sépultures bisomes : un homme et une femme. Lui en haut, elle en bas, tête-bêche. La femme est couchée sur le dos, l'homme, allongé face au sol.

— La tête de l'homme est à la hauteur des pieds de la femme, précisa Elena. À tout jamais incapable de regarder la voûte céleste : Dieu. Une défiguration symbolique.

Le professeur acquiesça. Massimo fit un tour complet de la vitrine, lentement. Il observait, songea Teresa. Elle le vit passer les doigts sur la vitre, comme s'il cherchait à entrer en contact avec l'histoire des deux créatures enfermées dans cette tombe transparente. Qui elles avaient été, comment elles avaient vécu, de quelle manière elles étaient mortes, et pourquoi elles avaient passé des siècles ainsi inhumées.

— Pourquoi les « morts sans repos » ? interrogea Elena.

Teresa lui répondit sans même s'en rendre compte.

— Parce que ce sont des âmes maudites.

La directrice ne la contredit pas.

— Le squelette de la femme était accompagné de trois clous déposés à côté du corps, au niveau du haut du crâne, de la bouche et des pieds. (Elle s'effleura le front, puis les lèvres et enfin les jambes.) Les clous ne peuvent pas être liés à l'emploi d'un coffre, nous n'avons pas retrouvé les traces organiques que le bois aurait laissées.

— Une pratique apotropaïque consistant à « attacher le cadavre » : elle ne devait pas revenir de l'au-delà, ajouta-t-elle.

Le professeur Belleri se remit à tourner et retourner la croix qu'elle portait autour du cou.

— C'était probablement une femme non seulement invisible, mais également redoutée, vivant en marge de la société.

— Une guérisseuse, mais plus encore. Une chamane ? s'enquit Teresa.

— C'est possible, compte tenu de l'époque et de l'afflux constant de personnes et de cultures d'Europe de l'Est et du

Nord. L'individu de sexe masculin enterré avec elle semble confirmer l'hypothèse : il souffrait d'achondroplasie.

— Autrement dit ? demanda Marini.

— De nanisme. Il mesurait environ cent vingt centimètres. Quant à l'âge, il pouvait avoir entre vingt-cinq et quarante-cinq ans. Il ne semble pas y avoir d'ascendance commune aux deux individus.

Teresa sentit sa gorge se nouer et ses yeux lui piquer. Les larmes coulèrent sans qu'elle puisse les arrêter. De grosses gouttes qui tintèrent sur la vitrine.

L'étreinte d'Elena, la sollicitude de Massimo, le malaise évident de l'étrangère qui la dévisageait. Aucun d'eux ne comprenait pourquoi Teresa se sentait si investie.

— Lui, c'était l'*anomalos*, murmura-t-elle, le différent. Il ne faut qu'un instant pour devenir l'*anomos*, le hors-la-loi, l'étranger. Ils l'ont couché vers la terre parce qu'il était destiné au monde souterrain.

Le professeur Belleri se racla la gorge.

— La *pietas* chrétienne envers les infirmes, les moins chanceux, les personnes physiquement et mentalement différentes est venue bien plus tard, malheureusement. Il a été tué peu avant d'être déposé dans le tombeau. La femme, quant à elle, est probablement morte de causes naturelles. Cela signifie que l'homme a perdu la protection dont il bénéficiait et qu'il a été éliminé.

Elle alluma une petite lampe-torche qui ressemblait à un stylo et en dirigea le faisceau lumineux vers la dépouille de l'homme.

— Des portions de tissu minéralisé et de bois ont été retrouvées sur les os de son visage. Il portait peut-être un masque. Pour répondre à la question qui vous intéresse : le crâne est dépourvu d'os sphénoïde.

Teresa s'assit sur le sol. Elle se sentait soudain vidée de son énergie.

Marini la rejoignit, remonta sa manche et vérifia sa pompe automatique à insuline. Elle le laissa faire. Son malaise n'était pas seulement physique. Puis elle le chassa de la main.

— Je vais bien, je vais bien. Je suis simplement fatiguée de rester debout.

Pendant ce temps, la directrice parlait avec Elena. S'ils avaient pu établir que l'os sphénoïde appartenait au nain de la tombe 59, il restait à savoir pourquoi il s'était si bien conservé dans un environnement non protégé.

Elena avait une théorie.

— J'ai travaillé au musée égyptien de Turin. On ne compte plus les os découverts pratiquement intacts grâce à l'utilisation de baumes pour la momification.

Le professeur Belleri ne semblait pas convaincue.

— Avancer l'idée qu'il y ait un lien avec des baumes de momification à Cividale me semble pour le moins hasardeux. Puis-je vous demander comment vous êtes entrée en possession de l'os ?

Massimo ignora la question.

— Nous n'avons plus qu'à envoyer notre échantillon à Turin pour analyse.

Son téléphone sonna.

— C'est Parri. Excusez-moi.

Tandis qu'il s'éloignait, Elena aida Teresa à se lever, et elles s'approchèrent le plus possible du microphone.

— Je suis en train d'analyser la substance prélevée à la surface du sphénoïde, expliquait Parri.

— Que peux-tu nous dire ?

— Qu'il s'agit d'une énigmec. J'ai trouvé des cellules typiques de l'hémoglobine, mais pas de globules rouges. C'est du sang, mais en même temps cela ne peut pas en être.

— C'en était, précisa Elena dans un murmure. J'ai déjà vu un cas de ce genre. De l'hémoglobine sans globules rouges. Dans le sang détérioré le plus ancien du monde qui nous soit parvenu.

Massimo baissa la voix.

— Celui d'un pharaon ?

— Non. Grâce à l'utilisation du microscope atomique, il a pu être relevé dans la blessure d'une momie conservée au milieu de glaces pérennes. Elle datait de cinq mille ans. La momie a été rebaptisée Ötzi et se trouve en Italie. Vous n'avez pas à transmettre votre découverte à Turin. Vous devez l'envoyer à Bolzano.

29

TERESA FIT SES ADIEUX aux morts sans repos avec une mélancolie inexplicable. Peut-être était-ce parce qu'elle se trouvait elle-même confrontée à sa fin, là où toutes les existences, passées et présentes, rougeoyaient de la même faible lueur sans cesser de briller, petites flammes à la merci du dernier souffle.

Qui savait si l'homme et la femme de la tombe 59 s'étaient regardés avant de se dire au revoir, qui savait qui elle était pour lui, et lui pour elle ? Dans un conte de fées noir, elle aurait été une sorcière et lui, son assistant difforme, mais, dans l'imagination de Teresa, ils étaient une femme libre et un homme qui avait beaucoup souffert, un enfant qui avait survécu au prix d'on ne savait quels sévices.

Sur la place de la cathédrale de Cividale, parmi les pierres millénaires, Teresa se laissa aller à la tristesse.

Je m'en vais, pensa-t-elle, les mains dans les poches.

Dans le ciel, les nuages blancs tournoyaient, poussés par des vents violents.

Non loin de là, Elena et Massimo étaient tous deux au téléphone. Teresa ne voulait même pas savoir avec qui. Ils essayaient de résoudre un problème qui se compliquait et elle se sentait coupable. Plus vite elle les laisserait partir, mieux ce serait.

Un nuage lui fit songer à la forme d'une fleur. Il perdait ses pétales, repoussés vers l'horizon.

Massimo attira son attention.

— Elena se rend à la bibliothèque à quelques pas d'ici. Elle veut enquêter sur le cas de la tombe 59.

Teresa se tourna vers son amie.

— Ne fais pas ça pour moi.

Elena ouvrit de grands yeux.

— Tu plaisantes ? Je ne laisserai pas m'échapper une histoire pareille. (Elle lui planta un baiser sur la joue.) On se voit dans une heure.

Elle embrassa son compagnon, puis se mit en route, plus déterminée qu'à son arrivée. La fatigue l'avait quittée.

Massimo leva en l'air le téléphone portable qu'il tenait encore dans sa main.

— De notre côté, nous devons parler à quelqu'un.

— À qui ?

— À Tassia.

Parisi avait appelé du commissariat. La cyberpolice avait retrouvé l'adresse IP à partir de laquelle on avait envoyé le commentaire qui avait jeté une ombre sur la mort de Ratchis. Cette adresse renvoyait à un ordinateur utilisé à l'école de sa sœur. Au moment de la mise en ligne du message, les cours étaient terminés depuis un moment, mais la caméra de surveillance avait filmé une personne, probablement une femme, marchant dans le couloir menant à la salle de classe où se trouvait l'ordinateur.

Teresa tenta d'esquiver.

— Pourquoi veux-tu parler à Tassia ?

— Parce que le monde des adolescents est un cercle fermé. À l'extérieur, rien ne transpire, mais à l'intérieur, tout le monde sait tout.

— Nous ne pouvons pas l'approcher officiellement, elle est mineure.

— Mais si je vous dis qu'elle est ici, à seulement cinq minutes de notre position ?

— Qu'est-ce que tu en sais ?

— Vous demandez ça à un policier ?

Bien qu'elle ait plongé dans le deuil, Tassia s'entraînait à la harpe en vue d'un événement culturel qui devait avoir lieu dans la ville quelques jours plus tard, d'après les informations de Parisi. Les répétitions se déroulaient dans un écrin de marbre et de stuc dont les fondations avaient été posées plus de mille deux cents ans auparavant.

Le Temple lombard faisait désormais partie du monastère bénédictin de Santa Maria in Valle, mais ses origines étaient inconnues. On disait qu'il s'agissait de la chapelle privée des premiers souverains lombards. On y accédait par une passerelle suspendue au-dessus de la rivière, construite pour ne pas violer la claustration des nonnes.

Teresa ne s'y était plus rendue depuis des années. Elle entra et sentit sur sa peau le froid qui y régnait, qui rendait les pierres encore plus blanches et la pâte de verre plus transparente. Il n'existait aucune description capable de restituer la solennité mystique du lieu, ses architraves romaines, ses chapiteaux corinthiens, la beauté contemplative de ses absides. Dans celle du centre se trouvait ce qui frappait le plus le visiteur au cœur : six statues représentant des figures féminines hiératiques. D'une blancheur laiteuse, les membres longs, enveloppées de robes précieuses, c'étaient des martyres. Chiona, Irène, Sophia, Agapè… Deux d'entre elles restaient anonymes, mystérieuses.

Aux pieds des saintes, sous les voûtes, se tenait une jeune femme de chair et d'os, aux longs cheveux blonds. Tassia semblait tisser des notes sur sa harpe. Les cordes baignées d'argent brillaient au contact de ses doigts rougis. Ses mains se déplaçaient à une vitesse impressionnante.

À côté de Teresa, Massimo semblait retenir son souffle. Il se pencha pour chuchoter.

— Un instant, j'ai pensé à une apparition.

Il avait raison. Une apparition angélique, un fantôme mélancolique, un diable blond.

Une citation surgit aux lèvres de Teresa.

« Pour jouer comme les anges, il faut étudier comme les démons. » Elle ne se souvenait plus de qui c'était.

On pensait que la harpe était dérivée de l'arc de chasse. Il était difficile d'imaginer la force nécessaire pour la faire sonner, à tel point que le petit doigt, trop faible, n'était pas mobilisé. En jouer requérait de diviser le cerveau en quatre afin d'atteindre la coordination nécessaire, chaque main et chaque pied devant être capable d'exécuter un mouvement différent en même temps que les trois autres.

Teresa se demanda si cette fille était aussi divisée dans la vie qu'elle semblait l'être en ce moment. Si elle réussissait à faire comme si de rien n'était alors qu'autour d'elle tout éclatait. Si elle était capable de ne ressentir aucune douleur.

Tassia était fière, mais Teresa la soupçonnait d'être aussi solitaire. Lorsqu'elle les remarqua, la jeune fille cessa de jouer. Ainsi, elle ressemblait parfaitement aux statues qui la surplombaient.

— Mon père m'a ordonné de ne pas vous parler.

Marini s'approcha autant que possible. L'accès à la petite abside était interdit au public.

— Nous sommes dans le même camp, Tassia.

Elle ne parut pas convaincue. Marini se risqua à poursuivre.

— Quelqu'un a semé le doute sur le fait que votre frère avait agi volontairement, avait fait un choix.

— Je sais.

— Le message a été envoyé depuis un ordinateur de votre école.

Elle se tut.

Marini lui montra une image de la vidéo sur son téléphone. Il tendit le bras pour approcher l'écran.

Tassia entama une mélodie triste, et les cordes argentées luisirent dans la lumière froide.

— Je pleurais la perte de Ratchis.

Massimo lui demanda si l'image lui faisait penser à quelqu'un de sa connaissance, mais elle continua à jouer avec plus de force, en accélérant le rythme.

Elle ne les regarda plus, ne répondit pas aux questions sur la vie privée de Ratchis, ni à aucune autre. Alors qu'ils partaient, elle ne leur concéda qu'une réflexion, qui les troubla.

— Nous sommes tous des pièces d'une figure en composition.

Teresa pensa qu'elle était une petite vie écrasée par le devoir, par les attentes des autres. Et, comme toutes les petites vies écrasées, elle était farouchement déterminée à survivre.

30

Les surprises déplaisaient à Teresa. S'écarter du parcours tracé la mettait mal à l'aise, jusqu'à déclencher des crises de panique qui la changeaient en une enfant effrayée.

Massimo le savait, mais il pensait qu'elle avait besoin de ressentir l'affection de sa famille, et sa famille se composait de lui et Elena, de Parisi et De Carli, d'Alice et Antonio Parri.

Massimo les avait réunis pour partager un repas et des souvenirs heureux tant que c'était encore possible, pour oublier les peurs, oublier le temps qui ne cessait pas de défiler et qui semblait même parfois lancé dans une course perpétuelle.

Il avait choisi un établissement dans le centre historique d'Udine que Teresa appréciait particulièrement – une vieille taverne qui lui rappelait une enfance passée chez ses grands-parents et où elle dînait souvent lorsqu'elle était policière.

Elle ne voulait pas entrer.

— Pourquoi tu ne m'as pas prévenue ? (Elle lissait ses vêtements du plat de la main, se recoiffait.) Je me serais mieux habillée.

Elle était figée par la peur.

— Vous êtes bien comme ça.

— Tu aurais dû me prévenir.

— Nous sommes tous affamés. Ici ou ailleurs, qu'est-ce que ça change ?

— Je ne viens plus depuis un moment. Ils vont comprendre que j'ai changé.

Massimo la taquina.

— Ils ont toujours su que vous étiez dingue.

Il la conduisit à l'intérieur en la tenant par les épaules. Les autres avaient déjà pris place. La chaise libre entre Alice et Parri était réservée pour Teresa.

Le couple de gérants vint à sa rencontre et ils la serrèrent tour à tour dans leurs bras. Ils ne posèrent aucune question, mais lui promirent de la gâter pour qu'elle revînt les voir. Le chef sortit également de la cuisine et le serveur lui prit son manteau, en lui demandant, sur un ton involontairement ironique : « Vous souvenez-vous de moi ? »

Teresa avait l'air perdue, mais heureuse. Massimo avait parfois l'impression de lui faire violence en la forçant à demeurer dans le monde plus qu'elle ne l'aurait normalement accepté, mais il n'était pas prêt à la laisser partir – il ne le serait jamais.

Tout semblait aller pour le mieux, alors pourquoi avait-il le cœur serré ? Parisi et De Carli racontaient à Alice une blague mettant en scène le commissaire Dalla (Dieu seul savait quand ils l'avaient inventée). La jeune fille souriait, les ombres du passé lointaines sur son visage. Parri parcourait déjà le menu, les lunettes sur le front, l'air concentré. Elena demandait au serveur où se trouvaient les toilettes.

Au milieu de cette scène de vie sereine, le cri de Teresa les paralysa. Devant le miroir qui ornait le mur, elle porta les mains à son visage et hurla. D'instinct, Massimo lui saisit les poignets et tenta de la calmer, mais elle essaya de le frapper et de le repousser. Elle était encore plus hors d'elle.

Parri se leva, entraînant la nappe avec lui. La vaisselle et les couverts allèrent se fracasser sur le sol.

Teresa se réfugia dans un coin en appelant sa mère à l'aide.

Massimo n'était plus capable du moindre geste. Il sentait qu'il lui avait infligé une souffrance inutile. Il l'avait exposée à des regards curieux pour répondre à un besoin qui n'était que le sien. Il se détestait.

À présent, Teresa suppliait Parri de la ramener chez elle, s'accrochant à ses épaules en sanglots, et cette vision suffit à l'anéantir. Ils partirent, laissant derrière eux une dévastation qui n'était pas seulement matérielle.

Massimo raccompagna Elena, puis rejoignit à son tour la maison de Teresa. Il attendit devant la porte que Parri vînt le tenir au courant de son état.

Le médecin descendit les marches du perron et s'assit à côté de lui. Massimo entendit ses genoux craquer.

Son ami enleva ses lunettes rondes et les glissa dans la poche de sa chemise.

— Elle va bien. Elle nous reconnaît. C'était juste un moment de confusion.

Massimo fixa ses mains, qu'il gardait serrées entre ses genoux.

— Elle était terrorisée.

— Quand elle s'est vue dans le miroir avec son visage vieilli, elle n'a plus rien compris. Son cerveau a disjoncté, car elle s'attendait à croiser le reflet d'une jeune fille. Aucun raisonnement n'était capable de la ramener à la logique et au calme ni de la consoler. Cela arrive tous les jours aux malades d'Alzheimer.

— Je pouvais l'éviter.

— Non. Pas à ce moment-là.

Massimo baissa la tête. Il se sentait lourd tout à coup.

— Que dois-je faire ?

Parri ne lui offrit pas de creuses paroles de réconfort, mais des outils pour lui venir en aide.

— Quand cela se produit, ne te mets pas à discuter avec elle. Tu ne ferais que la mettre en colère ou la désespérer. Tu le sais, mais je te le répète, parce que la tentation est parfois trop forte. (Il lui posa une main sur l'épaule, le secoua un peu.) Lorsque tu lui parles, cherche toujours son regard. Il lui sera plus facile de te suivre. Recherche également le contact physique, en douceur : cela l'aidera à rester présente, à se sentir en confiance. Dès que possible, nous devrons introduire quelques changements dans cette maison. Des couleurs froides pour sa chambre et des couleurs chaudes pour les pièces où elle a besoin d'être plus active. Peu d'objets, mais riches de sens. Éliminons les plantes qui ne sont pas aromatiques. Elle pourrait manger les feuilles, ou la terre. Et attention aux surfaces réfléchissantes. (Parri lui donna une petite tape, dont il ressentit la chaleur à travers le tissu.) C'est dur, mais pour elle, ça l'est encore plus. Il ne faut pas baisser les bras.

Dans la maison, Smoky continuait à japper. Il était si excité qu'on avait dû l'enfermer dans la chambre d'Alice.

Parri se leva.

— Tu viens à l'intérieur ? Parisi et De Carli ont commencé un film.

— Non.

— Alors on se voit demain au tribunal pour faire le point avec le juge Crespi.

Massimo acquiesça.

— Merci, Antonio.

Le médecin remit ses lunettes, glissa les mains dans les poches de son pantalon. Il ne rentra pas dans la maison comme

Massimo s'y attendait. Il resta dehors à contempler les étoiles, le nez en l'air.

Peut-être avait-il les yeux humides, songea Massimo. Comme lui.

Peut-être attendait-il simplement que ses larmes sèchent.

31

Teresa se réveilla en toussant. Son cœur battait à tout rompre. Elle semblait sur le point de faire une crise cardiaque. Elle calma sa respiration, une main sur la poitrine. C'était le cauchemar, le même qui venait la hanter presque chaque nuit désormais, qui l'avait étouffée. L'archange, l'épée, le diable et ces horribles ailes noires et luisantes.

Autour d'elle, les autres s'étaient endormis au milieu de ses coussins, enveloppés dans ses couvertures, dans l'étreinte de sa maison. L'un tenait en main la télécommande de son téléviseur, l'autre le dernier livre qu'elle avait acheté.

Teresa déplaça le bras d'Alice qui lui ceignait la taille et se leva. Le visage de la jeune fille était gonflé et rougi, elle semblait avoir pleuré un long moment. Le sien aussi était en feu.

Hébétée, elle se souvint vaguement du verre et de la porcelaine explosant en morceaux, mais la bande ne rembobinait pas plus loin.

Elle fit quelques pas. Son châle tombait d'une épaule et chatouillait ses chevilles nues. Elle avait toujours aimé marcher pieds nus – de cela, elle se souvenait. Elle se remémora sa mère lui disant qu'ainsi elle allait se blesser, que les ronces grouillaient dans le pré derrière la maison ; ses mains enlevant les épines et pansant la plaie avec un baiser.

Elle se demandait ce qu'étaient devenus ce pré, la maison sur la colline, les vignes de son grand-père, les oies que sa grand-mère appelait par leur nom et qu'elle ne mettait jamais dans la marmite.

Le monde semblait ne plus vouloir s'habiller de champs et de fleurs, de rythmes lents et de tilleuls odorants, de mains capables de faire du pain et du vin, de vêtements maintes fois raccommodés et de chaussures aux semelles usées.

Elle se sentit triste, habitant la mauvaise époque.

Elle caressa les cheveux de Parisi et ceux de l'autre jeune homme dont elle ne se rappelait plus le nom, mais qu'elle savait être son ami, parce qu'il l'avait regardée avec bienveillance et l'avait aidée à rentrer chez elle.

Parri était affalé dans son fauteuil, ses lunettes de travers sur le nez. Teresa les lui enleva et les posa sur l'accoudoir. Elle se pencha tout près de lui.

— Antonio, tu te souviens de l'odeur de ton enfance ?

Il marmonna quelque chose dans son sommeil. Elle pensa l'avoir entendu dire « Galatine ».

Elle s'approcha de la fenêtre. L'image renvoyée par la vitre la fit tressaillir, sans raison. Elle remarqua les égratignures qui barraient ses deux joues et, par réflexe, regarda ses ongles. Puis elle aperçut la silhouette au-delà de son reflet.

Il y avait un homme assis sur les marches du patio. Lorsqu'il la vit, il se leva.

Ils s'observèrent, debout. Teresa leva la main pour le saluer, il lui rendit la pareille et esquissa un sourire. Il devait s'agir d'un ami d'Antonio et des autres. Il se tenait là, au milieu de la nuit, veillant sur leur sommeil.

Il se retourna et descendit les marches. Arrivé à la porte, il chercha son regard pour un dernier sourire et disparut.

Un nom remonta aux lèvres de Teresa : Massimo. Elle ressentit l'envie de l'arrêter, de lui demander de rester. Elle se rendit dans l'entrée et enfila son manteau, mais ne put ouvrir la porte. Elle ne savait pas comment faire.

Ses doigts tournèrent et retournèrent un objet lisse dans sa poche. Elle le sortit. C'était un rectangle blanc opaque. Elle passa le bout des doigts sur la gravure qui l'ornait : « XII ».

Elle oublia les personnes dans son salon, le chien qui jappait de temps en temps à l'étage, le jeune homme au visage triste qui avait gardé son patio.

Elle gagna le bureau qu'elle n'utilisait jamais, où étaient entreposés les souvenirs d'une famille aujourd'hui disparue. Les boîtes de vieux dominos de son père étaient couvertes de poussière. Teresa prit une chaise, monta dessus en vacillant et les descendit des étagères de la bibliothèque.

Elle les ouvrit toutes, renversant les dominos sur la moquette. Ses mains s'agitaient fébrilement, ses yeux les suivaient, ses lèvres invoquaient une histoire encore en devenir.

32

La Mère marchait en se tenant le ventre à deux mains. Il était lourd, difforme. La souffrance augmentait et la forçait à se courber. Le sacrifice la consumait.

Comment peut aimer celui qui se sait immortel ? se demandait-elle à chaque pas douloureux.

L'éternité rendait son regard libre de toute séduction. Aucune merveille ne pouvait la détourner de sa fragilité. La merveille, elle l'avait rencontrée des millions de fois.

Elle avait toutes les saveurs du monde sur la langue et toutes les nuances du ciel dans les yeux.

Elle avait entendu tous les cris des animaux et tous les idiomes humains.

Elle ne savait pas aimer et, pourtant, elle aimait la créature qui la ravageait.

Quelle valeur pouvait accorder à la vie celle qui savait qu'elle vivrait pour toujours et dont la poitrine en était emplie ?

Aucune, cependant elle protégeait la créature qui se nourrissait de son corps.

Les couloirs semblaient s'étirer. La Mère des ossements s'arrêta et posa son front sur la pierre. Le froid la soulagea momentanément.

À côté d'elle, ses filles continuaient à réciter les litanies. Elle sentait leurs lèvres souffler à ses oreilles, pousser les mots dans son âme. Elle souhaitait ardemment que le récit de sa vie cesse ; elle aspirait au silence, à la souffrance paisible, mais la Mère devait écouter.

Et elle écoutait parler d'une femme aux cheveux roux qui était sur ses traces. Une autre vie insignifiante à abattre.

Elle se redressa, les mains sur les reins, et se dirigea vers la chambre lumineuse.

Au centre de la pièce, sous un oculus d'où filtraient les rayons de la lune, brillait le trône de viorne de la Mère, où elle s'accoucherait elle-même.

Les tesselles d'os séculaires qui le composaient semblaient transparentes tant la main dévouée des artisans les avait finement polies. Les tesselles d'os étaient des témoignages de fidélité et de dévotion.

Il en manquait une.

33

MASSIMO RENTRA CHEZ LUI avec le sentiment de n'avoir pas accompli grand-chose. L'appartement était plongé dans la pénombre, une lumière diffuse filtrait de la chambre à coucher. En fond sonore, *Dream On* d'Aerosmith. L'ordinateur portable d'Elena était allumé sur le canapé.

Il prononça son nom, à deux reprises. Elle ne répondit pas, alors Massimo ferma l'ordinateur et la maison sombra dans le silence.

Elena dormait, le torse relevé par des coussins. À présent, elle ne pouvait plus s'endormir que de cette façon, expliquait-elle. Elle s'était assoupie un livre dans les mains. Sur son visage, un masque cosmétique en tissu, que Marini prit soin d'enlever.

Il écarta le livre, ramassa ceux qui étaient éparpillés sur la couverture et les empila sur la commode. Il s'agissait d'ouvrages d'archéologie et d'anthropologie. Elena s'était effondrée en se documentant sur des cas similaires d'enterrements d'individus atteints d'achondroplasie et de ligatures du cadavre. Pour elle, cela aurait été une aventure passionnante dans les méandres du mystère si elle n'avait pas impliqué Teresa.

Massimo s'assit sur le bord du lit. Il voulait lui donner un baiser, mais, au lieu de cela, il se blottit contre elle, enfouit son visage dans la tiédeur de son cou. Elle leur avait fourni une aide précieuse. Elle avait pris soin de contacter les experts de Bolzano et de leur envoyer l'enveloppe contenant les échantillons prélevés sur l'os sphénoïde.

Massimo avait intégré la demande d'analyse dans le dossier ouvert au nom de Ratchis, auquel s'adjoindraient les derniers examens de Parri, mais c'était encore un pari. Elena n'ignorait pas les risques, y compris professionnels, auxquels elle s'exposait en participant à une enquête officieuse. Elle avait choisi de ne pas les considérer.

À contrecœur, Massimo se leva. Il avait envie de prendre une douche, d'écrire un message à Parisi au sujet de l'entrevue avec le juge Crespi et d'essayer de rassembler les fragments de l'histoire recueillis jusque-là, qui ne pouvaient en aucun cas être qualifiés d'indices.

Il alla dans la salle de bains, se déshabilla. Il se souvint d'avoir laissé son téléphone portable dans l'entrée et le récupéra pour le recharger. Il vérifia qu'il avait fermé la porte d'entrée à double tour.

Il y eut un bruissement de l'autre côté du battant, comme si quelqu'un y avait passé la main avec insistance. Et puis un coup de poing violent qui lui arracha un juron.

Il regarda par le judas et se retrouva face à un œil grand ouvert.

— Putain !

Le cri enregistré de l'enfant s'éleva, mais ne le surprit pas, cette fois. Il sortit l'arme de l'étui posé sur la console. Il vérifia : l'œil avait disparu et les pleurs s'éloignaient.

Il se précipita dehors et pointa l'arme devant lui. Il continua dans le couloir jusqu'à l'ascenseur. Le cadran indiquait qu'il était en train de descendre. Il se précipita dans l'escalier, avala les marches deux par deux, pieds nus. Il n'y avait que trois étages, peut-être arriverait-il à temps.

Il sauta complètement la dernière volée de marches, au risque de trébucher. Les portes s'ouvraient.

Il s'accroupit, visa, mais l'ascenseur était vide.

D'instinct, il jeta un regard à la cage d'escalier, pensant à Elena, là-haut, seule.

— Joli caleçon, inspecteur.

Massimo se retourna lentement. Il l'avait reconnu et ne savait pas trop ce qu'il devait ressentir. Il finit par céder au sentiment qui l'emportait sur les autres.

— Je suis soulagé de savoir que c'est toi et je n'arrive pas à y croire, dit-il à l'homme qui bloquait la porte d'entrée.

Il ne baissa pas son arme pour autant.

Giacomo leva les mains.

— Je ne suis pas armé, inspecteur. Tu peux rengainer ton arme, peut-être te la caler entre les fesses.

Le problème avec Giacomo Mainardi, c'est qu'il tuait à mains nues. Trouver un outil pour tuer était le cadet de ses soucis.

Marini savait ce qu'il était capable de faire avec ses doigts et il connaissait la force sauvage qui brûlait dans sa poitrine, juste sous le renfoncement du pectus qui l'avait condamné, enfant, à se sentir différent.

Massimo essaya bien de discerner cet enfant en lui, mais il n'était pas Teresa Battaglia ; il en fut incapable.

Giacomo s'avança, Massimo arma le chien.

— Pas un pas de plus.

— Tu as peur ?

— Qu'est-ce que tu veux ?

— Parler.

— Allons au commissariat, alors.

Giacomo éclata de rire.

— Avec quoi tu vas appeler tes amis ?

Physiquement, il n'était pas très différent de la dernière fois qu'il l'avait vu, quelques mois plus tôt, en prison. Mais il semblait plus féroce – Massimo ne trouvait pas d'autre terme pour qualifier l'énergie qui le traversait, un peu comme si la bête avait retrouvé sa vie sauvage après l'évasion.

Giacomo n'était pas là pour bavarder tranquillement. Il choisissait de ne pas attaquer, un choix réitéré à chaque seconde qui s'écoulait. Il y avait une différence.

Il avait encore les cheveux rasés, ne faisait pas ses cinquante ans révolus. Il était habillé en bleu foncé – des vêtements anonymes qui le rendaient invisible dans les rues de la ville. Ils n'avaient jamais cessé de le traquer, mais ils n'avaient pas réussi à en apprendre plus sur son compte. Le bras de Massimo se mit à trembler. Giacomo alluma une cigarette et le pointa du doigt.

— Détends-toi, baisse ça. Ce soir, je ne vais pas te tuer. Je voulais juste te voir.

Massimo ne baissa rien du tout.

— Tu deviens un peu trop romantique, Giacomo.

Le meurtrier s'approcha encore, et encore un peu.

— Je parie que tu ne me tireras pas dessus.

— Ne m'y oblige pas.

— Tu ne me tireras pas dessus. Comment irais-tu annoncer ça à Teresa ?

— Ne prononce pas son nom.

Giacomo pressa sa poitrine contre le canon de l'arme.

— Ne me dis pas ce que je peux ou ne peux pas faire, parce que je m'énerve facilement et que ta petite amie enceinte est à l'étage.

Massimo sentit sa colère exploser. Il l'attrapa par le col, le plaqua contre le mur et lui braqua le pistolet sur la tempe.

— Ne mentionne plus jamais son nom. Ne t'approche plus d'elle et de l'enfant.

L'autre riait.

— Oh, tu as enfin décidé de t'écarter du droit chemin, inspecteur Marini. Il s'agit au moins d'un abus de pouvoir. D'une menace à main armée.

— Qu'est-ce que tu veux, hein ? Qu'est-ce que tu faisais près du lac ?

Giacomo redevint sérieux.

— Je voulais m'assurer qu'elle allait bien. Tu es un incapable.

— Après avoir tué son ex-mari ?

— Je l'ai soulagée d'un fardeau.

Massimo ne lâcha pas prise.

— Tu te crois drôle ?

— Ici, c'est toi le bouffon.

Massimo était tenté de lui fracasser la tête avec la crosse du pistolet, mais, derrière lui, la serrure de la porte d'entrée cliqueta. Le locataire du premier étage entra avec son chien. En les voyant, il se figea. Massimo avait rapidement dissimulé son arme, mais il n'en restait pas moins qu'il était en caleçon et chemise et qu'il bloquait un autre homme dans le hall d'entrée de l'immeuble.

— Bonsoir, salua le vieil homme, qui sursauta.

— Bonsoir, répondit-il.

Giacomo se déplaça un peu.

— Dois-je appeler l'ascenseur ? demanda-t-il, mais l'ascenseur était déjà utilisé.

— Non, merci. Je vais monter à pied.

Ils attendirent un moment, puis tous deux s'écartèrent du chemin. Massimo remit son arme en position de sûreté. Giacomo n'avait pas menti : cette nuit, il n'avait pas l'intention de le tuer.

— Tu as quelque chose à voir avec la mort du garçon ? l'interrogea-t-il.

— Tu devrais savoir comment je tue.

— Qu'est-ce que tu as vu au lac ?

— Rien. Je suis arrivé après elle, je la suivais.

— Pourquoi ?

— Parce que quelqu'un s'est servi de moi pour l'atteindre. Ça, je ne l'oublie pas. Tout comme je n'oublie pas tout le bien qu'elle m'a fait. Je trouvais étrange qu'elle sorte de chez elle à cette heure-là.

— Tu joues les traqueurs ?

— À mon avis, c'est un problème vraiment secondaire.

Massimo ne pouvait lui en vouloir.

— Tu me traques aussi ? Qu'est-ce que c'est que ce petit jeu avec les pleurs enregistrés ?

— Ça m'amuse de te tourmenter.

— Cette nuit-là, Teresa est arrivée seule au lac ?

— Accompagnée d'un homme.

— Qui ?

— Je ne sais pas.

— Décris-le.

— Je ne pourrais pas. Pour des raisons évidentes, je suis resté à distance. Ça aurait aussi pu être un policier.

— Ils sont arrivés en voiture ?

— Dans une camionnette. La plaque d'immatriculation était sale, peut-être pas par hasard.

Massimo se fit décrire le véhicule : il correspondait à celui filmé par les caméras dans la rue de l'hypogée. Mais c'était un modèle très courant, et il lui était difficile de faire confiance à un tueur en série. Il secoua la tête.

— Comment puis-je te croire ?

— Par un pur acte de foi.

De la foi, Massimo n'en conservait plus beaucoup, mais il n'avait pas d'autre choix. Il se dirigea vers l'escalier et s'arrêta sur la première marche.

— Je vais appeler une voiture de police.

Il ne savait pas pourquoi il l'avertissait.

Giacomo haussa les épaules.

— Le temps qu'elle arrive, je pourrais déjà être au Groenland.

Massimo le regarda, l'air grave.

— Ne te pointe plus jamais dans le coin. La prochaine fois, je te descends, je le jure. Et arrête avec ces conneries de pleurs enregistrés.

Giacomo le regarda comme il aurait observé un enfant un peu trop sûr de lui.

— Comment peut-elle te préférer à moi ?

Massimo avait du mal à croire à ce qu'il venait d'entendre.

— Tu parles de Teresa ? C'est peut-être que tu es un tueur en série ?

Cette fois, Giacomo adopta une expression indignée.

— Tant que je le pourrai, je la protégerai. Je me méfie de toi, inspecteur en caleçon.

Il s'en alla, retourna se mêler à la nuit : c'était là sa place, après tout. Cela faisait presque quatre mois qu'il était en fuite et on n'avait pas entendu parler de meurtres susceptibles de lui être attribués, mais Massimo ne se faisait pas d'illusions. Giacomo répondait à un instinct impossible à étouffer. Il fallait l'arrêter.

Il courut à l'étage et trouva la porte fermée. Il resta là quelques instants, incrédule. Il n'avait pas de clé.

Dans sa tête, il entendit Giacomo applaudir : « Bravo, inspecteur, tu t'es enfermé dehors. »

Massimo cacha le pistolet dans son dos et sonna.

Mais pense un peu, si je dois rivaliser avec un tueur en série.

34

Le lendemain matin, Massimo arriva au tribunal de bonne heure, un picotement dans la nuque. Cela ne présageait rien de bon. Il retrouva dans le couloir Parisi et De Carli, qui lui demandèrent des nouvelles d'Elena.

— Elle va mieux, maintenant.

Lorsqu'elle avait trouvé Massimo presque nu sur le palier, armé, elle avait eu des contractions. Il avait dû s'expliquer clairement, au moins avec elle. Dieu merci, il ne s'était rien passé, mais Massimo avait maudit Giacomo et les ténèbres qui gravitaient autour de lui. Puis il avait appelé ses collègues et, ensemble, ils avaient fouillé le secteur, sans lui mettre la main dessus.

— Café ? demanda-t-il, fatigué avant même de commencer.

Il avait passé la nuit à étudier quel système d'alarme était le plus fiable et à envoyer des e-mails à des entreprises spécialisées, le cœur au bord des lèvres à chaque bruit.

De Carli fouilla dans sa poche à la recherche de pièces de monnaie.

— Faisons vite. Si Lona sort et ne nous voit pas, il va être fumasse. On doit lui servir de larbins.

Massimo ne comprenait pas.

— Ça sort d'où ?

Parisi se leva de son siège et s'étira.

— Parri est déjà entré chez le juge Crespi et Lona y est aussi. Le commissaire Dalla les a rejoints il y a peu.

Massimo consulta sa montre.

— Mais le rendez-vous est dans un quart d'heure.

— Était. Ils ne t'ont rien dit ? Le juge a décidé d'avancer l'horaire.

Massimo lâcha un juron. Il ne croyait pas aux oublis du préfet.

À ce moment, la greffière du juge sortit du bureau. Valeria Adami avait à peu près leur âge et tenait un dossier entre ses mains comme un plateau. Le bruit courait qu'au lieu de rédiger des procès-verbaux, d'enregistrer des affaires et de constituer des dossiers d'enquête au nom de Crespi elle passait le plus clair de son temps à lui servir de femme de chambre et à s'occuper de ses dépenses personnelles.

— Madame la Greffière, la salua De Carli. Vous vous dirigez vers la machine à café ?

Dès qu'il avait affaire à Valeria, il se montrait empressé.

— Comme toujours, répondit-elle. Bonjour, les gars.

De Carli désigna le dossier.

— Puis-je vous aider ?

— Merci, c'est gentil.

Dès qu'elle se fut retournée, Parisi envoya une tape sur la fesse de son collègue.

Ils l'accompagnèrent. Massimo en profita pour demander à la greffière s'il pouvait entrer, car il était attendu. Valeria introduisit une petite clé dans l'appareil et choisit un expresso.

— Crespi était un peu agacé par ton retard.

— En pratique, il n'y a aucun retard.

— Tu devrais le lui dire, mais fais-le en ma présence, je te prie.

La greffière posa le gobelet en plastique contenant le café sur le dossier que De Carli tenait. Elle sélectionna un deuxième café, puis un troisième. Elle n'en prit pas pour elle, et le juge Crespi ne lui avait probablement rien demandé.

— Entre avec moi, proposa-t-elle à Massimo. Crespi n'aime pas être interrompu, mais bon, il n'est pas si terrible.

— Merci.

Un instant plus tard, le dossier-plateau avec les cafés à la main, Valeria frappa à la porte du bureau, attendit la permission et entra. Massimo la suivit.

— Je vous prie de m'excuser, dit-il, en évitant toute récrimination.

Le juge Crespi le salua d'un signe de tête et lui indiqua une chaise. Lona ne se retourna pas. Dalla lui sourit.

Massimo s'assit derrière eux. Parri, qui s'adressait au juge, semblait agité. C'était assez inhabituel chez lui. Il demandait du temps pour effectuer des examens complémentaires sur le corps de Ratchis, mais Crespi hésitait.

— Il s'agit d'un suicide sur lequel même la police n'a aucun doute, insista le juge. Pourquoi déranger la famille en organisant une nouvelle autopsie ? Si je ne me trompe pas, l'autorisation d'inhumation a déjà été donnée officieusement au père.

Il demanda confirmation à Lona, et le préfet acquiesça.

Parri se tamponna le front avec un mouchoir qu'il rangea dans sa poche, trahissant par ce geste un léger tremblement.

— Permettez-moi d'insister encore sur la partie manquante de cette côte. (Il marqua un temps de silence.) J'avoue que j'y ai beaucoup réfléchi, même après avoir tiré mes conclusions et déclaré les examens *post mortem* terminés.

Crespi commençait à s'impatienter : le tic-tac du stylo-plume sur le bureau ne cessait d'accélérer.

— Docteur Parri, vous ne pouvez pas ouvrir et fermer les gens à votre guise.

Massimo observa son ami. Pour la première fois depuis qu'il le connaissait, sa compétence était mise en doute.

Crespi ne lui laissa aucun répit.

— S'agit-il d'un détail qui pourrait avoir une incidence directe sur la mort de ce garçon ?

Parri fut contraint de répondre que non, il n'avait pas d'éléments pour le supposer.

Crespi s'enfonça dans son fauteuil. Sa masse imposante fit grincer le siège.

— Alors, pour la justice, l'affaire est close. Rendez le corps à ce pauvre père. Une fois pour toutes.

Lona en profita pour jouer les lèche-bottes.

— Je préviendrai personnellement la famille.

Crespi s'enquit de l'effondrement survenu dans l'hypogée et de la découverte du bracelet de Teresa Battaglia sur le site.

Le commissaire Dalla feuilleta le bloc-notes qu'il tenait sur ses genoux. Derrière lui, Massimo constata que la page qu'il pointait avec son stylo avait été utilisée pour dessiner, en haut, un cochon accompagné de la mention « CRESPI ».

— Nos collègues de Cividale s'en occupent, expliqua le commissaire. Les caméras du bureau de tabac au bout de la rue ont enregistré le passage d'une camionnette et de plusieurs voitures aux horaires concernés. Pour les voitures, elles appartiennent à des riverains ; leurs horaires de déplacements ont été notés et sont en cours de vérification. Le propriétaire de la camionnette n'a pas encore été retrouvé. La caméra n'a filmé que la partie latérale du véhicule, sans la plaque d'immatriculation. Le modèle est très banal. Pour l'instant, il n'y a pas de nouvelles du bracelet, mais je vais demander à l'inspecteur Marini, qui est en contact avec son ancienne collègue

Battaglia, de confirmer la chose. Il se peut que la dame se soit souvenue d'un détail qui pourrait clarifier la question.

Tout le monde se tourna vers Massimo.

Il fusilla mentalement Dalla et peut-être aussi du regard.

— Je n'ai pas de nouvelles à annoncer, dit-il sèchement.

Dalla sourit, en mâchant un chewing-gum.

— À la rigueur, quelqu'un a pu vouloir lui faire une blague.

Cela semblait impossible, mais il venait de lui faire la passe décisive. La connerie, c'était lui qui l'avait proférée.

Massimo croisa les jambes, fit mine d'être détendu.

— À la réflexion, je suis d'accord avec le commissaire. C'est une blague qui ne la vise pas directement, plutôt à caractère général. Le vandale qui a endommagé l'hypogée a simplement voulu jouer les farceurs en enfilant un bracelet trouvé on ne sait où, ou volé, au bras d'une momie.

Lona le regarda comme s'il était devenu fou. Crespi fronçait les sourcils : il essayait encore de comprendre le sens de ses propos.

— Une farce ?

Massimo ouvrit grand les bras.

— Quelle autre explication pourrions-nous donner à ce qui s'est passé ? Un complot contre Battaglia ? Ou, mieux encore, contre la préfecture de police ? le système ?

Ils restèrent cois. Puis Massimo abattit sa carte maîtresse.

— En psychologie, on parle de biais cognitif ou de biais de confirmation : nous avons tendance à sélectionner et à reconnaître uniquement la validité des informations soutenant l'hypothèse dont nous avons déjà décidé qu'elle était vraie. Dans notre cas, la théorie d'un mystère à élucider derrière l'apparition de ce bracelet est certes séduisante, mais déraisonnable. D'ordinaire, la vérité est généralement la version de l'histoire la plus simple. Ici, nous sommes tous des individus rationnels : que voulons-nous croire ?

35

À L'EXTÉRIEUR DU BUREAU, Lona saisit Massimo par le bras.

— Alors, la visite de Giacomo Mainardi ?

— J'ai fait mon rapport hier soir, raconté tout ce qu'il y avait à raconter. Les voitures de patrouille n'ont trouvé aucune trace.

— A-t-il fait des allusions particulières ?

— Que voulez-vous dire ?

— A-t-il mentionné le nom de quelqu'un ?

— Le vôtre, peut-être ?

— Oui ou non ?

— Non.

Massimo eut l'impression de voir son torse s'affaisser. Lona avait peur. Il avait vraiment peur que Giacomo décide de régler tous ses comptes avec lui, qui avait tant fait souffrir Teresa. Il remarqua le tic nerveux qui lui parcourait la mâchoire.

— Dites à Teresa que je dois lui parler. Qu'elle ne me fasse plus attendre.

Le préfet se dirigea vers la sortie. Derrière lui, Dalla porta à sa bouche un cigare éteint. Il souriait, en petite hyène bouffonne. Lorsqu'il passa à côté de lui, la hyène étonna Massimo.

— Ne prétends pas ensuite que je ne t'aide pas.

Puis il trottina derrière Lona, la ceinture de son manteau traînant sur le sol.

Massimo les regarda s'éloigner en se demandant qui s'était moqué de qui.

Parisi et De Carli le rejoignirent.

— Alors ?

— J'ai pris mon temps.

Parri fut le dernier à quitter le bureau du juge, le dossier de consultation sous le bras. Il avait l'air un peu perdu. Il s'arrêta à la fenêtre qui donnait sur la cour intérieure. Massimo s'approcha. L'anatomopathologiste ne quittait pas des yeux Lona et Dalla, qui s'éloignaient.

— Le diable et son adjoint, grogna-t-il.

Massimo s'assit sur le seuil de marbre.

— Que ferait Teresa Battaglia ?

— Hmm. Facile à imaginer. Mais elle n'est pas là.

Massimo acquiesça.

— Moi, je suis là.

Il sentit le regard de Parri scruter son profil avec insistance.

— De combien de temps as-tu besoin ? lui demanda-t-il.

— Le temps d'ouvrir et de recoudre.

36

Dès que Parri exigea de lui qu'il enfile des gants et une blouse, Massimo regretta sa décision.

— Je pensais attendre dehors.

Le pathologiste lui lança également des surchaussures et un sachet contenant un masque chirurgical.

— Même pas en rêve. Dehors, sur le parking, il y a déjà Parisi et De Carli. Avec toi, cela ferait un peu trop de flics pour ne pas attirer l'attention. Et puis tu m'es utile ici.

— Qu'est-ce que je dois faire ?

— Apprendre.

Massimo se prépara.

— Je ne comprends pas la nécessité d'être impeccables et immaculés.

— Protocole. Tu ne veux quand même pas contaminer le cadavre ? Pour toi, cela reste un cas douteux, si je comprends bien. Tu t'imagines si dans quelque temps l'enquête est rouverte et qu'on y trouve ton ADN ?

Il gloussa. Parfois, Massimo trouvait son sens de l'humour plutôt macabre. Il croisa les bras. Il ne toucherait à rien.

Parri portait un masque transparent qui lui couvrait entièrement le visage. Il descendit soigneusement le drap jusqu'au pubis, puis s'employa à dénouer les sutures et à écarter les lèvres des plaies. Massimo se plaqua le poing devant la bouche et attendit ainsi, comme s'il réfléchissait, alors qu'il essayait de contrôler ses haut-le-cœur.

— Elle était comme toi, elle aussi, fit Parri. La première fois que Teresa m'a aidé, elle était au bord de l'évanouissement. Elle était enceinte. (Il ouvrit encore plus les plaies, sans tenir compte du hoquet de son assistant improvisé.) Mais c'est à ce moment-là qu'elle a compris.

— Compris quoi ? demanda Massimo d'une voix étranglée.

— Que c'est un être humain que j'ai entre les mains. Dès lors, il était plus facile d'accepter de voir un être ainsi. (Il leva les yeux vers lui.) Et de le respecter. De respecter ce moment.

Massimo retira sa main.

— Désolé.

Parri prit quelques nouveaux instruments. Il s'agissait de pinces et d'écarteurs en acier. Le tronc était déjà complètement ouvert.

— La côte est un os en forme de ruban, plat et courbe, et nous en avons douze paires. À mon avis, la douzième de Ratchis, la côte flottante gauche, a subi une ablation, mais je ne trouve pas d'adhérences dans les tissus qui expliqueraient un traumatisme diffus du thorax.

— Des adhérences ?

— Il s'agit de bandes de tissu fibro-cicatriciel qui se forment entre les organes ou les parois des cavités à la suite d'une contusion grave ou d'une intervention chirurgicale majeure. Il devrait y en avoir des traces.

Avec un écarteur, il souleva la côte, pour la lui montrer. Massimo n'oublierait jamais le bruit qui se produisit.

— C'est obligatoire ? se plaignit-il.

— Viens ici. Plus près. Regarde. Le processus de guérison complète d'un os peut prendre jusqu'à deux ans, expliqua-t-il. Il se forme d'abord un hématome, un tissu conjonctif réparateur riche en cellules souches, puis un cal osseux, composé de collagène et de sels de calcium. Le corps calleux est remodelé sans interruption jusqu'à ce qu'il atteigne la forme la mieux adaptée ou la plus proche de l'original.

— Remodelé par qui ?

— Par l'intelligence puissante et sage qu'abrite chaque cellule de notre corps. Je dirais que c'est le cas de notre Ratchis : un corps calleux qui a au maximum deux ans.

— Qu'entends-tu par « ablation » ?

— Simplement que la tête en a été détachée, mais comment ? Un volet costal atypique ? Un décollement ? réfléchit-il à voix haute. Pourtant, en général, dans ces cas-là, les os se brisent au milieu et les blessures s'accompagnent de traumatismes faciaux et des organes internes, ce qui n'était certainement pas le cas chez ce garçon. Je devrais procéder à une scintigraphie osseuse.

— Là, tu m'en demandes trop.

— Je sais, mais je ne comprends vraiment pas.

— Nous sommes donc confrontés au mystère habituel.

— J'ai bien peur qu'on soit ici très loin de l'« habituel ».

Massimo consulta la pendule.

— On ferait mieux de s'arrêter là.

Parri ne répondit pas.

— Antonio ? Ça devient risqué.

— Je refuse d'abandonner.

Parri approcha les lampes, enleva son masque de plexiglas et reprit l'écarteur.

— Je dois mieux examiner les parois.

Massimo le laissa faire, en comptant les secondes. Lorsqu'il eut terminé son examen, le pathologiste avait le visage encore plus sillonné de rides.

— Si tu as une hypothèse, explique. Même si elle est folle.

— Elle est folle.

— Accouche.

— Je suis convaincu que la cicatrice de l'intervention chirurgicale est cachée par une autre, ici, sur le côté, dans la partie la plus externe du thorax. Il faudrait que j'incise le derme pour le confirmer, et je ne peux pas. Mais je parierais trente-cinq années de ma carrière là-dessus.

— Attends. L'intervention chirurgicale ?

— Oui. La tête de la côte a été retirée volontairement. Ce type n'a jamais reçu de blessures qui pourraient être attribuées à un accident. Je les aurais trouvées. On a dû entrer par le flanc ; oui, il n'y a pas d'autre explication.

— *Qui* est entré par le flanc ?

— Un chirurgien.

— Tu es en train de me dire que quelqu'un a enlevé à ce garçon un morceau d'os sans aucune nécessité ?

Parri retira les écarteurs et les jeta avec le reste dans le bassin en acier.

— En effet. Et pas un quelconque quidam : quelqu'un qui savait ce qu'il faisait.

La porte s'ouvrit et ils sursautèrent tous les deux. Parisi apparut.

— Excusez-moi, une urgence.

Massimo enleva sa blouse.

— Teresa ?

— Non. Nous avons été alertés par un signalement. Un groupe de spéléologues a trouvé un corps en état de décomposition avancé.

— Où ?

— Tu connais la grotte de San Giovanni d'Antro ?

Massimo n'en avait jamais entendu parler, mais l'expression de Parisi lui soumit un indice. Il s'agissait d'un problème de taille.

— Je parie que c'est proche de Cividale.

— À seulement douze kilomètres.

Parri saisit le fil et l'aiguille. Il s'apprêtait à refermer, tandis que Massimo se préparait à découvrir une autre tombe.

— Que dirait Teresa ? murmura le médecin, déjà penché sur le corps. « Des os affleurent de la terre, inspecteur. »

37

Teresa serra fort la main d'Alice. La jeune fille l'aida à s'asseoir sur le canapé du cabinet de Mei Gao. Teresa aurait voulu qu'elle reste, mais Mei n'avait pas jugé la chose opportune.

La psychothérapie exigeait une confidentialité et une confiance totales entre elle et Teresa.

Alice lui plaça un oreiller dans le dos, la soutint jusqu'à ce qu'elle trouve la position la plus confortable et rangea ses lunettes de presbyte dans l'étui.

— Je suis dehors, lui murmura-t-elle.

En sortant, malgré l'aide de la canne télescopique, elle manqua trébucher dans le chaos inhabituel du bureau.

Mei alluma l'encens, baissa le volume de la musique traditionnelle. Elle portait une belle robe en soie couleur forêt. Cette fois, le dragon était turquoise. Ce fut seulement à cet instant qu'elle sembla remarquer le désordre coloré qui égayait le tapis.

— Je suis désolée, s'excusa-t-elle en se penchant pour ramasser les jouets. Depuis que je suis devenue grand-mère, ce cabinet a cessé d'être mon sanctuaire. Et mon petit-fils est venu me rendre visite. (Elle posa l'épée et la poupée Batman sur le bureau.) Pour Halloween, il n'a pas encore décidé s'il allait se déguiser en chevalier ou en homme chauve-souris.

Teresa se montra sincère.

— Tu as de la chance.

Mei se tourna vers elle, visiblement sur le point de la consoler, de lui répéter des mots qu'on avait prononcés à de trop nombreuses reprises au cours de ces années. Teresa lui fut reconnaissante lorsqu'elle choisit de reporter son attention sur le présent.

— Comment ça se passe ? lui demanda-t-elle.

— Je fais encore des cauchemars.

— Toujours les mêmes ?

— Oui. Plus intenses, plus vifs.

Mei rapprocha un fauteuil et s'assit en face d'elle. Entretemps, Teresa avait remarqué un fil qui dépassait du tissu de son pantalon. Cela la gênait.

— Regarde-moi, Teresa. (Elle obtempéra.) Je crois que les cauchemars gagnent en intensité avec la peur de la déchéance mentale vers laquelle tu te diriges.

— Je ne vais pas vers elle. C'est elle qui vient vers moi.

Mei lui posa une main sur le genou, juste au-dessus du fil qui tracassait Teresa.

— Y a-t-il eu un incident qui ait pu te perturber plus que d'habitude ces derniers jours ?

— Oui. La nuit dernière.

— Raconte-moi.

Teresa commençait à se sentir gênée. Pourquoi revivre la honte ?

— Je préfère oublier.

Elle se rendit compte avec un temps de retard de l'horrible ironie des mots qu'elle avait choisis.

Mei se mit à tambouriner des doigts sur le genou de Teresa.

— Je voudrais te proposer une nouvelle méthode de psychothérapie, Teresa.

— J'ai besoin de retrouver mon ancien esprit, rien d'autre.

— Je te promets de te débarrasser de la peur, de la souffrance, du malaise liés au souvenir le plus perturbant.

— Vraiment ?

— Tu es sceptique. Tu ne me fais plus confiance ?

— Il n'y a pas de remède à ma maladie. Vous m'avez tous répété mille fois que plus tôt je l'accepterais, mieux ce serait.

— C'est vrai, mais tu n'as pas à porter tout le fardeau de la souffrance.

— Et à quelle magie vas-tu recourir ? L'hypnose ?

— Non. Cela s'appelle l'EMDR. C'est une technique approuvée par l'Organisation mondiale de la santé qui procure d'énormes bénéfices à des millions de patients dans les cas de stress post-traumatique, de dépression, de crises d'angoisse et d'anxiété, mais les domaines dans lesquels elle commence à être appliquée sont bien plus nombreux.

— En quoi ça consisterait ?

— En de simples mouvements oculaires alternés.

— C'est tout ?

— Cela semble peu de chose, je sais, mais ils permettent à la mémoire de se réaffecter à une zone du cerveau où elle sera inactive. Écoute, tu souffres parce que tu revis le traumatisme, tu ne l'as pas traité, il reste emprisonné dans les réseaux neuronaux sous une forme anxiogène. Les sensations que tu ressens lorsque tu y penses sont vives, invasives. Le traumatisme est actif dans des zones du cerveau qui ne sont pas consacrées aux expériences passées, mais aux expériences présentes. L'EMDR met en œuvre un processus de désensibilisation et réduit l'impact émotionnel. L'expérience vécue est retraitée et enfermée à jamais dans le tiroir des événements passés. Il ne s'agit pas d'oublier, mais d'en avoir une perception saine et atténuée, comme il se doit pour tout souvenir. Il n'aura plus un tel pouvoir sur toi.

— Et tu obtiendras tout cela en me faisant remuer les yeux ?

— Il s'agit de mouvements verticaux et horizontaux que les yeux font naturellement au cours de la phase de sommeil paradoxal, lorsque notre cerveau retraite le vécu et redistribue les souvenirs dans le cortex pariétal, où ils devraient rester, déchargés de leur pouvoir émotionnel. Mais j'utiliserai aussi le tambourinement, que j'opère depuis quelques minutes sur ton genou.

Teresa savait qu'elle était entre les mains d'une professionnelle de confiance, mais il n'en restait pas moins qu'elle souffrait de la maladie d'Alzheimer.

— Tu veux me guérir de ma souffrance en utilisant les souvenirs.

— Si tu es d'accord, c'est ce que nous ferons pour les plus douloureux. Nous commencerons par celui de la nuit dernière et poursuivrons avec ceux que tu voudras bien partager avec moi. Nous modifierons progressivement la structure de la peur et nous arriverons à une résolution adaptative du problème.

— Mes souvenirs s'effritent. Qu'est-ce qui te fait croire que cela pourrait fonctionner ?

— As-tu quelque chose à perdre ?

— J'ai déjà tout perdu.

Mei sourit.

— Et alors ? Il n'y a qu'un seul point sur lequel je veux être claire, avant que tu prennes ta décision. La première étape est celle de la narration. Je te demanderai d'accéder au souvenir. Tu devras revivre avec moi l'expérience traumatisante, en mettant en lumière toutes les réactions physiques, pas seulement émotionnelles. Tu souffriras, tu ressentiras un grand inconfort, mais c'est le premier pas pour la retravailler.

— À quel point vais-je souffrir ?

— À la fin de la séance, nous établirons une échelle de valeurs, afin de comprendre d'où nous partons et d'évaluer l'amélioration.

— Es-tu sûre qu'il y en aura une ?

— Je te le garantis. L'EMDR a récemment été utilisée chez des survivants de l'effondrement d'un viaduc pour atténuer le choc et les troubles post-traumatiques. C'est une technique qui a fait ses preuves. Mais attention, le processus de désensibilisation peut nécessiter quelques jours, pendant lesquels l'anxiété et les cauchemars reviendront probablement encore plus vivement.

Teresa accepta. Mei avait raison, elle n'avait rien à perdre.

— As-tu des questions avant de commencer ?

Teresa ne pouvait plus tirailler sur ce fil, aussi s'était-elle attaquée à son ventre. La cicatrice avait commencé à piquer jusqu'à la brûler.

— Pourquoi n'as-tu pas proposé cela plus tôt ?

Mei fixa la main qui grattait le ventre, de plus en plus fort. Elle posa la sienne dessus. Il s'agissait de partager avec Teresa ce moment, plus que d'une tentative pour l'arrêter.

— Je ne m'y intéresse que depuis une dizaine d'années, Teresa. Mais tu as raison, j'aurais dû.

Teresa baissa les yeux sur son genou.

— Est-ce que je peux enlever ce fil avant de commencer ? Il me rend folle.

— Bien sûr.

Elles commencèrent par des exercices de respiration et de relaxation, puis Mei lui proposa de raconter ce qui s'était passé la veille. Elle pouvait commencer par où elle le souhaitait, choisir d'aller droit au but ou de procéder par étapes.

Teresa se remémora le choc qu'elle avait ressenti en se découvrant soudainement vieille dans le miroir. Elle n'avait pas oublié un fait, confondu une personne avec une autre, oublié un mot ou l'usage d'un objet : elle avait effacé les trente dernières années en un clin d'œil.

Mei l'encouragea à revivre l'instant, à mettre dans la balance chaque frisson, chaque larme, en même temps qu'elle remuait les doigts devant ses yeux.

— Je ne sais pas si ces sensations sont les miennes ou si elles m'ont été racontées, murmura Teresa. Je ne sais pas ce dont je me souviens vraiment. Tout ce que je sais, c'est que j'ai pleuré et crié.

Quelque part, des cloches sonnèrent. Cette interruption la perturba, les mots s'embrouillèrent dans sa bouche. Au fil des minutes, un malaise l'envahit. Elle n'éprouvait aucune peur, mais son rythme cardiaque accélérait, tout comme sa respiration.

Mei s'en aperçut.

— Teresa, que ressens-tu ?

Teresa ne répondit pas. Suivre les doigts de Mei devenait de plus en plus difficile ; elle ressentait le besoin impérieux de regarder le dragon brodé sur sa robe. L'encens incitait son esprit à faire des associations sans logique. Odeur de moisissure, de cire. Vieux tissus. L'odeur du temps passé.

— Il faut que j'ouvre la porte, lâcha-t-elle.

Son amie se pencha sur elle. Lui demanda de quelle porte elle parlait, mais Teresa ne s'était pas rendu compte qu'elle avait ouvert la bouche.

Elle ne pensait qu'à une chose.

Les ailes.

Il lui était impossible de détacher les yeux des ailes du dragon.

38

La Mère se tenait sous le grand tilleul *au centre du cloître. Les feuilles étaient tombées, les lianes étalaient leur noirceur sur les murs, suspendues aux branches robustes de l'arbre hôte. La Mère et le tilleul séculaire se ressemblaient plus que leur apparence ne le laissait supposer. Dans le silence et la fixité, ils contemplaient l'homme et la femme traversant le temps, accomplissant leur cycle.*

Les filles avaient insisté pour qu'elle porte des vêtements qui la protégeraient de la saison, mais elle avait exigé de marcher pieds nus et de n'avoir d'autre abri que sa tunique.

Elle sentait le vent sur sa peau, respirait la brume qui descendait de la forêt. Devenir un élément, terre et feu.

La douleur était devenue une maîtresse. Elle dictait ses lois, faisait plier le corps et la volonté.

La Mère secoua ses cheveux, dénuda les vertèbres de son cou. Ses doigts réussissaient à en retracer les aspérités. Chacun de ces contacts lui brûlait.

Les doigts descendirent, se déployèrent en éventail.

Dans la maigreur du corps, dans les lignes anguleuses et disgracieuses, ils poussaient pour soulever les omoplates ailées.

39

L'ÉGLISE-CAVERNE DE SAN GIOVANNI D'ANTRO se dressait sur une falaise qui dominait les vallées du Natisone. Elle avait l'aspect d'un avant-poste médiéval, perché là où il semblait impossible de planter ne serait-ce qu'un clou. Les constructions dans un style gothique tardif protégeaient l'accès à la caverne proprement dite.

Massimo compta quatre-vingts des marches verticales ciselées dans la pierre pour y accéder depuis la forêt, puis perdit le fil. Arrivé au sommet, sur l'étroit belvédère creusé dans le terrassement, il laissa son regard errer le long des collines dorées par le soleil, des montagnes d'un vert primordial.

C'était une terre frontalière, comme toute cette terre, et les frontières, lui avait appris Teresa, étaient des lieux liminaux, des passages pour les forces vives et mortes que l'homme avait toujours essayé de dominer par des rituels. Elle lui avait raconté que, dans les temps anciens, des sacrifices humains étaient pratiqués sur les bornes frontières pour consacrer la division entre le bien et le mal, entre ce qui respire et ce qui rampe dans l'au-delà. Avec le sang chaud, on séparait le connaissable du mystère sauvage.

Massimo s'agrippa au parapet, en proie au vertige. Il n'avait aucune idée de la raison pour laquelle de telles pensées s'étaient soudainement emparées de lui, là-haut, sur cet affleurement rocheux.

Il se retourna : l'entrée de la grotte l'attendait. Le passage vers l'au-delà, le seuil sacré devait être dans l'esprit de tous les voyageurs, de tous les pèlerins qui étaient montés jusqu'ici.

C'était un labyrinthe qui s'ouvrait sur cinq kilomètres en terrain karstique, un ventre souterrain creusé par l'eau qui y coulait encore.

Le commissaire prit son élan pour monter l'escalier, précédé de grognements et de sifflements.

— J'ai les poumons en feu, dit-il en s'asseyant sur la dernière marche. Il a fallu que ce type vienne mourir là…

Massimo avait déjà échangé au téléphone avec les spéléologues qui avaient découvert le cadavre. Ils lui avaient brièvement raconté dans quelles circonstances. Le type n'était pas « venu mourir » : on l'avait porté. Les aspects obscurs étaient nombreux, à tel point que l'enquête préliminaire leur avait été confiée à eux, la brigade criminelle, et non à leurs collègues de Cividale. Ils étaient là pour chercher les indices d'un crime.

Massimo attrapa sa main pour le relever.

— On n'attend plus que nous. La scientifique médicolégale était déjà à l'intérieur.

L'autre se remit sur ses pieds, le visage encore rouge brique. Il jeta son manteau sur une épaule.

Massimo se souvint de sa première expérience sur une scène de crime avec Teresa Battaglia. Il désigna le manteau.

— Je ne pense pas que vous en aurez besoin.

Ils entrèrent dans la grotte. Le bâtiment que l'on apercevait de l'extérieur était la *loggetta* lombarde dont Massimo avait rapidement appris l'existence en cherchant des informations sur Internet. Le lieu de culte était baigné d'une lumière traversante qui pénétrait par plusieurs ouvertures et dorait l'abside. Les arcs des voûtes dessinaient une étoile parfaite. Sur les murs, des symboles inconnus et un portrait primitif du Christ. Il n'y avait pas de rupture entre la chapelle et la grotte : le plâtre et la pierre se rejoignaient dans un continuum provoquant une fascination ancestrale.

Plus loin, une autre chapelle se nichait dans la profondeur de la grotte, cette fois-ci sans murs construits par l'homme. L'autel baroque dédié à la Vierge se dressait isolément sous des éperons rocheux.

Ils n'étaient pas seuls. Des collègues arrivés avec deux voitures de police de la préfecture, des pompiers et des spéléologues attendaient. Parisi et De Carli étaient occupés à rédiger les premières notes de ce qui, si les soupçons se confirmaient, constituerait le procès-verbal que Massimo remplirait et signerait.

Ils les rejoignirent.

— Des nouvelles ? On peut entrer ? demanda Massimo.

Parisi tendit le dossier à son équipier.

— Parri doit encore terminer ses prélèvements, mais il ne devrait plus tarder. La police scientifique est avec lui, il a déjà effectué les relevés le long de la route. Si tu le souhaites, tu peux le rejoindre.

Deux volontaires du groupe de spéléologues les dépassèrent, chargés de deux tuyaux enroulés sur l'épaule. De Carli les arrêta.

— Faites attention aux balises que vous trouverez par terre. Il ne faut pas les déplacer.

— Ils viennent évacuer l'eau des conduits les plus profonds, expliqua Parisi. Pour nous faciliter la tâche.

Massimo regarda au-dessus de l'autel, où la cavité commençait à serpenter sous la montagne.

— Vous, vous continuez ici. Commissaire Dalla, vous venez ?

— Je n'ai pas le *physique du rôle**, mais je peux essayer.

Un peu plus loin, ils retrouvèrent le chef du groupe de spéléologie. Celui-ci coordonnait les travaux d'éclairage avec des lampes et des projecteurs qui permettraient de mieux distinguer chaque anfractuosité.

— Inspecteur Marini, nous nous sommes parlé au téléphone, se présenta Massimo.

— Voici le commissaire Dalla. Nous devons rejoindre nos collègues.

Après une poignée de main, l'homme leur fit signe de le suivre.

— Le parcours touristique fait environ trois cents mètres de long. Et ce n'est qu'une petite partie. La grotte continue sur différents niveaux, en s'ouvrant sur des méandres et des lacs souterrains.

Ils arrivèrent dans une grande salle rocheuse, seulement éclairée par des projecteurs. Les constructions humaines s'arrêtaient là et se fondaient dans la grotte : passerelles, murets, petits ponts. Qui sait qui les avait construites, quand, et ce qu'elles faisaient là des siècles auparavant.

L'homme leur tendit des casques, des gilets à bandes réfléchissantes et deux paires de bottes de pêche.

— Ce sont les seules que nous avions sous la main, j'espère qu'elles vous iront.

En inspectant l'équipement, Dalla laissa tomber son cigare éteint de ses lèvres. Il n'esquissa pas un geste pour le ramasser.

— C'est dangereux ?

Le spéléologue ramassa le mégot et le lui fourra dans la main.

— Le plus grand risque, c'est de glisser ou de se cogner la tête. Il faut toujours marcher en étant attentif aux parties saillantes. (Il les aida à allumer leurs lampes frontales.) J'espère que vous ne souffrez pas de claustrophobie. Nous devons traverser quelques salles avant d'atteindre le cadavre.

Il leur expliqua que les spéléologues ne s'occupaient pas seulement de l'exploitation touristique de la grotte, mais qu'ils y avaient mené diverses explorations scientifiques. Sur toute la longueur, les parois étaient équipées de lamelles de verre placées dans les fissures pour en mesurer les mouvements. La région étant sismique, il n'était pas rare que des secousses se produisent.

— C'est ainsi que nous avons trouvé le collier avec le pendentif, dans un canal de drainage naturel. Lors de l'expédition de la semaine dernière, nous sommes sûrs qu'il n'était pas là. L'eau a dû l'entraîner. Le corps se trouve environ un kilomètre plus loin.

Pendant la nuit, et de manière générale aux heures creuses, l'accès à la grotte était interdit aux visiteurs par un portail fermé avec chaîne et cadenas, retrouvés intacts. Toutes les visites étaient guidées. L'homme était certain que la victime n'aurait pu passer par l'entrée principale.

— Y a-t-il une deuxième entrée ? s'enquit Massimo.

— Non. Pas au sens où vous l'entendez.

— C'est-à-dire ?

— Cette grotte est pleine de conduits verticaux appelés « cheminées ». Dans certains cas, il s'agit de véritables ouvertures dans la terre au-dessus du sol, des trous d'avaloir par lesquels l'eau atteint les canaux souterrains.

Massimo sentit un picotement sous son casque.

— Vous voulez dire que le mort a chuté ?

— Pour moi, il n'y a pas d'autre explication.

La passerelle était illuminée grâce à de gros câbles électriques et serpentait entre des parois lisses et brillantes. Un mince ruisseau coulait le long du parcours, à peine plus qu'un filet, mais, au-delà, la puissance de l'eau augmentait, la présence humaine cédait la place à un monde ancien, qui semblait avoir des dents en stalactites. Les galeries s'étrécissaient. À plusieurs reprises, ils durent s'agenouiller. Ils passèrent les premières mares : Massimo comprit pourquoi ils avaient enfilé des bottes et fut content de les avoir.

Ils arrivèrent devant les balises posées par l'équipe médico-légale. La première était placée à côté d'un collier, peut-être en argent, d'une longueur maximale de quinze centimètres ; un fragment. La seconde, une vingtaine de mètres plus loin, marquait l'emplacement d'un crochet, également en argent. Le fermoir du collier.

Le guide s'arrêta à la hauteur de la troisième balise.

— C'est ici que nous avons trouvé le pendentif. Le voilà.

Massimo s'approcha le plus possible, mais un câble d'acier délimitait le chemin qu'ils empruntaient. La pièce retrouvée se situait dans le sillon creusé par le ruisseau, déjà à l'abri dans un sac en plastique. Il n'avait pas encore été récupéré et un collègue, que Massimo salua d'un signe de tête, surveillait le site.

On lui avait parlé d'un pendentif en forme de papillon, mais, en réalité, il s'agissait d'autre chose : un os sphénoïde.

— À partir d'ici, il faut marcher encore quarante minutes environ si nous gardons un bon rythme, les prévint le spéléologue.

Massimo fut contraint d'avancer lentement, courbé, en évitant les aspérités et les concrétions extrêmement délicates vieilles de plusieurs millions d'années. Parvenus à la salle des découvertes, ils durent attendre que le directeur de la police scientifique ait été informé de leur arrivée.

Le commissaire Dalla s'approcha de Massimo.

— Quand as-tu vu ton premier cadavre de victime de meurtre, inspecteur ?

— Quand j'avais neuf ans.

— Sale histoire, alors.

Il ne pouvait imaginer à quel point. Massimo remarqua sa nervosité, sa pâleur inhabituelle, le tremblement qui faisait tressaillir ses lèvres.

— Vous ne vous êtes pas encore habitué.

Dalla sourit. La peau tendue de ses joues luisait ; il transpirait, malgré le froid.

— J'ai grandi avec ma grand-mère, qui était persuadée de voir des fantômes, lui confia-t-il à l'improviste. Pour moi, aucun mort n'est jamais inoffensif et immobile. Vas-y, si cela ne te dérange pas. Moi, j'attends ici.

Massimo aurait bien aimé lui demander par quel tour de passe-passe de la vie il s'était retrouvé policier, mais un collègue l'appela pour le guider.

La salle était assez grande pour contenir deux lacs cristallins. La réverbération de l'eau irisait les murs. Le cadavre était immergé dans l'un des deux bassins. Parri se tenait en équilibre sur une langue rocheuse, penché sur le corps. Il procédait au constat officiel du décès. Derrière lui, les membres de l'équipe médico-légale étaient déjà prêts à prendre des mesures.

L'anatomiste le remarqua et lui fit signe de suivre le chemin autorisé.

Massimo le rejoignit et s'accroupit à contrecœur. Pour la deuxième fois, un homme gisait sans vie au bord de l'eau. La première, sous un ciel brumeux, la seconde, dans un ventre de terre.

Le souffle lui manqua.

Il contemplait des yeux blancs, aussi aveugles que ceux des créatures de l'abîme.

Le mort était entièrement nu, sa peau laiteuse, gélatineuse, presque transparente. Elle semblait sur le point de se dissoudre, si on l'effleurait. Cela lui fit penser à la consistance d'une méduse.

Parri commença par lui exposer ses premières observations.

— C'est un homme de trente à quarante ans. Les os du visage sont fracturés, ainsi que ceux des membres inférieurs. Observe comme sont arqués les fémurs, c'est typique de la pathologie.

Il savait qu'il avait remarqué.

— Moment du décès ?

— Il y a un à deux mois, voire trois. Il est prématuré de l'établir. Un corps immergé dans l'eau se décompose parfois moins vite que lorsqu'il est exposé à l'air, au soleil et au vent. Dans ce cas-ci, la température constante de onze degrés a ralenti le processus. Nous allons également interroger le groupe de spéléologues pour savoir quand ils sont venus ici pour la dernière fois. Selon eux, le pendentif et le collier ont été entraînés vers la sortie par les pluies récentes qui ont grossi le torrent.

— La priorité, c'est l'identification du cadavre. Nous pourrons trouver les empreintes, si ce n'est au bout de ses doigts, du moins sur l'échelle qu'il a essayé de gravir. Nous sommes chanceux.

— Très chanceux.

La victime avait encore une main accrochée au barreau.

— Observe la peau autour des poignets, lui intima Parri.

Les lacérations violettes étaient régulières et faisaient le tour de l'articulation.

— Ce sont des signes de contrainte violente, peut-être même de torture. Je pense à du fil de fer ou à une corde de nylon tranchante. Avant de le balancer, ils l'ont libéré de ses liens ; peut-être pensaient-ils qu'il était mort.

Massimo n'était pas du tout de cet avis.

— On ne libère pas un cadavre quand on doit le transporter, ou le jeter dans une sorte de puits. L'effort est double, surtout si les bras et les jambes basculent en tous sens ou si la victime reste coincée un peu trop près de la surface.

— Comment l'expliques-tu alors ?

— Il était vivant et ils savaient qu'il essaierait de se sauver s'il survivait à la chute. Cela faisait partie de la torture : lui infliger un espoir inutile.

Parri acquiesça.

— J'ai l'impression d'avoir Teresa à côté de moi.

— Les marques circulaires sur les bras ? On dirait des brûlures.

— Je suis d'accord, probablement des brûlures de cigarette. C'est la méthode la plus utilisée.

Il montra l'échelle en acier avec laquelle les spéléologues avaient équipé la cavité pour atteindre l'autre côté du parcours.

— Il a dû essayer de monter, mais dans l'obscurité et…

Même s'il ne termina pas la phrase, Massimo en devina le sens.

Lui aussi se racontait l'histoire de la victime : elle n'avait pas perdu connaissance, ou peut-être que si et que, à un moment donné, elle s'était réveillée dans l'obscurité totale. Massimo pouvait sentir sur lui ces sensations. L'humidité, la roche sous les doigts, les gouttes d'eau, l'odeur du centre de la terre. Il avait rampé, l'instinct de survie lui commandait de chercher la sortie. Il avait trouvé l'échelle à tâtons. Il avait essayé de grimper à la seule force de ses bras, mais il était difficile de prendre la mesure des barreaux, inadaptés aux individus comme lui.

— Quelle était sa taille ? demanda-t-il à Parri.

— Environ un mètre vingt.

40

Après la séance chez Mei Gao, Teresa ressentait le besoin de bouger son corps, comme si un courant électrique à basse tension le traversait, privant chacune de ses cellules de sérénité. Une énergie indéfinie bouillonnait en elle.

Alice l'emmena faire une promenade, ce que Teresa ne s'autorisait plus depuis longtemps. Elle avait toujours été trop occupée et, à présent, elle n'éprouvait pas l'envie de sortir, de vivre des expériences et de rencontrer des gens. Peut-être était-elle devenue morose, songea-t-elle avec agacement, s'était-elle laissée aller à une mélancolie qui frisait avec la dépression.

— Quelle sortie de scène pathétique, dit-elle.

Alice s'accrocha à son bras.

— Quand je me réveille et que je me rends compte que les ténèbres de mon monde se sont un peu épaissies, que je comprends que mon état empire, j'essaie de retomber amoureuse des petites choses.

— Et tu y arrives ?

— Parfois oui, parfois non, mais j'essaie toujours.

Toutes deux vivaient finalement une expérience similaire. Elles perdaient quelque chose d'elles-mêmes et des autres à chaque minute qui passait.

— Alors essayons, lança Teresa.

Elles prirent le temps de redécouvrir à petits pas Udine, avec ses jardins secrets, ses canaux d'irrigation verdoyants, l'élégance de son passé majestueux, ses tavernes qui vendaient encore du bon vin au verre, ses groupes d'adolescents turbulents qui séchaient les cours et se retrouvaient sur les bancs. Ces jeunes gens, si échevelés, si gauches, avec leurs traits en profonde transformation, étaient d'une beauté émouvante. Teresa s'arrêta pour échanger quelques mots avec eux. Au début, ils la prirent pour une folle, elle en était sûre, et ce fut précisément la raison pour laquelle ils lui accordèrent leur confiance. Elle se sentit infusée de courage. S'ils ne se laissaient pas abattre, entraînés vers un avenir sombre par des adultes égoïstes et distraits, elle ne le devait pas non plus, elle qui avait déjà traversé une grande partie de la vie.

Lorsqu'elles rentrèrent à la maison, Teresa était plus calme. Elle espérait de tout cœur que c'était aussi grâce à la nouvelle thérapie de Mei. Elle fonctionnait. Peut-être que, cette nuit-là, elle réussirait enfin à dormir, peut-être…

— Teresa ?

Alice lui était rentrée dedans, parce qu'elle s'était soudain figée.

— Teresa, ça va ?

— La porte de l'ancien bureau.

— Qu'est-ce qu'elle a ?

Teresa chercha du soutien.

— Elle est détruite.

Le battant était encore debout, mais écorché à mi-hauteur, jusqu'au sol. Les rainures étaient profondes, laissant la pulpe de bois jaune à nu.

Teresa était perdue.

— C'est moi qui ai fait ça ?

Alice s'approcha de la porte. À genoux, elle passa soigneusement ses mains sur le bois très abîmé.

— Ça ne peut pas être toi. Je m'en serais rendu compte.

Mais elles n'étaient pas toujours ensemble. Teresa redoutait le moment où la maladie la transformerait en une créature violente et dangereuse. Elle n'avait aucune idée de ce qu'elle avait utilisé pour y parvenir, mais, quel qu'ait pu être l'outil, il s'était transformé en arme entre ses mains.

Alice s'approcha d'elle, mais Teresa leva un bras pour la maintenir à distance.

— Éloigne-toi de moi !

Un glapissement se fit entendre.

— Teresa, ce n'est pas toi qui as fait ça. (Alice appela le chien.) Smoky, par ici ! Qu'est-ce que tu as fabriqué ?!

Teresa tremblait.

— Est-ce que c'est lui ?

— Oui, avec ses gros ongles, il ne veut jamais qu'on les lui coupe. Vilain garçon !

Smoky sortit de sous la table et gémit de nouveau.

Teresa porta la main à sa poitrine. Tôt ou tard, son pauvre cœur allait lâcher.

— Désolée, Teresa. Je paierai pour le remplacement de la porte. Smoky est agité depuis des jours, j'aurais dû l'enfermer dans ma chambre.

Alice essayait de refréner son chien, mais Smoky se dérobait, lui prenait doucement les mains entre les mâchoires pour lui signifier que, non, il refusait de se laisser maîtriser.

Il avait dû gratter le bois pendant des heures, depuis leur départ jusqu'à leur retour probablement. Une impatience, un besoin incontrôlable. Il n'avait jamais été un chien si anxieux et hyperactif.

Teresa se demanda d'où lui venaient ces instincts inhabituels. La réponse qu'elle se donna n'était pas rassurante.

— Il aurait détruit la porte de la chambre pour sortir et venir ici, murmura-t-elle, espérant se tromper.

Alice était au bord des larmes.

— Il n'a jamais été agressif.

Smoky se mit à aboyer dans le bureau. Teresa s'agrippa au canapé.

— Laisse-le, Blu. Laisse-le faire son travail.

Alice obéit, l'air plus effrayé que désolé.

— Qu'y a-t-il là-dedans ? s'enquit-elle.

Teresa ne savait pas, ou ne se souvenait pas, mais cela devait être composé d'os ou de sang.

Elle s'approcha de la porte, en abaissa la poignée, poussa et regarda à l'intérieur. Elle sentit Alice se presser contre son dos.

— Teresa, pourquoi as-tu cessé de respirer ?

41

Massimo rentra avec Dalla. Il mit deux fois plus de temps que Parisi et De Carli, car le commissaire souffrait de vertiges.

— Subitement, je perds l'équilibre, j'ai la nausée et je vomis.

— En voiture ?

— N'importe où, même allongé sur le sol.

Massimo avait ralenti bien en dessous de la vitesse autorisée. Il ne savait toujours pas si le nouveau commissaire était aussi inoffensif qu'il le laissait entrevoir, ou si c'était lui qui le sous-estimait. Lorsqu'il s'était enfermé dans le bureau avec Lona, personne n'avait pu dire si ces deux-là mijotaient quelque chose. Si c'était l'avenir qui se profilait, une perpétuelle réflexion sur des soupçons, Massimo était épuisé d'avance.

Au commissariat, Dalla fit tout pour s'éloigner le plus rapidement possible. Il demanda à Massimo de rédiger le rapport d'enquête criminelle pour le lendemain matin et, une liasse de journaux sous le bras, rejoignit la salle de pause. Il ne faisait même pas semblant d'utiliser le bureau qu'ils partageaient.

Massimo partit à la recherche de Parisi et De Carli, qu'il trouva dans la salle de réunion.

— Eh, qu'est-ce que vous faites ici ?

Parisi fit signe à Massimo de s'approcher.

— Nous surveillons les rapports de trafic. Peut-être que nous aurons encore droit à un strapontin à la centrale des opérations.

Massimo les regarda tour à tour.

— Vous avez forcé sur la liqueur dans le café ?

De Carli se leva et ferma la porte.

— Nous t'attendions. Il y a des problèmes avec Lona.

— Tu parles d'une surprise !

Parisi tira une chaise vers lui du pied.

— Je suis sérieux. Lona a demandé à examiner toutes les pièces de l'affaire Ratchis, gelé l'accès aux dossiers et se réserve l'initiative de toute autre action ultérieure. Ça pourrait être un hasard, mais les gars de l'informatique travaillent sur le réseau et nous ne pouvons pas accéder aux PC.

— Lona a donné une raison ?

— Ben voyons ! Il s'est enfermé dans son bureau. Il ne reçoit personne.

Massimo s'assit. Il ne comprenait pas.

— L'affaire Ratchis est close. Elle a à peine été ouverte, d'ailleurs. (Il se passa la main sur le visage, sa barbe de deux jours lui irritait la peau.) Où est le commissaire Dalla ?

— Dans la salle de repos.

— Celui-là, il fait des pauses du matin au soir. De Carli, va jeter un coup d'œil.

Celui-ci sortit et revint peu après avec trois cafés qu'aucun d'eux n'avait envie de boire.

— Il est toujours là et ne semble pas vouloir décoller de sitôt.

Parisi demanda à Massimo ce qu'il pensait de cette étrange personne.

— Je ne sais pas, je dois encore comprendre le bonhomme.

— Je ne lui fais pas confiance.

— Il vaut mieux ne faire confiance à personne.

Il réfléchit à la manière dont il fallait procéder. Toutes les initiatives lui semblaient insuffisantes.

Il se leva.

— Je vais voir Lona. Qu'il me dise sans se cacher ce qu'il a dans le crâne.

— Mais c'est une tête de lard.

Massimo était déjà dans le couloir. Dalla se tenait à la porte de la salle de repos, comme s'il cherchait quelqu'un avec qui tailler une bavette. Dès qu'il l'aperçut, son visage s'illumina.

— Inspecteur, j'ai un petit creux.

Massimo lui répondit sans se retourner, le majeur pointé en l'air.

— Si vous voulez, je descends au bar et je vous rapporte quelque chose.

— Merci.

Devant la porte du préfet, Massimo ne se donna pas le temps d'hésiter. Il frappa, trois coups bien affirmés.

Lona ne répondit pas « Entrez », il ouvrit directement, plus lugubre que jamais.

— Préfet Lona, je dois m'entretenir avec vous.

L'autre tenta de lui fermer la porte au nez, mais Massimo l'en empêcha.

— Mauvaise journée ? Je peux vous aider ?

Le préfet plissa les yeux.

— Et moi, Marini, que puis-je pour toi ?

Va savoir, songea Massimo.

— Je voulais vous demander de nouvelles instructions. Qu'est-ce que j'ai le droit de faire ? Pour le moment, je suis un peu perdu.

— Oh, c'est très simple. La moindre initiative devra m'être rapportée. Par écrit.

— Qu'en est-il des dossiers de l'affaire Ratchis ?

— L'affaire est close.

— Mais alors pourquoi les avoir confiés à un avocat ? Je ne peux plus accéder aux fichiers.

Lona recula d'un demi-pas. Un léger repli vers sa tanière.

— Pourquoi t'intéressent-ils ?

Massimo eut envie de lui parler de l'os sphénoïde trouvé au bord du lac, au centre d'une spirale de pierres, simplement pour l'obliger à changer de ton. Mais il se retint. Ce n'aurait été qu'une vengeance mesquine, alors qu'il lui fallait agir stratégiquement.

— Nous attendons les résultats des analyses que le docteur Parri avait demandées avant la clôture des investigations.

— Quelles analyses ?

Massimo avait appris que la puissance du flou l'emportait sur le mensonge.

— Sur un fragment osseux.

L'espace d'un instant, le regard du préfet se porta sur l'ordinateur, et cela suffit à Massimo pour envisager l'arrivée d'un e-mail qu'il n'avait pas encore lu, mais qui revêtait maintenant une importance nouvelle ; ou peut-être était-ce juste son imagination.

Encore des soupçons. Rien que des soupçons. Qui sait si l'ordinateur du préfet n'était pas aussi temporairement inutilisable, ou si cette opération de maintenance exceptionnelle n'était pas une mystification élaborée par lui.

— Encore cette histoire de côtes, Marini ? Ça suffit. Crespi a été clair. Concentre-toi sur le cadavre du nain.

Cette fois, il réussit à fermer la porte et Massimo ne l'arrêta pas.

Son téléphone vibrait dans sa poche. Il regarda à contrecœur de qui venait l'appel. À la vue du nom d'Elena, il se tendit aussitôt.

— Qu'est-ce qu'il y a ?

— Eh, bonjour. Rien, je dois te parler de mes recherches.

— Désolé, mais ce n'est pas le bon moment.

— J'ai des informations que *je n'aurais pas dû recevoir*.

Massimo jeta des regards alentour.

— Ma journée est déjà très compliquée, murmura-t-il. Tu vas la rendre encore plus difficile ?

— De Bolzano, nous devrions recevoir les résultats de l'analyse des échantillons de l'os sphénoïde et de Turin, il pourrait y avoir également des nouvelles sur l'état de conservation.

— Si tôt ?

— Je les ai poussés. Ce ne sont que les premiers résultats, mais…

Massimo n'en revenait pas de l'entendre dire cela.

— Tu les as poussés. *Et en qualité de quoi ?*

— Vous les avez reçus ou pas ?

Il fixa la porte de Lona, toujours fermée.

— Peut-être.

— Peut-être ? Que veux-tu dire ?

— Que nous avons un problème.

— Un seul ? C'est une bonne nouvelle. Et tu essaies de le résoudre ?

Pas vraiment. Une autre leçon que Massimo avait apprise : contourner l'obstacle se révélait parfois plus efficace que d'essayer de l'éliminer.

— Tu n'as pas exigé, de manière tout à fait inappropriée, je dirais même illicite, l'accès à des résultats de laboratoire concernant les conclusions d'une enquête, n'est-ce pas ?

— Bien sûr que non, Massimo. Et de toute façon, l'enquête était bidon.

Elle jouait les offensées, mais il la connaissait suffisamment pour savoir qu'elle mentait. Elle avait déjà consulté les résultats, et plus d'une fois.

Il la retrouva dans le café en face du commissariat, accompagné de Parisi et De Carli. Ils commandèrent un verre et un petit morceau à manger. Elena leur annonça que les résultats envoyés par Bolzano étaient incontestables.

— La substance prélevée sur l'os sphénoïde du lac est du sang ancien, c'est donc une confirmation. Ils n'ont pas encore de datation précise, mais cela ne devrait plus trop tarder. Dans le temps, quelqu'un a pris soin de cette relique, appelons-la ainsi. Au début, disons à partir du Moyen Âge, on utilisait des baumes de momification. Dernièrement, on a eu recours à des techniques plus sophistiquées, comme l'application de peintures polymérisées aux radiations ionisantes. C'est ce même procédé qui est utilisé pour la conservation des statuettes de l'armée chinoise en terre cuite et des momies royales égyptiennes.

Massimo se rendit compte qu'il l'avait pressenti dès le début.

— Quelqu'un a pris soin de cet artefact, pas seulement récemment, mais depuis des siècles, constata-t-il. Maintenant, nous devons comprendre ce qui a pu l'y inciter, car c'est un intérêt qui va certainement au-delà d'une dimension historique.

— De quoi déduis-tu cela ? demanda Parisi.

— J'essaie de raisonner comme Teresa Battaglia. Cet os est un symbole. Il a dû parler durant des siècles à ceux qui savaient déchiffrer son message.

Sur ces mots, Lona et Dalla entrèrent dans le café. Massimo sourit à Elena et à ses deux équipiers, comme s'ils parlaient de banalités.

— J'appelle Teresa, je la tiens au courant.

Pourtant, lorsqu'elle répondit, le sourire de Massimo s'effaça.

42

MASSIMO N'AVAIT PAS LE TEMPS de clarifier la situation au téléphone, et il ne voulait pas courir le risque d'être écouté par des oreilles indiscrètes. Il entra chez Teresa en manifestant un emportement excessif.

— Où est-elle ?

— Calme-toi. (Alice s'écarta pour le laisser passer. Il comprit qu'il n'était pas le premier arrivé.) Vous êtes tous là ? Et lui, il est toujours agité ?

— Toujours, confirma Parisi.

Massimo les écoutait à peine.

— Mais où est-elle ?

— Je suis là, Marini. Où veux-tu que je sois ?

Teresa était assise dans le salon, la tête entre les mains. À ses pieds, Smoky avait l'air anormalement abattu.

Elena débarqua la dernière, en tenant son ventre rond.

— Merci de m'avoir attendue, hein.

Elle serra Teresa dans ses bras et se laissa tomber sur le canapé.

Teresa balança un coussin à Massimo.

— Combien êtes-vous ? Vous n'avez pas encore à vous tenir à mon chevet.

Il attrapa le coussin au vol.

— Alors, qu'est-ce qui s'est passé ?

Teresa récupéra sa canne, qu'elle avait laissée au sol, et se leva. Sa sciatique avait dû s'aggraver.

— Venez voir, dit-elle simplement, en se dirigeant vers la porte du bureau dans lequel aucun d'eux n'était jamais entré : elle était couverte d'éraflures.

— Qui a fait ça ?

— Smoky.

Massimo le chercha des yeux. Le chien était resté à l'écart, seuls ses yeux les suivaient. Des yeux tristes, coupables.

Teresa poussa la porte de sa canne. D'après ce qu'elle lui avait expliqué, Massimo savait que c'était le bureau de son père. Il y avait maintenant plusieurs cadres photos sur le sol, dont le verre s'était brisé. Et des notes éparpillées, à l'écriture serrée. Ses souvenirs. Au centre, une spirale composée de carreaux blancs debout. Sur le mur, répété plusieurs fois, Teresa avait écrit un numéro : « 112 ». Et trois mots : « MÈRE DES OSSEMENTS ».

Il se retourna pour lui faire face.

— Qui a fait cela ?

— Moi. Mais je ne m'en souviens pas. Je ne sais même pas ce que ça veut dire.

Teresa s'approcha de la spirale.

— Mon père collectionnait les jeux de dominos anciens. Enfin, anciens, c'est un bien grand mot. Vieux. Il adorait les dominos.

De Carli demanda à prendre des photos.

— Cela doit signifier quelque chose.

Teresa le laissa faire avec un haussement d'épaules. Elle semblait résignée. Massimo ne supportait pas de la voir ainsi. Il s'accroupit, observant la scène sous différents angles.

— Vous êtes sûre d'avoir fait ça vous-même ?

— Oui. Je me souviens vaguement d'avoir pris les boîtes. Là-haut, sur les derniers rayonnages.

— Cette spirale se répète également à l'endroit où Ratchis s'est suicidé. Peut-être que votre esprit a saisi un détail invisible pour les autres, que vous avez essayé de reproduire. Il mettait de l'ordre.

Teresa rit.

— J'aimerais que mon esprit fonctionne si subtilement, mais j'en doute.

Elena s'avança. Elle avait enlevé ses chaussures.

— Vous avez dit que votre père était collectionneur, Teresa. De quelle époque datent ces dominos ? Ils sont très beaux.

— Nacre et laque. Le jeu le plus ancien est de 1860, le plus récent de 1958, l'année de ma naissance.

— Les pièces appartenaient à quatre boîtes de jeux, qui étaient ouvertes sur le bureau.

Teresa désigna le mur de sa canne.

— Chaque jeu est composé de 28 pièces. Le nombre « 112 », c'est leur somme. Voilà la seule chose que j'ai comprise.

Elena s'accroupit avec l'aide de Massimo. Elle en ramassa quelques-unes.

— C'est incroyable. Ils sont magnifiques. Les dominos sont originaires de Chine. Au XIIIe siècle, ils étaient également utilisés comme instrument de divination : on lançait les pièces pour prédire l'avenir. En cantonais, on les appelle *gwat pai*, ce qui signifie…

— Pièces d'os, acheva Teresa à sa place. Maintenant, je me souviens.

— Oui. Elles étaient fabriquées à partir de dépouilles animales. C'est pourquoi, aujourd'hui encore, ce qu'on appelle la « pige », l'ensemble des pièces non tirées par les joueurs qui restent sur la table de jeu, se nomme aussi l'« ossuaire »…

Elena s'interrompit. Tout le monde étudia la spirale, puis l'écriture sur le mur.

« MÈRE DES OSSEMENTS ».

Massimo l'observa de près.

— Cela ne vous rappelle vraiment rien ?

— Non, mais c'est mon écriture.

De Carli prit la dernière photo. Il avait l'air pensif.

— Il n'y a pas 112 pièces. Il y en a 113. Je les ai comptées deux fois.

Massimo compta aussi et ne fut pas long à parvenir au même résultat.

— Il y en a une de plus. (Il regarda autour de lui.) Avez-vous ouvert une autre boîte ?

Teresa s'assit sur le sol. Elle poussa d'un doigt la dernière pièce de la spirale, qui tomba sur la suivante, entraînant le basculement de toutes les autres. Seule celle du centre resta debout : jaunâtre, opaque. Différente.

— Je le savais, murmura-t-il. (Il tendit une main vers Alice.) Blu, appelle Smoky, s'il te plaît.

La jeune fille siffla et le chien arriva au galop, comme s'il n'attendait rien d'autre. Zigzaguant entre les jambes, il se dirigea droit vers le domino, s'assit et signala ce qu'il avait été entraîné à dénicher.

Teresa jeta un coup d'œil à Massimo.

— Toutes les pièces sont en nacre. Sauf une.

43

— SMOKY NE SE TROMPE PAS.

Alice livra tout de suite clairement le fond de sa pensée, sur lequel elle n'était pas prête à transiger, et que Teresa partageait. Ce drôle de bâtard, peut-être inquiétant pour ceux qui ne le connaissaient pas, avec ses crocs de travers et ses yeux très clairs un peu fous, était le meilleur dans le domaine de la recherche de restes humains. Alice l'avait trouvé dans un chenil, après qu'il avait passé des années en cage, terrorisé par les humains, surtout les mâles. Elle avait commencé à lui faire utiliser son odorat pour le guérir par le jeu. Ils s'étaient inscrits à des cours de DRH pour former une équipe dans la vie, et ils s'étaient révélés imbattables. Il voulait s'amuser et, en même temps, surmonter les traumatismes qu'il avait subis. Elle imaginait retrouver sa mère, qu'elle croyait vivante, mais qui, selon Teresa, était morte. C'était ce qu'elle avait écrit dans un rapport rédigé désormais dix ans plus tôt.

Et voilà que Smoky avait découvert un nouveau mystère à résoudre.

Ils posèrent le domino en os sur la table. Massimo plaça à côté l'os sphénoïde trouvé au bord du lac. Formant un cercle, ils les observèrent.

— Pensez-vous que la pièce présente également un intérêt archéologique ? demanda Parisi.

Teresa s'était posé la question, mais sa première impression la faisait pencher pour une chose plus récente.

— Je ne suis pas experte, mais l'aspect est sans aucun doute plus défini, moins fruste. Où diable aurais-je pu mettre la main dessus ?

Marini tira une chaise à lui et s'assit.

— J'ai un soupçon. (Il désigna Smoky, enfin tranquille dans sa niche de couvertures.) Vous vous rappelez comment il m'a sauté dessus hier quand j'ai rapporté le manteau de Teresa ? Je pensais qu'il était devenu plus agressif envers moi, et au contraire...

Alice conclut à sa place.

— Il signalait quelque chose.

— Oui.

— Comment ai-je pu ne pas m'en rendre compte ?

— Je pense qu'à ce moment-là nous étions tous inquiets pour Teresa. Nous n'avons pas prêté attention aux signaux que Smoky nous envoyait.

Marini saisit le domino avec un mouchoir et le glissa dans une pochette. Teresa se le fit remettre, passa un doigt sur la gravure.

— « XII », murmura-t-elle. Évidemment, je n'ai aucune idée de ce que cela peut signifier.

Marini regarda ses collègues.

— Je crois pourtant savoir comment vous vous l'êtes procuré. Ce n'est qu'une intuition, pas une preuve, mais...

— Comment ? le pressa De Carli.

— À Cividale, quand vous l'avez perdue de vue. (Marini se tourna vers Teresa.) Sur le pont du Diable, vous avez prétendu avoir rencontré Sebastiano, votre ex-mari.

Teresa se tordit les mains.

— Alors je suis folle.

— Non. Je crois que vous avez effectivement rencontré quelqu'un que vous avez alors associé à un visage du passé. Quelqu'un qui vous a remis cette pièce en os. À partir de cet instant, le comportement de Smoky a changé.

Teresa ne savait pas quoi dire. Elle se sentait cernée, elle percevait un mal massif qui les guettait tous. Il fallait qu'elle les force à partir.

— Allez-vous-en. Sortez.

Marini lui prit la main. Il lui parla du nouveau cadavre trouvé dans la grotte, du pendentif qui l'accompagnait et du fait que la victime souffrait d'achondroplasie.

— Parri a déjà isolé les empreintes digitales. J'ai fait en sorte qu'elles soient comparées à celles qui figurent dans le dossier. Les résultats parviendront directement à Lona et je ne peux pas bouger un doigt sans son accord. Nous ne vous l'avons pas dit, mais le préfet a décidé de centraliser toutes les démarches.

Teresa était perdue. Marini la pressait, tous la fixaient comme s'il lui fallait déclarer quelque chose d'important, de décisif, mais elle n'était plus le chef qu'ils avaient connue. Elle n'avait pas de solution, elle ne proposait même pas d'autre possibilité. Elle faisait partie du problème.

Elle retira sa main.

— Je ne peux pas vous demander de me couvrir encore, de risquer votre carrière et d'écoper d'un casier judiciaire.

— Vous ne nous l'avez jamais demandé.

De Carli s'avança.

— Si cela peut vous consoler, je n'ai rien trouvé dans vos relevés téléphoniques qui permette de reconstituer les faits, et pas davantage dans les fichiers et l'historique de l'ordinateur portable. Cela signifie que vous ne pouvez pas être impliquée de façon grave. Les deux appels que vous avez reçus la nuit du suicide de Ratchis sont introuvables, ils provenaient probablement d'un téléphone public. Rien qu'à Udine, il existe une cinquantaine de cabines téléphoniques de rue, sans compter celles des établissements commerciaux.

Massimo tressaillit. Teresa se rendit compte qu'il ne savait rien.

— L'ordinateur ? Qui a donné l'ordre ?

De Carli lui posa la main sur l'épaule.

— Il valait mieux savoir tout de suite s'il y avait quelque chose de compromettant, parce qu'il n'est pas certain que Lona ne songera pas à le vérifier lui-même bientôt.

Marini se tut, le visage écarlate. C'était un oubli de sa part.

Parisi le titilla.

— Tu es jaloux ? Tu aurais dû donner l'ordre.

— C'est moi l'inspecteur. Laisse-moi faire.

— Parfois, tu t'impliques trop.

— Qu'est-ce que tu en sais ?

— J'en sais plus que toi, à mon avis.

Teresa mit fin à la dispute.

— Calmez-vous ou je vous mets dehors.

Elle savait que, non sans une certaine impétuosité, ils s'efforçaient tous les deux de surmonter le chagrin que leur causait sa maladie. Le chagrin face à ce qu'ils avaient été, tous ensemble. Ils se préparaient à perdre une partie de leur existence, de leur cœur.

Marini chassa cette contrariété d'un revers de main.

— Alors qu'est-ce qu'on fait ? demanda-t-il, plus conciliant.

Teresa n'avait pas de réponse éclairante, à l'exception de celle-ci, pragmatique :

— La seule chose à faire, c'est de continuer à chercher.

— Avec Lona qui ne nous permet pas de bouger d'un millimètre ?

— Je ne vous ai donc rien appris ? Contournez-le. (Teresa se leva en s'agrippant à sa canne.) Je pense que le moment est venu de dire la vérité. (Elle les regarda les uns après les autres.) Alice et Elena resteront ici. Vous, en revanche, vous me conduisez à Albert. Je dois me rendre.

44

Teresa n'aurait jamais cru retourner un jour dans les bureaux de la préfecture de police. L'agitation dans les couloirs, l'odeur du papier dans les imprimantes, les sonneries de téléphone, la machine à café… autant de bribes d'un quotidien qui avait disparu du jour au lendemain.

Peut-être avait-on eu le temps de s'habituer au changement, mais chez Teresa, c'était encore un déchirement. Combler le vide des heures n'était pas facile, se construire une identité autre que celle d'un commissaire, avec un esprit qui s'effaçait, se révélait impossible. Elle se retrouvait souvent à lire et relire les mêmes pages des livres dans lesquels elle se réfugiait, incapable de comprendre le sens des phrases.

Elle menait une existence d'infirme, et, même si les conseils d'Alice étaient sensés, elle n'était certainement pas triste parce qu'elle n'aimait pas assez la vie. Elle était triste parce qu'elle l'aimait trop.

Même si, comme elle s'y attendait, Marini et les garçons lui avaient résisté, Teresa avait encore assez de forces pour les remettre à leur place. La maladie et ses effets étaient un fardeau qu'ils voulaient partager, mais qu'elle seule devait porter jusqu'au bout.

Elle les obligea à l'attendre dans le bureau de Marini, en s'efforçant de ne pas regarder le tableau où étaient notés les indices et les hypothèses d'une affaire. Bientôt, peut-être, son nom y serait aussi inscrit.

Dans le couloir, d'anciens collègues la saluaient avec étonnement, certains s'arrêtaient pour l'observer. La Battaglia claudicante, la virago vaincue s'avançait en se soutenant d'une canne. D'autres se tournaient vers elle avec affection.

Le commissaire Dalla vint à sa rencontre, les mains occupées à ouvrir un paquet de crackers qui résistait.

— Teresa Battaglia ! Que faites-vous ici ?

— Je me livre à la justice.

Elle passa devant lui sans lui laisser le temps de répliquer. Ou peut-être réagit-il en avalant un mot qu'elle ne s'attarda pas à saisir.

La porte d'Albert s'ouvrit et le préfet la prit par le bras pour la faire entrer.

— Enfin ! Je commençais à devenir fou.

Il la lâcha. Il était nerveux, sombre, mais semblait tout de même soulagé.

Il se mit à débiter des propos que Teresa ne comprenait pas.

— Tu avais dit que tu ferais signe de ton côté, mais tu as parlé avec tout le monde sauf avec moi. (Il s'assit, puis se releva.) Tu as aussi laissé entendre qu'il y aurait un cadavre, *peut-être*. Au lieu de cela, il y en a deux. Qui sait depuis combien de temps le dernier découvert pourrissait.

Teresa le fixait, essayant de trouver un lien entre les images qui lui revenaient. Elle qui avertissait Albert d'un grave danger. Elle qui prédisait la mort par suicide de Ratchis. Elle qui demandait de l'aide, ou proposait son aide, à celui qui n'avait jamais été son ami.

Face à son silence, Albert ne provoqua pas la crise à laquelle Teresa s'attendait.

— Tu peux parler librement, j'ai fait assainir le bureau après ton appel. Il est propre. Vas-tu te décider à me confier quelque chose ?

Teresa serra sa canne dans ses mains.

— Mon appel téléphonique ?

— Bon sang, Teresa. Si je ne te connaissais pas, je dirais que tu n'es pas toi-même. C'est aussi ce que j'ai pensé l'autre nuit, et je n'ai plus fermé l'œil depuis.

Elle s'assit. Des dossiers ouverts s'étalaient devant elle.

— En fait, je ne suis pas en moi, avoua-t-elle.

Albert ignora ce qu'il dut prendre pour une plaisanterie.

— Alors, qui veut me piéger et pourquoi ? Pourquoi le suicide d'un garçon devrait-il se révéler désastreux pour ma carrière ?

La situation se compliquait. Elle était là pour avouer sa présence sur les lieux d'un suicide, pour admettre qu'elle ne se souvenait de rien, et se retrouvait au contraire à recueillir des informations peut-être importantes pour comprendre ce qui s'était passé. Albert lui fournissait des indices sur elle.

— Et donc, qu'est-ce que je t'ai dit ? Il était très tard, bluffa-t-elle. Mon ton était peut-être trop dramatique.

— Il n'était pas si tard, et tu n'es jamais dramatique, seulement réaliste.

Teresa tenta d'ordonner les pièces du puzzle.

— Tu as fermé l'accès aux dossiers parce que je t'ai dit que je soupçonnais une ingérence extérieure...

— Non, Teresa. J'ai fermé l'accès aux dossiers parce que, lors d'un appel téléphonique délirant, tu m'as *supplié* de ne faire confiance à personne. Personne.

— La nuit où Ratchis est mort…

Il la dévisagea étrangement.

— Je t'ai prévenu qu'il allait se suicider.

— Tu as bu ? Tu es déprimée ?

— Je ne t'ai pas appelé de mon portable.

Il s'approcha et ouvrit son sac pour vérifier.

— Tu m'enregistres ?

Elle ne réagit pas.

— Non, Albert. J'essaie d'y voir clair, parce que, en ce moment, je suis perdue. À partir de quel numéro t'ai-je appelé ?

— Celui d'une cabine téléphonique. Pourquoi m'as-tu prévenu ?

— Je vais te le dire, mais, en échange, tu dois me communiquer les résultats des analyses effectuées sur le corps trouvé dans la grotte.

— C'est *toi* qui m'as conseillé de ne partager ces informations avec personne.

— Je suis à peu près convaincue que cette suggestion ne m'incluait pas, Albert. Tu me fais confiance ? Il me semble que oui, somme toute.

Albert soupira avec impatience. Il ouvrit le dossier et lui tendit les analyses.

— Je viens de les imprimer. Nous n'avons que les résultats des empreintes digitales. Il n'a pas été difficile de retrouver l'identité de la victime. Casier vierge. Pour le reste, il faut attendre.

Teresa lut. Elle s'estima heureuse d'être assise. Ces pièces contenaient une information qui changeait tout. Elle se leva.

— Invente une excuse pour retenir Dalla. Donne-moi quelques heures avant de le mettre dans la boucle.

— Tu me donnes des ordres, maintenant ? Autre chose ?

— À dire vrai, oui, Albert. Je suis également venue te demander une faveur.

Il fronça les sourcils.

— Toi, à moi ?

Elle lui sourit.

— Il semblerait. (Elle sortit une enveloppe de son sac et la posa sur la table.) J'aurais besoin de transmettre ça à un spécialiste en informatique, il me faut une expertise photographique de ces images. J'ai inséré les instructions à l'intérieur.

— Je peux l'ouvrir ?

— Non, elles n'ont rien à voir avec le mystère que nous essayons de résoudre. C'est une affaire privée. Et si tu te demandes pourquoi je te fais confiance, je te répondrai que toi aussi, tu devras me faire confiance si tu veux sortir de là indemne.

— C'est une menace ?

— Non, idiot.

Albert prit l'enveloppe.

— D'accord. Mais il faut que tu m'expliques ce qui se passe.

Teresa s'arrêta à la porte.

— Ah, oui. Je ne me souviens pas pourquoi je t'ai appelé, Albert. Je ne me souviens même pas de t'avoir appelé, en fait. J'ai oublié beaucoup de choses ces derniers temps, parce que j'ai la maladie d'Alzheimer. Il me semblait juste de te le dire.

Il la fixa, la bouche béante. C'était drôle, et, si la situation n'avait pas exigé un minimum de tenue, Teresa lui aurait ri au nez.

— Une dernière chose, ajouta-t-elle. Dans le doute, continue de te méfier de tout le monde.

Il se ressaisit, juste assez pour prononcer trois mots d'une voix éraillée.

— Sauf de toi ?

— Non. Sauf de Marini.

— Teresa ?

— Oui ?

— C'est toi qui avais raison. Il y a peut-être des mois que nous aurions dû reprendre l'enquête et découvrir qui était le donneur d'ordres qui voulait la mort de ton ex-mari. Giacomo Mainardi n'en était que le bras. Nous aurions dû trouver le cerveau.

Teresa ne l'avait jamais entendu avouer une erreur.

— Qu'est-ce qui me vaut cet acte de contrition ?

— Il est de retour. Je me demande pourquoi. Qui il veut maintenant.

— « Il » ? Qui ça : il ?

Albert la scruta. Son visage avait revêtu l'expression avide de l'animal qui renifle une plaie ouverte avant d'y enfoncer les griffes.

— Il ne te l'a pas raconté ? Marini ne t'a pas raconté qu'il a vu Giacomo ?

45

Teresa sortit du bureau d'Albert avec une angoisse grandissante. Elle s'était montrée déterminée, voire méprisante à l'égard de la maladie, mais, en réalité, elle avait eu la confirmation qu'un mal plus grand s'amoncelait dans l'ombre. Et non de manière lointaine, mais au sein de l'environnement familier qui avait été son foyer au cours des trente dernières années.

Giacomo était tout près. Pas seulement d'elle : d'eux tous.

Ce n'était cependant pas lui, le danger imminent que Teresa se représentait. Si ce qu'Albert avait dit était vrai, elle ne l'avait pas mis en garde contre Giacomo Mainardi ou contre un autre, encore indéterminé, mais contre un système entier.

Elle ne s'expliquait pas pourquoi elle s'était adressée précisément à lui, qui n'avait cessé de lui nuire. Pourquoi pas à Marini, pourquoi pas à l'équipe qu'elle dirigeait encore quelques semaines auparavant ? Peut-être savait-elle quelque chose qui l'avait poussée à se tenir loin d'eux, à atteindre ce lac maudit seule, ou même avec un étranger. Et qu'est-ce que cela pouvait être d'autre qu'un doute vis-à-vis de leur cercle, pourtant uni par la confiance ?

Elle perdit l'équilibre. Elle s'appuya contre le mur. Avoir à se méfier de leur intégrité lui enlevait le dernier point de référence qui lui restait.

Marini lui avait caché une réalité cruciale, potentiellement mortelle. Qui était vraiment Massimo Marini ? Depuis son arrivée, la vie de Teresa avait commencé à se désintégrer.

— Tu es folle, se murmura-t-elle.

C'était ainsi qu'elle se sentait : folle de peur et de suspicion. Elle se mit à se frapper la tête de la main, pour chasser les pensées douloureuses.

Deux anciens collègues qui passaient par là la regardèrent de travers. Ils disparurent dans la cage d'escalier, mais Teresa les entendit murmurer son nom.

Raisonne, s'ordonna-t-elle, *raisonne*.

Mei Gao l'avait prévenue. À court terme, la nouvelle thérapie pouvait entraîner une aggravation de l'anxiété et de la paranoïa.

Peut-être n'avait-elle pas voulu laisser l'équipe dans l'ignorance. *Peut-être* avait-elle voulu la protéger. Et *peut-être* s'était-elle tournée vers Albert parce qu'il était, après tout, le dernier arrivé, peu susceptible de comploter avec un réseau clandestin établi, aux motivations encore mystérieuses – à en juger par les craintes que Teresa avait partagées.

Un réseau. Étrange que cette image lui soit venue à l'esprit. Pourtant, elle était là, sous ses yeux : une trame de sang, mêlant exécutions anciennes et morts récentes.

Teresa se reprit, plaqua ses cheveux de la main.

Voilà ce qui s'était sûrement passé. Seul Albert avait le pouvoir d'exclure les autres des conclusions de l'affaire. En le prévenant, Teresa voulait briser la chaîne de communication au sein de la préfecture de police et ses failles, faites d'ordinateurs partagés, d'économiseurs d'écran pas toujours activés, de dossiers laissés ouverts sur les bureaux : elle soupçonnait la présence d'une taupe.

Elle ouvrit l'enveloppe contenant les résultats d'analyses des empreintes digitales relevées sur le cadavre de la grotte.

Albert n'avait pas reconnu le profil et la photo, nullement récente, de l'homme à qui appartenaient ces empreintes, parce que son nom avait changé et qu'il ne l'avait jamais rencontré en personne.

Mais Teresa oui, lors d'un précédent cas, celui de la *Nymphe endormie*. Elle remercia Dieu, ou n'importe qui ou quoi d'autre, pour cet éclair de mémoire intact.

Elle regagna le bureau de Marini. Parisi, De Carli et lui se levèrent d'un bond.

— Alors ? Sommes-nous en état d'arrestation ?

Teresa assena une tape sur la poitrine de Marini.

— Pourquoi ne m'as-tu pas parlé de Giacomo ?

Elle le vit échanger un regard avec les autres.

— Vous le saviez, vous aussi ! Quels connards !

Marini lui saisit les mains pour tenter de parer ses coups.

— Giacomo n'est jamais parti, nous en avions tous conscience, même si cela nous faisait peur rien que d'y penser. Il est resté pour vous, afin de vous défendre.

Teresa marqua une pause.

— De quoi ?

— Il dit qu'il ne sait pas. Il n'a pas changé sa version de l'histoire depuis qu'il a tué votre ex-mari. La question à laquelle nous devons répondre est : voulons-nous le croire ?

Cette interrogation avait taraudé Teresa à leur sujet. Le moment était venu d'y répondre. Elle se dégagea de son emprise en soupirant. Il lui en coûtait de ne pas toujours se maîtriser. Elle posa le papier avec les résultats des examens sur le bureau et fixa Massimo.

— Tu t'es bien débrouillé.

Pour les résultats concernant l'empreinte digitale prélevée sur l'os sphénoïde, Marini avait demandé une comparaison avec les informations des réseaux européens, et pas seulement avec celles du RiSc italien. En plus des empreintes et des données biométriques, la base de données anglaise contenait le profil génétique du disparu, marqué par un code.

Marini retourna le papier et le lut.

— Mihai Issanescu, citoyen roumain disparu à Londres à la fin des années 1990.

Il lâcha un juron. Lui aussi l'avait reconnu sur la photo, même si le cliché le montrait beaucoup plus jeune. L'identité sous laquelle il s'était présenté à eux lors de l'affaire de la *Nymphe endormie* était celle d'Anastasiu Constantin, un antiquaire qui leur avait montré une icône ancienne, ouvrant la voie à la résolution de l'affaire.

— Vous vous souvenez de lui ?

Teresa acquiesça.

— Par miracle.

Elle toucha son poignet dénudé : ils tenaient peut-être une piste pour comprendre comment son bracelet s'était retrouvé dans l'hypogée. Constantin était le lien : Teresa avait dû le rencontrer, qui sait quand ou pourquoi. Lui avait-elle donné le bracelet ? L'avait-il volé ? Teresa ne se rappelait pas ces détails.

— Albert nous a accordé quelques heures, dit-elle. Mettons-les à profit.

46

Le magasin d'antiquités de Mihai Issanescu, *alias* Anastasiu Constantin, se trouvait au rez-de-chaussée d'un immeuble du centre-ville, à l'écart de l'agitation des rues les plus fréquentées. Un quartier élégant de stucs et de jardins aux murs de brique ombragés de magnolias.

Parisi tourna au coin de la rue, vérifia plusieurs fois le numéro de la maison.

— Où est la vitrine ?

Il n'y en avait pas. Une boutique connue par le bouche-à-oreille.

Massimo chercha Teresa.

— Vous vous souvenez ? Nous sommes venus ici ensemble.

— Je sais, en suivant la *Nymphe endormie*, mais, pour l'instant, je n'ai aucun souvenir.

L'antiquaire vivait dans l'appartement au-dessus de la boutique. La porte était ouverte.

Dans l'entrée, Massimo désigna aux autres les boîtes aux lettres. Celle de la boutique débordait d'enveloppes et de prospectus, à tel point que certains avaient été laissés à l'extérieur. Parisi les parcourut rapidement.

— Seulement de la publicité. Dois-je ouvrir la boîte ?

Massimo n'y réfléchit pas longtemps.

— Non. Laissons le plaisir de la bureaucratie au commissaire Dalla.

Le magasin était fermé, mais aucun message n'avait été affiché pour prévenir les clients d'une absence ou d'une fermeture temporaire.

Ils montèrent à l'étage. L'appartement situé en face de celui de l'antiquaire était à vendre. Massimo demanda à De Carli de contacter l'agence immobilière pour vérifier depuis combien de temps. De son côté, il s'approcha de la porte. Il lui suffit de la toucher pour qu'elle s'ouvre. Il appela Parisi.

— C'est un cambriolage professionnel, les dégâts sont à peine visibles.

Son collègue acquiesça.

— Ils l'ont forcée avec précaution.

Il fit un essai.

— La serrure ne s'enclenche pas, mais si tu passes devant, tu ne t'en aperçois pas.

Massimo enfila des gants en latex et en tendit une paire à Teresa. Lorsqu'il remarqua combien ce geste était difficile pour elle, il se sentit coupable. Il ne parvenait jamais à lui épargner les situations embarrassantes. Il l'aida à les enfiler.

— Ne touchez à rien. Nous allons nous en occuper.

— Vous n'avez pas de mandat.

Il sourit.

— De ça, vous vous souvenez.

— Je vous ai appris à faire les choses correctement.

— En effet, on ne sera pas démasqués.

Ils entrèrent. La maison avait été éviscérée.

Parisi siffla.

— Celui qui a tout retourné avait pas mal d'angoisses à gérer.

Massimo acquiesça. Il avait rarement vu un tel ravage.

— Je ne suis pas un expert en art, mais les plus beaux objets me semblent être à leur place.

— Ou, à la limite, par terre, détruits. Ce n'étaient pas des voleurs, murmura Teresa.

De Carli revint sans nouvelles dignes d'intérêt.

— L'appartement voisin est en vente depuis quelques mois, mais inoccupé depuis au moins un an. Il appartient à une banque. Je suis monté à l'étage. C'est la même chose pour les autres appartements.

Massimo surveillait Teresa, mais, contrairement à ce qu'il avait craint, elle ne furetait pas et ne touchait à rien. Elle restait au milieu de la pièce, immobile.

— Tout va bien ? s'enquit-il.

Elle regarda autour d'elle.

— Personne n'a remarqué sa disparition, murmura-t-elle. Personne n'a demandé qu'on le recherche. Pas même un de ses clients. Qui peut vivre de manière si isolée ?

Massimo était certain de la réponse.

— Quelqu'un qui se cache sous le couvert d'une vie apparemment normale.

Elle fit « non » de la tête.

— Tu ne comprends pas. Quel esprit peut supporter tant de choses ? Quel cœur ? Il devait avoir une autre raison, un but.

Il se tut. Teresa parvenait toujours à voir au-delà, à « sentir » l'existence d'autrui, même lorsqu'elle l'effleurait à peine.

— Vous souvenez-vous de quelque chose ?

— De rien.

Parisi s'approcha, un fil électrique sectionné à la main.

— Ils ont emporté les caméras de sécurité et l'ordinateur auquel elles étaient reliées. Seul le clavier est resté.

— Nous prendrons les empreintes quand Dalla arrivera, mais je doute que nous trouvions quoi que ce soit.

— Des professionnels. C'est ce que je pense, moi aussi.

Un escalier en colimaçon menait à l'étage inférieur. Massimo jeta un coup d'œil dehors.

— L'escalier mène au magasin.

Ils descendirent et le découvrirent en ordre. Seul le bureau qui surplombait les présentoirs était aussi dévasté que l'appartement privé.

Massimo ramassa un candélabre en argent. Une étiquette portait la mention manuscrite « Sofia, Bulgarie, 1760 ». Il le posa sur le bureau.

— Ils cherchaient autre chose ; je me demande si, malheureusement, ils ne l'ont pas trouvé.

Pendant ce temps, Teresa restait le nez en l'air devant un petit tableau accroché au mur au-dessus du bureau. Il n'était pas particulièrement beau, du moins aux yeux de Massimo. Il représentait une silhouette masculine nue, aux proportions maladroites. Il se pencha pour mieux voir. Le pénis était recouvert d'un papillon.

Teresa désigna l'œuvre de sa canne.

— Aucun expert en art n'accrocherait un tableau devant une fenêtre exposée au sud. À moins que le tableau ne soit sans valeur. Je me demande ce qu'il fait ici.

Massimo ne remarqua l'emplacement du tableau qu'à ce moment-là.

— Qu'est-ce que cela signifie ?

— La lumière directe du soleil altère les couleurs et provoque des dommages irréversibles. (Elle s'approcha du tableau et tapa dessus du bout de sa canne.) Il existe un verre spécial pour éviter cela, qu'on appelle « verre musée ». Mais ici, ce n'est pas du verre.

Massimo le toucha à son tour.

— De l'acrylique. Plus économique.

— L'acrylique est antistatique. Il attire les pigments, qui collent à la surface de la feuille. Aucun expert ne choisirait ce matériau pour protéger une œuvre.

— Un jour, vous me direz comment vous savez tout ça.

— Comment veux-tu que je m'en souvienne ? Mais ce tableau est évidemment une croûte. S'il se retrouve dans l'antre sacré d'un antiquaire, ce n'est pas pour sa valeur.

— L'antre ? Drôle de choix de mot. Parfois, vous me donnez la chair de poule, vous savez ?

Teresa tenta de décrocher le cadre, mais elle était trop petite.

— Je me demande s'il y a une raison pour laquelle on l'a placé là.

— Attendez, je m'en charge.

Massimo souleva le cadre et lâcha un juron. Derrière, dans le mur, se trouvait une niche.

— De Carli ! Viens voir.

C'était lui le plus versé en informatique et en nouvelles technologies. Il arriva avec Parisi. Il lui suffit de jeter un coup d'œil à l'équipement pour comprendre de quoi il s'agissait.

— Euh ! un deuxième système de vidéosurveillance, bien caché. C'était un obsessionnel, ce Mihai.

— À juste titre, dirais-je.

De Carli débrancha le matériel et le déposa sur le bureau.

— C'est un système NVR. Les caméras filment et enregistrent en réseau ou sur un disque dur.

Massimo observa les alentours.

— Et où sont ces caméras ?

— Cachées quelque part, peut-être même à l'extérieur. Elles fonctionnent avec le Wi-Fi, aucun câble n'est nécessaire pour la connexion. Les caméras sont jumelées par une liaison radio. Sur ce modèle, la dernière peut être placée jusqu'à cinq cents mètres de distance. Voyons voir.

Il prit le coupe-papier du propriétaire et s'en servit pour dévisser le couvercle.

— Là, c'est la carte radio. Ce système fonctionne même sans connexion Internet.

Teresa resta à l'écart. Massimo craignait que tant de détails techniques ne l'embrouillent. Au lieu de quoi, ce fut elle qui posa la question suivante.

— Où sont sauvegardés les films ?

— Sur un disque dur. Celui-ci. Et il fait quatre téraoctets.

— En termes simples ?

— En gros, je dirais qu'il peut contenir environ trois mois d'enregistrements. Lorsque le disque dur est plein, le système supprime les enregistrements les plus anciens.

Massimo lui fit signe de tout refermer.

— Espérons que nous y trouverons quelque chose.

— Mihai-Anastasiu, depuis combien de temps est-il mort ? demanda Parisi.

— Parri parle d'un mois ou deux, peut-être même trois.

— Il va nous falloir un peu de chance.

Beaucoup de chance. Le téléphone portable de Massimo vibra. C'était le commissaire Dalla, qu'il passa à Parisi.

— Parle-lui, toi.

— Et qu'est-ce que je lui raconte ?

— À présent, Lona lui aura donné les résultats des empreintes. C'est lui qui va te dire de venir ici.

Parisi répondit.

— Commissaire ! Nous sommes aux archives, à la recherche de cas anciens de victimes atteintes d'achondroplasie.

Il se tut, lança un regard étonné à Massimo, puis bredouilla un : « D'accord. À plus tard », et raccrocha.

— Il nous demande de nous rendre ici, en effet, mais seulement pour poser les scellés. Il nous attend à Cividale, à l'enterrement de Ratchis.

47

CELA FAISAIT LONGTEMPS qu'elle ne l'avait pas rencontré dans la Maison. Elle se souvenait de ses yeux sombres, dont la jeune enfant n'hériterait pas. Elle se souvenait de la tristesse de son sourire quand, nu, il s'était approché d'elle.

Elle s'enquit de Lui. Les litanies lui répondirent par une image tragique : celle d'un corps étendu, d'une vie évaporée.

La Mère chanta une complainte pour Lui. Elle chanta le jeune sang versé.

Qu'il soit en paix, le Père.

Elle ne pouvait pas comprendre la mort, elle qui dansait sur le Grand Seuil, elle qui aimait les créatures éphémères comme elle aurait pu aimer les beaux nuages blancs qui passaient.

Pourtant, dans cette fragilité brillait une splendeur sacrée. Il avait conquis son cœur.

Elle était la Mère, elle berçait la vie. Elle sentait vibrer dans sa colonne vertébrale la poussée ascendante de l'humanité, le vent chaud de la survie. Elle la chevauchait en serrant les rotules, avec ses enfants humains qui se languissaient, qui luttaient, qui tombaient. Tant de gloire au milieu de tant de désespoir.

Elle chanta sa complainte et la joie de l'émerveillement.
Elle trempa les soies dans la couleur et écrivit.

Tu étais né pour me faire vivre pour toujours
Tu étais né pour me faire vivre pour toujours

48

La pluie tombait en gouttes épaisses et serrées. Elle crépitait sur le cercueil, sur les freesias lilas que la famille avait choisis pour dire adieu à Ratchis. Les pétales se déchiraient, les larmes versaient dans la boue de la tombe.

Teresa les regardait se mêler à la terre, périr sous les semelles des fossoyeurs, impatients de terminer le travail.

Elle leva les yeux et, au fond de son cœur, demanda au garçon, enterré avec un poignard entre les doigts, s'il était enfin en paix. Elle avait plus que jamais besoin de l'espérer.

Peut-être que toute cette pluie soudaine était seulement une douleur délavée, un passé malheureux qui s'écoulait et dont la lame avait servi à trancher les liens tourmentés.

Marini l'amena contre lui sous le parapluie. Teresa sentit la chaleur de sa main sur son bras et la froideur du monde sur son visage.

De l'autre côté du cercueil attendant d'être descendu, le père et la sœur de Ratchis se tenaient debout, les yeux rivés sur les sombres ruisseaux qui s'écoulaient dans le trou. Teresa éprouva de la pitié pour eux et de la colère contre le mauvais temps qui rendait le rituel plus pénible.

Les cordes bougèrent, le cercueil entama sa plongée. Lorsqu'il atteignit le fond, Tassia laissa échapper un sanglot.

Les amis de Ratchis étaient peu nombreux. À vingt ans, les liens de l'enfance sont presque oubliés et ceux que l'on tisse à l'école s'effilochent. Les jeunes qu'il fréquentait se comptaient sur les doigts d'une main. Trois garçons et deux filles, déjà entendus par la police. Teresa avait lu leurs dépositions, les notes vulgaires ajoutées par Dalla. Plus désemparés qu'affolés, ces jeunes n'avaient pas grand-chose d'autre à dire que les phrases habituelles entendues tant de fois. Certains avaient pleuré, peut-être plus sur eux-mêmes que sur Ratchis. Ils ne connaissaient même pas bien leur ami.

Deux d'entre eux filmaient l'enterrement avec leur téléphone portable, et Teresa se demanda s'il s'agissait d'une diffusion en direct sur un réseau social. Au fond, Ratchis aurait approuvé. Lui aussi avait choisi ce moyen pour faire ses adieux.

Les amis de Tassia semblaient nombreux ; ils n'étaient cependant que des figurants. Escortées par des professeurs, trois classes de son lycée s'étaient mobilisées. Teresa remarqua qu'aucun des garçons ne s'approchait de leur camarade. Ils se tenaient tous à bonne distance.

En arrivant, elle avait entendu à la dérobée l'interview d'un professeur à la télévision locale, devant la cathédrale où les funérailles avaient été célébrées. « Nos enfants sont en bonne santé », avait affirmé cette femme, comme si Ratchis constituait une anomalie et la dépression un cas d'espèce.

Teresa avait failli intervenir pour lui crier, ainsi qu'au monde entier, que plus de quatre cents étudiants se suicidaient chaque année en Italie et que, si cela se produisait, c'était parce qu'un mal commun serpentait parmi les sourires blêmes, derrière les filtres appliqués aux photos, sous la surface des vidéos où des vies de papier glacé étaient mises en scène. Cela ne concernait pas que Ratchis. « Tu n'es pas le seul, mon enfant », aurait-elle voulu lui dire.

Des couronnes de fleurs furent également descendues. Le prêtre administra la dernière bénédiction d'un mouvement de son aspersoir et se retira avec l'air affligé des grandes occasions. C'était l'heure des individus. En procession désordonnée, tout le monde était impatient de regarder dans la tombe, de jeter une fleur, certains même une poignée de la terre désormais transformée en boue.

Teresa se sentait submergée, ballottée même. Elle ne voulait pas contempler cette cavité noire aux pétales brisés. Pourtant, elle s'en approcha, juste à temps pour apercevoir le reflet d'un objet sur l'acajou du cercueil. Les fossoyeurs armés de pelles le recouvrirent de terre et de gravier, et le reflet disparut. Mais elle l'avait déjà décrypté, lui avait donné un nom.

Elle tira Marini par la manche, pourtant le mot ne vint pas à ses lèvres. Il tenta de l'éloigner, imaginant on ne sait quel trouble. Elle en éprouvait un, oui, mais d'une nature différente.

Une autre pelletée de terre tomba, qui lui tira un cri rauque.

Personne ne comprenait, personne n'écoutait. C'était frustrant.

Teresa se dégagea pour se jeter dans la fosse. Elle glissa tout au fond, humide de boue, salie. Elle tâta le bois de ses mains, sous les cris des observateurs. Elle tremblait, cherchait. Elle savait qu'elle était filmée. La pluie était presque aussi déchaînée que les battements de son cœur. Le vent la fouettait, l'incitait à se montrer indomptable au lieu de la freiner.

Lorsqu'elle releva le regard, ce fut pour apercevoir le visage bouleversé de Marini. Et celui de Parisi, de De Carli, du nouveau commissaire.

Teresa tendit lentement la main, comme si elle craignait qu'ils ne l'assaillent.

Elle ouvrit les doigts et leur montra la clé de l'éternité manquante.

49

TERESA PRIT UNE DOUCHE, mais elle avait encore le goût de la boue dans la bouche. Elle s'y était enfoncée jusqu'aux yeux, plus ou moins littéralement. Des vidéos d'elle hurlant au creux de la fosse, glissant jusqu'au cercueil, étaient devenues virales en l'espace d'une demi-heure. Dans un arrêt sur image, elle avait la bouche grande ouverte, des freesias sur la tête et le regard halluciné. Elle s'était muée en mème.

Elle fit défiler quelques commentaires supplémentaires sur le téléphone portable d'Alice, en marmonnant, puis décida de ne plus se regarder. Elle avait l'âge et la maladie qu'il fallait pour décider de ne plus y accorder d'importance, même si l'orgueil lui commandait le contraire.

Alice et Parri étaient dans la cuisine, occupés à préparer le dîner. Ils avaient tout essayé pour la détourner de ces pensées. Smoky dormait à plat ventre sur son oreiller. Tout aurait été parfait, si ça n'était pas sur le point de s'achever. Massimo et les autres avaient dû retourner à l'appartement de Mihai Issanescu avec le nouveau commissaire et feindre de n'y être jamais venus. Dalla n'avait rien récolté de plus que ce qu'ils avaient déjà trouvé.

On sonna à la porte. Teresa alla ouvrir, pieds nus, en resserrant le nœud de son kimono.

— Toi ?

Albert, conformément à sa manière d'être, se tenait à moitié dans la lumière du perron, à moitié dans l'obscurité du soir. Il la dévisagea.

— Je ne crois pas que tu attendais qui que ce soit d'autre.

Elle ne savait pas quelle valeur prêter à cette visite.

— Suis-je en état d'arrestation ?

— Pour perturbation d'un enterrement ?

— Je suis sérieuse.

— Non, tu n'es pas en état d'arrestation. Sauf si tu avais quelque chose à m'avouer.

— Je ne m'en souviens pas.

— Charmant.

— Le père de Ratchis ?

— Il n'a pas commenté ta performance. Je suppose que le lynchage médiatique auquel tu t'es exposée lui est une raison suffisante pour considérer que l'affaire est close.

Leurs regards se croisèrent un instant. Teresa fit un pas de côté, les bras contre la poitrine.

— Tu veux entrer ?

— Il ne vaut mieux pas.

— Alors… dis-moi.

— Je voulais savoir comment tu allais. Quand tu m'en as parlé, je n'étais pas prêt.

— Imagine pour moi.

— Alors ? Où en es-tu ?

Elle haussa les épaules.

— Au point que d'ici à une minute je pourrais ne plus savoir qui tu es.

D'un geste rapide, Albert chercha une cigarette dans la poche intérieure de sa veste. Cette précipitation ne lui ressemblait pas. Il l'alluma et tira dessus.

— C'est ainsi que s'achève une époque.

Teresa rit.

— Quel mélodrame.

— Je suis désolé. C'est vrai.

— Je sais.

Il fuma presque toute sa cigarette en silence. Elle lui laissa le temps de lui dire adieu, à sa manière.

Il jeta le mégot dans les haies.

— Si j'étais toi, je suggérerais à Marini de demander l'ouverture d'une nouvelle enquête, fit-il sans la regarder. Dis-lui de ne pas mentionner qui vous recherchez vraiment.

Teresa fut surprise. Soudain, elle sentit le froid. Les enquêteurs avaient la latitude, en cas de soupçon fondé d'infraction pénale, d'ouvrir un dossier d'enquête de leur propre chef. Leur seule obligation était de le communiquer dans les plus brefs délais au procureur et au juge des enquêtes préliminaires. « Les plus brefs délais » restaient toutefois une notion assez vague. Mais Albert lui expliquait autre chose : il lui suggérait de détourner l'attention d'une éventuelle taupe. Cet aspect-là leur était facilité : personne n'établissait encore de lien entre Mihai Issanescu et Anastasiu Constantin.

— Et que dira le commissaire Dalla ? demanda-t-elle.

— Quoi qu'il en soit, il m'en référera. Je sais le pratiquer.

Enfin, Albert la regarda. Pour la première fois depuis des années, il n'y avait aucune rancœur en lui.

— Je te crois, Teresa, parce que je ne t'ai jamais entendue si inquiète.

Il semblait sincère, voire désemparé, mais la nature d'Albert était double, l'ambiguïté lui formait une seconde peau.

Elle demeurait perplexe.

— Je ne sais pas si tu te tiens là, au bord du précipice, pour me tendre la main ou pour me donner la poussée finale, lui avoua-t-elle.

— Pour aucune de ces deux raisons. Je me tiens au bord du gouffre pour voir ce qui t'attend en bas. Si tu tombes, il est probable que cela m'arrivera, à moi aussi. Tant que tu auras un nouvel ennemi, tu n'auras pas à te méfier de moi. C'est déjà ça, non ?

— Tu es le serpent qui demande à Ève de lui faire confiance, Albert.

— Cela dépend de ton envie de cueillir la pomme, Teresa. Ah, j'oubliais. (Il lui tendit une enveloppe.) Le service que tu m'as demandé.

Elle la prit, mais ne l'ouvrit pas devant lui, même si elle soupçonnait Albert de savoir parfaitement ce qu'elle contenait.

Le préfet descendit les marches du patio, se retourna.

— Pour toi, je suis le mal absolu, car tu sais que, si tu m'avais fait confiance, ton fils serait encore en vie.

Teresa eut de la peine pour lui. Il était enferré dans le passé, lui aussi, ancré dans son drame. Peut-être se condamner à l'ombre pour toujours était-il une façon de lui témoigner sa tendresse.

— Pas « si je t'avais fait confiance », mais « si je m'étais abandonnée à toi ». Et tu n'es pas le mal absolu, Albert. Tu n'es qu'un homme de plus qui voulait posséder ma vie.

Il sembla réfléchir, puis il hocha la tête.

— Tu as toujours été plus douée que moi pour les mots.

Teresa le regarda s'en aller et, pour une fois, il lui vint à l'esprit que, malgré tout, elle l'aimait un peu aussi.

50

MASSIMO ÉTEIGNIT LE TÉLÉPHONE et le jeta sur le canapé. Il n'avait plus envie d'entendre arriver les notifications, de lire des commentaires s'interrogeant sur l'état mental de Teresa Battaglia. Tous ceux qui le connaissaient, ne serait-ce que superficiellement, se sentaient en droit de lui demander quel démon déchaîné s'était emparé de son ancienne supérieure ; ce n'était presque jamais formulé avec délicatesse, mais plutôt avec l'ironie féroce de la meute.

Il ne venait à l'esprit de personne qu'elle pouvait être malade, que, malgré ses difficultés personnelles désormais indéniables, elle était là, sous la pluie, à essayer d'apporter toute l'aide possible, ou même simplement à pleurer la mort d'un jeune homme.

Il aurait voulu les prendre un par un et les secouer jusqu'à ce que tous leurs sarcasmes, tous leurs rictus de hyène tombent.

La présence d'Elena et du bébé ne suffisait même pas à le soulager. Elle lui rappelait plus vivement à quel point le monde extérieur était hostile.

Une main posée sur le ventre de sa compagne, Marini étudiait les photos qu'ils avaient prises jusqu'à présent sur les sites de leurs découvertes.

— Tu ne t'accordes pas de répit, fit Elena.

— Le temps manque.

Elena luttait également contre la fatigue. Elle s'était assoupie plus d'une fois sur les documents qu'elle lisait. Elle avait écumé les bibliothèques des universités d'Udine et de Trieste à la recherche d'études et de rapports sur les sépultures particulières de la région. Là où elle ne s'était pas rendue physiquement, elle avait téléphoné aux facultés d'archéologie pour mendier une aide qui, heureusement, n'avait pas manqué.

— S'il te plaît, va dormir, lui demanda-t-il lorsqu'il l'entendit pour la énième fois se réveiller en sursaut.

— Je finis seulement cette page.

— Cela ne changera rien, ni aujourd'hui ni demain.

Elle se redressa en position assise.

— J'ai trouvé quelque chose, mais je ne sais pas si ce sera utile. Lis.

L'article était tiré d'un mémoire sur les momies de Venzone. Dans cette ville ancienne située au pied des Préalpes juliennes, vingt corps momifiés de différentes époques avaient été exhumés au cours du XVIIe siècle. La cause de leur extraordinaire état de conservation était naturelle, même si sa spécificité suscitait encore le débat. Les momies avaient été retrouvées sous les fondations de la cathédrale, et quelques autres dans le cimetière romain adjacent. Seules quinze d'entre elles avaient été extraites des décombres du tremblement de terre de 1976. Parmi elles, cinq étaient exposées dans l'ancien baptistère, à l'extérieur de l'église. Les autres étaient conservées dans un entrepôt municipal.

— Qu'est-ce qui te laisse penser qu'il pourrait y avoir un lien avec notre enquête ?

— Lis !

— Dis-moi !

Elena reprit le papier.

— L'un des corps était celui d'un homme d'une cinquantaine d'années, atteint d'achondroplasie, commença-t-elle à résumer. Les vestiges datent de l'époque médiévale. Il n'y a rien de plus, mais voilà… il était difficile à un individu comme lui d'atteindre l'âge adulte. Je me demande si…

Massimo se leva d'un bond.

Peut-être quelqu'un l'avait-il protégé. Comme dans le cas des morts sans repos, peut-être que ce quelqu'un était une femme crainte. Une chamane, intermédiaire entre la dimension terrestre et le Grand Mystère.

51

Les murs vieux de deux mille ans qui entouraient Venzone étaient illuminés dans la nuit, comme le clocher de la cathédrale. En marchant dans les rues désertes, Marini se sentait catapulté dans une autre époque, même si tous les bâtiments avaient été reconstruits par anastylose. Tout était en pierre, claire et polie. Sur la place dominée par l'hôtel de ville, les fenêtres à meneaux des maisons étaient faiblement éclairées, d'une lumière chaude qui ne le rassurait pourtant pas. Entre les toits, les sommets noirs des montagnes se découpaient sur un ciel de nouveau étoilé. La terre qui l'avait accueilli l'étonnait encore, l'intimidait parfois. Massimo en percevait la moelle sous la surface enchantée. Une colonne vertébrale archaïque qui descendait dans les entrailles de la terre et y puisait sa force.

Le concierge, que le maire avait tiré de son lit après avoir reçu l'appel de Marini, se tenait devant lui, voûté, une veste par-dessus son pyjama et les pieds nus dans ses baskets.

Il l'emmena à l'entrepôt abritant les momies, chacune d'elles protégée derrière une vitrine. Il alluma les lampes blafardes, qui ne servaient pas à grand-chose, et le guida vers le corps mentionné par Elena.

— C'est lui, le nain. Nous ne l'avons jamais exposé en public.

Massimo ne lui demanda pas pourquoi, il ne voulait pas le savoir.

La peau de l'homme ressemblait à du papier mâché bruni, tout en étant par endroits épaisse et luisante, comme de la couenne de porc maturée.

— De quelle époque date-t-elle exactement ?

— Eh bien, de la fin du xve siècle. Il doit y avoir une plaque quelque part.

Massimo ne la trouva pas.

— Savez-vous s'il lui manque l'os sphénoïde ? Est-ce qu'un scanner a été effectué sur les momies, par hasard ?

— L'os quoi ? Écoutez, je ne connais rien à ces choses-là. Je n'ai que les clés.

La momie ne semblait rien avoir de singulier, aucun signe distinctif qui permettrait de la différencier des autres et indiquerait une piste à suivre.

— Connaissez-vous son identité ? Avez-vous émis des suppositions ?

— Non.

— Non à quoi ?

— Non à tout.

Massimo savait que l'homme ne voulait pas se montrer impoli. C'était la nuit, une nuit froide, et les exigences d'un étranger l'avaient arraché au confort de sa maison.

Il l'interrogea sur le lieu où la momie avait été trouvée, sans se faire trop d'illusions.

L'homme désigna la vitrine au bout de la rangée.

— Il était avec cette femme-là. Elle non plus n'a jamais été exposée, la moitié de son corps a été perdue lors du tremblement de terre.

Massimo enregistra à peine cette dernière information. Un picotement lui remontait la nuque.

— Pourquoi ont-ils été séparés ? l'interrogea-t-il en se dirigeant d'un pas rapide vers la momie de la femme.

Le gardien semblait réticent. Massimo remarqua qu'il se touchait les parties génitales.

— Je ne suis pas superstitieux, mais on dit que cela porte malheur. Dans le registre d'exhumation, en l'an 1860, elle est désignée comme la Sorcière.

— Le motif ?

L'autre haussa les épaules.

— Elle se peignait le visage. Il suffisait d'un rien, d'une bizarrerie loufoque pour être condamné par les gens.

— Pouvez-vous vous expliquer un peu mieux ?

— C'est écrit sur la plaque.

Cette fois, il y en avait bien une à l'intérieur de la vitrine. Massimo alluma la lampe de son téléphone portable et se pencha pour lire.

Les peintures faciales auxquelles le gardien avait fait allusion étaient des traces d'azurite, trouvées sur son front. Le gardien trépignait.

— Écoutez, s'il y en a pour longtemps, je vais me changer et je reviens.

Massimo acquiesça. Ça serait certainement long. Dans le texte accompagnant les dépouilles, la peinture que la momie avait sur le visage était reproduite : une spirale.

Il devait prévenir Parisi et De Carli, et Parri aussi. Demander l'intervention de l'équipe médico-légale, d'un archéologue et d'un paléopathologiste ; alerter Lona et, à contrecœur, le commissaire Dalla.

Il prit quelques photos, puis essaya d'appeler, mais il n'y avait pas de réseau. Le téléphone ne sonnait pas. Il se dirigea vers l'entrée. Il tourna la poignée, mais la porte ne s'ouvrit pas. Il réessaya en tirant. Rien ne céda.

Il frappa à l'aide du heurtoir et tempêta. Il avait bien l'intention de parler au gardien en mettant de côté ce qui lui restait de patience et de politesse, quand quelque chose changea.

Quelqu'un se trouvait de l'autre côté. Pas de bruit, pas même un bruissement, et pourtant Massimo en était convaincu, tout comme il était convaincu qu'il ne s'agissait pas du gardien. À ce stade, il espérait que l'homme était encore en vie.

— Giacomo, je sais que c'est toi. Ouvre !

Massimo attendit en vain. La pièce était exiguë, oppressante, sans fenêtres et faiblement éclairée. L'odeur des momies était maintenant tangible, chargée de poussière et de chair séchée, de temps passé, de mort et de décomposition. C'était peut-être le pouvoir de la suggestion, mais il le sentait au fond de sa gorge.

Massimo regarda la Sorcière. Il ne pensait pas qu'elle ait vraiment été une dévote du diable. Il songea ensuite que, peu à peu, l'enquête révélait au grand jour une armée de morts, de squelettes et de momies. Qui étaient ces cadavres, marqués par des sceaux et des amulettes, qui veillaient depuis des siècles ?

Le téléphone dans les mains, il se mit à marcher en cercles. Soudain, une coche de réseau. Il essaya immédiatement d'appeler. La ligne était libre et Parisi décrocha à la troisième sonnerie.

— Nous devons effectuer une nouvelle inspection au lac de Cornino, lui expliqua-t-il rapidement, craignant que la ligne ne soit coupée. À l'aube, si ce n'est tout de suite. J'ai trouvé une piste qui nous y conduit, mais je ne peux m'attarder là-dessus maintenant. Je suis à Venzone, au cas où je ne donnerais plus de nouvelles. Non, je ne plaisante pas.

La porte cliqueta.

Massimo se retourna. Il s'approcha prudemment, tourna la poignée : le battant s'ouvrit. Dehors, il n'y avait personne. De la place de la cathédrale, le portier arrivait avec un homme qui devait être le maire.

52

Teresa laissa Alice et Parri plongés dans la lecture à haute voix d'un roman à suspense dont le titre contenait le mot « ossements ». Elle ne trouvait pas cela déplacé, au contraire. Elle avait appris à nommer le malheur sans crainte, puisqu'il n'en faisait qu'à sa tête.

Elle leur dit qu'elle voulait étudier en paix et se retira dans son bureau. Elle ferma les rideaux et donna de la lumière. L'enveloppe qu'Albert lui avait remise contenait le rapport de l'expert informatique sur les photos que le père d'Alice avait prises d'elle au fil des ans. Il lui avait toujours raconté, en la berçant d'illusions, que sa mère figurait aussi sur ces clichés. Toujours dans le lointain, toujours cachée, mais présente dans la vie de sa fille.

C'était faux, Alice le savait à présent. Pourtant, elle avait avoué à Teresa n'avoir rien confié à son père et lui avait demandé de ne pas le chercher.

— Il a souffert lui aussi. Il essayait seulement de me protéger.

Teresa le croyait également. C'était un mensonge innocent, raconté à une enfant qui avait grandi en voulant retrouver cette femme, mais un mensonge qui avait nourri son obsession.

Teresa ouvrit l'enveloppe et lut le rapport.

Toutes les photos avaient été prises à Udine, près de l'école pour aveugles qu'Alice fréquentait après ses cours normaux. Dans le parc, dans la rue, devant une confiserie, sous un arbre en fleur, dans la neige, tenant à la main une feuille qui avait les couleurs d'un coucher de soleil flamboyant – qui sait si Alice pouvait encore en distinguer les nuances à ce moment-là.

Les photographies n'avaient pas été modifiées, tenait à souligner l'expert, avant d'énumérer quelques détails techniques qui intéressaient peu Teresa.

Dix ans plus tôt, au vu de l'équipement disponible, cette analyse n'aurait pas été possible, mais aujourd'hui, des détails infinitésimaux pouvaient être sondés, y compris grâce à des algorithmes sophistiqués qui traquaient des motifs récurrents invisibles à l'œil nu.

Teresa voulait s'assurer qu'elle avait tenté tout ce qui était en son pouvoir pour encourager Alice à laisser aller le passé, et elle devait le faire avant d'oublier son existence.

Cependant, en poursuivant sa lecture, elle se rendit compte que les choses ne se passeraient pas ainsi.

L'algorithme avait repéré un visage qui revenait dans les photographies, en plus de celui d'Alice. Il était présent sur cinq clichés. Ce qui faisait peu, en apparence, mais ils avaient été pris à des dates très espacées : quelle était la probabilité de croiser toujours le même inconnu dans une ville ?

Un agrandissement montrait ce visage, celui d'une femme. À l'œil nu, il aurait été presque impossible de la déceler. Reflétée trois fois, minuscule, dans les lunettes d'Alice et dans une vitrine derrière elle, immortalisée pour un quart seulement de sa personne et floue derrière un arbre.

Teresa étudia les morceaux d'images isolés, rendus plus nets par des retouches effectuées par l'expert à l'aide d'un logiciel.

Dans le reflet de la fenêtre, la femme, l'air résigné et visiblement couverte de plusieurs couches de vêtements, transportait quelques sacs en plastique gonflés sur un chariot. Elle ressemblait à une sans-abri.

S'agissait-il de la présence qu'Alice disait avoir toujours sentie près d'elle ? Ou simplement d'une malheureuse qui vivait près de l'école ?

Teresa reprit les vieux documents du dossier. Elle consulta de nouveau l'inventaire des valises que la mère d'Alice avait préparées comme pour s'enfuir, sans les emporter ou en mourant avant d'y parvenir, engloutie par l'avalanche. Elle le parcourut à contrecœur, seulement parce qu'elle savait que, de toute façon, elle ne réussirait pas à trouver le sommeil. Elle reconnut sa signature au bas du document, apposée là dix ans plus tôt.

Un détail la dérangea, comme lorsqu'elle se sentait prise de manie et réarrangeait avec fracas les couverts dans le tiroir de la cuisine au milieu de la nuit. Son esprit réclamait de l'ordre, parfois en hurlant.

Elle glissa les photos dans une enveloppe et y inscrivit le nom de Parisi. Elle les lui remettrait à la première occasion, en lui demandant d'identifier la femme. Elle attrapa la liste et ressortit du bureau. Parri lisait encore et ne la remarqua pas, Alice s'était endormie, Smoky sur les genoux.

Elle monta dans la chambre de la jeune fille. Elle savait qu'elle y conservait les vieilles valises de sa mère. Teresa les trouva dans l'armoire et eut un peu de mal à les en sortir, puis les ouvrit.

Lorsqu'elle avait découvert l'identité de la jeune fille et l'obsession qu'elle portait dans son cœur, Battaglia était revenue avec elle sur les étapes de l'enquête. Pour la calmer, lui apporter un peu de paix. Elles avaient vérifié les horaires et la cohérence des témoignages, avaient ouvert ensemble ces mêmes valises et commenté leur contenu.

L'anomalie que Teresa avait décelée un peu plus tôt trouva facilement son explication : l'un de ces objets ne figurait pas dans l'inventaire.

Quelqu'un avait modifié la liste, car la grenouillère brodée de marguerites jaunes qu'Alice adorait, et qui était son doudou quand elle était petite fille, n'y figurait pas.

La jeune fille s'y était raccrochée de toute son âme parce que c'était le seul objet la concernant que sa mère avait décidé d'emporter avec elle : un souvenir pour ne pas l'oublier, un souvenir à lui offrir quand elle serait plus grande.

Teresa la photographia, puis se prit elle-même à côté des valises, au cas où elle en perdrait le souvenir. Elle les referma toutes les deux et les remit en place.

Nous sommes quelquefois nos juges les plus cruels, songea-t-elle, commençant déjà à se raconter une histoire.

Elle avait longtemps été son propre bourreau, elle aussi, avec détermination.

53

C'ÉTAIT LA DEUXIÈME FOIS que Massimo voyait le soleil se lever sur le lac. À présent, aucune brume n'enveloppait l'étendue d'eau pour la transformer en une vision onirique. Le ciel était corail, parsemé de minces nuages qui ressemblaient à du feu. L'œil turquoise brillait d'une étrange lueur rougeâtre, comme si le sang de Ratchis suintait lentement du fond. La nature le rendait au ciel, goutte à goutte.

Marini et Parisi avaient attendu le retour du jour. Tous les deux, seuls.

Ils ne savaient pas quoi chercher, mais la symbolique de l'histoire que le garçon racontait avec sa mort devait compter pour quelque chose, sinon ce serait la négation de tout espoir ; l'interruption brutale de cette vie n'aurait aucune portée. Massimo ne pouvait s'y résoudre.

Ratchis avait mis en scène son suicide, en avait fait une chorégraphie dont chaque détail représentait un message à interpréter. Le jeune homme s'était finalement rendu, mais, derrière lui, il avait tracé un chemin à suivre jusqu'à la vérité, sinon à la justice, et peut-être même jusqu'à la vengeance.

Ils atteignirent la berge rocheuse. Massimo calcula la distance en pas.

— C'est là que Teresa s'est assise. Au début, j'ai cru qu'elle formait des cercles avec ces pierres, et qu'elle s'en prenait à ceux qui les éparpillaient sur leur passage.

Parisi se pencha pour regarder, les mains sur les genoux.

— Ce n'étaient pas des cercles.

— Non, en effet. C'est une spirale.

Même si elle n'était pas achevée, même si plusieurs pierres avaient roulé, poussées sur une certaine distance par les mouvements et peut-être même par les coups de pied des marcheurs, pour ceux qui savaient quoi chercher, le tracé restait évident.

— Raisonnons, reprit Parisi. Qu'est-ce que cela peut signifier ?

— Nous n'avons aucune preuve, mais pour moi, il est évident que c'est Ratchis qui l'a faite. Trop de coïncidences, trop de spirales dispersées pour penser autre chose.

— On pourrait chercher des traces de pas.

— Oui, mais nous trouverions aussi celles de Teresa, et peut-être de dizaines d'autres personnes. (Massimo ramassa une pierre et la fit tourner entre ses doigts.) Nous connaissons la signification anthropologique de la spirale, maintenant il nous reste à découvrir son lien avec ce lieu.

Ils prirent d'autres photos, mesurèrent l'ensemble. Ils comparèrent la spirale à la forme du médaillon lombard trouvé dans l'hypogée et au dessin sur le front de la momie.

— Celle-ci tourne dans la direction opposée, observa Parisi. Même par rapport à la spirale dessinée avec les dominos par Teresa.

— Un geste qui veut aller à l'encontre, peut-être. Une rébellion extrême, une protestation, au prix de sa vie…, hasarda Massimo.

Plus il y réfléchissait, plus cela lui paraissait probable.

Parisi n'était pas convaincu.

— Pourquoi ne pas dénoncer la chose ? Pourquoi ne pas l'écrire noir sur blanc ? Ç'aurait été plus efficace, non ?

Il y a quelque temps, Massimo se serait posé la même question, puis il avait rencontré Teresa. Il avait appris que les liens serrés du psychisme étaient souvent impossibles à dénouer. Dieu seul savait à quel point la culpabilité de Ratchis était lourde.

— Ce message ne nous est pas adressé. Pas en premier lieu, répliqua-t-il. Il s'adresse à ceux qui se cachent maintenant dans l'ombre, lâchement. Ratchis voulait leur crier qu'il n'était plus en sécurité. Ça c'est efficace : provoquer la peur chez ceux qui ont toujours alimenté celle des autres.

Le soleil se leva ; peu à peu le lac s'illumina. L'ombre quitta le lac et Massimo sentit un semblant de chaleur sur son visage.

— Les pierres, fit Parisi en montrant la spirale. D'où viennent-elles ?

— C'est-à-dire ?

— Elles ne sont pas blanches ou grises comme les autres.

Les pierres étaient rosées, voire rougeâtres à certains endroits, comme si la composition chimique du minéral différait de celle du lit de la rivière.

Ils passèrent au peigne fin toute la zone adjacente. Il n'y en avait pas d'autres semblables dans les environs.

Parisi en ramassa quelques-unes, les frottant entre ses doigts pour les nettoyer.

— C'est le signe que tu attendais ?

En effet. Massimo contempla les montagnes qui les entouraient, si proches et infinies. Par où commencer ?

— La nuit dernière, j'ai eu une idée, murmura-t-il. Nous sommes en train de déterrer une armée de morts. Je me demande où la prochaine tombe fera surface.

Parisi ne plaisantait pas.

— Si c'est une tombe que tu cherches, tu sais qui appeler.

54

Teresa se sentait désormais étrangère au monde de l'investigation, usurpatrice du territoire des autres. Pourtant, quand Massimo Marini l'appela, elle songea qu'au fond elle n'abandonnerait jamais.

Retourner au lac signifiait redécouvrir les fantômes de cette nuit-là. Réels ou imaginaires. Ce n'étaient pas des souvenirs, c'étaient des frissons, des soubresauts, des peurs ataviques remontées à la surface.

Alice arriva, pendue au bras de Parisi, Smoky trottinant devant elle.

C'étaient eux les véritables protagonistes de cette nouvelle tentative pour parvenir à la vérité.

Marini, à ses côtés, avait eu le même sentiment. Cet endroit avait été le témoin de bien plus qu'un simple suicide.

Parisi et lui avaient déjà délimité une première zone, en tendant de la ficelle entre des piquets, afin de procéder à une recherche par carrés de dix mètres de côté selon la demande d'Alice.

La jeune fille était inquiète, comme toujours lorsqu'on lui confiait la responsabilité d'une recherche. Elle avait commencé cela par jeu, pour ranimer un chien qui avait décidé de ne plus vivre, mais, pour beaucoup, ce jeu s'était révélé être un dernier espoir.

— Cela va nous prendre une éternité, avertit-elle. Au moins, l'odeur, s'il y en a une, stagne vers le bas. Elle sera à portée de Smoky.

Teresa caressa le bâtard.

— Pour toi, oui, ce sera plus facile à signaler.

— Teresa, à quoi devons-nous nous attendre ?

Elle n'aurait su le lui dire. Peut-être un fragment d'os sphénoïde, une tête de côte, un lac de sang souterrain, ou quelque chose de pire.

— Je n'en ai aucune idée, j'en ai peur. Mais on sera toujours près de toi. Moi aussi, dans la mesure du possible.

Alice allait devoir se frayer un chemin dans les ténèbres auxquelles elle était condamnée et qu'elle avait appris à habiter avec la ténacité d'une créature vouée à la lumière, creusant jusqu'à son âme pour la trouver en elle plutôt qu'à l'extérieur.

La jeune fille leva le visage vers le ciel, chercha sur sa peau la direction du vent. Elle conduirait son chien en suivant son instinct et le souffle des montagnes qui transportait les odeurs vers eux.

Elle mit Smoky au pied et lui signala de commencer à chercher.

Ce n'était pas une opération rapide, elle requérait de la patience. Chaque zone devait être reniflée par Smoky, centimètre carré par centimètre carré, avant d'être considérée comme ratissée.

— Procédons de bas en haut, décida Marini.

C'était un choix totalement arbitraire, Teresa s'en rendit compte, mais il fallait bien commencer quelque part.

Il leur fallut près de deux heures pour atteindre le sommet de la colline boisée qui surplombait le village de Forgaria. Teresa passa la plus grande part du temps assise, sur une pierre ou dans l'herbe, avant se lever lorsque Alice faisait un signe négatif.

Le nouveau point de chute au milieu des frondaisons était le parc archéologique de Castelraimondo. Marini chercha leur position avec le GPS.

— Je l'envoie à De Carli. Il nous rejoint.

Une construction en bois et en acier protégeait les vestiges des anciennes fondations. Selon le panneau d'information, les bâtiments avaient été habités sans interruption de l'époque préromaine jusqu'au début du Moyen Âge. Même un lopin planté de *murus gallicus* celtique résistait encore.

Teresa s'appuya contre les pierres. Marini s'approcha.

— Qu'en pensez-vous ?

— Qu'il fait maintenant plein jour et que vous devez tous retourner au commissariat.

Il ne consulta pas sa montre.

— Nous sommes proches de quelque chose, dit-il en laissant son regard errer sur la vallée en contrebas. S'il y a une tombe à découvrir, c'est l'endroit approprié, non ?

L'endroit aurait été parfait, et pas seulement « approprié ». Sur cette colline, parmi les chênes et les tilleuls, l'humanité avait marché des siècles durant, depuis la nuit des temps. Elle avait laissé des traces qui survivraient à Teresa, à Massimo et même aux générations suivantes. Cependant, il n'y avait rien ici qui n'ait déjà été ramené à la surface. Smoky continua à renifler tranquillement.

Teresa se sentait nerveuse, débordée. Ils poursuivaient une ombre qui serait toujours devant eux, sinon en eux, sous forme de doutes et de soupçons. Pendant un moment, elle s'était imaginé qu'elle pourrait compléter ce cercle avant que la maladie ne lui présente l'addition finale, mais où pouvait-elle aller ? Elle avait du mal à tenir debout. Elle avait ralenti et voyait que les autres l'attendaient.

Elle se leva.

— Je veux rentrer à la maison.

— Quoi ?

— Appelez une voiture.

— Une voiture… Un taxi, ici ?

Elle trouvait insupportable sa façon de la fixer, de la juger. Elle tenta de le frapper.

— Je veux m'en aller !

Il l'étreignit, la serra contre lui. Il leva la main pour indiquer à Parisi que tout allait bien.

— N'abandonnez pas maintenant, murmura-t-il contre son front. Ne me faites pas ça.

— Laisse-moi.

— Vous, ne me laissez pas. Nous y sommes presque.

Teresa sentit la colère grandir jusqu'à exploser dans un hurlement, mais cela s'arrêta là. Un cri, poussé au milieu d'une forêt. Sa rage muette déclinant, elle cessa de les effrayer. Marini la relâcha peu à peu. Elle avait réussi à lui griffer la joue.

— Je deviens méchante, murmura-t-elle.

Il fit « non » de la tête.

— « Je deviens » ? Pas du tout. Non, vous l'avez toujours été. (Il sourit.) J'aurais vingt ou vingt-cinq anecdotes à raconter sur votre méchanceté.

Elle rit et versa une larme.

— Je n'ai pas pu être si horrible.

— Oh, si. Alors ne vous inquiétez pas maintenant. Vous ne pouvez plus rien faire qui nous contrarie.

Smoky aboya, ce qui fit crier Alice.

— Smoky, ça suffit !

Le chien s'enfuit dans les bois à la poursuite d'on ne savait quoi.

Marini prit Teresa par le bras.

— On doit le suivre. Parisi, vas-y ! Nous arrivons.

Ils les retrouvèrent plus loin, dans une seconde clairière à flanc de montagne.

Smoky était excité. Il tournait sur lui-même en remuant vigoureusement la queue. Alice s'accroupit et l'appela pour lui donner un biscuit.

— Il n'indique pas un point fixe comme il le ferait pour une goutte de sang, affirma-t-elle, mais une zone plus large.

Marini s'accroupit à côté d'eux.

— De quelle ampleur ?

— Celle d'un corps. C'est une sépulture qu'il nous désigne. Nous sommes au-dessus.

Marini se déplaça, observa l'herbe comme s'il s'agissait de cheveux. Le vent souffla plus fort depuis la montagne, une onde froide courba les brins d'herbe, puis changea brusquement de direction.

Smoky bondit, remonta d'une dizaine de mètres, et continua à marquer le terrain : une, deux, trois sépultures. Teresa compta jusqu'à dix sépultures possibles, puis perdit le compte.

Alice ne comprenait pas ce qui se passait. Elle chercha le bras de Parisi, lui demanda de décrire la scène. Teresa le devança.

— Un corps démembré, souffla-t-elle, trop bas pour qu'ils l'entendent. Ou un cimetière.

Elle appela De Carli, qui remontait la colline du bois en contrebas.

Il lui souriait, la saluant d'un bras levé, quand le premier coup de feu retentit.

Teresa, qui était restée en retrait, le vit courir vers elle.

De Carli fut à sa hauteur juste à temps pour la ceinturer et la pousser à mettre les genoux à terre. Teresa s'accrocha à ses épaules, sentit le corps de l'homme parcouru d'un soubresaut lorsque le deuxième coup de feu détona.

Il tomba.

Les oreilles de Teresa sifflaient. Elle était à peine consciente des cris de Marini, de l'expression terrifiée d'Alice et de Parisi, lorsqu'elle leva un instant les yeux sur eux.

D'autres coups de feu, cette fois tirés par Marini et Parisi.

Teresa essayait d'endiguer le flot de sang, mais il coulait entre ses doigts.

De Carli lui serra la main avec force et y glissa une clé USB. Il la serra encore, comme pour lui dire de ne pas la perdre, que c'était important, qu'il avait fait de son mieux et que, par malchance, il allait mourir.

Il la regardait, mais il ne la voyait déjà plus. Teresa comprit que Simone De Carli passait de l'autre côté.

Elle aurait voulu crier, mais seule une plainte caverneuse sortit de sa gorge.

Elle l'attira dans ses bras, embrassa son visage, le pressa encore plus fort contre sa poitrine, à tel point que Massimo dut l'en arracher pour tenter d'empêcher l'inévitable.

La plainte s'estompa, mais dura longtemps.

55

C'ÉTAIT FINI. Massimo ne pouvait s'ôter de la tête la conviction que l'équipe avait cessé d'exister au moment où Simone De Carli avait rendu son dernier souffle.

On ferma le cercueil d'acier. La dernière chose que Simone avait vue, c'était le vert d'une forêt ancienne et les yeux de Teresa Battaglia. C'était elle qui avait fermé les siens.

Tout le monde était arrivé. Parri avait constaté le décès et parlait maintenant avec l'archéologue qui devait examiner les plus vieilles sépultures.

Ils avaient mis au jour une nécropole d'individus atteints d'achondroplasie. Les tombes, au nombre de vingt, étaient disposées selon un schéma concentrique et appartenaient à des époques différentes. On avait dessiné une carte explicative.

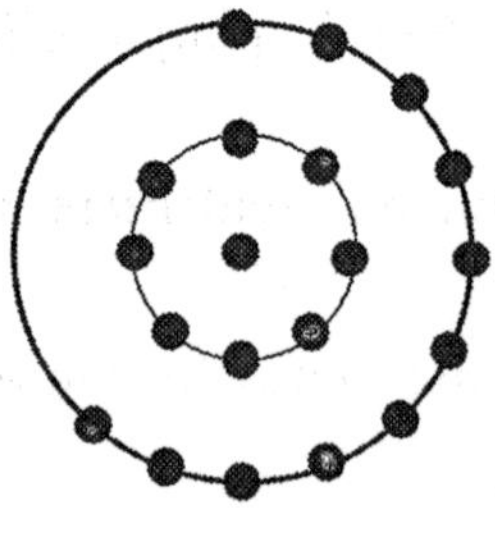

Celle du centre était la plus ancienne. D'après le mobilier funéraire, l'expert était convaincu qu'elle datait du XVIe siècle.

Ce n'était pas la seule bizarrerie. Les quelques restes retrouvés dans la sépulture 1, dont le contenu avait été inventorié, présentaient une sorte de masque en bronze avec une protubérance semblable à un bec d'oiseau.

Massimo s'efforça de suivre les explications de l'archéologue, mais il avait la tête ailleurs.

— Inspecteur ?

— Oui ?

— Je vous disais que trois sépultures du cercle extérieur ne présentent pas d'intérêt historico-archéologique. À mon avis, elles sont attribuables au siècle dernier, je le déduis des objets enterrés avec le corps et de l'état de conservation des squelettes. Il va de soi que des examens minutieux vont suivre. Votre anatomiste est déjà en train de procéder à l'inspection. Si vous le souhaitez, vous pouvez le rejoindre.

— D'accord, merci.

Massimo resta là où il était, saisi d'une nausée presque insupportable. À quelques pas de là, Parisi répondait aux questions du commissaire Dalla et du substitut du procureur Gardini.

— Un homme a tiré, je l'ai vu passer. J'ai riposté après le deuxième coup de feu. Je l'ai poursuivi dans le bois, là-bas, indiqua-t-il en désignant la prairie en pente descendante. Il a rejoint la route et il est monté dans un 4 × 4.

— Avez-vous relevé la plaque d'immatriculation et le modèle ?

— Le modèle oui, mais seulement une partie de la plaque d'immatriculation.

— L'homme est-il monté côté conducteur ?

— Oui.

— Combien de coups de feu avez-vous tirés ?

— Deux.

— Quel était votre objectif ?

Parisi fixa Gardini comme s'il voulait le dévorer vivant.

— Le tuer.

Il avait un regard halluciné. Aucun d'eux n'était lui-même. Ils avaient encore le sang de leur camarade sur eux, comme un poison de colère et de rancœur qui pénétrait la peau.

Parri appela Massimo trois fois avant que celui-ci ne réussisse à le regarder. Il se sentait hébété. Il lui tendit machinalement la main. Les yeux du médecin aussi étaient rouges.

— N'abandonnez pas tout de suite, lui conseilla-t-il, comme s'il y avait de l'espoir.

D'instinct, Massimo se mit en quête de Teresa. Elle était à côté de l'ambulance. Une infirmière s'occupait d'elle. À ses pieds, Smoky n'avait pas cessé de japper. Alice priait, la tête baissée, les doigts entrelacés. Marini n'avait jamais vu quelqu'un de si jeune prier avec tant de conviction. Il chercha le regard de Parri.

— Teresa est morte avec lui, lui affirma-t-il. Elle respire, mais elle est morte avec lui.

Parri lui pressa l'épaule.

— Nous sommes tous en état de choc, mais si nous voulons trouver le responsable de la mort de De Carli, nous devons retrouver notre lucidité et nous remettre au travail, car le meurtrier est en train de se cacher. Tu veux lui donner cet avantage ?

Massimo rejoignait Parisi : s'il avait attrapé le meurtrier, il l'aurait tué.

— Non.

— Alors, courage. Viens avec moi.

Parri le conduisit dans le cercle des sépultures où la mort affleurait. Qui aurait pu dire si c'était un sol béni ou maudit ?

Maintenant, le sang d'un ami y nourrissait les racines, y noircissait les mottes.

— Je peux te parler des trois dernières, mais j'ai jeté un coup d'œil aux autres aussi, simplement pour anticiper. Je ne détecte aucun traumatisme apparent au moment de la mort dans les plus récentes. Les os sphénoïdes sont absents. J'en déduis qu'ils ont été prélevés pour fabriquer des amulettes, comme celle trouvée sur le cadavre de Mihai Issanescu. Si l'ablation est visible dans les restes les plus anciens, on peut supposer qu'il s'agit d'un rituel posthume d'appartenance.

— Appartenance à quoi ?

— C'est à toi de le découvrir. Ce n'est pas tout : les corps ont subi quelque chose de leur vivant.

— Tu disais qu'il n'y avait aucun traumatisme.

— Au moment de la mort. Mais avant…

— Avant ?

— Une sorte de modification des os, je n'ai pas encore bien compris. Je dois attendre de les emporter au laboratoire. Il faudra un scanner et une scintigraphie osseuse. Maintenant, va la rejoindre. J'en ai encore pour un moment.

Marini ferma les yeux un instant, serra les poings dans ses poches.

— Je ne sais pas quoi lui dire.

— Je ne pense pas qu'elle s'attende à un discours.

Massimo obéit, se demandant à chaque pas ce qui adviendrait d'eux, ce qui adviendrait d'elle. La maladie d'Alzheimer, la perte d'un garçon qui avait toujours été plus un fils à élever et à protéger qu'un collègue. Combien de temps pourrait-elle encore le supporter ?

Quand il fut arrivé devant elle, son cœur manqua un battement.

— Teresa…

Il pensait la trouver perdue, devoir ramasser les morceaux éparpillés. Au lieu de cela, elle leva sur lui un regard présent, déterminé, féroce. Il y avait une haine furibonde dans ces yeux-là, une vie incandescente ; il y avait l'élan nécessaire pour continuer, même ébranlée par une mort atroce.

Teresa ouvrit sa main tachée de sang et lui tendit une clé USB.

— Ils voulaient nous faire croire qu'ils n'existaient pas. Ils voulaient nous faire croire qu'il s'agissait seulement du suicide d'un garçon. Ça n'a jamais été l'action d'un homme seul : ils sont plusieurs et ils nous ont montré qu'ils avaient peur. Maintenant, on va les trouver.

56

La jeune fille sortit de la salle de sport, seule. Même s'il n'était pas encore vingt heures, l'obscurité était épaisse. Il avait plu peu de temps avant et une odeur de pourriture s'élevait de l'asphalte.

Elle remonta la fermeture Éclair de sa doudoune noire, qui n'arrivait même pas à couvrir son nombril nu, et s'avança entre les reflets des lampadaires dans les flaques d'eau. Elle habitait un peu plus loin, chez ses parents. Elle était fille unique, elle avait dix-sept ans et elle était jolie, comme beaucoup de jeunes de son âge à la beauté pratiquement identique. Ses cheveux étaient longs, sombres et brillants, ses lèvres pulpeuses, ses sourcils bien dessinés et le peu de chair sur ses os se concentrait dans ses seins.

Il était loin le temps des adolescentes au vernis à ongles écaillé, aux cheveux rebelles et à la peau criblée d'acné. La séduction physique semblait être une denrée accessible et, si elle ne l'était pas, on avait recours à un algorithme pour se montrer sur des photos de plus en plus étudiées, retouchées au point d'en devenir floues. Ce qui échappait encore à la perfection, c'était la vie. Quelle saloperie.

Ils la suivirent quelques mètres avant de l'appeler, laissèrent le doute planer sur leur identité, le temps qu'elle regarde plusieurs fois par-dessus son épaule. Ce n'était pas du sadisme, mais de la tactique.

Quand elle se retourna pour la troisième fois, Massimo et Parisi montrèrent leurs cartes professionnelles.

— Police.

Les yeux de Giada glissèrent de l'un à l'autre.

— Qu'est-ce que j'ai fait ?

Massimo s'approcha, les mains dans les poches.

— Rien de grave. Nous voulons juste vous poser quelques questions sur Ratchis Evaldi.

— Je l'ai à peine connu.

— Vous étiez présente à son enterrement.

— Comme beaucoup d'autres.

— Êtes-vous dans la classe de sa sœur ?

— Si vous le savez, pourquoi me le demander ?

— Je sais aussi que vous étiez sa petite amie.

Giada éclata d'un rire nerveux.

— Je ne suis la petite amie de personne.

Massimo échangea un regard avec Parisi.

— Bon, il est mort, c'est donc vrai.

Elle redevint sérieuse.

— Quel humour, félicitations.

— À l'enterrement, vous avez jeté quelque chose sur le cercueil. Une clé.

Giada croisa les bras.

— Vous croyez ?

— Oui. Il y a une vidéo.

Ils l'avaient trouvée sur la clé USB de De Carli.

Teresa sentit que c'était le moment d'intervenir. Elle sortit de l'obscurité, le visage à moitié caché par la capuche de sa veste.

— C'était une clé importante pour Ratchis. Une clé pour l'éternité, ajouta-t-elle. À ses yeux, c'était une promesse d'amour.

La jeune fille la fixa sans manifester trop de surprise. Elle faisait preuve de courage.

— Oui, il m'avait donné cette clé. Il disait qu'il gardait toujours l'autre sur lui.

— C'était vrai. Il l'avait quand il est mort.

— Je ne veux pas le savoir.

— Vous étiez ensemble ?

Elle haussa les épaules.

— Il voulait.

— Et toi non ?

— Je n'ai même pas dix-huit ans. Il y a le temps pour s'occuper de ce genre de choses sérieusement.

— Tu as probablement raison. C'est toi qui as écrit le commentaire ? Celui qui disait qu'on avait mis le poignard dans sa main ?

Giada afficha une expression stupéfaite et, sur le moment, elle ne fut plus belle du tout.

— Non !

— Il y a une vidéo qui semble indiquer le contraire.

— Une autre vidéo ? Je veux la voir.

Marini lui montra les images des caméras de l'école sur son téléphone portable.

— Ce n'est pas moi, cette fille.

— Nous trouvons qu'elle te ressemble beaucoup.

— De dos ? Avec la capuche de son sweat-shirt relevée ? Et en noir et blanc ? Vous êtes vraiment des génies !

Teresa ne lui donnait pas tort. Au moins auraient-ils tenté.

— D'après toi, qui est-ce ?

— Je ne sais pas et je m'en fiche. Je veux juste retrouver ma vie.

Elle se passa une main sur les yeux. Une larme en avait coulé. Comme ça, soudainement.

Teresa en éprouva de la tendresse. C'était une larme pour elle-même. Giada n'était pas passée loin d'une horrible situation. Elle ne pouvait pas le savoir, mais elle le ressentait inconsciemment.

— Je sais que tu veux mettre tout cela derrière toi, mais je dois te demander encore une chose.

— D'accord.

— Comment se portait Ratchis ? Avait-il l'air triste et angoissé ces derniers temps ?

Giada se caressa les cheveux, les lissa jusqu'aux pointes.

— Il était beau et plus âgé que moi, il avait les bons réseaux et il ne manquait pas d'argent. Il semblait parfait, mais, en apprenant à le connaître, je me suis rendu compte qu'il était impliqué dans un truc.

— Quoi ?

— Je ne sais pas. Ce n'était pas le genre de mec avec qui on pouvait rire ou dire des conneries. Quelque chose pesait sur lui, et, à un moment donné, je l'ai aussi senti sur moi. J'ai essayé de le larguer, mais sans le blesser.

— Est-ce qu'il t'a confié un élément précis ?

— Non.

— Connais-tu sa sœur ?

— On se salue au lycée.

— Et le pubis de Ratchis, tu l'as vu ? Tu as vu ses cicatrices ?

Giada fit mine de se fourrer un doigt au fond de la gorge.

— Dégueulasse, non ? Mais je ne lui ai rien dit. La « cicatrice française » est à la mode en ce moment. Je vais peut-être m'en faire une. (Elle regarda Teresa avec intérêt.) Toi, tu es la folle de l'enterrement. Trop bien. On peut faire un selfie ?

Teresa ne répondit pas, mais Giada fut sur elle en deux enjambées, appuya la tête sur son épaule, sourit et prit une photo. Teresa garda l'odeur de ses cheveux fraîchement lavés dans les narines. Ils avaient le parfum du printemps, mais d'un printemps où s'épanouiraient des fleurs en plastique.

— Je te tague. Tu t'appelles comment ?

Les policiers étaient médusés. Massimo fut le premier à réagir.

— Efface ça immédiatement.

— Pourquoi ? Peut-être parce que vous ne pouvez pas arrêter une mineure dans la rue et l'interroger ?

Elle les salua de la main et s'éloigna. Puis elle sembla se raviser et se retourna.

— Je peux avoir la vidéo de l'enterrement ? Celle où je jette la clé.

— Non.

Elle fit la moue et, cette fois, s'en alla pour de bon.

Parisi jura.

— Elle m'a fait peur, vous y croyez ! Ce vide…

Teresa avait eu la même sensation. À un certain moment, un trou noir avait avalé le cœur de la petite fille qu'avait été Giada.

— Ce sont nous, les adultes, qui les avons créés ainsi, lâcha-t-elle.

S'il y avait une personne responsable de l'aberration qui venait de survenir, ce n'était certainement pas Giada.

Teresa se sentait plus triste que jamais. Simone De Carli était peut-être mort, mais Ratchis Evaldi était mort seul. Le premier décès était une tragédie. Le second témoignait d'une humanité devenue inhumaine.

57

Ils se retrouvèrent chez Massimo, avec Elena. Teresa avait accepté parce qu'elle n'avait plus la force de lutter et peut-être même plus l'envie de retourner dans une maison vide. Alice allait passer la nuit chez une amie avec Smoky : Teresa était soulagée que la jeune fille soit accompagnée de quelqu'un qui n'était pas endeuillé, qui pourrait lui offrir quelques heures de réconfort, sinon de légèreté. Elle était tout aussi soulagée que cette personne ne soit pas son père. Il fallait qu'elle trouve un moyen de lui parler au plus vite, mais il y avait toujours un mort sur le chemin de cette initiative.

Elena fut assez délicate pour ne pas prononcer un mot concernant De Carli. Elle embrassa Teresa en silence, sans même s'attarder. En cet instant, celle-ci n'aurait pu en supporter davantage ; elle ne tenait que par la force de la colère. Si quelqu'un avait défait le nœud au fond de sa gorge en lui témoignant un peu trop de tendresse, Teresa se serait écroulée comme un château de cartes.

Elle n'avait pas répondu aux appels téléphoniques d'Albert et de Mei Gao. Son amie lui avait ensuite envoyé une série de messages, que Teresa n'avait pas encore lus. Elle était sûre que Mei avait soigneusement choisi les pensées les plus profondes et les moins conventionnelles, mais, pour l'instant, Teresa voulait continuer à faire semblant que De Carli était simplement en retard à la réunion.

Ils mangèrent un morceau sans guère bavarder. Chacun faisait semblant. Ils parlaient de leur ami au présent, en se concentrant sur ce que De Carli avait sauvegardé pour eux sur la clé USB. Outre la vidéo de Giada s'y trouvaient deux enregistrements extraits du disque dur découvert chez Mihai Issanescu. Le premier montrait les auteurs du cambriolage à l'œuvre. Il s'agissait de deux hommes au visage couvert, qui n'ouvrirent pas la bouche pendant toute la durée de l'enregistrement. L'un d'eux était un géant. Marini transmettrait la vidéo au commissaire Dalla et à ses collègues de la police scientifique pour un examen plus approfondi, mais Teresa n'espérait pas apprendre l'identité des criminels si facilement. Selon toute vraisemblance, ce n'étaient que des hommes de main. Le second film avait été tourné par une caméra pointée sur la rue, devant le magasin. Sur le trottoir d'en face, on apercevait Teresa sur un banc. Elle restait assise quelques minutes, le regard perdu dans le vide (peut-être un moment d'égarement), puis un homme, dont on ne voyait que le dos, arrivait. Ils échangeaient quelques mots, puis ils repartaient ensemble.

Il n'y avait rien d'autre. Les images remontaient à un après-midi de la fin juillet, trois mois plus tôt. Massimo et Parisi se creusèrent les méninges pour échafauder diverses hypothèses qui, vu la rareté des informations, ne les mèneraient pas loin.

— Plus tard j'irai chez De Carli, annonça Teresa à l'improviste. Je ne veux pas le laisser seul.

Elle y passerait la nuit, elle le devait aux parents du jeune homme, qui arrivaient de Ravenne. C'était elle qui les avait prévenus par un coup de téléphone, le plus difficile qu'elle ait jamais passé. Le commissaire Dalla avait été trop heureux de lui déléguer cette tâche. Teresa avait trébuché sur ses mots, comme cela lui arrivait de plus en plus souvent. Elle s'était embrouillée, mais la mère, au bout du fil, ne l'écoutait déjà plus.

— Nous irons tous, affirma Massimo.

Ce fut à ce moment-là qu'arrivèrent des nouvelles de Parri. L'anatomiste travaillait sur les derniers restes exhumés dans la nécropole des nains. Marini lut le message à haute voix.

— « Sur les squelettes, on peut identifier des signes de fractures osseuses, recalcifiées par la suite. » Selon lui, elles ont été faites à différents stades de la vie. (Il leva les yeux de l'écran.) Chez les trois individus, il y en a jusqu'à quatorze.

Parisi se pencha pour s'en assurer.

— *Quatorze* fractures chacun ?

— Exactement. Principalement au niveau des os longs.

— C'est un truc de malade.

— De malade ? répéta Teresa. Essayons de voir plus loin. S'il n'y a pas eu contrainte, si ce n'était pas une torture infligée au fil du temps, imaginons la force mentale nécessaire pour le faire et pour le subir.

— Pensez-vous vraiment que ces hommes aient pu accepter de tels sévices ?

Teresa en était convaincue, car un tortionnaire ne vous brise pas les os à différents stades de votre vie et n'inflige pas le même sort à d'autres pendant un siècle, et peut-être même au-delà.

— Enterrer tous ces corps sur la colline, c'était risqué, réfléchit-elle. Ceux qui l'ont fait, et il est clair qu'il ne s'agit pas d'une seule personne, devaient être animés par une intention puissante, par une vision partagée. Ils ne pouvaient se soustraire à une obligation supérieure, morale ou autre. Le fait que les sépultures appartiennent à des périodes différentes renforce cette hypothèse.

— Excusez-moi, l'interrompit Elena, mais cela ne vous fait-il pas penser au mythe d'Osiris ?

— Cela devrait ? demanda Massimo.

— Osiris fut séparé en quatorze morceaux par son frère, Seth. Sa bien-aimée, Isis, entreprit un périple pour retrouver et reconstituer son corps. Elle y parvint grâce à un amour humain, désespéré, et Osiris revint à la vie, mais comme un mort : l'iconographie le représente sous les apparences d'un cadavre embaumé à la peau verdâtre. Son royaume, c'est l'outre-tombe, ses sujets sont les défunts. Les rites qui l'honorent se déroulent dans la nuit et les ténèbres. Pour lui, il n'y a pas de véritable résurrection.

Marini ne semblait pas convaincu.

— Le nombre quatorze peut faire penser à ces fractures, mais le reste ?

Elena regarda Teresa, cherchant en elle un soutien.

— Isis retrouva toutes les parties manquantes, sauf une, dévorée par les poissons du Nil. Le pénis.

— Ratchis s'est scarifié le pubis, remarqua Teresa. Peut-être que ces coupures n'étaient pas auto-infligées, comme nous l'avons pensé jusqu'à présent. Peut-être s'inscrivaient-elles dans le cadre d'un rituel.

Elena acquiesça, convaincue.

— Le symbolisme d'Osiris est lié au monde lunaire.

Parisi haussa les épaules.

— C'était un dieu sombre.

— Mais pas comme nous l'entendons aujourd'hui. Contrairement au soleil, qui brûlait et flétrissait, pour les anciens Égyptiens, la lune avait un pouvoir fécondant, elle entretenait la vie. Écoutez bien. La mort du dieu a lieu le septième jour de la phase lunaire : à la pleine lune. Les quatorze parties représentent les jours où la lune disparaît, de la pleine lune à la nouvelle lune. La durée de son règne est de vingt-huit années, comme les lunaisons d'une année solaire. Ratchis s'est donné la mort une nuit d'éclipse.

Teresa conclut :

— Pendant l'éclipse, la pleine lune tombe dans l'ombre, ainsi qu'Osiris dans le cercueil, murmura-t-elle. Laissez-moi voir la vidéo de Ratchis.

Parisi la lança sur son téléphone portable.

Je m'arrête là, les gars.
[Il passe une main dans ses cheveux.]
La vérité, c'est que j'en ai assez. Pour moi, l'éclipse est totale.
[Son rire s'éteint, il jette un regard vers l'objectif.]
Personne ne me ramassera en morceaux.
On se reverra de l'autre côté.

— Il parle de l'éclipse et de morceaux à ramasser, nota Elena.

Marini se leva, nerveux.

— J'en ai assez de ces gens qui croient aux contes de fées. Nous en avons déjà rencontré dans l'affaire de la *Nymphe endormie*, n'est-ce pas ?

Il s'adressait à Teresa.

— J'en ai bien peur, mais nous ne nous en sommes pas rendu compte. Eux, en revanche, se sont sentis menacés. Nous nous sommes approchés trop près.

— C'est pour ça que tout a dégénéré. De Carli est mort à cause de ces conneries.

Teresa se leva à son tour, plaqua les paumes sur la table.

— Écoutez-moi. Écoutez-moi. Nous ne devons pas sous-estimer notre ennemi. Ne pensez jamais que vous avez en face de vous des gens hors du temps et hors du monde. Ces groupes, j'en suis sûre, ne croient pas aux contes de fées. Ils les exploitent. Et ils ne tuent pas pour un dieu ou une déesse, mais pour un intérêt qu'ils veulent défendre. La plupart du temps, cet intérêt, c'est l'argent. Notre ami n'est pas mort pour une croyance, il est mort parce que quelqu'un ne veut pas renoncer à son pouvoir.

58

Le corps de De Carli était conservé dans une chambre froide de l'institut médico-légal, dans l'attente des rapports des experts balistiques qui établiraient le déroulement exact du meurtre.

Massimo ne pouvait s'enlever de la tête l'idée que la cible du tueur était Teresa Battaglia, qui se trouvait maintenant dans cette chambre froide, assise sur une chaise en plastique. Elle avait décidé de veiller sur le corps, et il n'y avait aucun moyen de la dégager.

Teresa n'avait jamais parlé avec eux de Dieu, de religion, de ce qu'elle s'attendait ou non à trouver après la mort, mais ce qu'elle faisait à présent, cette façon d'accompagner ceux qui n'étaient plus physiquement là dans ce voyage à travers la nuit, témoignait de l'existence d'une spiritualité intime.

— Elle se sent responsable, murmura Parisi.

Massimo suspectait qu'il en allait de même pour eux tous.

— Nous devons la ramener à la maison.

— J'ai demandé à Parri de faire une pause. Peut-être qu'elle l'écoutera.

Parri poursuivait les examens sur les derniers squelettes du cimetière des nains, à quelques pièces de là. Il allait travailler toute la nuit. Il les rejoignit à ce moment-là et s'agenouilla devant Teresa. Il enleva ses lunettes, se frotta les yeux en cherchant ses mots.

— Ne me dis pas de rentrer chez moi, Antonio.

Il soupira.

— En tant que médecin, je devrais, mais, en tant qu'ami, je sais que cela ne t'est pas possible.

— Au moins, toi, tu comprends. Explique-le à ceux-là.

— « Ceux-là », ce serait nous ? intervint Parisi.

Teresa s'installa plus confortablement sur sa chaise.

— Je ne partirai pas d'ici.

Parri glissa une main dans la poche de sa chemise.

— Dans le bureau, j'ai un canapé et une couverture. Je m'en sers comme d'un lit d'appoint quand je fais des nuits presque blanches. Si tu me promets d'y aller, je te donne quelque chose.

— Tu me prends pour quoi, un toutou ?

Il fit bruire une feuille de papier, en laissa entrevoir un bord.

— Tu n'es pas curieuse ?

Teresa s'en empara.

— Donne-moi ça.

— Mais tu viens.

— Oui, oui. J'arrive tout de suite.

Le médecin fit signe à Massimo et Parisi de regarder, eux aussi.

— De Carli l'avait dans la poche de son jean. Je crois que ça t'était destiné, Teresa.

Elle déplia la page. Elle se figea, comme eux tous, en apercevant le rouge foncé qui la maculait. Elle passa un doigt dessus, comme une caresse.

— Oh, mon garçon.

C'était une photocopie du journal de Teresa. La rature qui la traversait semblait encore plus épaisse.

— À la lumière des événements récents, dit Teresa, je suis convaincue que c'est moi qui l'ai biffée, il y a des mois, à la fin de l'affaire de la *Nymphe endormie*.

Massimo voulut observer la rature de près, comme s'il était possible d'y déceler la main qui l'avait faite.

— Pourquoi ? Pourquoi effacer un indice ?

— Pour vous protéger. Je ne trouve pas d'autre réponse possible. Je ne voulais pas retirer le couvercle de l'urne que j'avais déjà ouverte sans le savoir.

Au dos était agrafé l'e-mail contenant la réponse de l'informaticien à qui De Carli s'était adressé. Teresa tenta de lire à haute voix, mais elle n'y parvint pas : le sens de certains mots lui échappait, entraînant les autres dans un imbroglio.

— Je peux ?

Massimo se chargea de tout lui expliquer avec des mots simples.

L'expert avait utilisé une technique innovante pour résoudre l'énigme. Un algorithme qui combinait l'intelligence artificielle et la chimie. En séparant la composition des différentes encres utilisées, il avait révélé le contour de l'inscription cachée.

Mère des ossements. Fais attention.

— Je n'aime pas ça du tout, commenta Parisi.

Massimo trouvait le message sinistre. Maintenant qu'un ami était mort, il ressemblait à une épitaphe.

Teresa reprit le papier. Elle semblait sur le point de le déchirer tant ses mains tremblaient, et ce n'était ni de terreur ni d'émotion. Massimo avait appris à reconnaître la violence qui montait parfois en elle. Elle se manifestait d'abord dans son regard.

— J'aurais dû t'éloigner, j'aurais dû te garder en sécurité, l'entendit-il murmurer.

— De toute façon, vous n'auriez pas pu.

Il en avait la certitude.

Quelqu'un les observait depuis un moment et avait décidé d'agir.

Parri se releva.

— Allez, viens. Si tu ne veux vraiment pas essayer de te reposer, j'ai certaines choses à te raconter.

Teresa se laissa guider jusqu'à son bureau, en boitant visiblement. Elle avait oublié sa canne on ne savait où, peut-être là-haut, sur la colline. Elle n'accepta qu'une petite bouteille d'eau et jeta à Parisi la couverture qu'il lui avait tendue.

Parri leur montra les radiographies qu'il avait prises des restes humains et les plaça sur le négatoscope. Sur chacune d'elles, il avait tracé un « X » rouge pour marquer les fractures calcifiées.

Elles étaient similaires sur les trois squelettes.

— Des hommes, comme je vous l'ai déjà expliqué. D'après les dents, je dirais un individu jeune, d'une vingtaine d'années, et deux adultes d'une quarantaine et d'une soixantaine d'années. Cela fait au moins trois générations. Pour savoir s'ils étaient liés, il faut attendre les résultats des tests génétiques.

Teresa se rapprocha pour observer les « X ».

— Je ne pense pas que ce soit le cas.

— Pourquoi ?

Elle semblait ruminer.

— Parce que trois générations manquantes au sein d'une seule famille auraient attiré l'attention.

Parri acquiesça.

— Effectivement. Ce n'est pas la seule nouvelle. (Il retira les radiographies et les remplaça.) Elles m'ont été transmises par la doctoresse Viola, l'archéologue. Elle m'a demandé si j'avais remarqué les mêmes anomalies sur mes squelettes.

Il sortit un stylo et indiqua les points à observer.

— Comme je vous le disais à la nécropole, on a fait quelque chose aux squelettes du vivant de ces individus. Des greffes osseuses, le plus souvent réussies. Dans ce crâne, une partie de l'os frontal a été remplacée par une plaque en or.

Marini se rapprocha pour mieux voir.

— Ce n'est pas possible.

Parri s'assit sur le bord du bureau.

— En fait, le forage de la calotte crânienne et la cranioplastie sont des activités bien connues de la paléopathologie, pratiquées depuis la préhistoire, avec d'excellents résultats. Au début, l'objectif était rituel, magique, mais on ne manque pas de preuves d'interventions thérapeutiques, qui se sont multipliées au cours des siècles.

Marini était perplexe.

— Nous parlons d'exceptions, n'est-ce pas ?

— Non, c'était très courant, à partir du néolithique. En Europe, en Asie, en Amérique latine. D'ailleurs, en cas de blessure, qu'avaient-ils à perdre ? En Italie, nous avons le crâne de Catignano, très bien conservé. Il porte les traces d'une opération pratiquée il y a sept mille ans sur une femme, avec un bistouri en silex. Parfaitement réussie : elle a survécu. On ignore encore comment il a été possible de contrôler la douleur et les saignements. Rien de nouveau, donc. Ce qui nous stupéfie, en réalité, c'est que ces personnes ne semblaient pas en avoir besoin.

Teresa s'intéressa à une photographie affichée sur l'écran de l'ordinateur.

— Le masque, dit-elle.

Parri agrandit l'image d'un clic, attirant leur attention sur quelques détails. Il s'agissait de parties de feuilles de bronze, comme des écailles ou des plumes, soudées les unes aux autres. Des trous pour les yeux, étroits. Et un bec, hideux. Marini s'imagina un homme d'il y a cinq siècles le scrutant à travers les trous, sa respiration bloquée par le masque.

— J'ai demandé au professeur Viola de m'envoyer des photos prises pendant les examens, poursuivit Parri. Elle m'a aidé et n'a pas posé de questions. Je pense qu'elle a compris l'ampleur de la perte que l'équipe a subie aujourd'hui.

Massimo s'attendait à une réponse amère de Teresa, voire à une crise de nerfs. Au lieu de quoi elle s'assit sur la chaise de Parri.

— Le pitre sacré porte en lui la connaissance, mais c'est une créature sibylline, un peu obscure. Il n'utilise pas la logique pour parler à ses adeptes. Il la subvertit. Si l'on veut parvenir à la vérité, il faut être prêt à entreprendre un voyage initiatique. Cependant, le chemin qui mène à la connaissance est semé d'embûches et de mystères. Il faut de la perspicacité pour les surmonter.

Marini et Parri se regardèrent.

— Je ne suis pas folle.

Massimo s'empressa de se justifier.

— Je ne l'ai jamais pensé.

— Moi, si, rectifia Parri en souriant, mais cela fait maintenant trente ans.

Teresa tourna l'écran vers eux.

— C'est l'archétype du Contraire, celui qui préserve l'équilibre par des comportements non conventionnels, désinhibés, cinglants, voire paillards.

— Foucault parlait de la distanciation permise par le grotesque, rappela Parri. Un substitut à l'érudition canonique.

Teresa tapota l'image du doigt.

— Et le bouffon des cours médiévales, et le Heyoka des Indiens d'Amérique. C'est le Nain. Je suis convaincue que chacun de ces personnages représentait dans la vie le contrepoids d'un pouvoir énorme.

Massimo comprit enfin où elle voulait en venir.

— Celui de la Mère des ossements.

— Oui.

La porte s'ouvrit d'un coup. Albert Lona entra, accompagné du substitut du procureur Gardini. Ils n'étaient pas seuls. Derrière eux, le juge Crespi et sa greffière, Valeria Adami, affichaient des mines consternées, comme s'ils étaient les cibles de cette descente, pensa Massimo. Mme Adami considéra Massimo avec une expression honteuse.

Parisi et lui se placèrent instinctivement aux côtés de Teresa.

Elle se balançait sur sa chaise, laissant son regard errer sur les nouveaux arrivants.

— Qu'est-ce que c'est que ça ? Une embuscade au milieu de la nuit ? demanda-t-elle.

Gardini prit la parole pour tout le monde. C'était lui l'instigateur, et ce constat mit Massimo dans tous ses états. C'était un ami de Teresa.

— Nous sommes inquiets pour toi, déclara-t-il.

Elle éclata de rire.

— Toi aussi, Albert ? Vraiment ?

Le préfet resta imperturbable. Qu'il soit satisfait ou agacé, son expression ne variait pas.

— Tu ne devrais pas être ici, à mener une enquête. Tu n'es plus policière.

— Merci de me le rappeler, je n'y avais pas prêté garde ces dernières semaines.

— Je suis désolé, je n'aurais jamais pensé en arriver là, affirma Crespi, comme s'il voulait présenter des excuses pour une situation qu'il n'avait guère provoquée. Et il y aura très probablement des conséquences pour chacun d'entre vous.

Lona précisa :

— Une enquête disciplinaire.

Teresa sauta soudain sur ses pieds.

— Tu t'attaques à eux parce que tu ne sais plus quoi faire avec moi ?

— Tu te donnes trop d'importance, Teresa. Je me soucie de la réputation des gens que je dirige. Ce que tu aurais dû faire. Au lieu de cela, tu as caché ta maladie et mis en péril non seulement cette enquête, mais qui sait combien d'autres.

— Foutaises ! éclata Massimo.

Lona le pointa du doigt.

— Vous avez interrogé Tassia Evaldi sur le suicide de son frère sans demander l'autorisation au juge de tutelle des mineurs. Le père a menacé de vous dénoncer. Cela suffirait à vous faire suspendre !

Parisi toussota.

— Si nous attendions Dalla…

Gardini tenta de rétablir le calme.

— Cela suffit, je pense que la situation est claire. Teresa, je dois te demander de te mettre en retrait, pour ton bien. Et pour celui de tes anciens collègues. C'est eux qui vont payer pour toi, tu comprends ?

— Nous sommes majeurs. Personne ne nous a forcés. Et nous recommencerons chaque fois que nécessaire, s'emporta Massimo.

Lona se tourna vers Crespi et la greffière Adami.

— Je vais faire comme si je n'avais rien entendu.

Valeria chercha les yeux de Massimo. Il lui sembla qu'elle articulait « Je suis désolée » du bout des lèvres.

Malheureusement, sa compassion ne suffirait pas. Il la vit suivre misérablement le juge et Lona dans le couloir. Elle était respectée de tous pour sa rigueur, sa compétence, son aptitude, mais c'était comme si elle avait toujours le plateau de café de Crespi dans les mains, au lieu de ses dossiers ou même de sa vie. Elle était là pour servir, sans être vue ni entendue. Massimo se demandait si elle avait au moins un peu souffert de la mort de Simone De Carli, si elle avait jamais compris l'intérêt qu'il lui portait. Valeria avait envoyé à l'équipe un message de condoléances plein des bons souvenirs qu'ils avaient partagés. Cela lui avait fait plaisir.

Massimo se tourna vers Gardini pour tenter une dernière fois de le raisonner.

— Procureur Gardini, vous ne pouvez pas effacer tout ce que Teresa Battaglia a accompli en trente années de carrière, et qu'elle continue d'accomplir. Vous ne le pouvez pas. Sans elle, nous serions encore en train de tâtonner dans l'obscurité.

Le substitut du procureur ne répondit rien. Il l'observait avec une expression désemparée, peut-être déçue.

Marini ravala son amertume.

— Vous ne direz rien pour la défendre, c'est ça ?

— J'aimerais bien, inspecteur, mais vous êtes indéfendable. (Il ouvrit grand les bras.) Docteur Parri, je dois à contrecœur vous mettre en garde contre le partage d'informations avec Teresa Battaglia. Je compte sur vous.

Il sortit à son tour. Massimo ne se retint pas et les suivit dans le couloir.

— Préfet Lona, un instant, s'il vous plaît !

L'intéressé s'arrêta, échangea quelques mots avec les autres, qui poursuivirent leur route sans lui.

Marini le rattrapa et le plaqua contre le mur.

— Ajoutez ceci aux mesures disciplinaires qui me viseront.

Le préfet n'avait pas l'air surpris, seulement agacé.

— Calmez-vous, Marini.

Massimo serra plus fort.

— C'est à vous qu'on doit ce merdier, et ce n'est pas une question. Vous l'avez *trahie*.

Lona glissa deux doigts entre la poigne de Massimo et sa gorge.

— Je l'ai *sauvée*. En détournant l'attention, en faisant croire qu'elle n'avait pas le soutien de ses anciens supérieurs.

Massimo adoucit sa prise. Lona vérifia que personne n'arrivait.

— Tu es toujours sur le dossier de Mihai Issanescu, n'est-ce pas ? Et, pour l'instant, rien ne le relie à Teresa Battaglia.

Massimo lâcha le préfet.

— Si ce que vous dites est vrai, je veux des preuves de votre bonne foi.

Lona passa une main sur sa peau rougie.

— Tu *veux* ?

— Je viens de perdre un ami. Sachez que je peux serrer plus fort, même en dessous de la taille.

— Que devrais-je faire ?

— Il faut que nous menions des recherches approfondies dans le puits de Cividale. Ce soir.

— Il n'en est pas question. Ce puits a été inspecté centimètre carré par centimètre carré. Il n'y a rien.

Massimo ajusta le col de la chemise de Lona, lissa les plis de sa veste et lui flanqua sur l'épaule une tape qui le fit vaciller.

— Nous verrons bien. Cette fois, je sais avec qui y aller.

59

ALICE NE RECULA PAS. Massimo savait qu'il lui en demandait beaucoup. Le puits formait un conduit étroit d'environ six mètres de profondeur. Les pompiers descendraient Smoky après l'avoir élingué. C'était la première fois qu'Alice et son compagnon faisaient l'expérience d'un mode opératoire si peu conventionnel. Ni la jeune fille ni Massimo ne savaient comment le chien réagirait une fois en bas.

Alice avait été honnête.

— Je ne sais même pas si son odorat peut détecter quoi que ce soit sous la chaux qui recouvre le mur.

— Je suis acculé, lui avait-il avoué. Sinon, je ne te l'aurais jamais demandé.

Il était conscient que le lien qui unissait Alice et Smoky était précieux, qu'ils s'étaient sauvés l'un l'autre, et il n'aurait jamais voulu risquer de le briser en effrayant l'animal, qui pourrait se sentir trahi par sa compagne humaine. Mais Massimo avait besoin d'une preuve supplémentaire pour étayer leurs théories. Là-dessous, dans le ventre du rocher qui reliait le puits à l'hypogée, ils avaient trouvé la Lombarde au médaillon en forme de spirale. Comme dans la tombe numéro 59 aux morts sans repos, quelque part, non loin de là, devait se trouver son Contraire, le nain.

Qui sait pourquoi, à un certain point de la chronologie, les deux moitiés s'étaient séparées et le contrepoids masculin du pouvoir avait été enterré avec ses successeurs dans la nécropole, sur la colline, abandonnée par la suite. Peut-être y en avait-il d'autres encore cachés, ou peut-être celui qui se faisait passer pour le Contraire s'était-il lassé, avec le temps, de tenir ce rôle, de souffrir, et avait-il choisi de mourir. *« Fais-toi donc briser les os quatorze fois toi-même », aura-t-il rétorqué*, songea Massimo.

Tôt ou tard, les équilibres cessent d'exister. Il restait à voir quel serait l'équilibre nouvellement atteint.

Un pompier fixait le harnais sur Smoky. Le chien était calme et remuait la queue. Il aboya même joyeusement en direction de Marini, qui se risqua à lui faire une caresse. Pour Smoky, c'était un jeu, mais il allait peut-être bientôt changer d'avis. Aucun animal, si bien dressé soit-il, n'aime être confiné dans un espace restreint, attaché, les pattes ne touchant plus le sol.

La poulie était montée, les cordes fixées à des mousquetons. Un gardien guiderait la descente à l'aide d'une perche télescopique, afin d'éviter les pirouettes et les secousses.

— Nous sommes prêts, leur indiqua-t-il.

Alice demanda quelques minutes avec Smoky. Elle lui chuchota à l'oreille, ébouriffa son pelage, puis leur fit signe de commencer.

Ils soulevèrent le chien et le laissèrent filer lentement dans le puits. En descendant, il contempla Alice d'un air interrogateur. Celle-ci continuait à lui parler calmement, mais on la sentait tendue et Smoky le percevait aussi.

Lorsque le chien disparut de leur vue, un glapissement s'éleva du puits.

Alice donna à Smoky l'ordre de chercher.

— Flaire, Smoky ! Flaire !

Le professeur Belleri les accompagnait. Dès le départ, elle avait manifesté son mécontentement vis-à-vis de leur présence. L'ordre venu d'en haut lui enflammait le regard. Elle se disait préoccupée de l'étanchéité des murs du puits, du précieux enduit de chaux vive qui avait résisté pendant des siècles et que les griffes de Smoky pouvaient gratter. Elle affirmait qu'il n'y avait rien à récupérer en bas, puisqu'elle et ses hommes l'auraient sinon déjà localisé et sécurisé depuis longtemps. Cela ressemblait à une compétition.

Au début, Marini se montra poli, mais lorsque Smoky poussa un énième aboiement, il réagit.

— Ça suffit ! Laissez-le travailler.

— Travailler ? Un chien ?

Le pompier essayait de diriger Smoky avec la perche télescopique, mais l'animal s'agitait : il se cambrait et se tortillait pour mordre le harnais. Alice s'inquiéta. Marini lui décrivit ce qui se passait.

— Cela ne fonctionne pas, dit-elle, et il dut lui aussi se rendre à l'évidence.

— Nous aurons essayé.

— Il a besoin d'être accompagné. Il a besoin de me sentir près de lui. Je descends.

— Quoi ?

— Il y a assez de place pour nous deux.

— Non, pas du tout.

— Si. Et je n'ai pas peur du noir, ajouta-t-elle en plaisantant. (Puis elle baissa la voix.) Tu veux prouver à Belleri qu'elle a tort, oui ou non ?

Il n'était plus si sûr de la pertinence de son idée.

— Elle a tort ? demanda-t-il, en quête d'un soutien.

La jeune fille aux cheveux bleus se montra beaucoup plus inflexible que lui.

— Je le pense, et toi aussi, même si elle t'a laissé croire le contraire.

Il regrettait que Teresa ne soit pas là, mais elle était occupée par une affaire qui pourrait changer la vie d'Alice pour toujours.

On remonta Smoky, et la jeune fille se prépara à descendre avec lui. Le chien lui lécha le visage, soulagé.

— Je vais le prendre dans mes bras. Il sera plus calme, expliqua-t-elle au pompier qui coordonnait l'inspection.

Une demi-heure plus tard, on les descendit ensemble, suspendus à une corde, mètre après mètre. Alice fit renifler à Smoky la paroi du gouffre, en s'aidant de ses mains pour comprendre comment elle était faite. Parce qu'il n'y avait rien à trouver au fond, cela avait toujours été évident. S'il y avait quelque chose, ce devait être caché sous la couche de chaux.

Les minutes passaient et les commentaires se faisaient de plus en plus hardis, révélant le scepticisme. Le professeur Belleri continuait à observer la scène, les bras croisés. Massimo dut rappeler tout le monde à l'ordre.

— S'il vous plaît, un peu de respect.

Il consulta sa montre. Il était tard. Il se demanda si Teresa avait plus de chance.

— Massimo !

Alice l'appelait du fond du puits. Il se pencha vers elle. Des projecteurs étaient braqués sur la jeune fille et Smoky.

— Des ennuis ? lui demanda-t-il.

— Il envoie un signal !

Smoky aboya. Un seul aboiement, différent de l'ordinaire. Il toucha le mur avec son museau. Une fois, deux fois, trois fois, puis aboya de nouveau.

Il y avait quelque chose.

Marini chercha la directrice.

— Nous devons ouvrir, lui dit-il.

La femme avait maintenant l'air épouvanté.

— On ne peut pas démolir un bâtiment ancien sans les autorisations nécessaires, sans…

— C'est de la chaux. Si là-derrière se trouve ce que je crois, alors vous devez faire un choix : soit vous gardez vos ruines, soit vous récupérez un corps semblable à celui de votre précieuse tombe 59.

La femme paraissait tiraillée, elle tremblait. Peut-être Massimo avait-il sous-estimé le poids de la responsabilité qui lui incombait.

— Vous en êtes vraiment convaincu ?

Il opina.

— Derrière ce mur se tient l'égal de la Lombarde. Quelqu'un les a enterrés ici, ensemble. Une fois mort, il devait la suivre dans l'au-delà. Il était son gardien, son contrepoids, et il est là, en bas. Faites-moi confiance, et, d'ici à une demi-heure, vous pourrez fêter une nouvelle découverte.

Elle jeta un coup d'œil dans le puits, comme dans une boule de cristal noir.

— D'accord. Ouvrons.

Le travail ne requit pas beaucoup de temps. Du plâtre recouvrait une paroi nue de sédiments qui s'effritaient facilement. Massimo suivit l'élimination de cette couche sur un écran, grâce à une caméra télescopique.

Lorsque le sujet émergea de l'obscurité des siècles, il ne put que le saluer.

— Bienvenue à la lumière, accueillit-il le squelette.

60

Parisi aida Teresa à sortir de la voiture. La maison se trouvait à la campagne, juste à l'extérieur de la ville. Ses murs extérieurs étaient encore à l'état brut, mais elle était flanquée d'un potager où trônaient deux courges jaunes, des mangeoires à oiseaux et un poulailler en bois qui la rendait chaleureuse.

La silhouette noire d'un chat se découpait dans l'encadrement de la fenêtre éclairée.

— Vous êtes sûre de vouloir y aller seule ? demanda Parisi.

Elle lui posa une main sur le bras.

— Je ne serai pas longue.

— Qu'est-ce que je fais si vous ne revenez pas ? J'appelle Dalla ?

Il réussit à la faire rire.

— J'aurais le temps de me couvrir de moisissures.

Dès qu'elle sortit, la porte d'entrée s'ouvrit. Le père d'Alice l'attendait, les mains dans les poches, une chemise de flanelle sur son pantalon de survêtement avachi. Il était mince, très grand et un peu courbé comme certaines personnes habituées à devoir toujours baisser les yeux pour croiser le regard des autres.

Il lui serra la main.

— Bonsoir.

— Ou bonne nuit ? fit Teresa. Excusez ma venue tardive.

De la tête, il signifia que cela n'avait pas d'importance.

— Je ne dors pas beaucoup.

Il l'invita à entrer, la précéda jusqu'à la cuisine.

— Installez-vous.

Teresa s'assit et, immédiatement, le chat noir aux yeux jaunes sauta sur ses genoux. Une caresse suffit à le faire ronronner.

Gilberto Zago frappa dans ses mains.

— Merlin, descends.

— Laissez-le, cela me fait plaisir.

Le chat se pelotonna et commença à se lécher. Il passait les pattes derrière ses oreilles. La grand-mère de Teresa aurait dit que c'était annonciateur de pluie.

Il régnait dans la pièce une tiédeur douillette et une légère odeur de bois brûlé. Teresa pensa à Parisi, assis dans la voiture, et décida de couper court aux civilités.

— Vous n'aviez pas l'air surpris, au téléphone.

— J'attendais ce moment depuis longtemps. Café ?

Au moins, ils avaient bien commencé l'entrevue : il était sincère.

— Pourquoi pas, merci.

Il prit des tasses et une boîte en métal dans le placard, remplit la cafetière et la posa sur le poêle en fonte.

Il déplaça une chaise et s'assit en face d'elle.

— Alors, qu'avez-vous découvert sur mon passé ?

Teresa caressait le chat.

— Savez-vous ce que je cherche ?

— Ma femme, bien sûr. Alice m'a parlé de la promesse qu'elle vous a arrachée.

— Vous a-t-elle aussi dit que, d'ici peu, je ne m'en souviendrais peut-être plus ?

Il hésita.

— Non. Seulement que vous n'alliez pas bien. Je la sentais inquiète.

— La nuit dernière, je n'arrivais pas à trouver le sommeil moi non plus, alors j'ai relu le dossier de la disparition de votre femme et j'ai remarqué un détail qui ne collait pas. Dans la liste du contenu des valises que votre femme avait préparées, il manquait une grenouillère, qui pourtant y figure maintenant. Je ne crois pas vous apprendre quoi que ce soit de nouveau, n'est-ce pas ?

Il chercha un paquet de cigarettes dans les poches de sa salopette. Il ne l'ouvrit pas, le retournant simplement entre ses mains.

— Alice aime beaucoup cette grenouillère.

— Elle me l'a confié la première fois que nous avons regardé ces objets ensemble.

— Ce sont des souvenirs précieux, pour elle.

— Alice croit que cette grenouillère est la sienne.

À présent, l'homme tapotait le paquet contre la table. L'une de ses jambes avait commencé à suivre ce rythme.

— « Croit » ?

— Il m'a suffi d'une petite recherche pour découvrir que cette marque de vêtements pour enfants n'existait pas à l'époque où Alice est née. Elle est apparue sur le marché sept ans plus tard, mais Alice ne peut pas le savoir, car elle est aveugle.

— Je sais que ma fille est aveugle.

— En effet. Il est plus facile de lui mentir. Pour qui était cette grenouillère ?

— Il faudrait interroger ma femme.

— Vous, quelle réponse vous êtes-vous donnée ?

— La même que la vôtre, à savoir qu'elle était enceinte. Pas de moi, pour répondre à la question suivante. Ne me demandez pas comment je fais pour en être sûr.

— Pourquoi avez-vous remis la grenouillère dans la valise ?

Il se couvrit la bouche d'une main, commença à se ronger les ongles.

— Je l'en avais retirée parce que je ne voulais pas de ragots, qu'Alice soit confrontée à la méchanceté des gens. Elle avait dix ans et elle avait toujours été une enfant intelligente. Elle aurait sûrement compris les médisances.

— Et puis après ?

— Nous avons changé de maison, de village, Alice a grandi, s'est donné pour mission de retrouver sa mère. Je pensais qu'elle était assez grande pour connaître la vérité, mais j'étais trop lâche pour la lui raconter avec des mots. J'ai semé un indice, il y a de cela plusieurs années. Quand elle m'a parlé de votre amitié, j'ai cru que vous alliez enfin y arriver.

— Et dans le cas contraire ?

Il haussa les épaules.

— Il y a pire dans la vie que d'apprendre que sa mère a décidé de refaire sa vie ailleurs. Maintenant, j'espère seulement que cela ne plongera pas Alice dans la colère.

— Et vous ? Ressentez-vous de la colère ?

— Vous me demandez si je l'ai tuée, si j'ai profité de l'avalanche pour la faire disparaître.

— Est-ce le cas ?

Il rit.

— Vous êtes directe, mais vous savez, cela ne m'impressionne pas. J'ai l'habitude de vivre avec la suspicion des gens, y compris celle de ma fille. Quand une femme disparaît, ou meurt, c'est le mari survivant que l'on scrute à la loupe. Alice est trop maligne, et trop obsédée par un fantôme, pour ne s'être jamais dit que j'étais responsable.

La cafetière se mit à gargouiller. Gilberto se leva, versa le café dans les tasses et se rassit.

— Il n'est pas possible de gagner contre une mère disparue, vous savez ? J'étais là, avec l'enfant, lui répétant de faire ses devoirs, même si elle était fatiguée et qu'à l'école on la traitait en paria, en la grondant quand elle s'entêtait, en la forçant à continuer alors qu'elle voulait se cacher parce qu'elle se sentait différente à cause de sa maladie. J'étais toujours là quand elle était petite, lorsqu'elle se mettait en colère et qu'elle me reprochait d'être méchant, alors qu'en réalité c'était sa vie qu'elle détestait.

— Alice vous aime beaucoup.

Il tourna la cuillère à café dans la tasse, même s'il n'y avait pas mis de sucre, puis la vida d'un trait.

— Maintenant, oui, mais elle m'a aussi détesté.

— D'une haine passagère, comme tous les enfants et adolescents détestent un jour ou l'autre ceux qui en ont la charge. L'instinct de liberté est plus fort que tous les liens.

L'homme alluma une cigarette. Il regarda le tabac brûler. Sa main tremblait. Lorsqu'il s'en rendit compte, il la baissa.

— Je n'ai pas tué ma femme, mais je suis content qu'elle soit partie. Et ça, je ne peux pas l'avouer à Alice.

Teresa sortit de son sac les agrandissements avec la femme mystérieuse et les étala sur la table. L'homme les contempla en silence, immobile. Il semblait avoir cessé de respirer.

— C'est elle ? demanda Teresa.

Il effleura un cliché, puis retira la main.

— Elle est très différente.

— Les difficultés de la vie peuvent changer un corps.

Il écrasa la cigarette dans le cendrier. Elle n'était qu'à moitié consumée. Il prit l'image la plus nette dans sa main.

— Si c'est elle, elle ne va pas bien.

— Vous en semblez content.

Il leva les yeux vers Teresa.

— Je ne sais pas ce que je ressens. Je ne sais pas si c'est elle. Tout ce que je sais, c'est que je suis enfin serein. J'ai une compagne qui dort à l'étage, elle me fait du bien et elle apprécie Alice. Je ne veux pas retourner à cette période. Moi aussi, j'ai le droit de tout recommencer.

Teresa récupéra les photos et les glissa dans l'enveloppe. Elle avait une dernière question à lui poser.

— Si vous ne saviez rien de cette femme, pourquoi avez-vous raconté à Alice pendant des années que sa mère était toujours présente sur les photos que vous preniez d'elle ?

Il regarda dans le vide, les yeux brillants.

— Parce que les enfants ont besoin d'espoir, à plus forte raison les enfants malades. Parce qu'elle prétendait toujours entendre sa voix l'appeler au milieu de la foule. Je lui ai raconté une fable qu'elle avait déjà commencé à imaginer. (Son regard revint sur Teresa.) Pensez-vous qu'elle soit prête à apprendre ce qui s'est réellement passé ?

Teresa n'en doutait pas.

— Intérieurement, elle l'a toujours su.

61

La Mère des ossements n'avait jamais entendu un tel silence autour d'elle. Il n'y avait plus personne pour réciter les litanies et, ce matin-là, ses vêtements n'avaient pas été changés. Il s'était passé quelque chose à l'extérieur de la maison qui avait perturbé ses enfants ; ils s'étaient envolés comme des oiseaux effrayés par un bruit soudain.

Il ne lui restait plus qu'une cruche d'eau et quelques fruits dans un plateau tombé au sol.

Les couloirs et les salles étaient froids. Ils accueillaient l'écho de ses pas.

Ses appels, auxquels personne ne répondait, se transformèrent bientôt en gémissements.

Dans son ventre, l'enfant s'agitait. La naissance ne tarderait plus. Les litanies affirmaient que la Mère saurait quoi faire le moment venu, mais maintenant que les tendons étaient bandés et que le squelette peinait à s'ajuster à de nouveaux équilibres, l'effort à fournir paraissait brutal.

La faim l'effrayait. À quoi bon être la grande Mère si elle se languissait ensuite de convoitise pour un morceau de pain ?

Elle se rendit compte qu'elle vivait en captivité. Les portes étaient fermées et les murs d'enceinte trop hauts. Elle cherchait une lueur d'où elle pourrait observer la nuit, plus claire que l'obscurité qui régnait dans la Maison.

Elle s'accroupit sur la pierre nue, ses mains soutenant son ventre. Elle se balança, en contemplant les étoiles.

Elle avait peur.

62

Deux journées seulement s'écoulèrent avant que l'on obtienne l'identité du meurtrier probable de De Carli. Ernesto Ortis était un dentiste d'Udine d'une quarantaine d'années, rien de plus grotesque. Un dentiste qui ne savait pas comment commettre un meurtre, qui s'était rendu sur les lieux du crime dans sa voiture, sans même enlever le siège auto de son fils de deux ans, et qui n'avait pas pensé à cacher ni même à barbouiller la plaque d'immatriculation. Il avait tiré avec le fusil de chasse de son père, mort depuis des années. L'arme avait été retrouvée dans le garage du cabinet dentaire et les expertises balistiques étaient déjà en cours. Dieu seul savait comment Ortis avait réussi à toucher De Carli à la deuxième tentative. Massimo songea que, après tout, la plupart des tragédies se produisaient à cause d'un malheureux concours de circonstances ; séparément, elles pouvaient rester inoffensives et même insignifiantes, mais, ensemble, elles provoquaient une déflagration.

Ils le cherchaient depuis ce matin-là. À son domicile, sa femme disait qu'il était parti depuis une demi-heure pour aller travailler, mais il n'était jamais arrivé à son cabinet. Lona mit en place des barrages routiers et fit décoller l'hélicoptère pour mener des recherches aériennes. À ce moment-là, il se trouvait avec Dalla au tribunal pour obtenir une ordonnance de référé signée par le juge Crespi. L'étape suivante consisterait à savoir s'il était possible d'émettre un mandat d'arrêt européen, car, dans ces régions, la frontière était toujours trop proche.

Lorsque Massimo reçut l'appel de Dalla, il pensa qu'il le contactait à ce sujet, mais le commissaire lui donnait en fait rendez-vous à Gemona, à environ une demi-heure de route.

Une femme s'était suicidée.

— Essayez d'arriver avant moi.

Évidemment ; lui ne supportait pas les morts.

Massimo perçut la voix de Lona au second plan lui demandant de se dépêcher. Il regarda Parisi, qui leva les mains en l'air. Même lui ne comprenait plus le fonctionnement interne de l'équipe.

— Et Ortis ? l'interrogea-t-il, mais Dalla avait déjà raccroché.

Ils atteignirent la petite ville du Piémont en passant par la porte de l'ancienne muraille d'enceinte, la seule à avoir survécu aux siècles et au tremblement de terre de 1976. Le centre historique avait été reconstruit par anastylose, comme celui de Venzone, avec des pierres datant pour la plupart de l'époque médiévale, alors que l'on comptait encore les morts. À partir de la poussière et des décombres, on avait édifié un nouvel avenir, en le pétrissant avec le souvenir des frères et d'un monde rural qui était demeuré enseveli et qui ne ressurgirait jamais.

Un peu plus loin, la cathédrale gothique en grès gris se dressait avec son clocher et ses rosaces, près d'une falaise qui dominait la ville et qui servait de mur d'escalade. Quelqu'un y grimpait, remarqua Massimo.

Ils se garèrent. L'accès à la cathédrale avait déjà été bloqué par un véhicule de patrouille. Dalla avait réussi à ne pas arriver avant eux.

Le corps avait été retrouvé par le sacristain dans l'ossuaire reconstruit sous l'un des bas-côtés de l'église. Il avait laissé entrer une femme pour une visite, et, une heure plus tard, ne la voyant pas sortir, il était allé la chercher.

Le curé de la paroisse, un petit homme que toute chaleur semblait avoir déserté, vint à leur rencontre et les conduisit sur place.

On accédait au sanctuaire par un parvis, en passant au pied d'une gigantesque statue de saint Christophe avec l'Enfant Jésus. Ils descendirent quelques marches en pierre. La porte en bois massif clouté s'ouvrait sur un réseau de souterrains resté caché pendant des siècles, leur expliqua le curé, très choqué.

Les premières salles (l'hypogée, ainsi qu'il les qualifia, suscitant un échange de regards las entre Massimo et Parisi) étaient des pièces décorées de fresques du XIVe siècle représentant l'archange saint Michel et une Crucifixion. Pour atteindre l'ossuaire, il fallait s'enfoncer encore, cette fois grâce à une petite échelle métallique. Elle avait été installée à l'intérieur d'une chambre verticale découverte par hasard dans la partie la plus ancienne des fondations de la cathédrale. Le curé indiqua que seul un infime échantillon des quelque quinze mille squelettes retrouvés était conservé à cet endroit. Il s'agissait d'hommes, de femmes et d'enfants de toutes conditions sociales, dont les restes avaient été jetés dans une fosse commune, appelée « la tour », entre 1200 et 1800. Les nobles étaient munis de rosaires en lapis-lazuli, en or et en ivoire, les pauvres de chapelets en graines et en bois, mais tous gisaient ensemble, dépouillés de leur rang par la mort.

— Pourquoi les avoir jetés là pendant des siècles ? demanda Massimo.

— Personne ne le sait. Cela demeure un mystère.

C'était une tour renversée, qui s'enfonçait dans la terre. Comme le puits de Cividale.

Massimo s'avança plus loin. La lumière fit place à l'ombre, à peine éclaircie par les petits projecteurs disposés par terre.

Lorsqu'il foula la dernière marche, Massimo s'arrêta. Le sanctuaire exposait un mur d'ossements – il ne pouvait le définir autrement. Il était composé de centaines, peut-être de milliers de têtes de fémur, disposées les unes à côté des autres, en rangs serrés, qui formaient une sorte de linceul blanc. Au centre du carré, qui avait neuf mètres de côté, s'étendait une bande verticale de crânes tournés vers le mur. Et de nouveau, au centre de celle-ci, un rectangle de cinq crânes sur sept aux orbites vides pointées vers le visiteur.

Depuis quelques heures, la lumière froide qui, d'en bas, sculptait cette composition en contre-plongée rencontrait un obstacle inattendu. Le corps d'une femme, assise sur ses talons, penchée sur le dallage.

Massimo alluma la lampe de son portable et progressa lentement vers elle. Il savait qu'elle était morte, mais elle semblait se recueillir devant l'ossuaire, les bras tendus, les mains posées sur la pierre, les paumes tournées vers le haut. Elle s'était ouvert les poignets, avait posé le poignard à côté d'elle.

Il le désigna d'un geste à Parisi : un scramasaxe. Son collègue articula silencieusement un juron.

Le front de la femme touchait un crâne que l'on avait retiré de la paroi et retourné comme une coupe. Il était empli d'un liquide qui brillait d'un rouge rubis à la lumière de la lampe.

Ce n'était pas du sang. À côté du cadavre se trouvait une bouteille de vin ouverte.

— Qu'est-ce qui peut pousser un être humain à faire une chose pareille ? demanda Parisi.

Massimo s'accroupit pour vérifier chaque détail.

— Elle a accompli un rituel, répondit-il doucement.

— Mais enfin, sérieusement ? Désolé, je dédramatise.

La femme était vêtue d'une robe vert prairie très légère qui descendait jusqu'aux chevilles, totalement inadaptée à cette journée de fin octobre. Elle avait enlevé ses chaussures, de simples souliers plats en velours lacés de rubans de satin. Elle les avait placées l'une contre l'autre à côte des marches et s'était dirigée pieds nus vers la mort. Elle ne portait pas d'alliance. Il sembla à Massimo entrevoir l'éclat d'une croix en or à hauteur de la poitrine. Il scruta le cou, où elle portait une fine chaînette, puis observa les alentours. Il n'y avait pas de sac à main ou d'autres affaires.

— Avez-vous déplacé quoi que ce soit ? s'enquit-il auprès du prêtre.

L'homme fit signe que non.

— Pensez-vous que je puisse donner une courte bénédiction avec l'aspersoir ? demanda-t-il à la place.

— Je crains qu'il faille attendre. Le corps ne doit pas être contaminé.

— Non, je voulais parler des lieux.

Massimo comprit seulement à ce moment-là qu'en se suicidant la femme avait pu profaner ce qui était une partie de la cathédrale. Au cours des heures suivantes, le curé serait confronté à ses propres tracas.

— Vous devrez attendre, répéta-t-il. Je suis désolé.

Massimo se pencha jusqu'à faire face aux traits de la femme. Elle devait avoir une cinquantaine d'années. Quelque chose en elle le troublait. Il se redressa, nerveux.

— Qu'y a-t-il ? l'interrogea Parisi.

— Je crois la connaître.

— Tu plaisantes ? Qui est-ce ?

— Je ne parviens pas à m'en souvenir, mais je l'ai vue par le passé.

— Teresa oublie déjà des choses, toi au moins tu…

— Putain.

Maintenant, Massimo se souvenait. Il l'avait vue, oui, mais seulement sur une photo qui la représentait onze ans plus tôt, peu avant sa mort.

La mère de Ratchis portait la même robe.

63

Une rougeur monta au visage de Teresa ; de la sueur perlait au-dessus de ses lèvres. Cela la démangeait, c'était de l'essence jetée sur le feu qui brûlait en elle. Elle hurla, frappa des poings contre la porte.

Elle s'était enfermée dans la salle de bains et ne savait plus comment sortir.

Ce n'était pas qu'elle ne voulait pas se laver, comme les autres semblaient le craindre. Elle voulait s'en charger toute seule, sans avoir à se montrer nue. Elle en était capable, il lui fallait juste un peu de temps et beaucoup de patience, mais elle avait eu la très mauvaise idée de s'enfermer. Elle n'était plus maîtresse de ses espaces et pas davantage du corps qu'elle habitait.

De l'autre côté se trouvaient ceux qui continuaient à lui donner des consignes, mais Teresa était désorientée, et cette insistance l'agitait encore plus.

Elle tourna la poignée avec force, comme une folle, sans s'arrêter. Elle aurait voulu la casser, l'arracher, tout fracasser, démonter toute la salle de bains. Mais en attendant, la porte restait fermée.

Elle se laissa glisser sur le dallage, les mains rougies. Elle était au bord des larmes.

— Teresa ?

Une voix, familière. Elle se mit à genoux.

— Antonio ?

— Je suis là, c'est moi. Maintenant, reste tranquille.

Teresa fronça le nez.

— Je n'y arrive pas.

— Mais si, bien sûr que tu vas y arriver. Mettons un peu de musique.

De l'autre côté de la porte, la voix de Jimmy Fontana se mit à chanter *Il mondo* et Antonio Parri l'accompagna, fredonnant la chanson que Teresa aimait tant.

Elle ferma les yeux, son souffle exhalant sa frustration. Il lui avait toujours conseillé d'écouter une chanson lorsqu'elle sentait la colère monter ou l'angoisse l'envahir. Peu à peu, elle se calma.

— Maintenant, sors-toi de là, Teresa. Ou tu préfères que j'appelle les pompiers ?

Il lui sembla entendre un sourire dans sa voix. Antonio était toujours aussi calme, capable de ramener les drames à leur mesure de simples problèmes.

Teresa se leva et suivit ses indications. Elle chercha le « métal » qui sortait du « trou » dans la porte. Elle essaya de le tourner dans la direction où elle entendait Antonio tapoter. Il fallut deux tentatives, la seconde plus assurée, mais enfin la porte s'ouvrit sur Antonio qui chantait toujours, les bras levés. Il la prit dans ses bras et dansa avec elle. Le monde tournait, Teresa pleurait sur son épaule.

Elle reconnut Elena et Alice, et fut réconfortée de penser qu'elle n'avait pas encore atteint le point de non-retour.

Ils la conduisirent au salon. Antonio insista pour vérifier que la pompe à insuline fonctionnait correctement et que sa tension artérielle était normale. Il lui demanda quand elle avait bu sa dernière gorgée d'eau. Teresa ne le savait pas.

— Tu dois t'hydrater davantage, même si tu n'as pas soif. Tu dois apprendre à avoir toujours une petite bouteille d'eau sur toi.

— Le problème est dans la tête, lui rétorqua-t-elle, comme s'il ne le savait pas.

— Tu as disjoncté, c'est ça, hein ? s'écria-t-il en riant.

Teresa lui prit la main.

— J'ai cru que je ne serais plus capable de revenir.

Il la serra dans la sienne.

— Tu es ici, avec nous, à présent. Ne pense à rien d'autre.

Alice la serra dans ses bras en venant derrière elle.

— C'était notre faute.

Elena aussi était désolée ; elle lui caressa le dos.

— Nous aurions dû comprendre que nous t'exaspérions.

Teresa posa sa joue sur le bras d'Alice.

— Ce n'est pas vous qui m'exaspérez, c'est cette maladie. C'est une merde. (Elle regarda Antonio.) Tu as dû courir jusqu'ici. Je suis désolée.

Parri s'assit, enleva ses lunettes.

— Ce ne sont pas Elena et Alice qui m'ont appelé. (Il marqua un temps d'arrêt.) Je venais pour… Ce n'est pas le meilleur moment pour te l'annoncer, mais ce sera bientôt officiel et je ne veux pas que tu finisses par l'apprendre comme ça. Une femme s'est suicidée il y a quelques heures, en se tranchant les poignets avec un poignard.

Teresa se redressa.

— Continue.

— Cela s'est passé dans l'ossuaire d'une église. Elle s'est assise, a pris un crâne, a versé du vin dedans et s'est tuée. Massimo et Parisi ont ouvert une enquête, mais ils voulaient que tu le saches tout de suite.

Le brouillard se dissipa dans la tête de Teresa. Des images lui parvinrent nettes, et même trop définies.

— Teresa, ça va ?

— Oui.

Parri se tourna vers Elena et Alice, puis il reprit.

— Ce n'est pas tout. Nous avons l'identité de la suicidée. Il s'agit de Dora Evaldi, la mère de Ratchis. Son mari l'a reconnue.

Soudain, la confusion revint.

— La mère de Ratchis est morte, murmura Teresa.

— Présumée morte, déclarée telle par un juge à la demande de son mari, exactement dix ans après sa disparition. Evaldi avait passé ce détail sous silence.

Teresa l'arrêta d'un geste de la main.

— Tu es ici en tant qu'ami. Ne dis pas un mot de plus, ou…

— Ou bien ils vont me relever de mes fonctions, moi aussi ? À ce rythme, ils n'auront plus personne à employer dans les enquêtes. D'après ce que m'a expliqué Massimo, personne n'a la moindre idée de l'endroit où cette femme a passé les onze dernières années. Les grands-parents maternels des enfants arrivent par un vol en provenance d'Athènes. Dora avait conservé la nationalité grecque.

— Elle était grecque ? répéta Elena.

— Oui.

Elle se leva, une main sur le ventre, l'autre à la bouche. Elle se rongeait les ongles.

— C'est macabre, évidemment, mais aussi assez… intéressant. La manière dont elle a choisi de se suicider m'a tout de suite fait penser à la Grèce. À une région du Nord, à la frontière de l'Albanie. Il y a là un village où, jusque dans les années 1950, on pratiquait un rituel dans lequel les femmes, et elles seules, exhumaient chaque année les restes des morts, lavaient les os et buvaient du vin dans le crâne de leurs êtres chers.

— Tu plaisantes ? s'étonna Parri.

— Non.

— Ce n'est pas seulement macabre, c'est fou, commenta Alice.

Elena ne semblait pas d'accord.

— En fait, il s'agissait d'un rite émouvant de proximité avec la mort. Les autorités l'ont ensuite interdit, pour des raisons évidentes, mais qui sait depuis combien de siècles cette tradition leur appartenait.

Teresa se leva à son tour en essayant de trouver son équilibre. Il fallait qu'elle bouge : le mouvement l'aidait à remettre de l'ordre dans ses pensées et à apprivoiser ses émotions. Elle s'approcha de la fenêtre. Dans la rue, elle vit une voiture stationnée avec deux agents en civil qu'Albert lui avait assignés comme escorte.

— La compassion, le soin des malades et des morts appartiennent anthropologiquement à la femme, murmura-t-elle. Et la femme a toujours été celle qui s'occupait des ossements. Pas seulement métaphoriquement.

— Oui. (Elena la prit par le bras et affronta les visages un peu alarmés d'Alice et Antonio.) Les femmes et les hommes du néolithique pratiquaient des rites de scarification sur les morts, car, selon eux, l'âme ne pouvait atteindre l'au-delà si elle était alourdie par le poids de la chair corrompue. Les os étaient sacrés, ils constituaient une porte vers la régénération. Aujourd'hui encore, dans diverses cultures, les os restent sacrés. Dans le bouddhisme tantrique tibétain, les Vajrayogini sont des divinités féminines qui ressemblent à des filles portant des colliers d'os qui boivent dans des coupes faites de crânes. Les Dakini ailées de l'hindouisme leur sont très similaires.

Teresa dut s'appuyer sur la table pour soulager sa sciatique.

— Notre Mère des ossements se croit peut-être l'une d'entre elles, remarqua-t-elle.

Antonio remit ses lunettes.

— Elena, es-tu en train de dire que Dora Evaldi vient peut-être de ce village grec ?

— Non. Je dis que, d'après ce que je peux voir, nous trouvons des fragments de cette culture un peu partout, comme dans le crâne rempli de vin d'aujourd'hui.

Parri se racla la gorge.

— Et dans la pièce récupérée de la côte de Ratchis.

Teresa crut ne pas avoir compris.

— Quoi ?

— Je suis également venu pour cela. Les résultats ADN confirment que la tesselle que tu as placée au centre de la spirale provient de l'os de Ratchis : je pense que c'est très exactement la tête de côte manquante.

64

Cividale était baignée par la lumière violette d'un crépuscule précoce. Un orage se concentrait à l'est, mais il était encore loin. Une trouée s'était ouverte dans les nuages et le soleil dorait l'autre moitié du ciel. Massimo regardait en l'air, juste en dessous de la limite entre l'ombre et la lumière, comme hésitant sur le côté où pencher. Quelqu'un le heurta et s'éloigna rapidement. De petits fantômes et de petits diables au visage rouge couraient dans les rues, poursuivis par des sorcières coiffées de tresses. La nuit d'Halloween n'était que dans quelques heures et le monde se préparait à fêter l'obscurité.

Le commissaire Dalla sortit du bureau de tabac, un nouveau cigare entre les lèvres, l'air heureux. Depuis qu'ils avaient quitté Udine, il n'avait pas cessé de parler, mais Massimo n'avait rien entendu. Il avait conduit, écoutant dans son oreillette le message vocal de quinze minutes par lequel Elena l'avait informé des derniers développements, faisant allusion à des clés à retirer de serrures, à des os décharnés, à des rituels macabres et à des becs d'oiseaux, à Parri qui chantait bien et à Teresa qui insistait pour qu'Alice et elle ne cherchent pas d'aide, même si elle s'était enfermée dans la salle de bains et ne savait plus comment en sortir. Smoky avait grignoté l'écharpe que Massimo avait oubliée sur le canapé.

Pendant un instant, il s'était demandé s'ils espéraient vraiment conclure l'enquête, car ils semblaient mal assortis.

Dalla parlait de Lona : il disait qu'il ne lui semblait pas si méchant, il ne comprenait pas pourquoi Teresa Battaglia s'était attiré son inimitié. À la préfecture, on parlait encore de leurs affrontements titanesques. Son chapeau menaça de s'envoler, il le rattrapa juste à temps.

— Essaie d'être quelqu'un de compétent, d'être une femme, et de lui résister, et on en reparlera, rétorqua Massimo entre ses dents.

— Pardon ?

— Rien. Nous sommes arrivés.

La porte de la maison Evaldi était ouverte. Le vent avait entraîné des feuilles mortes dans l'entrée et un chien y avait laissé ses crottes. C'était une image si différente de la solennité qui avait frappé Massimo la première fois. Le cœur de cette famille était en train de pourrir et le processus avait peut-être commencé bien avant que Ratchis ne se suicide.

Ils montèrent au premier étage. La domestique qui leur ouvrit la porte avait le visage baigné de larmes. Elle les conduisit à la bibliothèque, où le chef de cette malheureuse lignée attendait, voûté, s'accrochant aux meubles pour tenir debout, tel un roi déchu.

En les voyant, Enrico Evaldi ne desserra pas les lèvres.

— Toutes nos condoléances, dit alors Massimo.

— Que voulez-vous ?

Dalla fit un pas en avant, enleva son chapeau et le tint dans ses mains.

— Savoir si vous voudriez nous confier quelque chose.

Evaldi le regarda avec agacement. Ses yeux, vifs et tristes à la fois, étaient parcourus de capillaires rouges.

— Elle m'a menti pendant onze ans, murmura-t-il. Elle était vivante.

Massimo le croyait : il était exclu de penser qu'un tel homme mettrait en scène sa honte. Il songea à Alice, à l'espoir qui ne l'avait jamais abandonnée dans une situation similaire.

— Avez-vous toujours pensé que votre femme était décédée ? l'interrogea-t-il.

— Croyez-vous que j'aurais demandé la présomption de décès sinon ? Je n'aurais jamais fait cela à mes enfants.

L'homme se redressa très laborieusement, laissant entrevoir une forme sous son chandail. Pour Massimo, elle ressemblait à un appareil médical, à une sonde reliée à son estomac. Il craignit que, bientôt, Tassia ne demeure la dernière Evaldi dans cette maison.

— Dora est sortie sans rien d'autre que les vêtements que vous avez vus sur elle, reprit-il. Un couple de randonneurs a témoigné l'avoir aperçue marchant le long d'un chemin dans les bois cet après-midi-là, à quelques kilomètres d'ici. Sa présence les a frappés parce qu'elle avait des feuilles dans les cheveux et une robe inadaptée. Je pense qu'ils éprouvent encore du remords de ne pas avoir essayé de l'arrêter.

Dans le silence, le soupir de Dalla retentit.

— Votre femme souffrait-elle de dépression ?

À cette question, peut-être jugée indécente, Enrico Evaldi ne répondit pas.

— Allez-vous-en.

Massimo chercha les mots pour lui signifier ce qui comptait le plus dans son esprit.

— Désormais, vous ne pouvez plus rien pour votre femme et votre fils, mais Tassia est encore en vie.

L'homme plissa les yeux, le regarda avec un intérêt renouvelé.

— Cela ressemble presque à une menace, inspecteur.

— Ce n'en est pas une. C'est un appel à l'aide.

— Pourquoi Tassia serait-elle en danger ?

« Parce que dans cette maison, on ne respire pas de l'air, mais du poison, aurait-il voulu répondre. Un poison déposé au fil des siècles. »

— Dites-le-moi vous-même. Dites-moi pourquoi Ratchis s'était fait prélever un morceau de côte. Est-ce que sa sœur en a fait autant ?

Evaldi frappa du poing sur la table.

Dalla prit Massimo par le bras.

— Allons-nous-en.

— Deux membres de cette famille se sont ôté la vie en quelques jours. Comment pouvez-vous être convaincu que votre fille va bien, qu'elle est en sécurité ?

— Hors d'ici !

L'homme se courba sous les secousses de la toux. Derrière eux, quelqu'un passa rapidement dans un bruissement. Massimo se retourna juste à temps pour apercevoir la jeune fille. Il l'appela, mais elle se précipita dans l'escalier.

— Cours, Tassia ! Cours ! hurlait son père entre deux quintes de toux.

La porte d'entrée claqua. Massimo la suivit à l'extérieur, mais elle était rapide. Les gens qu'ils croisaient se retournaient pour les regarder ; personne ne savait s'il fallait intervenir. Tassia arriva la première sur le pont du Diable, esquiva une voiture pour traverser et se pencha par-dessus le parapet, où elle se hissa d'un petit saut. Le ventre contre la rambarde de pierre, elle leva les jambes et ouvrit les bras comme pour un plongeon. En équilibre au-dessus des gorges de la rivière, elle se laissait caresser par le vent.

Massimo s'immobilisa et Dalla lui rentra dedans.

— Appelle les collègues, ordonna Massimo. Et une ambulance.

Autour d'eux, la panique se déchaîna. Les gens descendirent dans la rue, certains criant, d'autres filmant la scène. Massimo montra sa carte de police et tenta de les éloigner en leur demandant au moins d'emmener les enfants à l'écart, mais cela ne servit pas à grand-chose et il n'avait pas le temps.

Tassia se déplaçait par à-coups, à la recherche de stabilité ; elle vibrait comme une libellule sur le point de chuter.

Massimo s'approcha. Il n'établit ni calcul ni stratégie : il lui fallait la surprendre. Il compta jusqu'à « trois », puis se jeta sur elle, lui attrapant les jambes et la tirant vers le bas, vers la rue.

Tassia se laissa attraper et se réfugia dans son étreinte. Elle semblait n'attendre que d'être secourue. Massimo la berça, comme il aurait fait avec sa propre fille, incrédule de sentir ce corps entier, mais il ne pouvait lui laisser le temps dont elle avait besoin pour se calmer. Plus que jamais, il ressentait l'urgence d'éviter un danger imminent.

— Qui est la Mère des ossements ? lui demanda-t-il doucement à l'oreille. Dis-le-moi, s'il te plaît.

Elle leva le visage vers lui. Elle ne ressemblait plus qu'à une petite fille effrayée. Elle le dévisagea longtemps. Ses yeux étaient d'une couleur indéfinissable, peut-être d'un bleu si peu saturé qu'on l'aurait pris pour du gris.

— Qu'est-ce qu'on ressent quand on vit pour toujours ? lui murmura-t-elle.

Massimo n'eut pas le temps de comprendre. Elle le mordit férocement au cou, en tirant sur la peau.

Il cria et sentit qu'on attirait la jeune fille loin de lui. Les collègues de Cividale la ceinturaient, tandis qu'elle donnait des coups de pied en pleurant.

Il passa sa main sur son cou douloureux. Il ne saignait pas, mais il se sentit frissonner. Ce geste animal l'avait laissé sous le choc. Jamais il ne lui était arrivé d'assister à une scène pareille ; jamais non plus de la subir.

Il reprit ses esprits. Dalla était à ses côtés.

— Fais voir. (Il le palpa, lui fit tourner la tête à gauche et à droite.) Bon sang de bonsoir. Celle-là, c'est une folle.

La foule se dirigea dans le brouhaha vers le parapet du pont. Quelqu'un poussa un cri strident et les autres suivirent.

Massimo saisit à peine les mots « s'est jeté ». D'instinct, il chercha Tassia. Elle était assise sur le trottoir, où deux policiers la tenaient à l'œil.

Déconcerté, il se fraya un chemin au milieu de la foule jusqu'au parapet et regarda en bas.

Sur les rochers affleurant la surface de l'eau gisait le corps d'un homme. Il s'était écrasé tout en bas.

65

L'homme qui s'était jeté du pont du Diable était Ernesto Ortis. Avec sa mort, la perspective de comprendre pourquoi il avait tiré sur De Carli et à qui cette balle était réellement destinée disparaissait. Sa vie avait basculé sans que l'on trouve quoi que ce soit qui aurait pu éclaircir le mobile ou le relier à une autre piste, peut-être à la mort de Mihai Issanescu, si ce n'était à celle de Ratchis Evaldi.

À l'annonce de cette nouvelle, sa veuve avait serré son fils de deux ans contre sa poitrine et demandé à Massimo si, maintenant que son mari était mort, quelqu'un risquait de le lui enlever. Elle était très choquée. Massimo l'avait rassurée, apprenant plus tard que le couple avait adopté l'enfant alors qu'il était seulement âgé de quelques mois. Qui sait quel était le cauchemar récurrent de cette mère, si elle ne se croirait pas surveillée et instable toute sa vie. Il se sentait proche d'elle, quoi qu'ait fait son mari.

Il dut la laisser sans tarder, car ce n'était pas un jour comme les autres. Le soir, les activités du commissariat central s'arrêtaient. Malgré le suicide d'Ortis ; malgré le fait que le substitut du procureur Gardini avait chargé les gendarmes d'ouvrir ces nouvelles enquêtes – peut-être parce qu'ils avaient été les premiers à intervenir dans l'ossuaire, ou peut-être parce qu'il ne croyait plus en l'équipe. Même le préfet Lona avait choisi le silence et n'avait pas commenté le grave affront infligé à la police, réduisant pour quelques heures ses impulsions naturelles au silence.

Leurs activités s'arrêtèrent parce que les parents de Simone De Carli avaient organisé une veillée funèbre pour leur fils, et qu'ils l'emporteraient chez eux le lendemain.

Ce fut un déchirement de s'y préparer, de choisir la couronne de fleurs avec l'inscription sur le ruban signée par « les collègues et les amis », de prendre rendez-vous devant l'église du village.

Et ce fut un déchirement de passer prendre Teresa. Elle ne prononça pas un mot, pas même sur les nouveaux développements dramatiques. Rien ne semblait plus la stimuler. Elle marcha en claudiquant jusqu'à sa voiture, aidée par Alice, et y monta sans relever les yeux une seule fois.

Pour elle, le véritable calvaire avait commencé, pensa-t-il. Pas à cause de la maladie, pas à cause de la mémoire qui s'en allait, ni même à cause de la perte progressive d'autonomie à laquelle elle était condamnée. Elle avait vu mourir un autre fils.

L'église était pleine, les parents, des zombies qui serraient des mains et acceptaient les accolades d'inconnus avec des yeux désormais secs. Lorsque Teresa s'approcha d'eux, Massimo ne réussit pas à regarder. Il s'enfuit à l'extérieur, la laissant avec Alice.

Il chercha un coin isolé sur les marches devant le cimetière, au milieu de gens qui fumaient une cigarette en bavardant. Il aurait aimé en fumer une, lui aussi, mais il eut plutôt le réflexe de contempler le ciel, les mains dans les poches. Les nuages s'étaient une fois encore dissipés.

— On ne vous voit plus à la salle de sport.

Il se retourna. C'était Christian Neri. Gendarme de l'Unité de protection du patrimoine, il était aussi depuis quelques mois un ami-ennemi sur le tapis de lutte, où ils se démontaient la tête sans retenue.

— Tu sais ce que c'est, mon fils est sur le point de naître et je ne veux pas que la première image qu'il ait de son père soit mon visage gonflé.

En réalité, il était trop occupé à défendre Teresa contre les effets de la maladie et la curiosité des autres.

Christian désigna le bandage qui lui recouvrait une partie du cou.

— J'ai entendu parler de la morsure. On t'a fait des points de suture ?

Massimo le recouvrit d'un geste instinctif de la main, puis s'en rendit compte et la laissa retomber. Il ne voulait pas faire passer cette jeune fille pour une folle.

— Ce n'est pas si grave. C'était du cinéma.

Christian lui posa la main sur l'épaule.

— Je suis désolé pour De Carli.

— Merci.

— Qu'allez-vous faire maintenant ?

Massimo n'en avait aucune idée. Il tenta de refouler une bouffée d'angoisse.

— Retourner à notre quotidien, j'imagine.

— C'est des conneries. Vous êtes tombés en disgrâce. Il y a d'étranges rumeurs qui circulent sur Teresa Battaglia.

Massimo le laissa parler uniquement parce que de l'inquiétude poignait dans sa voix.

— Certains disent qu'elle s'est fourrée dans des situations *particulières*.

Les nouvelles circulaient donc déjà.

Christian baissa la voix.

— Il n'y a plus personne pour vous protéger, maintenant que le nouveau préfet est un ennemi…

— Pourquoi aurions-nous besoin de protection ?

— Parce que vous dépassez les bornes et que vous n'avez aucune intention de vous arrêter, c'est cela ?

Cela ressemblait à une offre de soutien.

— Que veux-tu me dire ?

Christian lui fit signe de le suivre. Ils marchèrent quelques pas.

— Des religieuses qui dirigent une maison pour des retraites spirituelles se sont manifestées en affirmant que Dora Evaldi vivait avec elles depuis le jour de sa disparition. La responsable a été convoquée à la caserne, mais n'a pas fourni d'informations intéressantes pour le moment. Elle ne connaissait pas la véritable identité de la victime, elle déclare l'avoir reconnue au journal télévisé.

— Mais bien sûr. Une étrangère arrive au couvent et y reste onze ans sans que personne se pose la moindre question. C'est crédible.

— La nonne soutient que c'est ce que commande leur ordre.

Massimo s'immobilisa.

— Où se trouve cette maison religieuse ?

Christian chercha l'emplacement sur son téléphone portable et le lui montra.

— Putain.

— N'y va pas, Massimo. Ne risque pas ta carrière.

Massimo vérifia l'heure.

— Je ne suis pas si fou.

66

Lorsque Teresa serra la main des parents de Simone et les regarda dans les yeux, elle s'y vit elle-même. Elle avait déjà traversé cette nuit-là, même si elle n'avait jamais bercé son enfant dans les bras. Ce n'était pas une sorte de douleur qui pouvait se mesurer, se diviser ou se multiplier. Chacun d'eux devrait aller de l'avant avec une absence qui ne serait plus jamais comblée. Qui pouvait dire s'il aurait été plus facile de le perdre dans le ventre et de ne pas connaître un seul jour de joie avec lui ou de lui dire au revoir à l'âge de trente ans, après une enfance pleine d'amour, une adolescence pleine de vie et une jeunesse bien remplie ? Qui pouvait dire si ç'aurait été plus facile à dix ans, à vingt ans, à cent ans ?

Elle voulait leur signifier qu'elle ressentait non seulement du chagrin pour la mort de Simone, mais aussi de la culpabilité, et qu'elle l'emporterait dans la tombe. Elle n'y parvenait pas. Sa bouche était crispée, sa langue lui semblait s'enrouler et ses lèvres balbutiaient. Elle voulait leur demander pardon en s'engageant entièrement, et elle était furieuse de ne pas y parvenir.

Le père la regarda avec surprise, puis il sembla la reconnaître. Il lui posa la main sur le bras avec légèreté et approcha son visage.

— Simone vous aimait, il vous aimait beaucoup. Je vous remercie.

Teresa sentit une larme glisser sur sa joue et quelqu'un l'attraper par les épaules pour l'éloigner.

— Viens, Teresa.

C'était Mei Gao. Elle non plus n'avait pas voulu être absente. Elle l'accompagna jusqu'au banc où Alice s'était recueillie en prière et l'aida à s'asseoir. Teresa se sentait perdue.

— Il y a une chose importante que je n'ai pas réussi à dire. C'était seulement un mot.

Mei recoiffa ses cheveux, qui lui étaient tombés devant les yeux.

— Nous allons l'écrire, tu veux ?

— Oui. C'est essentiel.

Teresa commença à taper du pied sur le prie-Dieu, incapable de rester en place.

Une femme entama la récitation du rosaire et les autres l'imitèrent. Ces litanies rythmées et récurrentes, au lieu de calmer Teresa, provoquaient chez elle une tension nerveuse.

L'odeur des bougies et de l'encens lui était insupportable. Elle devait sans cesse se racler la gorge.

Alice chercha son épaule et se pencha pour lui parler.

— Tu vas bien ?

Quelqu'un se retourna pour voir qui avait parlé à si haute voix. Teresa s'en agaça d'autant plus.

— Où est Massimo ?

Alice lui prit la main.

— Il va bientôt revenir.

— Revenir ? À qui a-t-il dit ça ?

— À moi.

— Pourquoi ne m'en a-t-il pas parlé ? Suis-je trop ramollie ?

De nouveau, les gens se retournèrent pour l'observer. Mei posa deux doigts à son poignet.

— Ton pouls accélère, souffla-t-elle.

— Où est Massimo ?

— Il y a Antonio Parri et un de tes anciens collègues, Parisi. Ils sont quelques bancs derrière nous, près de la porte. Tu les vois ?

Teresa ne les chercha pas. La statue d'un ange semblait la toiser, et la juger.

Les cierges, l'encens, le regard mauvais de l'ange. Les litanies, la voix persuasive de Mei, le dragon sur sa robe. Le regard mauvais de l'ange.

La voix de Mei se fit délicatement insistante.

— Teresa, tu vois la porte ?

Teresa sentit quelque chose se briser dans sa tête. Elle tomba en avant et se cogna le front contre le bois dur.

67

Sœur Lucia conduisit Massimo jusqu'au réfectoire, le seul endroit ouvert aux étrangers. La maison d'accueil était éclairée par des bougies produites avec la cire d'abeille provenant de ruches abritées dans le cloître. La religieuse lui avait expliqué qu'elles étaient équipées de l'électricité, naturellement, mais que s'affranchir des pratiques consuméristes pour se rapprocher d'habitudes plus frugales faisait partie de l'exercice quotidien.

— Nous ne sommes plus capables de créer quelque chose d'utile avec nos mains, lui dit-elle. Redécouvrir ces aptitudes nous réconcilie avec Dieu et avec nous-même.

Sœur Lucia avait l'air ensommeillée et le nez parsemé de taches de rousseur. Massimo aurait aimé connaître son histoire, comprendre comment on pouvait s'enfermer dans une telle existence si jeune (elle devait avoir plus ou moins son âge), mais il sentit que, pour elle, la nuit commençait au crépuscule et le jour bien avant l'aube. Il avait le sentiment d'avoir dérangé en sonnant à la porte de cette hôtellerie destinée aux pèlerins, et peu importait que les religieuses se soient montrées si aimables.

Peut-être se sentait-il ainsi parce qu'il leur avait menti, prétendant mener une enquête qui en réalité ne lui appartenait pas et leur répondant que, oui, il arrivait à la police de collaborer avec les gendarmes.

Ils prirent place à table. Sœur Lucia lui proposa une tisane à base d'herbes du jardin, que Massimo refusa poliment. Il ne voulait pas la faire travailler pour lui.

— Nous l'appelions Modesta, d'après le nom qu'elle avait choisi pour résider ici. Mais à l'époque, elle s'était présentée sous celui d'Isadora Spanos.

— Et… ?

— C'était une pénitente, elle ne retournait jamais dans la société et sortait rarement de sa cellule. Une fois par semaine, elle se rendait à pied à San Giovanni d'Antro, à un quart d'heure de marche, où elle se retirait en prières.

La grotte où l'on avait trouvé le cadavre de Mihai Issanescu était toute proche, après une forêt de chênes traversée par un sentier facile. Le bien et le mal suprêmes semblaient converger dans ces lieux quasi mystiques.

— Onze années de pénitence pour quoi ?

— Ce sont les affaires de Dieu.

— Dora s'est suicidée quelques jours après son fils. Dieu n'a pas grand-chose à voir là-dedans, je le crains.

— Je voulais dire qu'elle en aura peut-être parlé à son confesseur, mais certainement pas à nous, les sœurs.

Massimo avait déjà fait l'expérience de certaines situations. Il n'obtiendrait rien du prêtre.

— Elle ne s'était liée avec aucune d'entre vous ?

— Les liens que l'on cultive ici sont ceux de la foi.

— Je comprends.

— Je ne le crois pas, et je vous le dis avec l'affection d'une sœur. (Elle lui sourit.) Modesta ne s'intéressait pas à nous, au fait de vivre dans cette maison ou de trouver un refuge. Elle cherchait quelque chose de transcendant. Je crains qu'elle ne l'ait pas trouvé, ou que cela n'ait pas suffi.

— Puis-je voir sa cellule ?

— Non, je suis désolée, mais vous n'y trouverez rien. Les seuls effets personnels que Modesta possédait étaient les vêtements dans lesquels elle a été retrouvée. Elle ne recevait aucune correspondance et ne confiait pas ses réflexions à des lettres ou à un journal, si c'est à cela que vous pensez.

Dans cette maison, il n'y avait ni télévision ni ordinateur ni téléphone portable ni système de vidéosurveillance. Si on voulait quitter le monde, on était le bienvenu, mais on devait renoncer à toute tentation d'y retourner.

— Comment la décririez-vous ?

Sœur Lucia contempla la bougie.

— C'était une petite flamme vacillante. Un vent plus fort a soufflé, et elle s'est éteinte. Je prie pour son âme.

Lorsque sœur Lucia leva les yeux vers les siens, elle oublia un instant de se dissimuler derrière sa douceur. Elle lui apparut comme la femme déterminée (jusqu'à quel point ?) qu'elle devait être pour diriger la communauté.

Tout à coup, Massimo éprouva le besoin de s'en aller.

68

Il sortit en emportant avec lui l'odeur de la cire fondue et le sentiment d'avoir émergé d'un monde souterrain dont il venait à peine d'entrevoir l'entrée. Lorsque la porte se referma derrière lui, l'obscurité lui parut plus épaisse.

Il se dirigea vers sa voiture en réfléchissant à ce qu'il devait faire. Peut-être réussirait-il à convaincre Lona de tenter quelque chose, de demander à Gardini de revenir sur sa décision et d'inclure l'équipe dans l'enquête. Mais pouvait-il lui faire confiance ? Teresa y était disposée : les impressions de Teresa étaient-elles néanmoins encore crédibles ?

En parvenant à la voiture, il constata qu'un pneu était crevé. Il alluma la lampe de son téléphone portable et passa la main sur la roue. Tailladée.

Il se retourna et crut entendre craquer les feuilles du sous-bois. C'était peut-être un animal, le vent, ou peut-être un meurtrier. Il s'avança de quelques pas.

— Giacomo, sors de là.

Il reçut un coup de poing par-derrière qui faillit le projeter à terre. Il parvint miraculeusement à rester debout, abasourdi, l'oreille bourdonnante. Un autre coup lui fendit la lèvre : le sang coula dans sa bouche. Au troisième, il eut le réflexe de bloquer le bras de son assaillant et de le frapper à son tour du plat de la main, sous le menton. La mâchoire claqua horriblement. Il s'attaqua également à son nez et sentit le cartilage craquer.

Il s'éloigna, en garde. Il n'affrontait pas Giacomo, il s'en était rendu compte tout de suite. Ce dernier ne recourait certainement pas à de tels coups pour anéantir sa proie. L'inconnu était massif et ne lui rappelait que trop bien l'énergumène filmé par les caméras de surveillance dans la boutique d'antiquités de Mihai Issanescu.

— Jamais un tueur en série à proximité quand on en a le plus besoin, lâcha-t-il à l'homme, qui essuyait son sang sur la manche de sa veste polaire.

L'autre cracha avant de revenir à la charge. C'était un adversaire rugueux et dépourvu d'agilité. Il réussit à porter quelques coups qui firent se tordre Massimo de douleur, mais son énergie s'épuisa rapidement. Il ne s'était pas attendu à avoir affaire à un adepte des arts martiaux mixtes, même s'il manquait d'exercice.

Massimo réussit à l'attraper par la gorge. Il le traîna sous le seul réverbère de la rue et le plaqua contre le mur d'enceinte qui soutenait la colline, en surplomb de la chaussée.

— Montre un peu ton visage.

L'autre tourna la tête, comme s'il pouvait lui échapper. Il était rouge sous le coup de l'effort, le cou et les tempes parcourus de veines qui semblaient sur le point d'éclater. Il avait des traits réguliers, un crâne petit et des yeux clairs. Massimo lui flanqua un coup de genou dans l'estomac.

— Qui t'envoie ?

Il portait un collier en or avec une croix trop voyante. Massimo la saisit : une inscription en cyrillique était gravée sur le revers.

— Qui est ton commanditaire, hein ? Pour De Carli une balle, et pour moi une raclée ?

Il le frappa de nouveau dans le ventre et l'autre tomba à genoux, en crachant de la salive.

Massimo l'attrapa par les cheveux et il armait son poing quand l'homme lui jeta de la terre et du gravier dans les yeux, profitant de ce répit pour se remettre sur ses pieds et s'enfuir.

Massimo le poursuivit dans les fourrés, les mains en avant pour sonder l'obscurité. Il s'orienta grâce à la faible clarté qui se reflétait sur les pierres du sentier et aux bruits des pas de l'autre sur les feuilles.

Il le voyait bondir comme une ombre devant lui, à gauche et à droite. Quelques mètres seulement les séparaient.

Il se fatiguerait tôt ou tard, estima Massimo. Il força de toute sa volonté sur ses jambes et il lui sembla le frôler, mais son pied heurta un obstacle et il alla rouler dans une pente.

Il sentit qu'on l'empoignait par la veste et le plaquait à terre. Il fouettait l'air de ses poings pour frapper quand l'autre parla.

— Massimo, c'est moi.

Il était aussi essoufflé que lui, mais il le reconnut : Christian Neri.

Massimo se dégagea et s'assit. L'autre récupéra une lampe au milieu des buissons.

— Putain, tu cavales, toi. (Il épousseta son jean en tapant dessus à plusieurs reprises, puis secoua la tête.) Je savais que tu viendrais.

Massimo se leva. Il essayait encore de comprendre ce qui s'était passé. Il reprit haleine, choisit bien ses mots, ou peut-être pas tant que cela. Il était à la fois énervé et troublé.

— Pourquoi m'as-tu arrêté ? lui demanda-t-il.

— Quoi ?

— J'étais sur le point de le rattraper.

— Et tu as trébuché. J'étais derrière toi.

— Je n'ai pas vu la lumière de ta lampe.

Christian rit, mais son rire s'éteignit rapidement.

— Dis-moi que tu ne t'imagines pas que c'est moi qui t'ai fait tomber.

Massimo ne répondit rien.

— Je suis arrivé il y a peu. J'espérais ne pas te trouver ici, mais je t'ai vu te battre avec ce type. Le temps de descendre de voiture et vous filiez dans le bois. (Il leva les mains.) Excuse-moi d'avoir essayé de t'aider.

La vérité, c'était que Massimo ne savait plus à qui se fier, et cela ne s'appliquait pas seulement à Christian. La Mère des ossements pouvait se servir de n'importe qui, pouvait être n'importe qui. Dans la lumière qui rendait les ombres encore plus profondes au lieu d'apporter de la clarté, le sourire de Christian Neri aurait pu être un rictus.

Massimo lui prit la lampe des mains et la lui braqua sur le visage.

— Si je découvre un jour que tu me mens et que tu fais partie d'un complot pour éliminer Teresa Battaglia, je jure que je te tue.

Christian acquiesça.

— Ça me va.

Un rapace nocturne poussa un cri dans les branchages. Tous deux levèrent la tête.

Près de cent marches au-dessus d'eux, l'église fortifiée de San Giovanni d'Antro dominait la forêt et brillait, encastrée dans la roche.

C'était une vision qui semblait émaner d'un passé ancien. Elle eut le pouvoir de les réduire au silence.

69

TERESA SE SENTAIT BIEN et ne comprenait pas pourquoi on la retenait à l'hôpital. Elle avait maintenant une bosse violette sur le front, mais, à part cela, elle était encore la Teresa de toujours, en un seul morceau bien qu'au bord de la démence. La chambre où elle était gardée en observation était trop chaude et peu éclairée ; en outre, il semblait que personne ne pouvait y accéder, car on ne l'avait encore laissée voir ni Alice ni Parisi. Elle avait soif et sommeil. S'évanouir et effrayer les personnes présentes à la cérémonie n'était certainement pas la façon dont elle aurait voulu faire ses adieux à Simone De Carli.

La seule pensée qui la consolait, c'était qu'il en rirait. Ils avaient toujours eu une approche très similaire de la vie, tous les deux. Ils l'abordaient avec une ironie parfois drôle, parfois tranchante. Ce garçon lui manquait déjà trop.

La porte s'ouvrit et Mei fit son apparition en souriant.

— Bienvenue parmi nous, lui lança-t-elle. (Elle tenait à la main un gobelet en plastique.) Tu ne peux rien manger pour l'instant, mais une goutte de thé sans sucre est autorisée.

Teresa se redressa sur le lit trop haut pour elle.

— Ils veulent que je maigrisse ?

Mei lui tendit le gobelet.

— C'est la procédure en cas de suspicion de traumatisme crânien.

— Je n'ai pas de traumatisme. Je veux parler à un médecin. Quand vient-il ?

— Je m'en suis occupée.

Teresa avala une gorgée de thé et regarda son amie pardessus le gobelet.

— Tu es gentille.

Mei s'assit sur le lit. Elle lui caressa la jambe.

— Penses-tu, ça me fait plaisir. Tu vas probablement devoir passer la nuit ici.

— Hors de question.

— Teresa…

— Où sont les autres ?

— Ils sont rentrés chez eux. Je leur ai dit que ce n'était pas la peine d'attendre, puisqu'ils ne pouvaient pas te voir. Je t'ai acheté une brosse à dents à la pharmacie de l'autre côté de la rue.

Teresa posa le gobelet en plastique sur la table de nuit. Le thé était si acide qu'il lui irritait la langue.

— Antonio est parti lui aussi ?

— Il a dû retourner au travail, mais il a attendu jusqu'à ce que le médecin nous affirme que ta tête était en un seul morceau.

Teresa se laissa aller contre les oreillers.

— Tu devrais rentrer chez toi aussi, Mei.

Son amie éteignit la lumière et une faible lueur baigna la pièce.

— Moi, je reste.

Je le savais, pensa Teresa. Peut-être les accès de paranoïa qui la prenaient de temps à autre s'étaient-ils aggravés après le protocole d'essai clinique de l'EMDR, comme Mei le lui avait dit, ou peut-être était-ce la progression de la maladie qui en suscitait de nouveaux, mais elle n'aurait jamais pensé qu'ils se retourneraient contre l'amie qui essayait de la soulager dans son calvaire.

Teresa avait du mal à distinguer ce qui était vrai des ombres inquiétantes que projetait son esprit malade. Pourtant, il lui restait encore un instinct auquel se raccrocher, qui n'était autre que son inconscient, guidé par un amas d'expériences et de connaissances suffisamment sédimentées pour ne pas s'effacer. Elle choisit de le suivre.

— Que peux-tu faire pour moi, Mei ?

Son amie enleva son imperméable. Le dragon brodé en fil de soie noir sur sa robe chatoyait, montrant les crocs.

— Je peux t'aider à te détendre.

Mei répétait chaque fois que, grâce à elle, Teresa irait mieux, mais celle-ci s'était rendu compte qu'elle se sentait encore plus mal en sa présence, ce dont elle avait eu la confirmation lors des funérailles. Sa manie de la persécution l'avait aidée, car elle lui avait permis de déchiffrer des signes qu'elle aurait autrement ignorés.

Des suggestions, voilà ce que Mei semait dans son psychisme. Teresa devait les écouter si elle voulait aboutir à ce que son amie lui indiquait.

Mei se leva un instant pour suspendre son imperméable.

— Mon neveu a finalement décidé de se déguiser en squelette pour Halloween.

— Ah, un petit tas d'os.

— Sa mère n'était pas d'accord, mais son autre idée n'était pas meilleure : un petit diable avec des ailes de chauve-souris.

— Comme dans mes cauchemars. J'aimerais qu'ils soient aussi mignons.

— Oh, désolée. Maintenant, essayons de les faire disparaître.

— Tu vas me demander de cligner des yeux ?

Mei revint s'asseoir. Ses vêtements sentaient encore l'encens de l'église, mais ce n'était peut-être pas un hasard.

— Non, nous allons seulement faire un peu de relaxation. Suis ma voix.

Teresa ferma les yeux, mit tous ses sens à l'affût. Elle se souvenait bien du dernier mot que Mei lui avait murmuré à l'oreille, d'un ton persuasif, avant qu'elle ne s'évanouisse. Il avait déclenché en elle une réaction si forte qu'elle en avait perdu connaissance.

Dans la régression hypnotique, c'était ce qu'on appelait un mot « déclencheur ».

Mei le prononça de nouveau.

— Essayons d'ouvrir la porte de tes émotions refoulées, Teresa.

— Je veux l'ouvrir.

Elle attendit et vinrent enfin les mots déclencheurs que Mei avait réservés à la deuxième phase de son « réveil ».

— Respire profondément. Imagine que tu alignes tous les os de ton corps, un par un. Imagine que tu lui donnes une paire d'ailes pour qu'il se sente plus léger…

70

La nuit, San Giovanni d'Antro était impressionnant. Massimo ne croyait pas à la magie, mais il devait admettre que le lieu était empreint d'une atmosphère ancestrale. Une énergie subtile y vibrait, difficile à définir, pourtant presque tangible dans les frissons qui commençaient à lui parcourir la peau.

Christian avait récupéré les clés du portail auprès du gardien, au village, et ils y étaient retournés ensemble. La première fois, Massimo s'était concentré sur la grotte et le cadavre qu'elle abritait. Aujourd'hui, c'était l'église qui l'appelait.

— Les Wisigoths, les Huns, les Avares sont passés par là…, expliquait Christian. Selon la légende, une reine de l'époque, Vida, s'est réfugiée ici pour échapper à Attila. Les Lombards y pratiquaient des rites baptismaux, mais l'Antro était un lieu sacré bien avant cela. (Il pointa sa lampe-torche vers un angle.) Là, c'était le four où les ermites pouvaient cuire du pain.

Christian Neri n'ignorait aucun détail historico-artistique au sujet de sa terre. Et pas seulement à cause du travail dont il avait choisi de se charger pour protéger cet immense patrimoine trop souvent pillé : il était animé d'une passion évidente.

Massimo s'intéressa à quelques signes peints sur la paroi rocheuse.

— Je suis en quête de symboles, lui dit-il.

— Tu es au bon endroit. Sur le chemin que nous venons d'emprunter, il y a une pierre où est gravée une marelle qui remonte aux Templiers. Symbole préhistorique du labyrinthe, elle représentait à l'époque médiévale la route idéale vers la Terre sainte. Elle est également présente sur la dalle de Biacis, un lieu-dit que l'on peut voir d'ici.

— Une dalle ?

— C'est un mégalithe qui porte des gravures laissées par les civilisations préhistoriques douze mille ans avant Jésus-Christ, essentiellement des formules propitiatoires. Les signes originaux ont été recouverts de graffitis païens, puis de croix chrétiennes. Ces dernières étaient destinées à exorciser les premiers.

— Explique-moi ça.

Sur le plâtre de la chapelle avaient été dessinés des soleils rouges rayonnants.

— Ce sont des roues ciliées païennes. Regarde, elles couvrent aussi le mur de la grotte et se trouvent à des hauteurs diverses. Elles suivent la course du soleil au long de l'année.

— Ici, on vénérait le Soleil avant le Christ.

— Parmi les premiers visiteurs de la grotte, il y avait justement les adeptes de Mithra, une divinité céleste qui portait la couronne radiée et qui était un allié du Soleil.

— Aucune spirale ?

— Non. C'est ce que tu cherchais ?

— Je ne sais pas si je devais espérer en trouver.

Ils sortirent sur le belvédère.

Les vallées du Natisone formaient une mer sombre où l'on entrevoyait les vagues bleu cobalt des collines boisées. Çà et là, un faisceau de lumières indiquait la présence de villages, d'un domaine isolé, d'une route serpentant le long de la rivière.

Ils contemplèrent la nuit en silence.

— Quelque chose survit, ici, affirma Massimo à un moment donné.

Si quelqu'un pouvait comprendre ce qu'il voulait dire, à part Teresa, c'était Christian.

— Je le pense aussi. C'est un héritage d'énergie, de sang et de culture.

Le gendarme lui indiqua les contours des reliefs.

— Une ligne de fortifications romaines courait le long de ce tronçon, le Vallum Alpium, qui traçait idéalement la frontière avec l'est. Les *castra* sont ensuite devenus des châteaux lombards. Dans certains documents médiévaux, ils sont appelés « la ligne blanche », peut-être en raison de la pierre calcaire des édifices, qui provenait d'Istrie. Essaie d'imaginer à quoi ils devaient ressembler par une nuit comme celle-ci : les torches allumées, les murs éclairés par la lune. Dans une lande sauvage et isolée comme celle-ci, ils étaient une manifestation divine.

— Ont-ils été détruits ?

— Tous, sans que l'on sache vraiment pourquoi. C'est un patriarche, Ludovico della Torre, qui a décrété leur destruction au XIVe siècle. Il a commencé par le château d'Ahrensperg, mais, plus tard, un édit a ordonné la démolition de tous les autres et, curieusement, émis l'interdiction absolue de les reconstruire.

— Pourquoi ?

Christian haussa les épaules.

— Une querelle avec un duc autrichien, peut-être. Un motif politique. Il n'en reste pas moins que leur démolition a coûté cher et a laissé le territoire sans protection. Quelques manoirs ont cependant été reconstruits récemment. (Il pointa un doigt vers les lumières que l'on apercevait dans les boqueteaux en contrebas.) Ahrensperg est devenu un hôtel très fréquenté. Et puis il y a le château d'Arno le Blanc, qu'on n'aperçoit pas d'ici et qui est encore en construction. Cela deviendra une résidence privée.

Massimo décela une note de gravité dans sa voix, comme si le passé perdu à jamais lui inspirait une certaine mélancolie.

— Cela te désole, constata-t-il.

Christian se tourna vers lui. Dans l'obscurité, Massimo pouvait à peine distinguer ses yeux.

— Je n'aime pas penser que ce monde a été détruit à cause d'une dispute entre puissants. Je préfère croire à un mystère. Comme tu l'as dit, quelque chose survit ici. Peut-être le patriarche le craignait-il.

— De quoi s'agit-il, selon toi ?

Christian rit.

— Ce ne sont que les fantasmes d'un petit garçon qui est devenu plus tard un gardien de l'Héritage.

— Je suis tout ouïe. C'était une secte ?

— *Une* secte ? Nous en avons un paquet par ici, et, aujourd'hui encore, on ne plaisante pas avec ça. (Il s'accouda à la balustrade.) Il suffit de franchir la frontière. Dans les grottes slovènes, on célèbre encore des rites païens, parfois considérés comme sataniques, et certains de ces rites sont loin d'être agréables. Ici même, dans ces bois, dans cette direction, il existe un rocher qui porte l'empreinte laissée par le pied de la Madone lors d'un combat contre le diable.

— C'est ce que raconte la légende.

— Évidemment. Sur cette terre, dans de nombreux récits, les croyances religieuses et le folklore sont une seule et même chose.

— J'ai l'impression d'être dans le triangle des Bermudes, fit Massimo. Et tout est concentré sur quelques kilomètres carrés de collines et de bois.

— Et de grottes. Et d'hypogées. Le paganisme et le christianisme, mêlés pour toujours. (Christian désigna la grotte située derrière eux.) La chapelle de la loge lombarde est dédiée à Santa Maria Maggiore d'Antro depuis le XIIIe siècle. Le culte marial a laissé des traces. Les Lombards ont également été conquis par ce culte. L'archange saint Michel revient très souvent dans leur iconographie parce que, dans l'Apocalypse de Jean, il combat lors de la deuxième guerre terrestre de la Vierge contre le dragon, et qu'ils l'identifiaient à Wodan, le dieu de la Guerre. Le culte michaélique s'est répandu dans toute la vallée.

— Les spirales y sont liées ?

— Je t'en dessinerai une sur une pierre, pour que tu l'offres à Lona, si tu veux, plaisanta Christian.

Massimo soupira. Ces histoires étaient curieuses, voire fascinantes, mais elles ne lui avaient pas apporté les indices qu'il espérait.

— Je suis fatigué et je n'ai rien à me mettre sous la dent.

— Il te faudrait l'épée flamboyante de l'archange pour défendre Teresa Battaglia contre les mauvaises langues.

— Ce ne sont pas des mauvaises langues. Elle est malade. Je te le dis parce que pratiquement tout le monde le sait, maintenant. Tu as dû voir les vidéos.

Le silence qui suivit était lourd.

— Merde. Je ne savais pas comment les interpréter. Je suis désolé.

Massimo regarda l'heure. Il se faisait tard, et, de là où ils étaient, il n'avait pas suffisamment de réseau pour appeler Elena.

— Tu me raccompagnes ? Ce connard m'a crevé un pneu.

— Bien sûr.

Ils refermèrent le portail et descendirent les marches vers le bois. Christian s'était maintenant totalement imprégné de son rôle de guide.

— Le sanctuaire de Castelmonte est dans cette direction. Il y a là un groupe de sculptures représentant l'archange saint Michel écrasant Satan le vampire, le dragon. Et il n'est pas seul entre ces murs très anciens. Tu te souviens de la *Virgen Nigra* ? Elle est là, elle aussi.

— Comment pourrais-je l'oublier ? Et ce n'est pas positif.

La madone à la peau sombre avait été une pièce importante dans la résolution de l'affaire de la *Nymphe endormie* et avait entraîné sa rencontre avec non seulement Christian, mais aussi Mihai-Anastasiu.

Massimo s'arrêta, bouleversé.

— Tu as bien dit que la sculpture figure un ange flamboyant écrasant Satan sous les traits d'un vampire ? lui demanda-t-il.

— Oui. Un vampire dragon, complètement noir.

— À quoi ressemblent les ailes de Satan ?

Il sembla étonné de la question.

— À celles d'une chauve-souris.

71

CHRISTIAN ACCÉLÉRA le plus possible sur la route. Lorsqu'une patrouille de collègues lui fit signe de se garer, il s'arrêta seulement le temps de montrer son badge et de signaler qu'il s'agissait d'une urgence professionnelle. Dès qu'il retrouva du réseau, Massimo reçut des messages d'Elena et de Parisi sur l'état physique et mental de Teresa. Ils l'assuraient qu'elle allait bien, mais, en même temps, ils n'avaient pas été autorisés à la voir. Mei Gao semblait avoir pris les choses en main. Même si Massimo savait qu'elle était l'amie de Teresa, cela le contrariait. Pourquoi tenait-elle ses amis à distance ?

Lorsqu'ils arrivèrent sur le parking de l'hôpital, Massimo n'attendit pas que la voiture s'arrête et en sortit en marche.

— Je te remercie. Je te dois un service.

Il rejoignit au pas de course le pavillon où Teresa était gardée en observation. En arrivant à l'étage, il entendit qu'on l'appelait depuis une salle d'attente : c'était Elena. Ils s'étreignirent.

Dès qu'elle se rendit compte de l'état de son visage, elle recula.

— Que t'est-il arrivé ?

— Je t'expliquerai plus tard. Tu devrais être à la maison.

Elle était accompagnée d'Alice et de Parisi.

— Elles ne veulent pas s'en aller, lui expliqua son collègue. Il suffisait que je reste.

Elena vint se placer entre eux.

— Elle refuse de nous laisser entrer, Massimo. Mais de quel droit agit-elle de la sorte ?

— D'aucun. Avez-vous appelé Parri ?

— Oui, mais il ne répond pas. Il a attendu jusqu'à ce qu'on nous dise que tout allait bien, puis il a dû courir à l'institut.

Les heures de visite étaient terminées depuis longtemps, pourtant Mei était à l'intérieur de la chambre et eux, à l'extérieur. Massimo s'approcha de la porte du service et sonna. À cet instant, la psychothérapeute sortit. Elle lui sourit, un peu surprise.

— Massimo, bonjour. (Elle l'observa.) Qu'est-il arrivé à ton visage ?

— Doctoresse Gao.

— Tu ne réussiras jamais à m'appeler Mei. Tu as eu un accident ?

— Plus ou moins, mais c'est l'autre type qui a subi le pire.

— Ah.

Elle s'apprêtait à fermer la porte quand Massimo posa la main sur le battant.

— Oups. C'est notre tour.

Mei le dévisagea comme si elle tentait de comprendre s'il y avait de l'agacement, un soupçon de ressentiment dans son ton. Massimo ne le savait pas lui-même.

— Bien sûr, dit-elle après une pause. Teresa en sera ravie. Venez, je vais parler au médecin de garde.

Massimo se tourna vers Elena. Elle ouvrit de grands yeux pour signifier qu'elle ne comprenait rien. Parisi attendit que la psychologue ait le dos tourné pour lui faire signe d'aller se faire foutre, puis il appela Alice, qui était restée assise.

— Nous pouvons entrer.

— Avant, c'était « non », et maintenant c'est « oui » ? s'exclama-t-elle, un peu querelleuse.

Mei ne s'en aperçut pas, ou fit semblant de ne pas s'en apercevoir. Dans les cinq minutes, ils eurent l'autorisation de rencontrer Teresa et la doctoresse Gao s'en fut avec un air satisfait qu'elle ne réussit pas à cacher.

— Mais qu'est-ce qu'elle a ? s'agaça Parisi.

Massimo ne répondit rien, mais quelque chose lui disait que c'était l'attitude de quelqu'un qui avait obtenu ce qu'il voulait.

Les deux agents d'escorte se trouvaient devant la chambre. Massimo déclina son identité et ses collègues les autorisèrent à entrer.

Teresa fut soulagée de les voir et Massimo de constater qu'elle était calme. Il s'attendait désormais à n'importe quelle réaction, sans raison, et même à ce qu'elle ne les reconnaisse pas. Parri lui avait expliqué que tout changement dans sa routine pouvait déclencher chez elle des réactions fortes, voire violentes. Raison de plus pour que Massimo ne réussisse pas à s'expliquer la façon dont Mei Gao avait géré l'hospitalisation, mais il garda cette pensée pour lui.

Teresa serra Alice dans ses bras.

— Pourquoi êtes-vous revenus ? Il est tard.

La jeune fille se recroquevilla sur le lit.

— Nous ne sommes jamais partis.

Massimo vit Teresa hésiter ; peut-être se sentait-elle un peu confuse.

— Tout va bien avec Mei ? lui demanda-t-il.

Teresa leva les yeux vers lui et Massimo se rendit compte que, non, ça n'allait pas du tout.

— Marini, tu as été agressé ?

Il se passa une main sur le visage.

— Est-ce que ça me rend plus intéressant ?

— Quel idiot.

— Je vous raconterai tout plus tard. Alors, par contre, qu'est-ce qui s'est passé ici ?

Teresa changea d'expression : elle était agacée.

— Mei a prétendu que ça me détendrait, mais je pense qu'elle m'a juste fait subir une séance de régression hypnotique, et ce n'est pas la première fois.

Massimo et Parisi sursautèrent.

— Vous plaisantez ?

— Je vais aller la chercher tout de suite.

Teresa se redressa en position assise sur le lit. La blouse que l'hôpital lui avait donnée la rendait encore plus fragile.

— Calmez-vous. Personne ne bouge d'ici. Je savais ce que je faisais.

Massimo n'en revenait pas.

— Comment pouvez-vous accepter de confier votre esprit à quelqu'un d'autre ?

— Je n'ai absolument rien accepté. (Elle fit signe à Massimo de lui passer la petite bouteille d'eau sur la table de nuit et en but une gorgée.) Cela me dérange qu'ils aient pu le croire.

— Ils ? Qui ça ?

Elle avait l'air déçue et même en colère.

— Asseyez-vous, soupira-t-elle.

Massimo et Parisi prirent deux chaises. Alice déplaça ses jambes pour faire de la place à Elena.

Ce que Teresa s'apprêtait à dire n'était pas indolore. Cela lui coûtait son confort et une partie de sa fierté. La trahison d'une amitié était pour elle plus profonde que celle de l'amour, parce que plus sournoise, plus inattendue.

— Mei a été une présence fondamentale dans ma vie, vous le savez, commença-t-elle. Je n'ai pas honte d'affirmer qu'elle m'a sauvée.

L'emploi du passé n'échappa pas à Marini.

— Plus maintenant ?

— Aujourd'hui, je l'ai mise à l'épreuve. Je voulais voir jusqu'où elle irait. (Teresa dévissa le bouchon de la bouteille et le revissa sans boire, puis le dévissa de nouveau.) Vous savez que je suis plus méfiante. J'avais remarqué que quelque chose n'allait pas entre nous. Ce sentiment empirait quand je la rencontrais, les cauchemars aussi. Ce dont je rêvais n'était rien d'autre qu'un souvenir induit.

Massimo n'était pas sûr d'avoir bien compris.

— Induit ?

— La régression hypnotique n'a aucun fondement scientifique. C'est une technique de manipulation par laquelle le thérapeute greffe des idées et des suggestions que le patient prend pour de véritables souvenirs. C'est ce qu'on appelle le « syndrome des faux souvenirs », ou quelque chose de ce genre. (Elle prit une gorgée d'eau, nerveuse.) Comme si je ne savais pas comment fonctionne la mémoire. *Moi* qui suis en train de la perdre. Ce n'est pas une bande magnétique sur laquelle on enregistre, ce n'est pas une pierre immuable que l'on grave. Elle est en perpétuel devenir, elle se modifie, elle se façonne. Mei voulait implanter des expériences en moi avec ses putains de mots déclencheurs. Squelette, os, ailes. Rien à foutre. C'était très exactement là qu'elle voulait me conduire.

— Là ?

— À un endroit où je suis allée. Quelqu'un le sait et veut que je me le remémore.

Massimo se leva.

— Maintenant, je vais demander poliment à la doctoresse Gao ce qu'elle comptait faire.

Teresa le saisit par le bras.

— Laisse-la. Si tu l'arrêtes, tu n'auras qu'elle. Je veux tous les autres. Moi aussi, je veux me confronter à elle, je veux la regarder dans les yeux et lui demander si la mort de Simone était selon elle le juste prix à payer, mais ce n'est pas le moment.

— Alors quoi ? demanda Parisi.

— Attendons que la nuit passe. Nous ne savons pas à qui nous pouvons nous fier. Surtout, nous devons comprendre pourquoi ils misent sur nous. Pourquoi me fournir un indice, à moi ?

Massimo retourna s'asseoir. Ce n'était pas facile de le lui expliquer sans la contrarier. Il essaya.

— Je crois que l'indice a porté ses fruits. Je sais peut-être où se trouve le cauchemar qui vous tourmente.

Les lèvres de Teresa tremblèrent.

— Alors je ne suis pas folle ?

Massimo montra à tout le monde une photo téléchargée sur le Net représentant le groupe sculptural de l'archange écrasant le vampire Satan.

— C'est ce que vous voyez ?

— Oui.

C'était à peine un murmure.

— Cela se situe dans le sanctuaire de Castelmonte.

Teresa lâcha un juron et repoussa les couvertures.

— Appelez le médecin. Je veux sortir d'ici.

— Ce n'est pas possible.

— Si, ça l'est. (Elle regarda Massimo.) Tu te fies à moi, même dans cet état ?

Ce n'était pas un mystère.

— Plus qu'à moi-même.

— Demain, nous affronterons le substitut du procureur. Soit nous le convainquons, soit tout est fini pour nous.

72

C'ÉTAIT LE 1ER NOVEMBRE et même la météo se préparait à la fête des Morts du lendemain. Le brouillard était revenu, une brume nébuleuse montant du royaume d'Hadès. Ils trouvèrent le substitut du procureur Gardini chez lui. Il attendait des invités pour le déjeuner, mais il était trop poli pour prier Teresa et Massimo de repasser.

Dix minutes plus tard, à en juger par son expression, il le regrettait déjà.

— Je suis déconcerté.

Il dévisagea Teresa et Massimo comme s'ils lui parlaient d'extraterrestres et d'invasions imminentes. Et encore, Teresa ne lui avait pas tout dit. Elle commençait à peine à tâter le terrain.

— Tu me brosses un tableau irréel, Teresa. Une secte, vraiment ?

— Je n'ai pas utilisé ce terme.

— Alors qu'est-ce que ce serait ?

Teresa piocha un biscuit salé dans le bol qu'il leur tendit avec un apéritif sans alcool.

— Un groupe, une organisation, une communauté… cela fait-il vraiment une différence ? Ils ont sûrement des intérêts à protéger, sinon ils ne se seraient pas donné tant de mal. Ce qui compte, c'est leurs actes, pas notre façon de les définir.

— Et que font-ils ? Ils se font retirer des parties d'os ? C'est dégoûtant et malsain, mais guère passible de poursuites judiciaires, je le crains.

— Ratchis…

— Ratchis Evaldi était majeur, pratiquait la scarification et l'automutilation. Dieu seul sait comment il a perdu un morceau de côte.

— *Perdu ?* Tu es sérieux ? Quoi qu'il en soit, nous devons le découvrir.

Gardini ouvrit le four et, armé de gants, en retira la casserole contenant les croûtons.

— Tu veux que je te dise ce que j'en pense ? Cela ne m'intéresse pas. Ce qui m'intéressait, c'était de clarifier si sa mort était un suicide ou non. C'en était un. Pour moi, cela suffit.

Teresa vacilla sur son tabouret.

— Et sa mère ? Deux suicides à quelques jours d'intervalle dans une même famille, cela te paraît normal ?

— Non, Teresa. Ce n'est pas normal, mais j'ai connu des familles pires que celle-là, et toi aussi. Tout le monde n'est pas heureux dans ce monde. Les cultes ésotériques n'y sont pour rien.

— Merde, Gardini ! (Teresa ignora la main que tendait Massimo pour la calmer et qui retomba sur son genou.) Tu en parles comme si c'était de la science-fiction. Sais-tu où se trouve le plus grand temple païen souterrain du monde ?

Le substitut du procureur la fixa, une main sur la hanche, l'autre tenant une petite casserole de sauce.

— Non.

— En Italie. Il fait plus de soixante-dix mètres de profondeur et il est en service. Tu peux commencer à penser hors des schémas préconçus ?

Gardini se mit à s'agiter avec un peu trop d'empressement.

— Je pense qu'à ce stade je devrais me sentir offensé.

— Je t'ai toujours témoigné de l'estime.

— Et je t'ai toujours suivie, mais je ne peux pas cette fois. (Gardini ferma les yeux un instant, les mains jointes devant le visage.) Je vous mets en garde contre l'idée de vous occuper d'une affaire qui ne relève plus de la compétence des services de police. Une ingérence pourrait avoir des conséquences désastreuses pour vous deux.

— Et moi je t'invite à réfléchir au comportement animal de Tassia. Nous ne pouvons pas l'abandonner. Nous devons comprendre dans quel monde elle s'est perdue. Ou quel monde l'a engendrée.

Gardini jeta un torchon sur le plan de travail.

— Cette jeune fille n'a pas été abandonnée. Elle est hospitalisée et suivie par des assistantes sociales.

— Tu lui as parlé ?

— Teresa… Elle n'est pas en état. Écoute, tu m'inquiètes.

— Je m'inquiète aussi pour vous, inspecteur Marini. Je ne vous ai jamais vu aller à l'encontre de toutes les procédures.

— Et ça, ça ne te met pas la puce à l'oreille ? Tu penses vraiment que nous sommes tous devenus fous, d'un seul coup ? Moi, à la rigueur, mais les autres ?

— Je ne peux pas demander à Crespi d'autoriser la mise sur écoute d'un père qui a perdu son fils et sa femme par *suicide* comme tu le souhaiterais, Teresa.

— Pourquoi pas ?

Il leva les bras, exaspéré.

— Parce que c'est *moi* qui passerais pour un fou. Il n'y a pas d'éléments qui nous donnent à penser qu'Enrico Evaldi y soit pour quelque chose, et encore moins pour engager une enquête. Ratchis a été enterré : vous ne pensez pas que, si le père avait quelque chose à cacher, il aurait choisi la crémation ? La sœur a été examinée par des médecins. Son corps est intact, il n'y a aucun signe de maltraitance ou d'automutilation, et encore moins d'opérations pratiquées à domicile.

— Et tu t'en contentes ?

— Oui ! (Il soupira.) Je ne savais pas si je devais te le dire, mais Evaldi est introuvable. Le tribunal pour enfants le recherche pour des questions liées à l'hospitalisation de sa fille. Depuis hier, ils n'ont pas réussi à entrer en contact avec lui.

— Splendide.

— Cela ne veut rien dire.

— Vous le retrouverez mort.

— Pas nécessairement.

— Et Mei Gao ?

— Je vais faire comme si je n'avais jamais entendu tes soupçons à son sujet.

— Tu ne pourras pas les ignorer éternellement.

Gardini croisa les bras sur son tablier taché de sauce.

— Qu'attends-tu de moi ?

Teresa descendit du tabouret, non sans difficulté. Il fallait qu'elle parte avant de perdre son sang-froid.

— Ils ont tué De Carli, bordel de merde !

— Nous enquêtons, tu...

Teresa pointa son index sur lui.

— Qu'est-ce que j'attends ? Que tu sois du bon côté, quand viendra le moment. Et il viendra.

73

— Sommes-nous sûrs de pouvoir lui faire confiance ? lui demanda Marini une fois qu'ils furent revenus dans la rue.

Teresa regarda par-dessus son épaule. Gardini se tenait toujours dans l'embrasure de la porte et il les fixait.

— Nous ne sommes sûrs de rien. Maintenant, il pourrait se demander si j'ai besoin d'un traitement médical obligatoire.

Ils tournèrent au coin de la rue et commencèrent à marcher plus lentement. Ils ne savaient pas s'ils devaient s'aventurer vers leur prochaine étape.

— Nous avons pris un risque, fit Marini.

Teresa s'arrêta.

— À partir de maintenant, ce sera la chute libre. Préparons-nous à arriver au fond et à découvrir ce qu'il y a tout en bas.

— On y arrive ou on s'y écrase ?

Marini n'attendit pas la réponse, l'attrapa par les épaules et la poussa dans le jardin d'une maison.

— Eh ! protesta-t-elle.

Derrière un laurier-rose, il scruta la rue.

— Je me trompe ou c'est le juge Crespi ?

Teresa regarda elle aussi à travers le feuillage. Le magistrat s'était garé et descendait de voiture, une bouteille de vin à la main.

— Voyons voir qui déjeune chez Gardini !

— Je ne savais pas qu'ils étaient si bons amis.

Marini se tourna vers elle.

— On a fait une connerie ?

— Quand est-ce que vous n'en faites pas ?

Ils reconnurent la voix avant même que le préfet n'ait écarté les branches. Il les contempla avec dégoût. Teresa se redressa.

— Salut, Albert.

— Sortez de là, s'il vous plaît. C'est une propriété privée.

Il les attendit sur le trottoir, une cigarette entre les doigts. Teresa refusait de se sentir coupable.

— Toi aussi, tu déjeunes chez Gardini ? s'enquit-elle.

— Où est ton escorte ?

— Je n'en ai pas besoin. J'ai besoin que tes hommes fassent ce qu'ils peuvent pour résoudre cette affaire, merde.

Il recracha de la fumée.

— Quelle affaire ? D'après ce que j'ai compris, ils l'ont fait capoter, peut-être parce que quelqu'un a fait trop de conneries. De qui pourrait-il bien s'agir, inspecteur Marini ?

Teresa s'avança vers lui.

— De quoi as-tu besoin de parler avec Crespi ?

Le regard d'Albert se durcit.

— J'essaie de t'aider et tu ne me facilites pas la tâche.

— Et en quoi nous aidez-vous ? lui demanda Marini.

— Baissez d'un ton. Vous ne vous rendez même pas compte de la pression que je subis. Les preuves de votre implication dans cette affaire commencent à attirer l'attention de trop de gens, Teresa, et je ne sais plus quelle explication donner.

— Dis que tu n'y comprends que dalle. C'est la vérité.

Albert frémit de rage.

— Je suis à bout. Dis-moi ce qui t'arrive.

— Oh, sois tranquille. J'ai dans l'idée que Gardini va engager une discussion intéressante entre deux verres de vin. Il te racontera, lui, à quel point j'ai perdu la tête.

Le préfet observa Marini un moment.

— Tu vas tomber, Teresa, et tu vas l'entraîner avec toi. Tu le sais. Tu n'es plus fiable. Ne demande pas à tes gars de te suivre.

Marini se fâcha.

— Elle ne m'a jamais rien demandé. Ce n'est pas nécessaire. Et je ne suis pas un « gars ». Je suis inspecteur de police.

Albert jeta sa cigarette dans le caniveau.

— Reste à voir pour combien de temps.

Il leur tourna le dos et se dirigea vers la maison du substitut du procureur. Ignorant les protestations de Teresa, Marini le rappela.

— Préfet Lona ! Elle n'est pas folle. Ce qu'elle a vu dans ses cauchemars existe vraiment.

Lona semblait n'attendre rien d'autre. Il se retourna d'un coup et pointa un doigt en direction de Teresa.

— Qu'as-tu vu ?

Elle pensa à la statue de l'archange victorieux des ténèbres incarnées par Satan succombant. Elle pensa à la porte suivante, au contenu caché dans l'obscurité, à la suite du cauchemar dont elle n'avait jamais parlé à personne, pas même à Mei.

Mais était-ce un cauchemar ou quelque chose de réel ? Elle ne le savait pas.

Teresa sentit son cœur se serrer dans sa gorge, ses paumes moites. Elle devait décider si les alliés qu'elle avait choisis et ceux dont elle s'était rapprochée pouvaient résister à cette révélation. Il n'y avait aucun moyen d'en être certaine, si ce n'était en prenant le risque.

— Les restes d'une créature ailée, Albert.

— Une *créature* ?

Dans le silence qui suivit, les messages émis par le corps du préfet Lona n'échappèrent pas à Teresa. Sa confusion était réelle ; il n'était pas de mèche avec Mei Gao et celui qui avait voulu lui fournir cet indice.

Marini était lui aussi bouleversé, mais Teresa savait qu'il la suivrait dans ce voyage à la limite de la folie.

Elle le regarda.

— Tu m'as dit que tu me faisais confiance.

Il sourit, malgré tout.

— Et c'est vrai. Mais maintenant, ne m'entraînez pas dans une descente aux enfers, s'il vous plaît.

74

Le sanctuaire marial de Castelmonte se dressait au sommet d'un relief boisé des Préalpes. Telle une forteresse, l'église millénaire et son clocher étaient entourés de murailles élevées pour la défense d'abord contre les invasions barbares, puis contre l'avance des Turcs. C'était une forteresse de pierre qui comprenait un minuscule hameau tenu par les frères capucins.

Teresa et Massimo laissèrent la voiture sur le parking creusé dans le flanc de la montagne. Parisi venait à peine d'envoyer des nouvelles : il surveillait Mei Gao et, jusqu'à présent, la doctoresse n'avait pas bougé de chez elle et n'avait reçu aucune visite.

Le soleil était un disque rosé suspendu au-dessus de la mer de brume qui recouvrait le fond de la vallée. La croix lumineuse, érigée pour indiquer le chemin aux fidèles, s'illumina à ce moment-là.

— Est-ce un signe ? demanda Marini.

Teresa se tourna vers lui.

— Il nous faut davantage qu'un signe.

— Fatiguée ?

Teresa était sur le point de répondre « morte », mais ce mot lui sembla funeste.

— Je tiens le coup.

Mais, face à l'escalier qui menait de l'esplanade au sanctuaire, ces mots moururent sur ses lèvres. Marini indiqua l'ascenseur à la disposition des visiteurs.

— Prenons-le.

— Non. Je veux voir de mes yeux et je veux que les autres me voient. Si je suis déjà venue ici, quelqu'un s'en souviendra bien.

Ils se mirent en route. Les marches étaient usées par des siècles d'usage et de pèlerinages. Le lieu de culte marial avait été non seulement un phare de la chrétienté dans les temps les plus sombres, mais aussi un rempart derrière lequel les populations voisines pouvaient se réfugier lors des invasions. Au cours des deux guerres mondiales, il n'avait pas fait exception à la règle.

Teresa s'arrêta à mi-chemin de l'escalier.

La fatigue, le risque de la vie, le ciel rose, les forêts noires qui l'entouraient, les légendes, la foi, l'odeur des années… Elle se sentait accablée. Elle leva les yeux vers l'église.

— Ils voulaient que je vienne ici, murmura-t-elle. Ils m'ont envoyée aux avant-postes parce qu'ils ne pouvaient s'y rendre. Ce qu'ils cherchent, c'est une puissance supérieure à la leur.

Marini conclut pour elle.

— L'Église.

Ils entrèrent dans le bâtiment comme des pèlerins, se mêlant aux visiteurs. La nef était couverte de centaines de plaques votives à la Vierge, parfois très anciennes. Elles témoignaient de la fidélité de Dieu à ses enfants, de son intervention par l'intercession de sa mère.

Teresa les avait déjà vues, mais elle n'aurait su dire à quand remontaient ses souvenirs. Elle avait visité ces lieux dans son enfance avec ses grands-parents.

Plusieurs frères tenaient le rôle de guides pour les fidèles. D'autres étaient chargés des confessions.

— Il ne reste plus qu'à leur demander s'ils vous ont déjà rencontrée, dit Marini.

Teresa était embarrassée.

— Sans plus de précaution ?

— Nous n'avons ni le choix ni le temps.

Ils se lancèrent et s'approchèrent des frères en leur en expliquant le moins possible : ils racontèrent les difficultés de Teresa et la nécessité de reconstituer une partie de sa journée, qui s'était perdue. Les religieux se montrèrent attentifs et navrés, mais aucun d'entre eux ne put les aider. S'ils l'avaient reconnue d'après la vidéo devenue virale, ils n'en laissèrent rien entendre ; ici, ils n'avaient jamais vu Teresa.

La communauté franciscaine n'était pas très grande, et, en peu de temps, ils réussirent à parler à tout le monde.

Ils ne se l'avouèrent pas, mais ils étaient déçus.

— Peut-être aurions-nous dû venir ici avant de tout balancer à Gardini, regretta Teresa.

Marini ne remua pas le couteau dans la plaie, même s'il en aurait eu parfaitement le droit.

— Vous ne voulez pas le découvrir ? préféra-t-il l'interroger. Votre cauchemar. Quelque chose me dit qu'à partir de maintenant il ne viendra plus vous tourmenter.

Ils descendirent dans la crypte. Même là, tout en bas, à travers les peintures et les broderies, les ex-voto évoquaient des accidents terribles et des fièvres miraculeusement guéries.

— Qu'est-ce que la foi, Marini ?

— Vous le demandez à la mauvaise personne.

Teresa lut dans ces témoignages les traces d'une force invisible, présente là, parmi eux, en cet instant. Une force qui avait traversé les millénaires et poussé les mystiques à l'extase, conduit à la guerre, réconforté les désespérés, élevé les cœurs, inspiré les saints et fait fuir les damnés.

Elle aurait voulu boire à la fontaine de cette consolation, mais elle ne savait plus que croire.

Dans une châsse éclairée et protégée par une grille, la statue de l'archange saint Michel resplendissait, la balance de la justice, du jugement divin, à la main. Sous son pied, à la pointe de son épée, Satan avait l'aspect d'un vampire aussi noir que la poix et aussi brillant que les larmes qu'il apportait au monde. Il se tordait, ses ailes de chauve-souris repliées, mais pas encore défaites. Il semblait se débattre dans une ultime et furieuse tentative de rébellion.

Teresa les admira, ravie.

— Vous voilà, vous deux.

Elle était presque émue et ne savait pourquoi. Elle s'agrippa à la grille. Elle aurait voulu les toucher.

L'odeur de l'encens et des bougies lui était familière. Combien de fois Mei avait-elle proposé à ses sens de revivre cette expérience ? Pourtant, derrière la statue, il n'y avait aucune porte à ouvrir pour accéder au mystère suivant.

Elle soupira.

— Je suis déjà venue ici, et pas seulement enfant.

Même si aucun des frères ne l'avait reconnue, même si elle ne s'en souvenait pas, même si toute tentative pour remédier à ce qui s'était passé serait désormais vaine.

Une main lui effleura l'épaule. De l'autre, Marini lui desserra les doigts, toujours crispés sur la grille.

— Allons-y.

Le brouillard s'était répandu : il avait conquis les pentes et envahi le parking. Marini dut appuyer sur sa clé pour trouver la voiture. Les phares clignotèrent au loin.

Ils marchaient l'un derrière l'autre, d'un pas rapide. Ce temps les glaçait jusqu'aux os, c'était le cas de le dire, pensa Teresa.

Sa paranoïa la rendait allergique à ce genre de situation. Elle se sentait plus en danger que jamais. Chaque ombre semblait la flairer.

— Nous ne sommes pas seuls.

— Comment ça ?

Ils continuèrent à avancer.

Les cloches marquèrent l'heure. Teresa s'arrêta. Elle ne réussit pas à compter les coups, ne sachant par où commencer. Et elle ne parvenait pas à demander de l'aide, car elle ne se souvenait plus des mots.

— Je ne suis pas seule, susurra-t-elle afin de ne pas se faire entendre du danger, bien qu'il soit maintenant à ses côtés.

— Il t'en a fallu, du temps, commissaire Battaglia. Je perdais espoir.

Elle se retourna. Il y avait un homme dans la brume. Si proche qu'elle pouvait sentir la chaleur qu'il dégageait.

Il lui sourit, comme il lui avait souri sur le pont du Diable.

— Je suis, en quelque sorte, le grand traître.

Teresa distingua une autre ombre derrière lui. Massimo le tenait en respect avec son pistolet.

— Les mains en l'air et tourne-toi, lui intima-t-il.

L'homme ne parut pas surpris. Il leva les mains, mais ne se retourna pas.

— Je t'attendais, dit-il à Teresa. Et tu m'attendais.

75

La maison au cœur des bois était un pavillon de chasse désaffecté. L'intérieur était chauffé par un vieux poêle en fonte noire qui remplissait merveilleusement son rôle. L'homme enleva son ciré et le suspendit à un crochet au mur. Il avait l'air d'avoir une quarantaine d'années. Ses cheveux étaient rasés et il portait une tunique en tissu léger. Il ne voulut pas donner son nom et leur assura que, lorsque cette histoire serait terminée, pour le meilleur ou pour le pire, il disparaîtrait. Il prit deux bûches sur une pile et les jeta dans le feu, ravivant les braises. Lorsqu'il referma la porte, les flammes crépitaient furieusement.

— Asseyez-vous.

Il leur tendit deux tabourets. Teresa remarqua que Marini déplaçait le sien. Il voulait que la sortie reste dégagée.

— Je vous prépare un thé. Vous pouvez vous approcher et vérifier, comme ça vous serez sûrs que je ne vous empoisonne pas.

— Je peux très bien te surveiller d'ici, rétorqua Marini.

Il avait rengainé son arme, mais pas sa suspicion, bien que

l'homme ait affirmé être un ami de Mihai et avoir déjà rencontré Teresa.

Elle était perdue, mais elle savait que c'était vrai : ils s'étaient déjà rencontrés. Se trouver face à lui avait provoqué chez elle un sentiment de déja-vu. Elle observa autour d'elle. Il y avait un fusil et plusieurs serpes. Une hache, divers couteaux.

La casserole d'eau posée sur le poêle commença presque immédiatement à fumer. L'homme manipula des tasses et des cuillères, qui s'entrechoquèrent. Il avait les épaules larges, les bras forts, et une cicatrice de scarification en forme d'éventail habillait son cou.

— Tu étais l'un des leurs, lui lança-t-elle.

— Non, mais je professe… J'ai professé le même credo.

Teresa regarda dehors. La fenêtre était étroite, les bords luisants de gras. On apercevait le sanctuaire au loin, plus haut, sur le sommet.

— Tout a commencé ici ? demanda-t-elle d'instinct.

L'homme se retourna à peine, afin de comprendre à quoi elle se référait.

— Au départ, ce n'était qu'un sanctuaire préchrétien, construit par les légionnaires romains stationnés au Forum Iulii, expliqua-t-il. Qui sait pourquoi ils sont montés jusque-là. Ils gardaient l'accès à la vallée, peut-être, ou ils y ont cherché un abri. Les invasions barbares venaient de commencer. Mais dans ces montagnes, certains de ces soldats ne portaient pas seulement les étendards de Rome.

Marini étendit les jambes, les bras croisés. On voyait bien qu'il n'appréciait pas cet homme et il ne faisait rien pour le cacher.

— Ils portaient aussi leur credo, dit-il. C'est à cela que tu fais allusion ?

— Oui, mais Teresa et moi nous sommes déjà raconté ces choses-là.

— Je souffre d'Alzheimer.

Il hocha tristement la tête et leur tendit deux tasses dépareillées. Elles étaient en étain verni et avaient subi quelques chocs.

— Je comprends. J'avais fini par comprendre qu'il s'agissait d'une maladie. Je suis désolé.

D'un signe de tête, Teresa laissa entendre que cela n'avait pas d'importance.

— Quelle est la suite de l'histoire ?

— Beaucoup de soldats s'étaient déjà convertis au christianisme, mais certains étaient encore païens et vénéraient diverses divinités, surtout Isis. Elle était très chère au peuple romain, moins au Sénat. Ses prêtres étaient trop puissants. Son culte fut interdit et on l'adora sous les traits de déesses moins dangereuses, comme Cérès.

Teresa ne but pas une goutte de thé. Elle avait senti la nausée monter.

— C'est toi qui as mis la petite statue de Cérès dans la bouche du cadavre de mon ex-mari ?

L'homme sembla se froisser.

— Non, pourquoi aurais-je fait ça ? Je l'avais placée sur sa poitrine.

Marini se tourna pour regarder Teresa.

— Giacomo.

Dans la bouche, ils avaient également trouvé sa signature : quelques tesselles de mosaïque.

— Je n'ai rien à voir avec sa mort, mais je ne pouvais pas non plus l'éviter, poursuivit l'homme. Je suivais des traces, comme vous. Et je cherchais un contact avec toi, Teresa, je voulais te livrer un indice. Tu m'avais demandé d'attendre une initiative de ta part, mais cette initiative n'est jamais arrivée et les semaines ont passé. Plus tard, j'ai compris que quelque chose n'allait pas, j'ai même pensé que tu étais de leur côté.

— Et le bracelet dans l'hypogée ? s'enquit Marini.

— Toujours moi.

À l'extérieur de la cabane, garée sous une bâche tendue entre les arbres, se trouvait une camionnette du même modèle que celle filmée par les caméras du bureau de tabac de Cividale.

— Ce fourgon, fit Marini en désignant la porte de la tête, c'est celui avec lequel tu es allé démolir le mur de l'hypogée ?

— Oui.

Marini ne paraissait pas convaincu.

— C'était un coup risqué, dit-il.

L'homme s'assit sur une souche d'où il retira la hache. Pendant un instant, Teresa craignit qu'il ne s'en serve contre eux. Il la planta dans les planches du mur.

— Je n'ai plus rien à perdre. À un moment donné, j'ai pensé que la vérité devait éclater au grand jour, notamment à cause des squelettes, réels et métaphoriques, que la Mère des ossements a laissés derrière elle.

Il n'avait pas le comportement d'un ermite, pas non plus celui d'un psychopathe ou d'un misanthrope.

— Comment as-tu su où ils étaient enterrés ? lui demanda Teresa. Ils reposaient là depuis des siècles.

— Je sais beaucoup de choses, parce que celui qui m'a instruit pendant un certain temps, c'était le fils de la Mère. Nous avons toujours voulu la protéger de ceux qui altéraient sa nature.

— De qui ou de quoi veux-tu parler lorsque tu évoques la Mère des ossements ?

— D'une communauté qui à une époque professait un culte, mais désormais s'est vendue aux deux divinités habituelles, le Pouvoir et l'Argent. Elle possède une organisation pyramidale, manipule ses membres pour les lier à elle de diverses manières, principalement par le chantage, un donnant-donnant qui ne laisse pas d'échappatoire. Je n'ai atteint que les échelons les plus bas, comme Enrico Evaldi et Ernesto Ortis. La piétaille. Il a été impossible de retrouver l'identité des suivants. En revanche, je sais que la Mère des ossements entretient une emprise très forte sur votre milieu, peut-être même jusque dans les bureaux de la préfecture de police. (Il se tourna vers Teresa.) Je te l'avais dit, avant le suicide de Ratchis. Tu as insisté pour alerter le préfet. Je n'étais pas d'accord, mais tu semblais convaincue qu'il n'y était pour rien.

— Et l'homme qui t'a « instruit » ? s'enquit Marini.

— Il est mort. Un destin commun à beaucoup de mécréants, de dissidents. On raconte qu'il s'est pendu sous le pont du Diable. Cela fait plus de dix ans maintenant. Vous trouverez certainement des informations sur son compte, si vous avez besoin de preuves. Je n'ai jamais cru au suicide. La veille, il avait essayé de contacter un journaliste pour que l'histoire soit diffusée.

Il se leva et s'approcha de la fenêtre. Il avait de grands yeux noirs qui scrutaient la forêt. Teresa se demanda s'il réussissait à dormir la nuit. C'était une âme tourmentée.

— Ratchis et sa mère se sont aussi suicidés, lui fit remarquer Marini.

— Ceux-là sont de vrais suicides.

— Comment le sais-tu ?

— J'étais en contact avec le garçon. (Il fixa Teresa.) Nous avons essayé de le sauver. Nous sommes allés au bord du lac, mais il était trop tard. Je savais, je sentais qu'il en finirait là-bas. Il me l'avait fait comprendre, mais je n'ai jamais pensé que cela arriverait vraiment.

— Bien sûr, ce lac si proche de l'ancienne nécropole, murmura Teresa. Un endroit chargé de sens. Ceux qui étaient comme lui auraient saisi que Ratchis, en mourant, avait à peine commencé à raconter son histoire.

— C'est toi qui m'as téléphoné, lança Marini à l'homme en se levant. Je m'en suis douté dès que tu as ouvert la bouche. Recommence, reprends depuis le début.

Il parla peut-être d'un ton trop brusque. L'homme, qui restait encore anonyme, le remarqua.

— Qui es-tu pour me dire ce que je dois faire ?

— Qui je suis, nous le savons. Contrairement à qui tu es. Pourquoi devrions-nous rester là à t'écouter ?

Teresa leva les mains pour mettre fin à cette prise de bec.

— Écoutez, je n'ai pas le temps. Je n'ai vraiment pas le temps. Il se peut que dans cinq minutes, ou même avant, je ne sache plus qui vous êtes.

L'homme revint s'asseoir en face d'elle et lui parla avec mesure.

— Nous nous sommes rencontrés devant une maison en feu, par suite d'une affaire autour d'un tableau peint avec du sang. Sans le savoir, tu t'étais rapprochée d'une icône qui racontait l'histoire de la Mère. À cette occasion, je t'ai conseillé de faire attention à elle, avant de disparaître.

Teresa lui prit instinctivement la main.

— « Mère des ossements. Fais attention. » Je l'ai écrit dans mon journal, mais je l'ai effacé. Je ne sais pas pourquoi.

L'homme se pencha en arrière. Ses yeux étaient si profonds, si troublés que Teresa pensa qu'elle pourrait s'y noyer.

— Peut-être parce que tu as perçu le danger, une fois que tu as eu retrouvé sa trace. Tu es allée voir Mihai et tu lui as demandé qui était la Mère des ossements. Il nous a remis en contact. Malheureusement, la Mère a elle aussi commencé à s'intéresser à toi.

Teresa avait l'impression que sa tête était enfermée dans de la ouate.

— Qui était Anastasiu, ou Mihai ? Quel rôle a-t-il joué dans cette histoire ?

— Vous avez trouvé les nains. Autrefois, leur rôle était fondamental, mais ils ont été progressivement évincés. Pendant des générations, ils n'ont plus compté pour rien. Mihai était le dernier d'entre eux. Il essayait de limiter le pouvoir de la secte qui, à ses yeux, s'était transformée en une structure négative et dangereuse. Il s'était rapproché de Ratchis pour tenter de le sauver, de l'éloigner de ce réseau. La tesselle en os taillée à partir de la tête de sa côte, c'est lui qui te l'a donnée, comme preuve. Le garçon aurait dû la confier au trône de la Mère, mais Mihai l'avait persuadé de ne pas participer à l'initiation. Peu après, il a disparu et vous l'avez retrouvé mort.

Teresa se sentait écœurée.

— Pourquoi ce sacrifice de la tête de côte ? Pourquoi ces scarifications ? Sur la pièce taillée à partir de l'os de Ratchis, le nombre « XII » est gravé. Qu'est-ce que cela signifie ?

L'homme ne manifesta pas le même malaise qu'éprouvait Teresa. Il semblait presque comprendre les sévices qu'elle énonçait.

— Depuis douze générations, ces épreuves de foi, d'appartenance, de courage, appelez-les comme vous voulez, sont exigées des membres masculins. Peut-être s'agit-il d'étapes nécessaires pour accéder à l'échelon suivant, qui peut l'affirmer ? L'histoire de l'humanité est pleine de ces abominations et celui qui pense qu'elles ont cessé vit dans l'illusion.

Teresa le savait bien. Elle connaissait le dossier et les statistiques qui l'accompagnaient.

— Pourquoi ne pas porter plainte ? demanda Massimo.

L'homme lui rit au nez.

— J'ai toujours su que la secte entretenait des contacts avec toutes les institutions, mais je ne connaissais pas les noms des responsables. Mon mentor a été tué. Mihai a été tué. Je ne voulais pas être le suivant. Quand Teresa a disparu, je ne savais pas qui contacter.

— C'est décourageant, admit Marini.

L'homme haussa un sourcil.

— C'est plus que décourageant : mortel. (Il regarda Teresa.) Tu as trouvé la Mère des ossements dans un moment de grande faiblesse, et donc de péril. Le meurtre de ton ex avait valeur d'avertissement.

— C'est ainsi qu'agit la mafia, commenta Marini.

L'homme continua à regarder Teresa.

— Eux, ils sont peut-être encore pires, mais pour autant que je sache, ils sont attachés à cette terre. Ils ne doivent pas être nombreux, même si leurs racines sont profondes.

Teresa sentit un frisson lui parcourir le dos. Peut-être le pire devait-il encore arriver.

— Que font ces gens ? demanda-t-elle.

— Je n'en ai aucune preuve. Tout ce que je sais m'a été transmis. Mais je peux constater que ceux qui résistent ou qui posent des questions finissent par mourir. Cela me suffit pour penser que tout est vrai.

— Que font ces gens ? répéta Teresa.

— Ils cultivent et protègent la Mère : une fille qui donnera naissance à une autre fille, l'allaitera jusqu'à l'âge de trois ans, nourrissant celle qu'elle croit être son incarnation, puis se sacrifiera pour revivre complètement en elle.

Marini semblait devenir fou.

— Que je comprenne bien, lui lança-t-il, agressif. Ils gardent une femme enceinte prisonnière ? Et ensuite cette femme se suicide ?

— Elle ne sait pas qu'elle est prisonnière. Vous ne pouvez pas comprendre.

Marini écarta les bras.

— Ah bon, alors... (Il s'approcha de lui, presque jusqu'à le toucher.) Ce que tu penses change que dalle.

L'autre garda son calme.

— Je suis d'accord. Nous sommes du même côté.

Marini le dévisagea.

— Vraiment ?

Teresa avait une question qui la tourmentait depuis que la vérité leur avait été révélée.

— Si cette fille est maintenant enceinte, qui est le père ?

L'homme s'accroupit devant elle. À présent, il avait l'air désemparé.

— Ratchis.

Teresa resta pétrifiée. Pour ce pauvre garçon, c'en était trop. Malgré son éducation, malgré le lavage de cerveau auquel il avait été soumis, comme on ne savait combien d'autres qui étaient tombés – non, qui avaient *grandi* – dans les mailles de ce réseau, il avait compris que tout cela était mal. C'est la raison pour laquelle il se sentait seul, pour laquelle il était seul. Il ne pouvait avouer son malaise à personne.

Marini poussa un juron.

— J'en ai la nausée. (Il déglutit plusieurs fois.) Ils enlèvent des mineurs ?

L'homme nia d'un signe de tête.

— Ils n'en ont pas besoin. Ils ont déjà leur génitrice, elle appartient à la même lignée depuis on ne sait combien de générations. La Mère des ossements croit se souvenir de chacune de ses vies passées et garder l'accès à des connaissances millénaires que son propre corps transmet à la suivante. En réalité, ce sont des souvenirs implantés par le biais de cantiques et de chants scandés qui transmettent oralement l'histoire de la Mère et de l'humanité. Elle n'est jamais sortie de son enceinte. Et personne à l'extérieur ne l'a jamais vue. Pas même moi.

— Et qu'en est-il des enfants de sexe masculin ? demanda Teresa.

— Je n'en sais rien. Je sais seulement que les femmes sont marquées par une tare, ce qui a peut-être renforcé dans le passé l'idée qu'elles étaient de condition divine. (Il se tâta le dos.) Une déformation de la colonne vertébrale qui fait saillir les omoplates. Des omoplates ailées, très prononcées.

— Dans l'iconographie, Isis est ailée.

— Oui, mais elle n'est pas la seule. À un moment donné, dans ces contrées, le culte isiaque a fusionné avec les croyances païennes apportées par les peuples du nord et de l'est de l'Europe. Isis a alors pris les traits de la déesse blanche sibérienne la Rigide, la Déesse-Oiseau qui, avec son bec, écorchait les défunts pour révéler à la lumière l'éclat du squelette et les rendre dignes de l'au-delà. Elle est devenue la « Mère des ossements ».

— Qui est cette Mère aujourd'hui ?

— Une femme. À la tête de la communauté, il y a toujours eu une femme. Pourtant quelque chose dans son pouvoir est en train de changer. Les fondations du temple s'effritent. Les gens croient de moins en moins et ne sont pas prêts à se soumettre aux sacrifices. La foi est nécessaire pour maintenir la cohésion d'un groupe ; les menaces et le chantage ne suffisent pas. La Mère a peur, voilà pourquoi elle a tué, et, en tuant, elle a dévoilé sa présence.

— Elle a commis une erreur, constata Marini.

— Une très grosse erreur.

L'homme se releva, l'air nerveux.

Il ferma les volets, en abaissa les barres. Il fit de même avec la porte. L'obscurité tombait.

Quelque chose échappait à Teresa.

— Si la Mère n'est pas ici, alors toi, que protèges-tu ?

L'homme souleva le tapis de jute usé, dévoilant une trappe dans le dallage.

— Tu l'as déjà vue, mais tu ne t'en souviens pas.

Il lui tendit la main, et il attendit. Teresa se leva, lentement. Ce n'était pas une porte, comme celle qu'elle voyait dans ses cauchemars. C'était un accès vers le sous-sol. Il lui prit la main et ils descendirent ensemble les marches de l'escalier.

Une odeur de racines se dégageait de la pièce souterraine. L'homme alluma une bougie. Il y en avait d'autres dans des niches creusées dans la terre nue, qu'il alluma également.

Teresa se retourna, à peine consciente que Marini la suivait.

Une vision se dessina devant elle.

— La première Mère des ossements, annonça l'homme qui n'avait toujours pas de nom.

Ils devaient appeler Parri sur place. Ils avaient besoin d'un expert, car, devant eux, en position fœtale, protégé par une châsse verticale, se trouvait un squelette humain adulte, ailé.

76

Antonio Parri était une torche vacillant dans le crépuscule dont le contour se dessinait peu à peu sur le sentier. Il portait une paire de bottes en caoutchouc. On entendait la succion de la boue jusqu'à la cabane.

— Par ici ! cria Massimo.

Le médecin légiste les rejoignit en tapant du pied pour délester ses semelles des mottes qui s'y étaient collées. Il rabattit la capuche de sa parka.

— Je te laisse sous surveillance médicale à l'hôpital et je te retrouve au milieu d'une forêt dans l'obscurité, dit-il à Teresa.

Elle lui fit signe d'entrer.

— Elle est encore plus obscure que tu ne le penses.

Ce fut Teresa qui le guida dans le voyage initiatique qui commençait par la descente à la cellule souterraine. Le gardien de la première Mère restait aux aguets, comme s'il sentait que sa tâche était terminée et qu'il était temps de passer le relais à d'autres.

— Qui est-ce ? lui demanda Antonio.

— Un ami, répondit Teresa.

Devant la châsse, le médecin posa lentement la sacoche contenant ses instruments. Il s'approcha de la vitre de protection.

— Il faudrait de la lumière, soupira-t-il.

Ils montèrent les lampes que Parri avait apportées. Quand ils les allumèrent, la merveille fut arrachée à l'ombre qui l'obscurcissait.

Il n'y avait pas seulement des os à regarder, mais des paillettes d'or et des perles de verre, des pierres précieuses polies et des gouttes d'ambre, ainsi que des plumes intactes aux couleurs encore vives. On vénérait ce tas d'os depuis des temps immémoriaux.

Parri ne fut pas très long à donner son diagnostique.

— C'est bien ce que tu pensais, Teresa. Les ailes ont été assemblées à partir d'os prélevés sur d'autres corps humains, modelés afin de recréer la structure de l'aile d'un oiseau. Cubitus, radius, fibules, fémurs. Phalanges, même. Le squelette est extrêmement bien conservé et présente un intérêt archéologique certain. Mais je dois m'arrêter là. Nous avons besoin d'un expert.

Il enleva ses lunettes et les essuya avec un mouchoir.

— D'où diable vient-il ?

Teresa et Massimo se tournèrent vers le gardien. C'était à lui d'expliquer.

L'homme s'approcha de la châsse, y posa une main. Il semblait chercher un contact.

— Pour autant que je sache, les restes étaient autrefois cachés dans le périmètre du sanctuaire. Je parle de siècles reculés. Ceux qui les gardaient le faisaient comme s'ils protégeaient un grand mystère, même les frères ne le savaient pas, et la hiérarchie ecclésiastique encore moins. Peut-être croyaient-ils que ce squelette était le corps terrestre de l'archange Michel, sans se rendre compte qu'il s'agissait d'une femme. Aujourd'hui, personne ne sait plus qu'il existe, à part moi et ceux qui m'ont précédé dans le rôle de gardien.

— Ton prédécesseur était-il moine ? lui demanda Teresa.

— Il l'avait été, mais la foi l'avait abandonné.

— Que s'est-il passé, finalement ?

— Personne ne le sait. Peut-être que quelqu'un a dérobé les restes, les croyant exposés au danger. Peut-être qu'une querelle a éclaté. Depuis lors, et je ne sais quand, ils gisent ici, au milieu d'un bois, si près de la forteresse et pourtant si loin de sa puissance.

— Vous faites aussi partie d'une congrégation, observa Teresa.

L'homme inclina la tête, toujours le dos tourné.

— Je te l'ai dit. Je suis le grand traître. Je porte ce fardeau, mais j'agis pour le mieux.

Parri ne resta pas inactif. Il sortit des loupes de son sac et continua à examiner les os à travers le verre. Il avait annoncé qu'il ne voulait pas ouvrir la châsse. Le contact avec l'air ambiant aurait pu compromettre les restes.

— D'où es-tu venue ? murmura-t-il. Et quand ?

La châsse comportait une plaque de laiton gravée du millésime 1680. Mais ce n'était qu'une étape dans le long voyage accompli par la première Mère, Teresa en était certaine.

Le gardien semblait partager sa pensée.

— La légende que l'on m'a racontée parle de son arrivée dans une caisse pleine de terre, avec les peuples qui descendaient du nord vers les plaines italiques. Le squelette ailé a été retrouvé dans une sépulture mégalithique, avec des crânes d'ours, des carapaces de tortue et des griffes d'aigle. Même s'il s'agissait probablement de celui d'une chamane, ceux qui l'ont découvert ont dû y voir la preuve de la vie terrestre d'une grande déesse. Toujours selon la légende, à côté du squelette se trouvait un nouveau-né vivant, probablement l'offrande rituelle d'une population voisine. Pourtant, on a interprété cette vie comme le début d'un nouveau cycle.

— C'était le début d'une lignée, expliqua Teresa.

— L'enfant présentait une malformation au niveau des omoplates : elle leur est apparue comme la déesse réincarnée, sans ailes, mais portant la trace de leur ancienne existence. Sa descendance présente encore aujourd'hui cette marque.

— Ce n'est pas possible, dit Marini.

Le gardien se tourna face à lui.

— Selon l'épigénétique, les expériences passées laissent une empreinte sur notre ADN en le modifiant, même celles de nos ancêtres. Je suis convaincu qu'une croyance peut elle aussi se transmettre dans le génome.

Teresa contempla la chamane. Les longues phalanges de ses doigts, la délicatesse de son crâne, la courbure de sa colonne vertébrale. Elle n'était qu'un tas d'os, et pourtant elle avait l'air d'une reine.

— Mère des ossements, murmura-t-elle. Nous voilà.

77

*E*LLE AVAIT ESPÉRÉ *qu'au moins l'un de ses enfants reviendrait. Aucun n'était revenu.*

Elle avait scruté le ciel dans l'attente d'une goutte de pluie qui viendrait mouiller ses lèvres desséchées. Elle n'était pas tombée.

Elle avait griffé les murs de pierre avec ses ongles jusqu'au sang. Aucune entaille ne s'était ouverte pour la libérer.

Elle était une reine sans couronne, au trône inachevé. Elle commandait le néant.

Elle rampa dans un recoin, trop gonflée et déformée pour rester debout. Elle se referma sur elle-même, ses doigts cherchant ses genoux et ses genoux, son ventre.

Tandis qu'elle frissonnait de froid et d'une peur qu'elle n'avait jamais connue, dans l'ombre sacrée de ses entrailles, son enfant bougeait à peine, épuisée. Le doux ressac de ses mouvements ne la caressait que rarement.

Elle se sentait triste pour elle.

La Mère des ossements était née pour vivre éternellement. Elle ne pouvait pas mourir, pourtant elle savait que c'était en train de se produire.

78

— Vous nous avez parquées ici sans plus donner de nouvelles. (Elena déplaça son téléphone pour cadrer aussi Alice. Puis la caméra revint sur elle, lui déformant le front. Elle donnait l'impression d'avoir des yeux de chouette furieuse.) Nous en avons assez de ne rien savoir. Où êtes-vous ?

— Quelque part dans une forêt.

— Bravo ! Comment va Teresa ?

— Bien.

— C'était trop compliqué de nous le dire avant ?

— Non.

— Et alors ?

— Cette fois, j'ai une bonne raison.

Massimo s'écarta pour filmer la châsse avec la relique qui se trouvait derrière lui, et il attendit.

— Putain de merde. Approche le téléphone. *Putain de bordel.* Il est authentique ?

Massimo revint devant l'objectif.

— Nous pensons que oui, mais ce serait à toi de nous le dire.

— Au téléphone ?

— Je peux t'envoyer des photos des détails et une vidéo. OK ?

— Envoie-moi ta position. J'appelle un taxi.

Elena mit fin à l'appel et Massimo fixa l'écran en silence. Il n'était que trop conscient de la présence de l'homme mystérieux dans la cabane, dont l'implication, si infime ait-elle été, les avait conduits au squelette ailé. S'il avait eu le choix, Massimo n'aurait jamais emmené Elena jusqu'à cet homme, mais les événements avaient suivi leur cours et il se doutait que le saut final était proche.

— Comment devons-nous t'appeler ? demanda Massimo en remarquant que l'homme au prénom inconnu l'observait.

— Donald Duck.

Il avait aussi de l'humour. Mais le fait qu'il ait choisi de se séparer de la première Mère pour parvenir à la vérité plaidait en sa faveur. Cela avait dû lui coûter cher, s'il s'était baptisé « le grand traître ».

Massimo envoya à Elena l'emplacement du sanctuaire et alla l'attendre sur place. Il restait moins de deux semaines avant l'accouchement : il était prêt à la remettre dans ce taxi s'il avait le moindre soupçon que ce serait trop pour elle – trop épuisant, trop excitant, trop perturbant.

Mais lorsqu'il la vit sortir de la voiture avec Alice et Smoky, deux incarnations de l'exaltation, il comprit qu'elle ne se contenterait pas de si peu.

Il ne réussit pas à la retenir. Arrivée à la cabane, il ne lui restait plus qu'à descendre l'échelle et à observer le squelette. Teresa fit signe à Massimo de la laisser faire ; ils se parleraient plus tard. Ni l'un ni l'autre ne comprenait vraiment ce besoin, parce qu'ils n'y avaient pas consacré des années d'études, de nuits blanches récompensées par autant d'années de précarité.

Massimo insista au moins pour descendre le premier, et la guida en bas. Il remarqua que le pull d'Elena était plus tendu que jamais sur son ventre. La petite fille ou le petit garçon qui se laissait bercer à l'intérieur vivait déjà l'une des plus grandes aventures possibles.

Devant la châsse encore éclairée par la lampe de Parri, Elena ne put retenir un sanglot. Massimo la regarda. Elle était émue.

Teresa les rejoignit, les autres à sa suite. Ce fut elle qui lui donna le peu d'informations qu'ils détenaient et lui expliqua ce qui se passait encore, selon eux, dans la mystérieuse communauté de la Mère.

— Ce que nous savons est le fruit d'une tradition orale transmise au fil des siècles, dit-elle en croisant le regard du gardien. La vérité n'est pas une chose à laquelle nous pouvons aspirer. À partir de là, notre conviction doit résider dans la foi.

Elena posa une main sur le cadre de la châsse.

— Je te crois, affirma-t-elle à la créature ailée. (Massimo remarqua qu'ils continuaient à désigner le squelette par cette expression. Elle resterait sans doute toujours ainsi dans leur imagination.) L'histoire des déesses vivantes n'est ni nouvelle ni insolite, poursuivit Elena. C'est une histoire triste. Au Népal, la Kumari est toujours vénérée. Les hindous et les bouddhistes croient qu'elle est la réincarnation de la déesse Durga. Kumari signifie « vierge ». Une toute petite fille, âgée d'environ quatre ans et parfois même moins, est choisie parmi les nombreuses offrandes des familles pour sa peau claire, ses yeux et ses cheveux foncés, ainsi que pour la grâce de ses mouvements et la perfection de ses pieds. Mais elle doit aussi subir une horrible épreuve sans manifester de peur : passer la nuit dans une pièce sombre, avec des restes d'animaux morts et des hommes déguisés en démons qui essaient de l'effrayer. Si elle ne réagit pas, elle est dès lors considérée comme une divinité réincarnée et le restera jusqu'à ce que le sang sorte de son corps, quelle qu'en soit la raison : pour les croyants, ce sang est celui de la déesse en quête d'une nouvelle réincarnation.

— Comment vit-elle ? demanda Teresa.

— Vénérée et protégée. Justement pour qu'elle ne puisse pas se blesser, elle est isolée dans les salles du temple qui lui est dédié, protégée par deux gardiens. Ses pieds sont sacrés et ne doivent jamais toucher directement le sol, mais en même temps ils doivent être nus pour que les fidèles puissent les toucher lors des fêtes. Ce sont les seules occasions où la Kumari peut sortir.

— Pour notre culture, c'est un traitement inhumain, dit Alice.

Massimo se rendit compte que le fait de parler des filles séparées de leur mère à un âge si précoce la touchait particulièrement.

Elena essuya une larme avec son bras.

— Pour eux, c'est un très grand privilège, mais le sort de la Kumari est scellé. Si elle n'est pas blessée, c'est l'adolescence qui décidera de sa fin en tant que déesse. Elle reviendra au monde, à sa famille, mais ne sera plus jamais la même. Selon la croyance, celui qui épouse une Kumari est destiné à mourir dans les semaines qui suivent. C'est pourquoi ces filles ne peuvent pas connaître l'amour. (Elle se retourna pour les regarder.) Et c'est la raison pour laquelle l'histoire que vous m'avez racontée ne me semble pas si farfelue.

Elena prit Alice par la main et la conduisit au sanctuaire.

— Les os sont sombres et fins, certains manquent, ils doivent être en poussière. Le temps les a usés, mais, s'il est vrai qu'ils datent de l'époque des invasions barbares, on a sûrement utilisé des baumes pour les préserver. Elle est en position fœtale, les mains devant le visage. Des mains aux longs doigts, je dirais. (Elle s'adressa à Parri.) Tous les os me semblent avoir des proportions allongées.

— Oui. Je n'ai pas pris de mesures, mais elle devait être grande et mince.

Elena approcha la lampe de la vitre.

— Et forte. Elle tenait la structure des ailes sur ses épaules. Elles paraissent fragiles aujourd'hui, mais elles devaient être majestueuses. On peut voir les restes de plumes colorées par des minéraux bleus. À partir d'un certain moment de son histoire, je suis sûre qu'on a eu recours à des produits conservateurs. À la hauteur du crâne, je vois de nombreuses perles de bronze et de verre, probablement des ornements de coiffure. (Elle toucha la sienne.) Un filet à cheveux ? Comme chez la Dame de Brassempouy…

— Il faut faire analyser le sol autour d'elle, suggéra Parri.

Elena acquiesça.

— Et chercher les traces organiques laissées par les lanières de cuir ou les tendons avec lesquels la femme a probablement fixé l'ossature à son torse. Les os des ailes présentent des orifices. Ils passaient par là. (Elena soupira.) Elle portait des bracelets et des colliers d'ambre. C'était une reine resplendissante. Elle a une fiole attachée autour des vertèbres cervicales.

— Elle contient du sang, selon la légende.

Ils se tournèrent tous vers le gardien.

— Le sang de qui ou de quoi ? demanda Teresa.

— De ses vies terrestres passées.

— Du sang ancien, conclut Elena. Cela pourrait être celui que nous avons trouvé sur l'os sphénoïde.

— C'est exact, confirma l'homme. C'est moi qui ai laissé l'os au lac. On pourrait dire que j'ai tout misé pour vous faire parvenir à la vérité sans risquer d'être tué avant. Je ne pouvais pas m'exposer davantage.

Massimo le comprenait, même si l'homme lui semblait encore trop mystérieux. Ou peut-être était-ce son récit qui était dérangeant, jetant des ombres y compris sur ceux qui n'avaient aucune responsabilité dans cette histoire.

— À qui appartenait-il ? lui demanda-t-il.

— Au prédécesseur de Mihai, mais je ne saurais vous dire d'où provenait le sang. Tout ce qui est sûr, c'est que, dans le passé, il a été utilisé pour bénir les talismans. Mihai me l'a confié pour preuve de ce qui se racontait.

Elena se retourna vers la châsse.

— Tu as tant de choses à nous apprendre, murmura-t-elle. Il faut la faire récupérer au plus vite. C'est un miracle qu'elle ait tenu si longtemps dans cet état.

Massimo s'approcha.

— Avez-vous déjà vu quelque chose de pareil ?

— Jamais, mais je vous ai déjà parlé du culte de la Déesse-Oiseau. À mon avis, le squelette de cette femme a fait un long voyage qui a tracé une « ligne blanche et sacrée » jusqu'à nous, où le blanc est la couleur du deuil.

— Une « ligne blanche » ? s'étonna Massimo. Christian Neri l'a également mentionnée en parlant des châteaux des vallées du Natisone. Il m'a dit que, dans les vieux documents, c'est ainsi qu'on les appelle. Ils étaient construits en pierre blanche d'Istrie. Il pensait que l'expression se référait à cette blancheur-là.

Elena adopta un air dubitatif.

— Peut-être que la ligne blanche des vallées indique le chemin de la Mère des ossements sur cette terre.

Massimo chercha le regard de Teresa.

— Il n'y a que deux châteaux à avoir été reconstruits après les destructions ordonnées par le patriarche : Weisberg et Ahrensperg.

Teresa s'approcha et prit une photo du squelette.

— Il faut aller vérifier.

79

Ils se séparèrent, ce qui n'était jamais bon. Elena et Alice restèrent avec Parri dans la cabane ; elles avaient alerté la Direction de l'archéologie et les experts viendraient bientôt chercher la créature ailée. Pour sa part, le gardien du squelette guida la voiture de Massimo et de Teresa sur quelques kilomètres, puis ils prirent la route d'Ahrensperg, juste en dessous de San Giovanni d'Antro, où Parisi les rejoindrait. Mei Gao n'avait pas bougé de la maison et ses enfants et petits-enfants venaient d'arriver pour le dîner : ils pouvaient prendre le risque de ne pas la surveiller pendant quelques heures.

Massimo et Teresa se rendirent donc au château d'Arno le Blanc, Weisberg. Teresa était silencieuse et visiblement éprouvée. Massimo pria pour qu'elle tienne encore un peu.

La forteresse de Weisberg se trouvait sur une colline, entourée d'une forêt qui la rendait invisible depuis la route principale. On y accédait par une voie carrossable semée de gravier. Les gravillons brillaient sous la lune.

Massimo ralentit et finit par s'arrêter. Un rapace, gêné par les phares, s'envola en poussant un cri strident.

— Le voilà.

Le manoir s'élevait entre les branches dénudées des arbres. Au bord de la route, un panneau signalait qu'une restauration était en cours. Comme l'avait dit Christian Neri, une entreprise privée était en train de reconstruire le château. Ils prirent note du nom de l'entreprise et du directeur des travaux. Massimo envoya un message à Christian, lui demandant s'il était possible d'obtenir l'identité du propriétaire. Il comprendrait. Et en effet, il lui répondit immédiatement par une question.

Tu es là-bas ?

Massimo n'eut pas envie de lui mentir une deuxième fois.

Oui. Nous avons découvert quelque chose d'important.

Christian l'appela tout de suite, mais Marini décida de ne pas décrocher. Il ne pouvait pas expliquer ce qui se passait et, à ce stade, il ne pouvait plus reculer de toute façon. Il refusa l'appel.

— C'est une propriété privée, lui fit remarquer Teresa.

Marini agrippa le volant.

— J'évalue la situation.

— J'entre.

Teresa avait déjà la main sur la poignée quand il l'arrêta.

— Attendez.

— Qu'est-ce que je dois attendre ?

— Je veux comprendre comment se débrouille Parisi. Il faut lui laisser encore quelques minutes.

La propriété était inhabitée, partiellement éclairée par un projecteur installé à côté de la grue. Dans la cour se trouvaient des briques et des palettes chargées d'autres matériaux de construction. Le rez-de-chaussée semblait avoir été achevé en même temps que la vaste tour, et il était fermé par une porte en bois clouté. Le premier étage était recouvert de bâches et d'échafaudages.

Entre-temps, ils reçurent des nouvelles d'Elena. Personne de la police scientifique ni du commissariat n'était encore arrivé à la cabane. Massimo lui conseilla d'insister. Il ne fallait pas perdre de temps.

Après un quart d'heure, au cours duquel Teresa commença à manifester de la nervosité, Parisi appela enfin. Il était déjà à Ahrensperg et avait fait le tour de la propriété.

— Je suis ici avec notre nouvel ami, lui dit-il en faisant allusion au gardien.

— Chacun a l'ami qu'il mérite.

— Pourtant, celui-ci est particulier.

— Tu en penses quoi ?

Parisi baissa la voix.

— Assez fou pour avoir raconté la vérité. Ces gens gardent vraiment un tas d'os depuis des siècles.

— C'est ce qu'il semblerait.

— J'ai parlé aux propriétaires. Ils nous ont laissés entrer sans problème. Deux couples de touristes allemands séjournent actuellement dans le château. Ils sont dûment enregistrés.

— Des trappes ?

— Pas de trappes, pas d'équipements extérieurs. Pas même une chambre de torture. Seulement des touristes agacés de m'avoir dans les pattes.

Marini regarda par la fenêtre les ruines de ce qui était autrefois le domaine d'Arno le Blanc.

— Alors, il ne nous reste plus qu'à aller jeter un coup d'œil à tout ça. J'arrive, je suis dans la voiture. Dans dix minutes.

Teresa était déjà sortie, ignorant les précautions minimales à prendre. Elle se tenait bien en vue sur la route. Marini mit fin à l'appel et la rejoignit.

— Vous devez rester près de moi, et de préférence derrière. Mieux encore, dans la voiture.

Teresa ne lui répondit pas. Massimo se pencha pour scruter son visage.

— Vous allez bien ?

— Nous avons toujours pensé qu'elle était dangereuse, murmura-t-elle à peine.

— Comment ?

— Les larmes d'Elena, quand elle parlait des déesses-enfants. Nous n'avons jamais songé que la Mère des ossements pouvait être une victime.

Elle avança, ignorant les instructions de Massimo. Ce dernier se mit en route à contrecœur.

— Et vous voulez la sauver vous-même, au cas où elle serait ici ? Nous devons attendre Parisi.

— Vous êtes avec moi.

— Maintenant, tout d'un coup, vous me trouvez compétente ?

Ils s'étaient approchés du bâtiment. Il était sombre, silencieux et triste, à moitié écroulé. Ce n'était pas l'habitation d'une déesse vivante.

Teresa avait l'air déçue.

— Alors où est-elle ?

— Nous la trouverons, si elle existe. Nous devons vérifier le périmètre.

— Jette un rapide coup d'œil ici, puis allons-y.

Massimo grimpa sur un monticule de gravier.

— J'arriverais peut-être à atteindre le premier étage.

— C'est impossible.

— Je vais y arriver.

Il sauta pour se suspendre à la corniche de pierre qui longeait le mur à environ trois mètres de hauteur en se hissant sur la pointe des pieds. Il était presque parvenu à placer son coude sur le rebord lorsque Teresa poussa un cri, et il se sentit entraîné vers le bas. Il tomba à la renverse sur le gravier, la vision troublée par un éclair. Quelqu'un l'empoigna et le remit sur ses pieds. Il était tellement abasourdi qu'il crut un instant qu'il s'agissait de Teresa.

L'homme qui se dressait en face de lui était l'étranger qui l'avait déjà agressé devant la maison des pèlerins tenue par les religieuses.

Marini tenta de lever un bras pour le frapper, mais son adversaire l'anticipa et lui porta une manchette. L'inspecteur se retrouva à quatre pattes et cracha du sang. Il lui avait rouvert la lèvre.

Si l'homme continuait à se servir de ses mains, c'est qu'il n'avait pas d'arme. La mauvaise nouvelle, c'était que, maintenant, Marini ne pouvait plus utiliser la sienne.

— Il n'a pas d'arme, cria-t-il à Teresa. Appelez à l'aide !

Mais Teresa n'était plus là. Ce fut alors que l'inconnu sortit un pistolet et le pointa sur Massimo. Quelques secondes après, il le lâcha et se mit à genoux.

Marini ne comprenait plus rien. Il repoussa le pistolet d'un coup de pied, se remit debout et vit alors que Teresa était derrière l'inconnu, une barre à la main.

Elle la jeta au sol.

— Je lui ai fracassé la tête.

— Non, mais j'aurais bien aimé.

L'homme se releva et, tout en boitant, se rua sur Massimo. Il avait une force et une endurance hors du commun, à tel point que Marini se demanda si cela n'était pas dû à une substance chimique. Ils échangèrent quelques coups, puis Massimo en reçut un plus violent que les autres quand son adversaire réussit à lui cogner la tête contre le mur. Il se laissa tomber au sol et le regarda courir derrière les ruines. Quelle que soit la raison de sa présence, l'argent ne justifiait visiblement pas la prise de risque, car il avait finalement décidé d'abandonner sa mission.

Il tenta de se relever, en vain. Lorsqu'il entendit un moteur démarrer, il comprit que c'était terminé. L'inconnu passa en trombe devant eux à bord d'une Jeep et fonça vers la route, disparaissant dans les bois.

Teresa se précipita vers Massimo.

— On ne peut pas le laisser filer. Debout !

— Il m'a défoncé le crâne. Alors si, on peut.

Elle essaya de le tirer par les bras.

— Si tu parles encore, c'est que ce n'est pas si grave.

Teresa continuait à le tirer. Elle était agaçante. Marini essayait seulement de comprendre s'il se sentait nauséeux ou si sa violente migraine était l'antichambre de la mort.

— Allez !

D'épuisement, et d'épuisement seulement, il se leva. Il fallait qu'il se rende à l'hôpital. Il arriva à la voiture en s'appuyant sur Teresa.

— Il faut le rattraper, ne cessait-elle de répéter.

Elle ne se rendait pas compte de la situation, elle n'était pas lucide.

Un énorme fracas monta de la route en contrebas, et, immédiatement après, deux coups de feu retentirent.

Teresa cria le nom de Parisi. Cela pouvait être lui, en effet.

Il y eut une autre détonation effrayante, qui les fit se baisser au sol, mais, cette fois-ci, elle était plus proche. Le manoir explosa et s'effondra partiellement. La voiture fut criblée de pierres et de matériaux de construction. Massimo sentit flotter une odeur de gaz.

— Restez à terre, ordonna-t-il.

Son téléphone portable vibrait. C'était Elena.

Il répondit, un bourdonnement lancinant dans les oreilles, confus et à peine conscient que Teresa s'était levée et courait aussi vite qu'elle le pouvait vers les ruines.

— Je n'ai pas compris, dit-il à Elena. Répète.

Il sentit ses cheveux se hérisser lorsqu'il se rendit compte qu'elle pleurait, effrayée.

— Je saigne. Nous avons appelé l'ambulance, mais j'ai peur.

Massimo se sentit défaillir.

— J'arrive.

Il chercha désespérément Teresa parmi les décombres et les murs délabrés, sans la trouver. L'odeur de gaz s'était intensifiée.

— Teresa ! cria-t-il à plusieurs reprises.

Il n'aurait jamais cru devoir faire un tel choix et savait déjà qu'il ne se le pardonnerait pas.

Il monta dans la voiture et conduisit comme un fou, enchaînant les virages. Après une épingle à cheveux, il se retrouva face à une épave accidentée. De la fumée s'échappait des tôles déchirées. Au milieu de la route, Parisi contemplait un corps étendu sur le sol, celui de l'inconnu qui avait attaqué Massimo. Son ami n'avait pas l'air bien non plus, le visage couvert de sang.

Il tenta de braquer, mais perdit le contrôle du véhicule et finit dans le fossé. Sa course se termina contre un arbre. Marini se cogna violemment le front contre le volant. Lorsqu'il rouvrit les yeux, il voyait rouge.

Il repoussa la portière, se glissa à l'extérieur et grimpa jusqu'à la route. Lorsqu'il atteignit la glissière de sécurité déchiquetée, il dut s'allonger sur l'asphalte. Il chercha son téléphone à tâtons, mais il l'avait perdu. Sa vision se brouilla, puis redevint claire. Dans ses oreilles, il entendit le rugissement d'un rotor. Lorsqu'il leva les yeux, il eut du mal à distinguer nettement la silhouette sombre qui se déplaçait, mais parvint tout de même à lire l'inscription blanche : GENDARMERIE.

80

Teresa trouva une brèche dans les décombres et s'y faufila. À un moment donné, elle craignit de rester coincée, dut pousser et rentrer le ventre, mais, même si elle déchira son manteau, elle parvint à émerger de l'autre côté.

La lumière du projecteur filtrait par les ouvertures entre les ruines, traversant des nuages de poussière qui se déplaçaient lentement. Une odeur nauséabonde s'en dégageait. Les poutres s'étaient effondrées et le mobilier encore présent était détruit. La pulpe du bois d'une table aussi longue que la pièce entière était à nu et brûlait. Ce manoir n'avait pas seulement connu des travaux de rénovation. Elle ramassa une bannière avec une croix rouge sur champ blanc qui gisait au sol. Elle n'était pas ancienne, pas plus que la table. C'était la régurgitation d'une identité maintenue par la force. Par une fissure, on pouvait apercevoir le cloître intérieur. Un arbre retenait dans ses branches des toiles de plastique projetées par l'explosion. Elles pendaient en lambeaux et ressemblaient aux linceuls de fantômes.

L'édifice fut ébranlé de nouveau, et une pluie de poussière s'abattit sur elle. Elle s'en débarrassa de quelques revers de main.

Elle suivait l'odeur du sang, à l'image d'un animal. Ce n'était pas quelque chose de métaphorique ni d'imaginaire. Les gens ordinaires ne pouvaient pas comprendre. Dans son travail, elle avait appris à la reconnaître, et, une fois qu'on l'avait flairée, impossible de l'oublier.

Elle trouva l'homme à terre, le dos appuyé contre un mur, peut-être celui de la tour restée debout. Ses vêtements étaient mouillés et sombres ; ses mains, appuyées contre son ventre, souillées par le liquide noir ; la moitié de son corps, marbrée de brûlures.

Le père de Ratchis la regardait avec de grands yeux brillants.

Teresa se tenait devant lui sans esquisser le moindre geste. Il était condamné, quoi qu'elle fasse.

— C'est fini, lui dit-elle.

Il leva la main, puis la laissa retomber.

— C'est fini.

— Cela en valait-il la peine ?

Il gémit, creusa le dos. Il écarta les pans de sa chemise en lambeaux, montra sa poitrine striée des cicatrices de la scarification.

— Demandez-le à mon père, et au père de mon père.

Teresa observa les alentours.

— Qu'avez-vous essayé d'effacer ?

L'explosion lui rappelait certains actes insensés parfois commis au cours d'une perquisition. L'un avalait des pages entières, l'autre frappait sur son ordinateur à coups de marteau. Evaldi avait cru pouvoir pulvériser un château et son contenu.

L'homme essaya de rire, mais cela ressemblait plus à une amorce de pleurs.

— La culpabilité.

Il toussa. Teresa s'accroupit devant lui.

— Simplement ça ?

Enrico avait maintenant l'air mélancolique.

— La foi. La dévotion. L'appartenance. L'héritage. Ce sont des choses que vous ne pouvez pas concevoir, désormais.

— Non, en effet. Où est la Mère des ossements ?

Il cracha du sang.

— Elle n'a jamais existé. C'est nous, la Mère.

Teresa voulut lui faire une promesse.

— Nous vous trouverons et nous vous capturerons. Aussi nombreux que vous soyez.

Un bruit derrière elle la fit se retourner. Il n'y avait personne au milieu du nuage de poussière, mais elle crut entendre un bruit de pas. C'était sûrement Marini.

Elle posa les deux mains sur ses genoux pour se relever.

— La police arrive.

Le père de Ratchis leva les yeux vers le plafond. Au-dessus de lui, il ne pouvait apercevoir que des poutres brisées et des éclats de béton, pourtant il avait l'air de contempler le ciel. Il dit une chose qu'elle ne comprit pas.

Teresa le laissa, seul, comme il méritait de l'être. Elle avait toujours fait de la compassion son étoile Polaire au milieu des ténèbres de l'âme humaine. Cela n'avait pas toujours été facile, mais, à cet instant, cela lui était véritablement impossible. Peut-être parce qu'elle aimait la vie et qu'elle était en train de la perdre.

Elle entra dans la tour. Dans la pièce circulaire, un escalier de pierre s'enroulait sur lui-même. Le toit s'était effondré et la lune était visible par la brèche. Les marches menaient sous le sol : c'était une tour dans la terre.

Elle descendit. Ses yeux s'habituèrent peu à peu à la pénombre. Le donjon ne semblait pas avoir subi de dommages, mais le silence vibrait de craquements. Elle n'avait aucune idée de sa profondeur, on n'en voyait pas la fin. Il flottait une odeur de brûlé, de vieilles braises froides, peut-être d'épices.

Elle avança à tâtons, sentant sous ses doigts des formes gravées dans la pierre. Quelque chose dans le silence bougea et la mit en alerte. Ce n'était pas un bruit. C'était comme si l'air était plus épais, comme si deux respirations partageaient le même espace et que sa peau percevait la chaleur d'une autre dans le noir. Ce bouleversement soudain la priva de tout repère, et elle ne sut plus ni où elle allait, ni d'où elle était venue. L'obscurité était désormais totale.

Elle sentit la panique l'envahir. D'instinct, elle tourna le visage vers le mur et respira fort. Massimo allait venir la chercher, elle n'avait qu'à rester calme.

Quelque chose frôla sa jambe. Des doigts se refermèrent lentement sur sa cheville.

Elle étouffa un cri. Il y eut un autre souffle, oui, et il était maintenant aussi chargé que le sien.

— Es-tu la Mère ? demanda-t-elle à l'ombre, comme si elle interrogeait un esprit.

Les doigts sur sa cheville se resserrèrent. Ce contact l'horrifiait.

Teresa tendit la main et dut se pencher pour toucher ce qui se trouvait à ses pieds. Elle sentit des cheveux, puis une oreille, un cou. Elle se fit violence pour continuer. Des épaules maigres et pointues. Elle retira sa main lorsqu'elle sentit une forme inhabituelle. Des vertèbres, qui auraient pu transpercer la chair à nu, tant elles étaient vivantes. Ses doigts tremblants passèrent au-delà et atteignirent les omoplates, si saillantes qu'elles ressemblaient à des ailes crochues.

Un gémissement s'éleva. Elle ne pouvait dire s'il provenait de sa propre gorge.

Pour confirmer ses pensées, elle toucha le ventre de la créature allongée sur le sol. Il était gonflé, chaud et palpitait de vie.

La créature retira ses doigts de sa cheville, lui saisit la main et la mordit.

81

L'HÉLICOPTÈRE DES GENDARMES REDÉCOLLA de la place de Castelmonte. Massimo se plia en deux, cueilli par le déplacement d'air. Il leva la main pour remercier encore Christian et se mit à courir vers la route qui descendait à flanc de montagne. Ils avaient contacté le 118 : l'ambulance était à deux minutes. Peut-être à son arrivée allait-il trouver les secouristes déjà à la cabane. Il espérait deviner le chemin qui y menait à la seule lumière de la lune. Lorsque l'asphalte céda le terrain à une piste récemment tracée dans la broussaille, il craignit de s'être perdu. Il ne sentait plus ses articulations douloureuses, sa migraine, son visage fouetté par les branches. La peur lui ôtait toute sensibilité. Il ne cessait de penser à Teresa, qu'il avait abandonnée de la même manière qu'il avait abandonné Elena. S'il était arrivé quelque chose à l'une ou à l'autre, ou à l'enfant, sa vie s'arrêterait cette nuit-là.

Il tenta de s'orienter à l'aide du sanctuaire illuminé, mais, en levant les yeux, il s'aperçut qu'il n'était plus visible.

Il était seul dans l'obscurité.

— Elena ! cria-t-il.

Il ne pouvait pas rompre la promesse qu'ils s'étaient faite d'être ensemble à ce moment-là. Il opéra un demi-tour. Il devait retrouver la route goudronnée et, de là, prendre le bon chemin. Mais, au lieu de cela, il glissa et roula sur quelques mètres. Il était retombé sur les genoux, désorienté.

— Elena ! cria-t-il de nouveau.

Cette fois, quelqu'un répondit. Un aboiement pas très loin. Marini se leva, incrédule. Il aurait reconnu le cri de la bête entre mille.

— Smoky !

Le chien venait vers lui. Il l'entendit aboyer de plus en plus près, puis il y eut un crépitement de feuilles, un trot, et, enfin, le chien surgit du sous-bois d'un bond.

Marini n'avait jamais été aussi heureux de le voir. Il le prit dans ses bras. Même si Smoky grogna, il l'embrassa avant de le reposer par terre. Puis il se laissa conduire jusqu'à la cabane, par un chemin plus bas que celui qu'il avait emprunté.

Il reconnut la voiture de Parri à une cinquantaine de mètres, comprit qu'il n'était plus loin, et se remit à courir.

Lorsqu'il arriva, Elena était accroupie sur sa veste matelassée, les jambes nues. Elle soutenait son ventre d'une main et l'autre était agrippée à celle d'Alice, concentrée sur la mise au monde de son bébé.

Parri se tenait devant elle, à genoux. Lorsqu'il remarqua Marini, il lui fit signe de prendre sa place.

Celui-ci obéit, hébété. Il ne comprit rien de ce qui se passa ensuite, mais il pria. Pas un Dieu sans visage qu'il ne sentait plus dans son cœur depuis trop longtemps. S'il existait un autre plan d'existence, si quelque chose de l'âme survivait vraiment, intangible mais conscient, alors il supplia la femme qui semblait veiller depuis sa châsse en verre de veiller sur celle qui poussait à ses pieds. De lui permettre d'entendre le cri vivace d'un enfant en pleine santé.

Et c'est en présence de la première Mère, éclairée par la flamme d'une bougie, au milieu des humeurs du bois, qu'Elena mit au monde leur fille.

82

S'IL Y AVAIT UNE CHOSE que Teresa regrettait dans sa vie, c'était bien la peur. Elle l'avait ressentie trop souvent, parfois à raison, fréquemment à tort. Elle lui avait fait perdre beaucoup et gagner peu.

La peur était le fantôme de ses nuits blanches, mais, maintenant, elle était fatiguée de se laisser dominer.

La morsure ne lui faisait pas trop mal, et les ténèbres étaient en fin de compte si fragiles qu'il suffisait d'un rien pour mettre à bas leur sortilège.

Écrasée contre le mur, elle sortit le téléphone de son sac. C'était un de ces appareils pour personnes âgées, presque sans aucune fonctionnalité, avec de grosses touches et un écran des plus simples. Lorsque les garçons le lui avaient offert, elle les avait insultés, mais elle avait dû se rendre à l'évidence, et les mots « troubles cognitifs » avaient cessé d'être tabous. De Carli avait été le premier à plaisanter à ce sujet. Comme elle l'avait aimé pour ce courage, pour l'acte cathartique par lequel il l'avait libérée !

Elle appuya sur un bouton et l'écran s'alluma. Elle le tint droit devant elle.

Le cri de Teresa, davantage poussé par la terreur et la surprise que par autre chose, avait fait reculer la Mère quelque part dans l'obscurité.

Le cœur battant, elle la cherchait. Elle voulait l'appeler, mais ne savait pas comment. Elle voulait lui dire qu'elle n'était pas là pour lui faire du mal, mais une déesse incarnée et captive ne pouvait pas savoir comment agissait et pensait le commun des mortels. Qui savait de quelle manière fonctionnait son esprit sous emprise, quelle valeur elle accordait à la vie et à la souffrance des autres tout comme à la mort des êtres fragiles ?

Teresa avait déjà rencontré une telle créature, peu de temps auparavant. Si elle était la Mère, Teresa avait un jour qualifié Andreas de « Père ». Un cas différent, mais à certains égards très similaire. Quand la manipulation psychologique crée des monstres, les monstres dévorent leurs créateurs. D'une manière ou d'une autre, cela se termine toujours mal.

— Je veux te voir, chuchota-t-elle.

L'écran s'éteignit, Teresa le réactiva d'emblée et fit quelques pas.

L'ombre bougea. Elle dirigea la lumière dans sa direction. Ses mains tremblaient, mais ce n'était pas de la crainte.

La Mère leva le visage. Ce n'était qu'une fillette, recroquevillée sur ce qui ressemblait à un trône, les pupilles dilatées, la peau grise, sûrement par suite de carences. Elle était maigre et tendue. La Mère se tourna pour se cacher et montra son dos dans toute sa difformité.

Teresa avait les larmes aux yeux. Elle s'accroupit près d'elle, osant l'effleurer d'une caresse. Le corps tordu sursauta.

Combien de douleurs une vie pouvait-elle endurer, et pendant combien de temps, avant de s'éteindre ? L'expérience le démontrait : tant que le cœur bat encore et que le sang est assez chaud.

Elle était vêtue d'une tunique claire et elle avait les pieds nus. Ses lèvres étaient gonflées et gercées. Elle était déshydratée. Teresa prit une petite bouteille d'eau et la porta à sa bouche pour la faire boire. Son geste était atavique : dans l'eau coulaient des promesses de soins et de protection, de vie. Dans cette prison où l'on vénérait les spirales, la Mère devait comprendre le caractère sacré du monde aquatique. Teresa regardait cette gorge avide engloutir, et elle apprenait ce qu'était la survie. Elle avait le même empressement, la même détermination violente à s'accrocher à l'existence qu'elle.

Elle devait tenir le téléphone très près de la Mère pour réussir à saisir les détails de son apparence et n'avait aucun remords à s'avouer combien cela l'effrayait.

La jeune fille était près d'accoucher, il n'y avait pas besoin d'être un expert pour s'en rendre compte. Teresa se demanda comment ce corps tordu et souffrant pouvait supporter ce poids. Elle chercha de nouveau un contact.

— Je vais t'aider.

Elle posa la main sur son ventre, espérant sentir un petit mouvement, mais la Mère la repoussa.

Teresa souleva son pull et lui montra sa cicatrice. Elle ne savait pas bien pourquoi, ce geste lui était venu par instinct. Peut-être cela signifiait-il que, cette fois-ci, une mère serrerait sa fille dans ses bras.

La jeune femme tendit les doigts vers la ligne légèrement irrégulière et l'effleura.

— Je vais t'aider, répéta Teresa, plus convaincue.

Elle essaya de nouveau, et, cette fois, la Mère la laissa faire, observant sa main se déplacer sur son ventre. Teresa sentit un coup de pied sous sa paume.

Il y eut un nouvel affaissement de l'édifice. Une grosse pierre tomba du haut de la tour et heurta les marches jusqu'à finir à leurs pieds.

— Nous devons sortir.

Teresa lui désigna le haut de l'escalier et l'aida à avancer. Ensemble, elles commencèrent à monter avec difficulté.

L'odeur était indéfinissable, sauvage et en même temps élaborée. Teresa imaginait les mortiers à l'œuvre, broyant des plantes et confectionnant des onguents. Elle allait trouver ces mains et faire payer les responsables d'une telle folie.

Elles avaient presque atteint le sommet, où régnait une semi-obscurité. La jeune fille gémissait à chaque pas, puis Teresa se rendit compte qu'elle chantait une mélopée funèbre.

On entendit le bruit d'un rotor et des éclats de voix provenant de l'extérieur. La lumière devenait plus vive : quelqu'un avait réussi à ménager une ouverture, mais des gravats s'étaient effondrés. Teresa prit la Mère par la main et l'aida à grimper dessus afin d'atteindre l'ouverture.

Un visage familier apparut par l'orifice. C'était Parisi. Il les vit et appela quelqu'un d'autre en renfort.

Il tendit une main vers elles. Teresa poussa la jeune fille dans sa direction du mieux qu'elle put.

Quand elle fut presque dehors, la Mère se retourna et prit Teresa par la tête, approcha son visage et toucha son front de ses lèvres. C'était une bénédiction, un remerciement, un adieu peut-être. Elle la distingua enfin dans la lumière et eut la sensation de plonger le regard dans des yeux primordiaux, qui connaissaient toutes les choses du monde et ses pensées les plus intimes.

Teresa la lâcha, la confia à contrecœur aux mains qui jaillissaient de l'ouverture, et fut soudain entraînée vers le bas.

Elle se cogna le menton et se mordit la langue. Une douleur aiguë la saisit. Le père de Ratchis était sur elle. Il la serrait dans ses bras tout en pleurant. Autour d'eux, les pierres s'effritaient, son monde s'écroulait, et le mourant voulait aussi en faire une tombe pour Teresa.

Elle essaya en vain de se dégager. Elle était épuisée. Elle entendit Parisi l'appeler et le bruit d'un nouvel effondrement. Les décombres pleuvaient et elle songea que c'était peut-être bien de finir ainsi, en faisant la dernière bonne chose dont elle était capable. Pas enfermée dans une maison de retraite, privée de mémoire. Pas dans un fauteuil roulant, incapable de discernement. Mais utile à la vie, en quelque sorte.

Elle sentit le corps d'Enrico Evaldi s'abandonner à la mort. Enfin, le chef d'une ancienne lignée mourut misérablement dans les bras d'une étrangère.

Parisi poussa un cri qui la fit sursauter.

— Qu'est-ce que vous attendez ? Prenez ma main !

Teresa fit une dernière tentative et repoussa le cadavre de toutes ses forces, parvenant à le faire rouler sur le côté. Elle agrippa les décombres en se levant pour atteindre la main tendue qu'elle frôla un instant, mais un téléphone portable se mit à sonner. L'appareil était sur le sol derrière elle. Ce n'était pas le sien.

Teresa ne réfléchit pas. Elle se laissa glisser jusqu'au fond et le ramassa. Un numéro inconnu. Elle accepta l'appel et resta à attendre, ignorant les cris de Parisi et les pompiers qui tentaient de l'éloigner afin de sécuriser l'accès.

À l'autre bout du fil, son interlocuteur ne dit rien et raccrocha peu après.

Les pompiers élargirent l'ouverture à l'aide d'un pied-de-biche et la sortirent des débris non sans la secouer violemment.

Le premier visage que Teresa reconnut fut celui du commissaire Dalla. Le petit bonhomme avait tenu à apporter son aide, se glissant parmi les secouristes.

— Vous allez bien ? lui demanda-t-il.

Il avait l'air plus choqué qu'elle.

Teresa acquiesça, un peu perdue, puis s'allongea sur le sol, prise de nausée.

— Je sens venir des vertiges, indiqua-t-elle à un des secouristes.

Parisi enjamba ce dernier et étreignit Teresa. Elle avait une profonde coupure au front et une pommette violacée.

— Ne recommencez pas, lui dit-il, sans la lâcher. Ne me jouez plus ce genre de tours.

— Où sont Marini et De Carli ? demanda-t-elle par-dessus son épaule.

Elle l'entendit soupirer.

— Marini arrive, ne vous inquiétez pas.

Teresa l'écarta. Elle voulait se mettre à la recherche de la jeune fille, mais l'esplanade était pleine de monde, de voitures de police, d'un hélicoptère de la gendarmerie, de deux ambulances et de camions de pompiers. Elle l'aperçut enfin, qui recevait des soins du personnel de la Croix-Rouge. À côté d'elle, l'inconnu de la cabane ne la quittait pas des yeux.

— Je ne comprends pas si nous avons gagné ou perdu, souffla Parisi.

Teresa réfléchissait au-delà. Le substitut du procureur Gardini leva un bras pour attirer son attention : il parlait à Christian Neri. À ce moment-là, Albert arriva. Teresa sortit le téléphone de sa poche et le tendit discrètement à Parisi.

— Fais ce que tu dois faire et trouve ensuite le moyen de le remettre où je l'ai trouvé, à l'intérieur du bâtiment en ruine. Ce n'est pas encore fini.

83

Teresa refusa de monter dans l'ambulance, tout comme elle refusa d'être emmenée immédiatement à l'hôpital pour des examens de contrôle. Au lieu de cela, elle prit place dans la voiture avec Albert.

— Tu es sûre ? lui demanda ce dernier.

Elle répondit en regardant les décombres fumants qu'ils laissaient derrière eux, au cœur de la nuit.

— Je dois au moins marquer un point.

On arrivait au dernier acte de la pièce que Ratchis avait commencé à jouer. En quelques jours, Teresa avait perdu un ami proche et vu s'écrouler un château construit non seulement de pierres, mais aussi de mensonges.

Sa confiance en Mei Gao s'était effritée sous le vent de la trahison. Le passé qu'elles avaient partagé, les confidences qu'elles s'étaient faites, les larmes qu'elles avaient essuyées l'une pour l'autre : tout cela s'était révélé n'être qu'une tromperie.

Teresa s'était demandé si, depuis trente ans, Mei l'avait vraiment aimée, ne serait-ce qu'un instant. Elle ne s'était pas donné de réponse à cette question. Peut-être la craignait-elle, peut-être savait-elle qu'elle n'aurait pas été sincère, mais seulement consolatrice.

Ils arrivèrent à la maison de Mei à la suite de deux voitures de police aux gyrophares allumés. Une autre voiture de patrouille était déjà garée dans la cour de la maison.

Pendant la demi-heure de trajet, Teresa avait pensé à ce qu'elle allait lui dire, mais elle ne s'en souvenait plus. Ce n'était pas la maladie d'Alzheimer qui rendait les choses plus douloureuses, mais l'affection qu'elle entretenait encore à son égard et qui l'empêchait d'enfoncer la lame de la colère jusqu'au fond.

Il ne fallut pourtant pas plus de quelques minutes pour comprendre que, cette nuit-là, et probablement toutes les nuits à venir, il n'y aurait pas de confrontation avec elle, ni même d'arrestation.

La porte d'entrée était ouverte. Ses deux petits-enfants dormaient paisiblement dans une chambre donnant sur l'étang de carpes koï. Les lumières de la cuisine et du salon étaient allumées. Mais Mei n'était pas là.

Ils trouvèrent Giacomo assis sur le canapé. Des éclaboussures de sang dessinaient un éventail sur son visage. Il leva à peine le regard vers Teresa, sans se soucier des armes pointées sur lui.

Elle se laissa glisser sur le sol, en proie à une défaillance.

— Qu'est-ce que tu lui as fait ?

Giacomo tendit ses poignets, prêt pour l'arrestation.

— Je t'ai donné la vengeance que tu ne te serais jamais accordée.

84

Teresa passa les dix jours suivants à l'hôpital, pour des examens. Ce matin-là, Alice et une infirmière l'aidèrent à se changer et à se coiffer. Elle insista pour se regarder dans le miroir. Elle vit une vieille femme, mais au moins se reconnaissait-elle. Elle passa une main sur sa joue. Le deuil accroissait la gravité, tirait les traits et l'existence vers le bas, creusait les rides. Mais, comme ce regard, il brûlait.

Elle était une survivante et elle était déterminée à tenir bon. Elle le devait à Simone De Carli.

— Vous êtes prête ? lui demanda Parri, téléphone portable à la main.

Elle posa le miroir et acquiesça. Son ami envoya un message.

L'enquête préliminaire avançait à grands pas et conduisait à de premières arrestations. Gardini avait fait confiance à Teresa et à l'équipe, et s'était montré un magistrat honnête.

Parisi avait photographié la carte SIM du téléphone trouvé dans la tour, avant de la remettre en place pour ne concéder aucun avantage à une taupe éventuelle.

Les empreintes digitales qu'on y avait trouvées avaient permis de déduire que la carte appartenait à Enrico Evaldi.

Elle portait un numéro enregistré au nom d'un homme décédé plusieurs années auparavant. Il était difficile à relier à l'utilisateur véritable et donc l'idéal pour éviter les écoutes téléphoniques. Une enquête menée conjointement avec les gendarmes et la brigade financière permit de mettre au jour un réseau assez touffu d'identités fantômes. Les cartes étaient au nom d'étrangers, tous résidant dans un centre d'accueil non impliqué dans les faits, de personnes décédées et même de citoyens ignorant tout de l'affaire. Le revendeur avait été dénoncé.

Parri reçut un appel vidéo.

— Nous sommes là, lui annonça Marini.

Il lui répondit.

— Nous aussi.

Marini retourna la caméra de son téléphone. Les locaux qu'il filmait étaient ceux du palais de justice.

Pour l'instant, la pyramide de pouvoir qu'ils démontaient petit à petit y menait, mais Teresa était convaincue qu'il restait encore diverses responsabilités à imputer.

À partir du numéro fantôme utilisé par Evaldi, ils avaient eu accès à des fadettes et à d'autres identités fictives. L'une d'entre elles avait régulièrement borné au niveau du tribunal, avec une probabilité d'erreur négligeable. Le mystérieux suspect s'était trahi en commettant une faute : il avait laissé son téléphone allumé lorsqu'il avait déposé son fils à l'école. Il n'avait pas fallu longtemps pour recouper les données des antennes-relais, les mouvements ainsi que les heures, et pour obtenir la levée de tout obstacle afin de procéder à des écoutes.

Enquêter sur le juge Crespi avait été douloureux, voire déroutant, comme si l'on bouleversait soudainement sa vision du monde.

Marini s'avoua ressentir de la colère, un sentiment qui n'était pas dirigé contre Crespi lui-même, mais contre ce que sa trahison avait engendré : de la méfiance à l'égard du système.

Teresa lui répétait que le système, c'était eux aussi, et qu'ils fonctionnaient comme des anticorps pour en éradiquer la maladie. Ce faisant, elle ne cherchait pas à le consoler : elle en était convaincue.

Selon elle, Crespi n'était affilié à la Mère pour aucune raison précise en dehors d'une dette qui l'avait rendu vulnérable au chantage : il avait un fils adopté, et l'expertise d'adoptabilité diligentée par le tribunal avait été réalisée par la doctoresse Mei Gao.

La boîte de Pandore était maintenant ouverte, révélant un trafic d'accueil et d'adoptions aux implications floues, qui concernait également la famille d'Ernesto Ortis. Le réseau clandestin comprenait aussi des médecins d'Udine et de Trieste, dont un chirurgien réputé.

Teresa et l'équipe se demandaient si les bébés apparemment abandonnés à la naissance n'étaient pas les enfants mâles nés des Mères au fil du temps. De plus, dans le bureau personnel de Mei Gao et dans celui de la psychothérapeute du tribunal pour enfants, des documents contenant le profil génétique des enfants avaient été saisis. Il s'agissait de papiers qui ne pouvaient avoir aucune raison d'être, sinon pour faire chanter les parents adoptifs et peut-être même quelques membres du réseau de la Mère des ossements.

Rien de nouveau sous le soleil, après tout : une poignée d'individus avaient cru pouvoir faire ce qu'ils voulaient de la vie des autres.

Marini filma Albert Lona entrant dans le bureau du juge avec d'autres agents. Un instant, la caméra montra le visage de Crespi, la consternation, puis la panique, et enfin l'effondrement émotionnel. Ils l'avaient toujours considéré comme une institution, le symbole de la justice, de la recherche de la vérité, même s'il avait des défauts, certes peu marqués. Aujourd'hui, ce n'était plus qu'un homme perdu, humilié par ses propres choix.

Le préfet l'avait mis en état d'arrestation sur ordre d'un magistrat qui avait mené l'opération à leurs côtés. Crespi devait éprouver une honte sans nom.

Teresa se demanda ce que c'était que de vivre pendant des années dans le mensonge, avec la peur d'être découvert et de perdre non seulement sa réputation et sa liberté, mais peut-être aussi ceux qu'on avait tenté de protéger avec tous ces mensonges : un fils, qui était arrivé comme par miracle. Ernesto Ortis avait tué et s'était donné la mort à cause de cette même peur.

Albert regarda un instant en direction de la caméra : il savait que Teresa se trouvait de l'autre côté. Il avait l'air de dire : « Vous voyez ce que vous avez réussi à faire ? »

Mais le commissaire de police n'en avait pas encore terminé. Il fit ouvrir par deux officiers la porte qui reliait le bureau du juge à celui de sa greffière.

Ou de sa geôlière, songea Teresa.

Grâce aux relevés téléphoniques et aux écoutes de Crespi, ils avaient enfin trouvé le véritable chef de la Mère des ossements.

Il y avait toujours eu une femme à la tête de la communauté. Les sépultures féminines qui avaient ressurgi du temps et l'aura de crainte révérencieuse qui les accompagnait racontaient l'histoire de chamanes puissantes, de femmes qui gardaient la Mère mais qui, au fil des siècles, avaient changé de rôle, animées par la soif de pouvoir tout aussi bien qu'un homme. Elles en avaient tiré quelque chose de différent, jusqu'à exercer un chantage, à vendre des enfants, et à considérer les suicides comme des effets secondaires tolérables.

La première erreur de Teresa avait été de croire que la femme qui dirigeait l'organisation était la Mère des ossements, alors qu'elle n'en était que la victime. La seconde avait été de la considérer comme une figure ancienne, charismatique et inspirée.

La secte avait changé, s'était modernisée à travers les crimes qu'elle commettait, mais aussi à travers la figure qui la dirigeait.

Valeria Adami les attendait, son manteau et son sac à la main. La greffière du juge n'opposa aucune résistance à son arrestation. Lorsqu'elle comprit que l'opération était filmée, elle regarda la caméra comme si elle savait qui était de l'autre côté, et elle sourit. Un sourire résigné, timide, discret. Comme elle. Si on veut rester caché, il faut être le plus normal possible, réfléchit Teresa.

Elle fit signe à Parri que ce qu'elle venait de voir lui suffisait. La suite des événements ne l'intéressait pas. Elle n'avait pas envie de connaître les motivations présumées de ces personnes. Son ami mit fin à l'appel vidéo.

— Nous y allons ? proposa-t-il.

— Il est temps.

À l'extérieur de l'hôpital, une voiture des gendarmes les attendait. Teresa y monta, cueillie par une rafale de vent. Elle resta un moment un pied à l'extérieur du véhicule. Elle voulait se baigner dans les couleurs du coucher de soleil après la tempête, savourer la sensation de froid, l'odeur de l'asphalte humide, celle de la nature qui se prépare à l'hibernation, du feu que quelqu'un avait allumé dans une cheminée.

— Tout va bien ? lui demanda Alice.

Teresa lui serra la main, émue.

— Je l'aime, dit-elle. J'aime cette vie.

Elle prit place et ils partirent. Il restait encore une mission à accomplir, la plus importante pour Teresa. Il y avait Tassia à récupérer, à éloigner de la clinique où on l'avait gavée de psychotropes. Ils devaient lui rendre une vie, ainsi qu'un espoir en l'avenir. Il fallait lui expliquer que le chemin serait ardu, mais qu'elle ne serait pas seule. Ils n'avaient pas encore pu déterminer s'il s'agissait de la fille qui avait laissé le commentaire sur la mort de Ratchis en utilisant l'ordinateur de l'école, mais Teresa était convaincue que tout en elle avait crié au secours. Et eux étaient restés sourds à cet appel.

Coincée entre Alice et Parri, Teresa regarda les lumières de la ville défiler comme le générique d'un film.

— Tu penses à la Mère ? s'enquit son amie. Elle va s'en sortir.

Teresa acquiesça. Qui savait où elle se trouvait ? Ils pouvaient seulement imaginer avec qui : son protecteur. La jeune fille et le mystérieux gardien du squelette avaient disparu une fois qu'elle avait émergé des décombres de sa prison. On les avait cherchés, en vain jusqu'à présent. Teresa était convaincue qu'il s'occuperait d'elle et qu'on ne les retrouverait jamais.

— Sera-t-elle capable de survivre dans ce monde ? demanda Alice, un peu triste.

Teresa la serra dans ses bras.

— Elle a survécu à bien pire. Elle n'est pas née pour vivre éternellement, mais pour mourir. Maintenant, elle va élever sa fille ou son fils, parcourir mille chemins ; elle connaîtra peut-être des pays différents, entendra parler des langues inconnues. Non pas dans des souvenirs induits, mais dans la réalité. Si elle était restée ici, elle aurait été condamnée à une nouvelle captivité.

Épilogue

TERESA AVAIT DÉCIDÉ DE FÊTER NOËL le 1er décembre, parce que dans son état il ne servait à rien d'attendre, et que l'atmosphère des fêtes envahissait déjà les publicités et les vitrines depuis une semaine.

— Vous avez mis ma maison sens dessus dessous, au moins ne me cassez pas les couilles pour ça, avait-elle lancé devant l'hésitation de Marini et des autres.

Elle savait qu'il était parfois effrayant d'appeler les choses par leur nom, et qu'au fond cette fête était un adieu, mais elle sentait qu'il était nécessaire et même libérateur de franchir ce pas. Elle n'avait plus peur.

Sur ordre de Parri, les espaces de la maison avaient été divisés entre zones meublées et zones vides. Ainsi, son esprit pouvait avoir des moments de repos après la stimulation. Ils avaient retiré de nombreux objets considérés comme dangereux et trouvé à d'autres une nouvelle place. Des lampes tamisées étaient allumées en permanence, l'obscurité était bannie. Les pièces sentaient les plantes aromatiques, seules autorisées.

C'était un endroit agréable pour essayer d'être heureux en oubliant le monde.

Ce matin-là, Massimo découvrit Teresa en train de ruminer une touffe de basilic, le pot entre ses mains comme une assiette. Elle éclata de rire, et continua à rigoler même quand il la gronda, rouge de colère.

— Pouvez-vous être sérieuse ?

Non, Teresa n'en avait pas la moindre intention. Elle soupçonnait le garçon d'être tourmenté par la culpabilité de l'avoir laissée seule au manoir et voulait lui faire comprendre que c'était une pensée stupide. Ils n'en avaient parlé qu'une fois.

— Je n'étais pas seule, Dalla était là pour me protéger, lui avait-elle dit.

Elle riait de nouveau. Lui se montrait grincheux, comme toujours. Teresa avait pensé que la seule personne capable de comprendre son sens de l'humour était De Carli.

Devant le mur qu'elle décorait, elle le lui souffla.

— De Carli, tu aurais ri avec moi.

Elle embrassa sa photo et la colla sur l'arbre de vie, un chemin dessiné sur un mur de la bibliothèque qui, avec ses branches, conduisait Teresa aux personnes et aux moments les plus importants de sa vie. Antonio le lui avait conseillé, et ils étaient tous là. Il y avait aussi Albert, sur un cliché où il avait l'air particulièrement mal en point, la bouche tordue et la houppe ébouriffée. Teresa l'avait choisi exprès, en lui dessinant un nez de clown rouge.

Massimo s'approcha.

— Vous deviez vraiment l'inviter, lui aussi ?

Elle haussa les épaules.

— Tu sais quoi ? Je commence à oublier les mauvaises expériences, et pas à cause de la maladie d'Alzheimer. Je ne veux pas perdre mon temps avec des remords et des regrets, et encore moins avec de la rancœur. Tu devrais en faire de même.

Elle lui fit signe de lui tendre le bébé. Elle accueillit avec amour le paquet tiède dans ses bras.

Zoé. Les petites mains parfaites, les lèvres retroussées, le petit nez délicat cachaient la force d'une vie en devenir, la puissance d'un être qui s'accrocherait à ce monde à chaque souffle, à chaque battement de cœur.

C'était l'apanage de l'enfance, tant de force créative et en même temps dévastatrice, mais, dans leur métier, ils avaient tous deux rencontré des êtres similaires à l'âge adulte. En apparence désespérés, voire misérables, ils leur avaient montré ce qu'était la ténacité impétueuse de l'instinct de survie.

Marini avait peut-être eu la même pensée, car il l'interrogea sur la Mère des ossements.

— Comment était-ce de la rencontrer, de la toucher ?

Teresa berça la petite.

— C'était comme d'embrasser toute l'humanité, dit-elle doucement. Comme traverser les âges et être en présence d'un cœur animal, d'un esprit immense. Quand j'ai croisé son regard, j'ai eu l'impression de me perdre dans des yeux primordiaux.

— Et qu'en pensez-vous, maintenant ?

— Que je m'étais laissé influencer. Mais…

— Mais… ?

Teresa ne savait pas comment l'expliquer. Elle sourit à l'enfant.

— Ce qui nous entoure est fait davantage de mystère que de matière connue. Je crois que cette créature appartient au mystère.

On sonna à la porte. Parisi regarda par la fenêtre du salon.

— C'est Lona. Je le laisse dehors ?

Teresa souleva l'enfant, lui donna un baiser sur le front.

— À la rigueur, un peu.

Elle prit un cadeau sous le sapin et le plaça dans les mains menues de Zoé. Il y en avait un pour chacun d'eux, un souvenir d'elle qui, Teresa l'espérait, les réconforterait au moment opportun. Elle en avait également remis un à Giacomo en prison. Il l'avait ouvert et en avait été ému. C'était un livret avec des pages blanches à remplir. Sur la page de titre, Teresa avait écrit un poème de Peter Rosegger.

Ce que je semai dans la colère
poussa en une nuit
avec luxuriance,
mais la pluie le détruisit.

Ce que je semai dans l'amour
germa lentement
et mûrit tardivement,
mais dans une abondance bénie.

Teresa l'avait choisi avant que Giacomo ne tue Mei, avant même qu'il ne soit arrêté. Elle avait toujours su que leurs vies se croiseraient de nouveau, bien qu'elle n'ait jamais soupçonné que ce serait d'une manière si tragique. Teresa savait qu'elle ne cesserait jamais de croire en sa guérison. Elle voulait le lui faire savoir, elle voulait continuer de le lui dire, même quand elle ne se souviendrait plus de lui.

— Giacomo, où est Mei ? lui avait-elle demandé quelques jours auparavant, lors de la réunion hebdomadaire.

Il avait répondu sans lever les yeux de la mosaïque sur laquelle il travaillait.

— En enfer, je suppose. À sa place.

Ils ne l'avaient toujours pas retrouvée. La seule déclaration de Giacomo, en dehors de l'aveu du crime toujours sans cadavre, concernait les petits-enfants de la victime : il déclarait être revenu dans la maison pour ne pas les laisser seuls dans la nuit.

Le cadeau pour Alice était différent. Il contenait un nom et une adresse, ainsi qu'une lettre. Parisi avait retrouvé sa mère dans un centre Caritas proche de l'ancienne école fréquentée par la jeune fille, muni d'agrandissements et de dates qu'il cherchait à faire coïncider. Les bénévoles auxquels il s'était adressé l'avaient reconnue. La femme n'avait jamais eu l'enfant qu'elle attendait d'un autre homme lorsqu'elle s'était enfuie, pleine de honte, abandonnée par celui qui lui avait fait des promesses romantiques. Elle l'avait perdu, mais n'avait jamais pu revenir sur ses pas et demander pardon à la fille qu'elle avait abandonnée. Teresa lui avait parlé, et elle avait trouvé une âme en peine, qui avait payé cher son erreur. Elle ne la condamnait pas ; la condition humaine était si fragile qu'un peu de peur suffisait à la briser. Elle était convaincue qu'Alice n'en ferait rien non plus. Pour elle, cela serait un Noël inoubliable.

La sonnette retentit de nouveau, plus longuement. Cette fois, Elena alla ouvrir.

Albert entra avec une bouteille de bon vin, qu'il posa sur la console du hall d'entrée au lieu de la tendre à l'hôtesse, une certaine gêne cachée sous la contrariété provoquée par l'attente.

— Si vous ne vouliez pas de moi, vous auriez pu vous passer de m'inviter, se plaignit-il.

Parri le débarrassa de son manteau et le fit s'asseoir, articulant du bout des lèvres une épithète désobligeante dans son dos.

Teresa confia la petite à Elena et le rejoignit, s'asseyant à côté de lui.

— Bonjour.

Albert semblait ne pas savoir ce qu'il faisait là.

— Pourquoi tant de gentillesse ? lui demanda-t-il. Sommes-nous soudain de bons amis ?

Teresa ricana.

— Tu ne peux pas profiter de ce déjeuner sans faire d'histoires ?

— J'essayais simplement de comprendre.

Elle lui flanqua un coup de coude.

— Tu m'as sauvé la vie un jour. À ta manière, tu en fais partie.

Albert baissa la voix. Il sembla choisir ses mots.

— C'est un adieu, n'est-ce pas ?

Il jouait les rabat-joie habituels.

— J'ai un cadeau pour toi, lui dit-elle.

— Moi, je t'ai apporté du vin.

Les autres s'affairaient autour de la table en feignant de ne pas les regarder, mais leur glissaient un coup d'œil dès que possible.

Teresa posa un bras sur l'épaule du préfet.

— Les malheurs ramènent les petites difficultés à leur juste mesure, tu sais ? (Elle lui tendit un nez de clown, qu'elle portait elle-même.) Et tu ne représentes véritablement qu'une minuscule partie des miennes.

À cette repartie, Albert grimaça. Cela l'agaçait d'être minimisé jusque dans ses défauts, mais il ne refusa pas le cadeau. Il fit même semblant de le mettre, puis le glissa dans sa poche. Il ne pouvait toujours pas se résoudre à ne pas se prendre au sérieux.

— J'en ai aussi un pour le commissaire Dalla, continua Teresa.

Elle lui ébouriffa les cheveux et rit. Elle accepta le verre de vin que Massimo lui offrait.

Elle ne savait pas si elle pouvait se dire heureuse. Peut-être pas, ce n'était pas possible, pas toujours, mais elle avait atteint un état encore plus rare. Elle était en paix.

Elle leva son verre pour porter un toast.

Note de l'auteure

Lorsque j'arrive à la fin d'une histoire, mes sentiments sont toujours partagés. Il y a la satisfaction d'avoir créé un nouveau récit et de l'avoir mené à bien jusqu'à la dernière phrase, mais il y a aussi la légère nostalgie de l'adieu. Passer des mois avec Teresa, Massimo et tous les autres personnages de cette série signifie sentir leur présence chaque jour non seulement dans mes pensées, mais aussi dans mon cœur. Après tout, ils m'ont procuré tant de bien et m'ont apporté tant de rencontres singulières.

Comme toujours, merci à toutes les personnes qui m'ont été proches et qui ont travaillé sur ce livre, à celles qui m'ont soutenue, professionnellement et humainement, dans les moments de doute et de lassitude. Elles sont nombreuses et chacune d'elles est fondamentale, présente depuis le début de cette aventure qui a commencé il y a plus de cinq ans. Je remercie tout particulièrement Angela Caruana, de la police nationale, et Cristian Copetti, de l'unité de protection du patrimoine culturel des gendarmes, pour leurs précieux conseils.

Je dois également remercier ma terre natale, ce Frioul ancien et mystérieux dont je m'inspire largement pour créer mes histoires. À une exception près, les lieux mentionnés dans le roman sont réels, le charme et le mystère qui les enveloppent sont tangibles – les touches de mon imagination pour les peindre sont minimes.

Pour ceux qui souhaitent approfondir certains aspects :

Marco et Matteo Salvador, ill. Pierfranco Fabris, *Castelli friulani* (vol. I), Edizioni Biblioteca dell'Immagine, Pordenone, 2020.

Gabriella Cetorelli Schivo, « Le "morti inquiete" della tomba 59 nella necropoli di San Mauro a Cividale del Friuli. Un indagine archeologica », https://www.auditorium.info/gabriella-cetorelli-schivo-le-morti-inquiete-della-tomba-59-nella-necropoli-di-san-mauro-a-cividale-del-friuli-un-indagine-archeologica/le-morti-inquiete-della-t-59-di-cividale/

Enfin, merci à vous qui lisez mes histoires, les recommandez et les offrez : vous êtes précieux. Nous nous retrouverons bientôt, si vous le souhaitez, dans de nouvelles pages.

PARUS DANS

LA BÊTE NOIRE

Noémie Adenis

Le Loup des ardents (Grand Prix des Enquêteurs 2021)

Le Jardin des anatomistes

Danielle Arceneaux

Glory B. enquête

Frayeur en Louisiane

Katerina Autet

La Chute de la maison Whyte (Grand Prix des Enquêteurs 2020. Prix littéraire de la Renaissance française 2020)

Les Deux Morts de Charity Quinn

Cédric Bannel

Baad (Prix du Meilleur Polar des lecteurs de *Points* 2017)

Kaboul Express

L'Espion français

Patrick Baudot

Alias Cristal 18. Trente-quatre ans au 36, quai des Orfèvres – Les Ondes

Jacques-Olivier Bosco

Brutale

Coupable

Rhys Bowen

Son Espionne royale

Tome 1, *Son Espionne royale mène l'enquête*

Tome 2, *Son Espionne royale et le mystère bavarois*

Tome 3, *Son Espionne royale et la partie de chasse*

Tome 4, *Son Espionne royale et la fiancée de Transylvanie*

Tome 5, *Son Espionne royale et le collier de la reine*

Tome 6, *Son Espionne royale et les douze crimes de Noël*

Tome 7, *Son Espionne royale et l'héritier australien*

Tome 8, *Son Espionne royale et la reine des cœurs*

Tome 9, *Son Espionne royale et les conspirations du palais*

Tome 10, *Son Espionne royale et le baron irlandais*

Tome 11, *Son Espionne royale au service de Sa Majesté*

Tome 12, *Son Espionne royale. Quatre enterrements et peut-être un mariage*

Tome 13, *Son Espionne royale. Amour et mort parmi les léopards*

Tome 14, *Son Espionne royale vole au secours de Belinda*

Franck Calderon, Hervé de Moras
Là où rien ne meurt

Julia Chapman
Les détectives du Yorkshire
Tome 1, *Rendez-vous avec le crime*
Tome 2, *Rendez-vous avec le mal*
Tome 3, *Rendez-vous avec le mystère*
Tome 4, *Rendez-vous avec le poison*
Tome 5, *Rendez-vous avec le danger*
Tome 6, *Rendez-vous avec la ruse*
Tome 7, *Rendez-vous avec la menace*
Tome 8, *Rendez-vous avec le diable*
Tome 9, *Rendez-vous avec la justice*
Tome 10, *Rendez-vous avec le destin*

Jean-Charles Chapuzet
Bandit

Karen Cleveland
Toute la vérité

Daniel Cole
Ragdoll
Tome 1, *Ragdoll* (Prix Griffe Noire du polar de l'année 2017)
Tome 2, *L'Appât* (Prix Bête noire des libraires 2018)
Tome 3, *Les Loups*
Pietà
Jackdaw

Collectif, sous la direction de Lisette Lombé, Elvira Masson, Fabrice Rose et Delphine de Vigan
Histoires de femmes – Les Ondes

Tasha Coryell
Lettres d'amour à un tueur en série

Sandrone Dazieri
Tu tueras le Père
Tu tueras l'Ange
Tu tueras le Roi
La Danse du gorille
Le Mal que font les hommes
Le Fils du magicien

Lara Dearman
La Griffe du diable
L'Île au ciel noir

Alain Decker
Jours de ténèbres (Grand Prix des Enquêteurs 2023)

Ingrid Desjours
Les Fauves
La Prunelle de ses yeux

Claire Favan
Serre-moi fort (Prix Griffe Noire du meilleur polar français 2016)
Dompteur d'anges
Inexorable

Caryl Férey
Magali – Les Ondes

Rebecca Fleet
L'Échange
La Seconde Épouse

Dominique Forma
Coups de vieux

Olivier Gallien
Dans la neige ardente (Prix Bête noire des libraires 2022)
Sève

Amy Gentry
Les Filles des autres
De si bonnes amies

Maria Grund
La Fille-Renard
Le Diable danse encore

Laurent Guillaume
Les Dames de guerre. Saïgon, t. 1 (Prix Bête noire des libraires 2024. Grand Prix sang d'encre 2024. Prix Polar Méditerranée 2025)

Patrice Guirao
Le Bûcher de Moorea
Les Disparus de Pukatapu
Rivage obscur

L. S. Hilton
Maestra
Domina
Ultima

Ingar Johnsrud
Les Adeptes
Les Survivants

Elizabeth Key
Sept mensonges

Quntos KunQuest
Cette vie-là – Les Ondes

Mathieu Lecerf
La trilogie du démon
La Part du démon (Prix Bête noire des libraires 2021. Prix Nouvelles Voix du polar 2022, roman français)
Au royaume des cris
La Mort dans l'âme

Sara Lövestam
Chacun sa vérité (Grand Prix de littérature policière 2017, domaine étranger. Prix Nouvelles Voix du polar 2018, roman étranger)
Ça ne coûte rien de demander
Libre comme l'air
Là où se trouve le cœur

Valerio Marra
Maîtresse

Fabio Mitchelli
Une forêt obscure
Le Tueur au miroir
Le Loup dans la bergerie (Prix Polar Méditerranée 2021)

Nadine Monfils
Les folles enquêtes de Magritte et Georgette
Nom d'une pipe !
À Knokke-le-Zoute !
Les Fantômes de Bruges
Liège en eaux troubles
Leffe-toi et marche
Charleroi du crime
À Montmartre
Pataquès à Cadaqués

Nicole Neubauer
Sous son toit

Vincent Ortis
Pour seul refuge (Grand Prix des Enquêteurs 2019)
Patiente

Gin Phillips
Le Zoo (Prix Transfuge du meilleur polar étranger 2017)

Alice Pol
Tout doit disparaître

Antoine Renand
L'Empathie, t. 1 (Prix des lecteurs Gouttes de Sang d'Encre 2019. Prix Nouvelles Voix du polar 2020, roman français)
Fermer les yeux
S'adapter ou mourir
L'Empathie, t. 2

Fabrice Rose
Tel père, telle fille (Prix Bête noire des libraires 2020)
Le Plan
Pourchassés

Rydahl & Kazinski
La Mort d'une sirène

Romain Slocombe
La trilogie des collabos
L'Affaire Léon Sadorski (Prix Libr'à Nous 2017, catégorie polar)
L'Étoile jaune de l'inspecteur Sadorski
Sadorski et l'Ange du péché
La trilogie de la guerre civile
La Gestapo Sadorski
L'inspecteur Sadorski libère Paris
J'étais le collabo Sadorski
La trilogie des damnés
Sadorski chez le docteur Satan
Les Revenants de l'inspecteur Sadorski

Thibaut Solano
Les Noyés du Clain
Les Dévorés
Chambre d'enfant

Dominique Sylvain
Panique en Armorique
Périlleuses Pyrénées
Le Vin des sorcières

Clémentine Thiebault
En votre intime conviction – Les Ondes
Voyeur ! Enquête sur un phénomène de société – Les Ondes

Dato Tourachvili
Génération denim – Les Ondes

Danielle Trussoni
Le Maître des énigmes

La Boîte du dragon

Ilaria Tuti
Sur le toit de l'enfer (Prix Bête noire des libraires 2019. Prix Nouvelles Voix du polar 2020, roman étranger)
La Nymphe endormie
À la lumière de la nuit
Fille de cendre
Le Bal des vautours

Harriet Tyce
Blood Orange
Tu mens comme tu respires

Yana Vagner
Le Tunnel

Maddalena Vaglio Tanet
Silvia et les Ombres

Damien et Sibylle VÉron
Tiphaine où es-tu ? – Les Ondes

Adrienne Weick
La Septième Diabolique (Grand Prix des Enquêteurs 2022)

Annette Wieners
Cœur de lapin

Retrouvez

LA BÊTE NOIRE

sur Facebook, Threads et Instagram

Composition réalisée par
Rosa Beaumont

Robert Laffont

Imprimé en France sur du papier issu de forêts gérées durablement
Impression : Imprimerie Floch
N° éditeur : 68685/01 – N° imprimeur : 107348